L'ENFANT ÉTOILE

KATRINE ENGBERG

L'ENFANT ÉTOILE

Traduit du danois
par Catherine Renaud

fleuvenoir

Titre original
Krokodillevogteren

ISBN : 978-2-265-15501-5
Dépôt légal : janvier 2021

Pour Timm. À partir de maintenant.

MERCREDI 8 AOÛT

PROLOGUE

La poussière des lourds rideaux tourbillonnait dans la lumière matinale. Gregers Hermansen s'assit dans son fauteuil inclinable et contempla la danse des particules dans le salon. Il lui fallait désormais tant de temps pour se réveiller que cela ne valait presque pas la peine de se lever. Il posa les mains sur les accoudoirs usés, laissa aller sa tête vers l'arrière et, la mâchoire tombante, ferma les yeux sur le scintillement de la lumière, jusqu'à ce qu'il entende le gargouillis de la cafetière dans la cuisine.

Après un bref compte à rebours, il se hissa hors du fauteuil, enfila ses pantoufles et s'avança à petits pas vers le linoléum de la cuisine. Toujours le même chemin, le long du buffet en acajou, devant le fauteuil vert et enfin vers cette satanée poignée que l'aide à domicile avait fixée au mur l'année précédente. « Je me débrouille très bien sans, merci », avait-il insisté, en vain.

Il enleva le filtre à café usagé et le jeta dans la poubelle sous l'évier. *Pleine, une fois de plus.* Gregers dégagea le sac-poubelle du bac puis, s'appuyant sur le bord de la table, atteignit la porte de service qu'il ouvrit de sa main libre. Au moins, il pouvait encore descendre ses propres poubelles. Il lorgna en direction de la collection de bouteilles de la voisine, sur le palier du dessus. Esther de Laurenti, la reine des pochtronnes. Elle organisait pour ses amis artistes des dîners hystériques qui se prolongeaient jusqu'au petit matin. Mais c'était son immeuble, il était donc inutile de se plaindre.

Les marches tanguaient sous ses pas. Il s'agrippa encore plus fermement à la rampe. Il serait peut-être plus sage de déménager pour un endroit mieux adapté, mais il avait vécu toute sa vie au centre de Copenhague et préférait prendre des risques avec ces marches tordues que d'aller moisir dans une maison de retraite en périphérie. Une fois arrivé au premier, il posa le sac et s'adossa au cadre de la porte des voisines du dessous. Les deux jeunes étudiantes qui partageaient l'étage étaient pour lui source d'un perpétuel agacement, mais aussi d'un étrange désir secret. Leurs sourires insouciants éveillaient en lui des souvenirs de nuits d'été au bord du canal et de baisers amoureux. L'époque où tout était possible, où la vie n'était pas encore sur le point de se terminer.

Une fois qu'il eut un peu récupéré, il leva la tête et vit que la porte de l'appartement des filles était entrouverte. Une lumière vive s'engouffrait par l'entrebâillement. Elles étaient jeunes et inconscientes, mais quand même pas assez stupides pour dormir leur porte de service ouverte ! À 6 h 30 du matin, il était certes possible qu'elles soient tout juste rentrées d'une nuit en ville, mais quand même.

— Ohé… ? Il y a quelqu'un ?

De la pointe de sa pantoufle, il poussa doucement la porte qui s'ouvrit sans difficulté. Gregers recula un peu, malgré lui. Il ne voulait pas qu'on l'accuse d'être un vieux pervers qui épiait les gens. Peut-être ferait-il mieux de refermer la porte et de descendre sa poubelle avant que le café, toujours sur la plaque chauffante, ne devienne amer.

Il agrippa le cadre d'une main ferme et se pencha vers la porte pour saisir la poignée, mais il sous-estima la distance. En un moment terrifiant qui dura un temps infini, comme le vol plané d'une chute de cheval avant de toucher le sol, il se rendit compte qu'il n'était pas assez fort pour supporter son propre poids. Ses pantoufles glissèrent sur le parquet usé et il perdit l'équilibre. Gregers lutta de toutes les forces qu'il n'avait plus, puis bascula, impuissant, dans l'appartement des filles et atterrit lourdement sur le sol. Pas dans un grand fracas, mais avec un bruit sourd et pitoyable de corps de vieillard diminué dans une robe de chambre en velours.

Gregers essaya de prendre une profonde inspiration. S'était-il fracturé la hanche ? Qu'allaient dire les gens ? Pour la première fois depuis de nombreuses années, il eut envie de pleurer. Il ferma les yeux et attendit qu'on le découvre.

Le silence se répandit à nouveau dans l'escalier. Il prêta l'oreille, guettant des cris ou des pas qui accouraient, mais rien ne se passa. Au bout de quelques minutes, il ouvrit les yeux et tenta de s'orienter. Une ampoule nue qui pendait au plafond l'éblouissait, mais il distingua des murs blancs, une étagère recouverte de casseroles et d'épices et un tas de chaussures et de bottes le long du mur. Il semblait en partie couché dessus. Il tourna la tête d'un côté puis de l'autre pour s'assurer qu'il n'avait rien de cassé. Tout semblait intact. Il serra les poings, qui réagirent aussi. *Ces satanées chaussures !* Gregers essaya de les repousser pour entrer en contact avec le sol, mais elles n'avaient pas l'air de vouloir bouger.

Il concentra son regard sur les chaussures récalcitrantes. Le sentiment de malaise dans son estomac se transforma en une paralysie oppressante qui se propagea à tout son corps. D'une des chaussures, à moitié cachée sous ses vieilles hanches douloureuses, dépassait une jambe nue qui se prolongeait par un corps déformé. Cela ressemblait à une jambe de mannequin, mais Gregers sentait la peau douce contre sa main et sut que ce n'en était pas un. Il souleva sa main et vit le sang, sur la peau, sur le sol, sur les murs. Il y avait du sang partout.

Le cœur de Gregers se mit à battre comme les ailes d'une perruche tentant de s'échapper de sa cage. Il était paralysé, un sentiment de panique parcourait son corps impuissant. *Maintenant, je vais mourir*, pensa-t-il. Il voulut crier, mais la voix avec laquelle il aurait pu appeler à l'aide l'avait quitté depuis des années.

Alors vinrent les larmes.

CHAPITRE 1

Jeppe Kørner, enquêteur de la police de Copenhague, s'aspergea le visage d'eau puis se regarda dans le miroir accroché au mur carrelé des toilettes. Celui au-dessus d'un des lavabos renvoyait une image concave, et dans l'autre, on se voyait étrangement large. Il oubliait toujours lequel renvoyait quoi jusqu'à ce qu'il se lave les mains. Aujourd'hui, il avait atterri devant le concave, celui qui le faisait ressembler au *Cri* de Munch. Cela lui allait tout à fait.

Il avait l'air fatigué et savait que ce n'était pas juste à cause des ampoules basse consommation de l'hôtel de police. Ses cheveux décolorés ridicules n'aidaient pas ; il n'aurait jamais dû laisser son ami Johannes le convaincre. *« Ose le changement », tu parles !* Peut-être qu'il devrait tout raser. Au moins, il aurait l'air d'un flic. Un type tout juste divorcé, traversant une crise existentielle, comme dans les livres. Classique. Il ne lui restait plus qu'à trouver un bistrot préféré, une voiture de sport, et à afficher sa douleur sur son front comme un titre de noblesse. Se choper une belle cicatrice, peut-être une blessure au couteau, reflet de celles qu'il portait à l'intérieur.

Jeppe s'essuya les mains sur une serviette en papier rugueux, déplaça son regard du miroir à la poubelle, chiffonna la serviette et la lança. Le papier humide toucha le sol dans un *flop* mou. *C'est typique*, pensa-t-il en se penchant pour la ramasser, autant que son dos douloureux le lui permettait. *Je fais partie de ceux qui ratent leur cible tout en étant trop consciencieux pour laisser la merde tranquille*. Il ouvrit la porte des toilettes et prit le couloir en direction de son bureau, le dégoût de soi bouillonnant en lui.

L'hôtel de police de Copenhague dresse son imposante et magnifique structure triangulaire néoclassique non loin du parc d'attractions Tivoli toujours en fleurs, et confère au quartier toute son autorité. L'extérieur du bâtiment est austère et hostile par rapport à son environnement, bloc de couleur sable, arrogant symbole de pouvoir et de justice au milieu du centre nordique de la frivolité et de la débauche. Un contrepoids indispensable au porno gratuit et à la consommation record d'alcool. À l'intérieur, les célèbres piliers de la cour circulaire et les œuvres d'art d'inspiration romaine n'adoucissent qu'un peu cette impression. Le quotidien des policiers est embelli par les mosaïques et les sols en terrazzo, usés sous leurs pas pressés et rappelant que le cadre de travail doit faire écho à l'intransigeance de la police. Le département de la Criminelle, surnommé « la Crim' », avait aussi été autorisé à conserver son aspect sombre originel, avec ses plafonds voûtés et ses murs rouge foncé éclairés par des appliques. Un mobilier moderne asexué contrastait avec la peinture écaillée des murs et contribuait à l'impression d'ensemble à la fois négligée et rigide.

Le bureau que Jeppe partageait avec sa collègue Anette Werner ne faisait pas exception. Meubles en triste contreplaqué de hêtre moulé, sans la moindre ambition de répandre la bonne humeur. Mais cette ambition, Anette l'avait, elle. Quand il entra, elle était avachie sur sa chaise, les pieds sur la table, le portable à la main, et riait à gorge déployée en regardant quelque chose qui défilait sur l'écran.

— Kørner, viens voir ! C'est impayable.

Jeppe resta planté à la porte.

— Bonjour, Anette. Je croyais que tu devais être en formation, aujourd'hui ?

— Tu ne t'en tireras pas comme ça. Le cours sur l'ADN n'est que mercredi prochain. Viens voir, ce gros labrador essaye d'attraper une balle, mais roule tout en bas d'une colline pour atterrir dans un lac.

Elle relança la vidéo et lui fit signe de s'approcher en riant.

Jeppe hésita. Huit années de bureau commun et de partenariat avaient étonnamment peu effacé les limites. Malgré cela, ils se retrouvaient la plupart du temps en équipe quand CP, la commissaire principale, mettait en place les groupes d'enquête pour les affaires en cours. De toute évidence, ils parvenaient à fonctionner ensemble, tout en ayant du mal à le concevoir. La simple énonciation de leurs noms de famille avec sonorités voisines lorsqu'ils se présentaient aux témoins et aux proches irritait Jeppe au plus haut point.

Lui pensait qu'elle tenait un peu du bulldozer, elle le considérait comme faible et maladroit. Les bons jours, ils se chamaillaient comme un vieux couple, les mauvais jours, il n'avait qu'une envie, la jeter dans l'Øresund.

Aujourd'hui était un mauvais jour.

— Je m'en passerai, merci. L'humour animal ne m'a jamais trop attiré.

Jeppe s'assit de son côté de leur table de travail commune et ignora les yeux levés au ciel de sa collègue. Il alluma son ordinateur et sortit son téléphone de la poche de son blouson. Il vit que sa mère avait appelé et posa aussitôt l'appareil face contre table. Depuis le décès de son père, l'année précédente, et la séparation de Jeppe huit mois plus tôt, sa mère était devenue très collante. Il avait du mal à lui expliquer que son inquiétude agaçante ne servait à rien.

Anette réprima un nouveau rire de l'autre côté de la table et s'essuya les yeux avec sa manche. Jeppe soupira ostensiblement.

Dire qu'il s'était réjoui d'une journée en solitaire au bureau ; une journée où il pourrait aller au fond des piles de dossiers en toute tranquillité sans avoir en permanence la voix forte d'Anette dans les oreilles.

Un nouveau rire enthousiaste déchira l'air et secoua la table. Jeppe était sur le point de protester quand la porte du bureau s'ouvrit avec violence. CP se tenait dans l'embrasure, encore en manteau. C'était une femme d'âge mûr au visage amical qui contrastait avec son professionnalisme et sa formidable autorité. À cet instant, une profonde ride d'inquiétude sur son front donnait à ses yeux bruns un air grave qui interrompit aussitôt l'éclat de rire d'Anette et lui fit enlever les pieds de la table. Malgré la hiérarchie plutôt souple de la police danoise – depuis la réforme, la plupart des enquêteurs portaient le titre d'« inspecteur de police » et étaient en principe égaux –, le pouvoir discret de CP n'était pas discutable.

— Nous avons un cadavre, une jeune femme. 12 Klosterstræde, avec des signes indiquant qu'il s'agit d'un crime. La direction centrale de la police judiciaire vient d'appeler. Ça n'a pas l'air bon.

Jeppe se leva. Il aurait dû se douter que cela allait être une de ces journées.

— Médecin légiste ?

— Nyboe en personne. Il est en route. Les techniciens de la Scientifique aussi.

— Des témoins ? demanda Anette, qui se leva à son tour.

CP la regarda avec surprise, ne la découvrant que maintenant.

— Werner, je croyais que tu étais en formation aujourd'hui ? Eh bien, parfait, dans ce cas vous y allez ensemble. Kørner, je forme une équipe, tu dirigeras l'enquête.

Jeppe hocha la tête avec une conviction qu'il ne ressentait pas. Il n'avait pas encadré d'équipe depuis son retour de congé maladie.

— Le vieil homme qui a trouvé le corps a été conduit à l'hôpital, mais il reste une autre voisine, une Esther de Laurenti. Commencez par elle, comme ça les techniciens auront le temps d'en finir avec la scène de crime.

— DeLorean ? Comme la voiture ? demanda Anette avant de roter discrètement et de souffler du coin de la bouche.

Jeppe alla à l'autre bout de la pièce, déverrouilla l'armoire pour armes et sortit son Heckler & Koch. Pendant qu'il attachait son pistolet de service à sa ceinture, il entendit CP soupirer derrière lui.

— Oui, Werner, comme la voiture.

*

Esther de Laurenti avait tendu le bras vers son réveil pour tenter d'arrêter le bruit infernal qui menaçait de lui fracasser la tête. La transition du rêve à la réalité était embrumée et elle comprit que c'était le bruit de la sonnette seulement lorsque celle-ci retentit pour la troisième fois. Ses deux carlins, Épistémè et Doxa, aboyaient, hystériques, impatients de défendre leur territoire. Elle s'était endormie sur le couvre-lit et avait de profondes marques d'oreiller sur le visage. Depuis qu'elle avait pris sa retraite de l'université de Copenhague, à peine un an plus tôt, elle avait laissé son côté noctambule l'emporter et se levait rarement avant 10 heures. L'antique horloge en laiton de sa mère avec le couple de bergers sur le dessus indiquait 8 h 35. Si c'était ce satané facteur à la porte, elle lui lancerait quelque chose de lourd à la figure. Le couple de bergers, par exemple.

Elle s'enveloppa dans le couvre-lit et se dirigea vers la porte d'entrée, la tête dans un étau de douleur lancinante. Avait-elle vidé le cubi de vin rouge, la veille ? Elle en avait bu en tout cas plus que les deux verres qu'elle s'autorisait en principe quand elle écrivait. Elle vit du coin de l'œil les piles de pages imprimées et ressentit l'éternelle dissociation de l'écrivain entre le désir et le dégoût de son travail. Son corps lui faisait mal et réclamait sa routine matinale : étirements, exercices de respiration et flocons d'avoine aux raisins. Peut-être un Aspro pour aujourd'hui. Esther secoua la tête pour s'éclaircir les idées et regarda par le judas.

Sur le palier se tenaient un homme et une femme qu'Esther ne reconnut pas. Certes, elle avait du mal à se souvenir des centaines d'élèves qui étaient passés par ses salles de classe durant ses trente-neuf années à l'université, mais elle était convaincue que ces deux-là n'étaient pas d'anciens étudiants en littérature comparée. Ils ne ressemblaient pas à des universitaires. La femme, grande avec de larges épaules, portait un blazer en tissu synthétique un peu trop petit et avait des lèvres fines peintes en rose. Ses cheveux blonds étaient remontés en queue-de-cheval et sa peau semblait souffrir de trop d'années d'exposition au soleil. L'homme était mince avec d'étonnants cheveux jaune clair et aurait pu être charmant s'il n'avait pas semblé si pâle et triste. Des mormons ? Des témoins de Jéhovah ?

Elle ouvrit la porte. Épistémè et Doxa aboyèrent de plus belle, se préparant à la guerre.

— J'espère que vous avez la meilleure raison du monde pour me réveiller à une heure pareille, nom de Dieu !

S'ils furent piqués par son accueil, ils n'en montrèrent rien. L'homme la regarda avec sérieux.

— Esther de Laurenti ? Nous sommes de la police de Copenhague. Je m'appelle Jeppe Kørner et voici ma collègue, l'inspectrice Anette Werner. Je crains que nous n'ayons une mauvaise nouvelle à vous annoncer.

« Une mauvaise nouvelle ». L'estomac d'Esther se retourna. Elle recula dans le salon pour laisser les policiers entrer.

Les chiens perçurent aussitôt le changement d'atmosphère et trottinèrent à sa suite avec des jappements de déception.

— Entrez, dit-elle d'une voix rauque en prenant place sur le sofa. Asseyez-vous.

— Merci, dit l'homme.

Il contourna les petits carlins avec méfiance pour s'asseoir sur le bord du fauteuil. La femme resta debout à la porte et observa la pièce avec curiosité.

— Il y a une heure, le propriétaire du café en bas de votre immeuble a trouvé votre voisin du dessous, Gregers Hermansen, en pleine crise cardiaque. Il a été transporté à l'hôpital où il est pris en charge à l'heure actuelle. Par chance, il a été découvert assez tôt et, à notre connaissance, son état est stable. Il était tombé dans l'appartement du premier étage.

Esther souleva la cafetière à piston remplie du café de la veille et la reposa.

— Ça devait bien arriver. Gregers allait mal, depuis un moment. Que faisait-il chez les filles ?

— Voyez-vous, c'est justement pour éclaircir ce point-là que nous espérions votre aide.

Le policier croisa les mains sur ses genoux et la regarda d'un air neutre.

Esther se débarrassa du couvre-lit en le posant sur la pile de papiers et de cardigans abandonnés sur le sofa Chesterfield. Ces jeunes gens survivraient sans aucun doute à la vue d'une vieille femme en chemise de nuit.

— Dites-moi, depuis quand la police intervient-elle lorsqu'un vieil homme fait une crise cardiaque ?

Les policiers échangèrent un regard difficile à interpréter. L'homme repoussa avec précaution une pile de livres et s'enfonça davantage dans le fauteuil.

— Avez-vous entendu quelque chose d'inhabituel hier soir ou cette nuit, madame de Laurenti ?

Esther secoua la tête. D'abord, elle détestait être appelée « madame », et ensuite, elle n'avait rien entendu d'autre que le chant des baleines d'une bande sonore de méditation qui lui servait ces jours-ci de somnifère quand le vin rouge ne suffisait pas.

— À quelle heure êtes-vous allée vous coucher hier soir ? Avez-vous remarqué une activité inhabituelle dans l'immeuble ces derniers jours ? Tout ce à quoi vous pourriez penser.

Le regard du policier était calme et insistant.

Elle croisa les bras.

— Vous me faites sortir du lit dès potron-minet ! Je suis en chemise de nuit et je n'ai pas encore pris mon café. Alors avant de répondre à quoi que ce soit, je veux savoir de quoi il s'agit !

Esther serra les lèvres.

Le policier hésita un instant, puis il hocha la tête avant d'expliquer :

— Tôt ce matin, Gregers Hermansen a trouvé le corps d'une jeune femme dans la cuisine de l'appartement du premier étage. Nous sommes encore en train d'identifier la victime et de déterminer la cause du décès, mais nous sommes convaincus qu'il s'agit d'un crime. Votre voisin du dessous a subi un terrible choc et n'est pas encore en état de nous parler. Nous avons besoin que vous nous racontiez tout ce que vous savez sur les habitants de cet immeuble et ce qu'il s'y est passé ces derniers jours.

Esther sentit le choc se propager de ses pieds jusqu'à ses chevilles, ses cuisses, son bassin et sa poitrine, jusqu'à ce qu'elle ne sache plus si elle était capable de respirer. Son cuir chevelu se contracta et ses courts cheveux couleur henné se dressèrent dans son cou en un frisson interminable.

— Qui est-ce ? Est-ce une des filles ? Ce n'est pas possible. Personne ne meurt ici, dans ma maison, merde !

Elle entendait elle-même le ton de ses paroles, enfantin et incontrôlé. Elle sentit le sol s'effondrer et s'agrippa à son accoudoir pour ne pas tomber.

Le policier l'attrapa par le bras.

— Est-ce que ce ne serait pas une bonne idée de prendre ce café, madame de Laurenti ?

CHAPITRE 2

Jeppe Kørner baissa les yeux vers la fine anse qui disparaissait entre le bout de ses doigts. Esther de Laurenti avait enfilé un peignoir et préparé du café, et lui et Anette étaient maintenant assis sur les sièges débarrassés de leur pile de bazar, attendant qu'elle les rejoigne. Le séjour était plein de couleurs, de bibelots et de fouillis. Jeppe se sentait mal à l'aise dans ce chaos féminin. Cela lui rappelait l'appartement de sa mère, où l'intellect et l'esprit occupaient tout sans laisser de place au confort. Du sol au plafond, les murs étaient couverts d'étagères pleines de livres de toutes sortes. Dos de cuir passé, livres de poche, beaux livres colorés sur la cuisine et les fleurs. Des figurines en bois et des bibelots poussiéreux du monde entier occupaient la moindre place libre sur les rayonnages et les murs, et il y avait des monceaux de papiers couverts d'une écriture serrée et partout raturée de rouge.

De la rue montait le bruit des premières équipes d'information en train de s'installer devant la façade ocre. La presse ne pouvait pas écouter la radio de la police, cryptée, mais elle était à l'affût des sirènes et des messages sur les réseaux sociaux. Il ne se passait jamais longtemps avant que quelqu'un ne tweete, textote ou tague une intervention policière, et les journalistes arrivaient en règle générale quelques minutes après les premiers véhicules d'urgence. Des présentateurs frais et dispos, la mine sombre, parlaient déjà aux caméras qui panoramiquaient sur leurs visages et la foule des techniciens vêtus de blanc.

Esther de Laurenti se racla la gorge.

— Je possède cet immeuble. J'habite moi-même ici, au dernier étage. Et je loue le reste. Gregers habite l'étage en dessous depuis son divorce, il y a vingt ans. L'espace commercial au rez-de-chaussée change de locataire tous les deux ou trois ans ; pour l'instant c'est, comme vous le savez, un café-bar. C'est un couple de sympathiques jeunes hommes qui le tient.

Les mots coulaient avec calme, mais son regard vacillant révélait son état de choc.

— Cela fait un an et demi que Caroline habite au premier. Je connais ses parents depuis longtemps, bien avant qu'ils n'aient déménagé dans l'Ouest. À l'époque, nous animions une sorte de club d'art ensemble.

Sa diction était claire, contrastant avec les jurons qui parsemaient parfois ses phrases par ailleurs élégantes. Moitié comédienne, moitié charretière.

— Julie a emménagé ici au printemps. Elles sont de vieilles amies, se connaissent depuis l'école. Des filles agréables à avoir sous son toit, poursuivit Esther, le regard fixé sur un vase en porcelaine bleue cannelée. Laquelle est-ce ?

— Aucune identification n'a encore été réalisée, dit Jeppe.

Il appuya ses pieds sur le sol pour soulager sa douleur dorsale et mieux se concentrer sur son écoute.

— Je comprends bien que c'est difficile, mais il est aussi trop tôt pour déterminer la cause de la mort.

Esther de Laurenti détourna le regard. Sa peau claire n'était pas maquillée, et les nombreuses rides fines autour de ses yeux et sur son cou accentuaient son expression de résignation.

Anette s'était accroupie et grattouillait le ventre doré d'un des carlins. Le chien grognait de contentement.

— S'est-il passé quelque chose d'inhabituel ces derniers temps dans l'immeuble ? N'importe quoi. Des gens nouveaux qui seraient venus à l'appartement des filles, de l'agitation dans la rue, des disputes ? demanda Jeppe.

— Imaginer entendre cette phrase dans la vraie vie ! J'ai l'impression d'être dans un livre, dit Esther en s'adressant toujours au vase.

Le carlin se fatigua des caresses d'Anette et retourna à son panier en trottinant. Ses griffes cliquetaient sur le plancher.

— Nous ne sommes pas collés les uns aux autres en permanence, reprit Esther. Julie et Caroline mènent une vie bien remplie. Il y a souvent de la musique forte et des soirées chez elles, mais c'est aussi le cas chez moi de temps en temps. Pauvre Gregers qui doit nous supporter. C'est une chance qu'il soit un peu sourd.

Esther se perdit dans ses pensées. Jeppe lui laissa le temps et jura sans bruit en voyant les doigts d'Anette tambouriner sur le cadre de la porte.

— Caroline a un petit ami, mais comment s'appelle-t-il, putain, il s'appelle... Daniel ! Daniel Fussing, un gentil garçon qui vient aussi de la région de Herning. Mais ça fait longtemps que je ne l'ai pas vu. Julie doit être... célibataire.

Elle goûtait le mot, comme s'il avait une surface rugueuse et une consistance étrange dans sa bouche.

Jeppe prit note dans son carnet. Une alarme de voiture se déclencha dans la rue, et depuis la porte, Anette poussa un soupir perceptible. Ce n'était pas pour rien qu'il préférait poser les questions lui-même quand ils travaillaient ensemble. Anette n'était pas connue pour son tact.

— Caroline devait faire un voyage en canoë en Suède avec une amie la semaine dernière, poursuivit Esther. Je ne crois pas qu'elle soit déjà rentrée à Copenhague. La dernière fois que j'ai vu Julie, c'était avant-hier. Elle est passée dans la soirée pour m'emprunter un fusible. Elle avait son air habituel, souriant et joyeux. Oh, non, je ne peux vraiment pas croire que nous ayons cette conversation !

Jeppe hocha la tête. Le choc crée par automatisme un sentiment d'irréalité.

— Ce n'est pas possible ! Est-ce que la victime ne peut pas être une de leurs amies ?

Elle commençait à avoir l'air désespérée.

Il haussa les épaules comme pour s'excuser :

— Je regrette, nous n'en savons rien encore. Avez-vous le numéro de téléphone des filles ?

— Ils sont sur un bout de papier sur le frigo. Vous n'avez qu'à le prendre.

— Merci, madame de Laurenti, ça nous sera très utile.

Jeppe se leva, indiquant que la visite était terminée. Anette attrapait déjà le bout de papier retenu sur le frigo par un aimant en forme de carlin. Jeppe entendit tomber quelque chose et sa collègue poussa un grognement agacé.

— Nous aurons besoin de vous parler à nouveau. Pouvons-nous revenir vous voir plus tard cet après-midi ? continua-t-il.

Il essaya de contourner la table en verre surchargée sans faire tomber les papiers et les tasses par terre.

— Je voudrais aller rendre visite à Gregers à l'hôpital, mais à part ça, je n'ai pas le projet de bouger. Je suis écrivain… ou plutôt, j'essaye de le devenir, alors je travaille à la maison.

Esther de Laurenti porta sa main à un médaillon en or qu'elle portait autour du cou, comme s'il devait la protéger.

— Nous enverrons un technicien chargé des empreintes digitales plus tard dans la journée pour relever les traces éventuelles dans l'entrée et sur la porte principale. Il prendra les vôtres en même temps, si ça vous va ? À des fins d'élimination.

Elle acquiesça.

Quand Jeppe se rendit compte qu'elle n'avait pas l'intention de les raccompagner, il recula jusque dans l'entrée où se trouvait déjà Anette, la main sur la poignée de la porte. Il dit au revoir à la petite femme sur le sofa avec un sentiment d'inachevé. Esther de Laurenti semblait avoir besoin d'un câlin.

*

Sur le palier, Anette lâcha une plainte profonde.

— Oh, mon Dieu, délivre-moi des bonnes femmes célibataires et de leurs babioles ! gémit-elle.

Quelque chose chez Esther de Laurenti la perturbait. Peut-être parce qu'elle vivrait probablement elle-même ainsi, seule avec ses chiens et beaucoup trop d'objets, s'il n'y avait pas Svend. Cher Svend, son adorable mari depuis bientôt vingt-cinq ans, qui semblait l'aimer comme elle était et ne jamais se lasser d'elle.

Jeppe ferma la porte derrière eux.

— Ce serait mieux si elle était célibataire sans bibelots, ou quoi ?

— Oui ! Bien sûr ! Le moins qu'on puisse faire quand on a choisi de vivre seule et d'être excentrique, c'est de ranger, putain, fit Anette avec un sourire en coin destiné à atténuer la piqûre de ses paroles. C'est au premier, n'est-ce pas ?

Ils descendirent le vieil escalier grinçant. En chemin, Jeppe sortit un paquet de lingettes antiseptiques de sa poche et les lui tendit. L'une des nombreuses bizarreries agaçantes de Jeppe était son antipathie envers les chiens ; une attitude qu'Anette, propriétaire passionnée de chiens, avait du mal à comprendre. Pour elle, la compagnie quotidienne des animaux voulait tout dire, et ce depuis son enfance, où elle faisait du vélo entre la maison de Karlslunde et la ferme voisine pour aller y caresser les vaches, les chats et les lapins en cage. Pour Anette, toute personne qui choisissait de ne pas avoir d'animal de compagnie souffrait d'un grave défaut de caractère.

Elle regarda Jeppe, les sourcils levés, avant de secouer la tête avec résignation. Il insista.

— Tu te rends compte combien de parasites se trouvent dans la fourrure du meilleur ami de l'homme ? Pour ne pas parler de toutes les bactéries, les acariens, et du fait que les chiens se lèchent le derrière plusieurs fois par heure.

Anette s'arrêta et se tourna vers son collègue :

— C'est à la limite du pathologique, ta peur des bactéries, Jeppe.

— Nous allons sur une scène de crime. Prends-en au moins une !

Il tira une lingette et la lui tendit. Anette la saisit et continua à descendre les marches avec un soupir.

— Tu es complètement cinglé, Jeppe Kørner, tu le sais, non ? Et ça s'appelle un trou de balle, d'ailleurs, même pour les chiens.

Anette s'essuya les mains et enfonça la lingette froissée dans sa poche en secouant la tête. De ses doigts purifiés de toute bactérie, elle souleva le ruban délimitant la scène de crime et ouvrit la porte de l'appartement du premier étage en lançant : « Salut les filles ! On en est où ? » à la cantonade.

— Ah, Werner, tu as apporté des croissants ? répondit une voix enjouée depuis l'intérieur de l'appartement.

Anette enfila les surchaussures bleues et les gants en latex de rigueur. Les scènes de crime étaient son domaine, un des endroits où elle ne se sentait jamais maladroite. Elle lança une paire de surchaussures à Jeppe et entra.

Dès la porte d'entrée, des taches de sang couvraient les murs et le sol. Elles étaient indiquées par de petits autocollants noirs à flèches blanches posés dans le sens des éclaboussures. Sur le pas d'une porte, le photographe prenait des gros plans d'un tas de vêtements ensanglantés. Anette inhala l'odeur chaude de boucherie fraîche et essaya de respirer par la bouche. Au-dessus de son œil droit, une veine se mit à palpiter. Cela ne durait que quelques minutes, après, on s'habituait.

Un agent de la brigade canine passa devant elle, dirigeant son berger allemand vers l'escalier. Elle réprima avec peine son impulsion de le caresser. La brigade canine en avait terminé dans l'appartement et allait à présent chercher, dans la cour puis dans la rue, n'importe quoi ayant une odeur humaine qui pourrait potentiellement les mener au meurtrier.

Le vestibule s'ouvrait sur une pièce qui avait l'air de remplir plusieurs fonctions. Elle contenait une lourde table en bois entourée de chaises pliantes, un sofa, une vieille malle qui servait de table basse et un coin bureau avec un ordinateur portable ouvert. Malgré la tiédeur du matin d'été, les trois fenêtres donnant sur Klosterstræde étaient fermées. L'air était lourd et épais de l'odeur du sang.

Un technicien en dactyloscopie, comme ces experts en empreintes digitales tenaient à se faire appeler, passait un pinceau le long des plinthes, à genoux dans sa combinaison blanche en papier. Anette fit un signe de tête vers la brosse :

— Ça mord ?

Le technicien recula le long du mur sans répondre. C'était un expert civil en empreintes digitales associé au Centre d'investigations criminelles. Anette ne le connaissait pas très bien. Les civils n'étaient en principe pas envoyés sur les affaires de meurtres, mais au moment des vacances d'été, des règles différentes du reste de l'année s'appliquaient.

Elle haussa la voix :

— Et alors, maître, tu as trouvé quelque chose ?

Le technicien en dactyloscopie leva les yeux, visiblement agacé d'être interrompu, avant de répondre :

— Des empreintes sur des bouteilles et des verres, quelques papiers et les touches de l'ordinateur portable. Plusieurs bonnes autour du corps. Mais ici, le ménage n'a pas été fait depuis longtemps, alors elles peuvent être vieilles.

Il se pencha à nouveau sur la plinthe, appliquant avec soin sur le bois ce qui ressemblait à un autocollant clair, et souleva une petite plaque transparente. Le tempo était celui d'un escargot, presque méditatif.

Anette s'en détacha et continua dans le séjour. À genoux à côté d'un tapis usé, Clausen, enquêteur des scènes de crime par excellence, pulvérisait dessus un liquide transparent. Plusieurs taches de sang apparurent, presque violettes, et il en collecta des échantillons à l'aide de cotons-tiges qu'il glissa avec précaution dans autant de sacs en papier marron.

Clausen était un petit homme agile à la cinquantaine bien tassée. Depuis près de dix ans, il dirigeait le Centre national de criminalistique et de criminologie, aussi appelé CNCC. Il avait fait partie de l'équipe chargée de l'affaire du gang de Blekingegade, avait recueilli des preuves dans les fosses communes et s'était rendu en Thaïlande après le tsunami. Malgré son apparence peu attirante, Clausen en était à son quatrième mariage, avec une violoniste de l'Orchestre royal du Danemark. Elle était d'une beauté divine, selon la rumeur, et quand on avait vu Clausen en action, on comprenait pourquoi. D'ordinaire, son visage s'éclairait d'un réseau de rides d'expression animées : c'était un homme qui s'attaquait aux monstruosités de son travail en cultivant une infatigable bonne humeur. Aujourd'hui, il ne souriait pas.

— Salut, Werner, content de te voir. Attention de ne toucher à rien. L'appartement est couvert de sang et on est loin d'avoir terminé de collecter les preuves. Au moins, il n'y a aucun doute : le lieu de découverte du corps et le lieu du crime sont identiques.

Clausen coupa avec soin une mèche du tapis au cutter et déposa les fibres ensanglantées dans un autre sachet marron.

— Ça va être le cirque de tout inventorier, quand on sera rentrés. Ça va nous prendre plusieurs jours. Rien que pour les éclaboussures de sang, on a déjà plus de soixante échantillons.

— Ah merde !

Anette entendit sa propre voix retentir beaucoup trop fort dans l'atmosphère oppressée de l'appartement. Elle se racla la gorge et baissa le ton :

— Est-ce qu'on a l'arme du crime ?

— Peut-être, répondit Clausen. Nous ne sommes toujours pas sûrs de la façon dont elle est morte. Mais c'est un couteau qui a été utilisé, et nous pensons savoir lequel. Elle a été tailladée avec une lame tranchante et étroite qui correspond pour l'instant à ce petit bonhomme.

Avec précaution, Clausen sortit d'un sachet un couteau pliant ouvert, tout brillant, et le montra à Anette.

— A-t-il été essuyé ? Il a l'air très propre.

— Oui. L'agresseur l'a soigneusement essuyé, peut-être même lavé. Mais il y a eu du sang dessus. Regarde.

Clausen sortit un petit coton-tige jaune d'un sac stérile de sa boîte à outils bien organisée et le frotta sur la lame du couteau. Le coton-tige devint aussitôt vert.

— Il réagit aux globules rouges, expliqua-t-il.

— Dans ce cas, pourquoi ce ne serait pas notre arme du crime ?

Anette se pencha en avant pour observer le couteau de plus près.

— Je n'ai pas dit que ça ne l'était pas. Mais les légistes nous ont aussi demandé de chercher un instrument lourd et contondant. Jusqu'à présent, nous n'avons rien trouvé de tel qui ait des traces dans l'appartement.

— À propos de traces, nous avons dit à la voisine tout en haut que vous enverriez quelqu'un pour prendre ses empreintes un peu plus tard.

— Bien. Bovin peut s'en charger.

— Le civil ? fit Anette en jetant un coup d'œil sceptique vers la silhouette qui rampait toujours le long des plinthes.

Clausen retira son gant en latex et sortit un mouchoir de poche brodé pour essuyer la sueur de son front.

— Si tu as quelque chose à redire, appelle les parlementaires à Christiansborg pour leur demander une meilleure réglementation. En attendant, je pense que tu devrais faire ton boulot et nous laisser faire le nôtre.

Il se redressa, les yeux à hauteur du menton d'Anette.

Elle leva les mains.

— Je ne pensais pas à mal, Clausen.

Il hocha gracieusement la tête et se remit à genoux avec ses cotons-tiges. Anette pénétra plus loin dans l'appartement. Incroyable ce que tout le monde pouvait être irritable, aujourd'hui. Ça devait être la chaleur.

*

Dans la cuisine régnait le médecin légiste, Nyboe. Jeppe lui fit un signe de tête et eut droit à un hochement sombre en retour. Le corps avait la tête appuyée contre le mur, abandonné tel un objet perdu au milieu d'un tapis multicolore. Elle portait un jean découpé, un soutien-gorge en dentelle blanche, des baskets. Ses longs cheveux clairs, sortes de tentacules collants, formaient autour de sa tête une espèce de soleil dessiné par un enfant.

L'air devint d'un coup étouffant. Jeppe s'appuya contre le mur, baissa les yeux vers le sol et essaya de donner l'impression de réfléchir. Rester juste un instant à respirer jusqu'à ce que la nausée se soit dissipée et que son cœur se calme. Ne pas écouter le rythme de son pouls s'envoler, ne pas avoir peur de l'anxiété.

Dix ans à la Crim' lui avaient appris à supporter de voir des corps mutilés sans être malade, mais il n'était jamais à l'aise sur une scène de crime. Peut-être était-ce lié à la sensibilité qui s'installe quand on vieillit. La conscience de la mort en tant que condition présupposée. Ou peut-être était-ce juste le cocktail de comprimés qu'il avait avalé dans la voiture en venant ici pour soulager ses pires douleurs dorsales. Les médecins avaient depuis longtemps exclu une hernie discale et plus qu'insinué que ses douleurs étaient psychosomatiques, mais qu'en savaient-ils ?

Il se redressa et s'approcha du cadavre. *À la seconde où nous mourons, nous devenons le boulot de quelqu'un. D'une certaine façon, une scène de crime évoque une pièce de théâtre. Un réseau de conventions qui, assemblées, forment une sorte de tout. Des mots-clés et des répliques.* Jeppe ressentait une affinité secrète et honteuse avec la dynamique et le rythme intime d'une scène de crime. Mais celle-ci était différente. Pire. Qui était-elle, cette jeune femme dont on raclait maintenant les taches de sang pour les mettre dans des sachets ? Pourquoi avait-il fallu que ce soit précisément elle qui soit privée d'une carrière, de mariage et d'enfants ?

Il pensa avec gêne à la famille qu'il allait devoir informer une fois qu'ils l'auraient identifiée. *La peur qui s'allume toujours dans les yeux quand il se présente, l'espoir qui vient juste après – un oncle, on peut bien se passer d'un oncle – mais, quand il s'agit d'une personne très proche, les pleurs, les cris ou, pire encore, la résignation silencieuse.* Il n'avait jamais été à son affaire avec cette partie de son travail.

Jeppe s'accroupit à côté du médecin légiste.

— Bonjour, Nyboe, qu'est-ce qu'on a ?

Nyboe était un gentleman mûr et distingué qui utilisait le jargon habituel du corps médical, comme pour s'assurer que les profanes seraient largués au bout de quelques phrases. Il était médecin légiste en chef et très respecté, mais Jeppe ne l'appréciait pas beaucoup et avait la vague impression que c'était réciproque.

— C'est plutôt merdique.

Pour une fois, aucune arrogance chez Nyboe.

— La victime est une jeune femme d'à peine vingt ans. Elle a été soumise à de graves violences et présente des blessures provoquées par de multiples coups de couteau et des lésions à la tête causées par quelque chose de lourd. La température à l'oreille est de 28 degrés et la rigidité cadavérique était déjà bien présente quand je suis arrivé, il y a à peine une heure, alors la mort est sans doute survenue entre 22 heures hier et 4 heures ce matin. Mais comme tu le sais, je ne peux pas le dire avec certitude pour l'instant. Pas de signe visible d'agression sexuelle. Les lacérations sur ses mains et ses bras indiquent qu'elle s'est défendue, mais il y a aussi, hum… des coupures qui ont été infligées quand elle était en vie.

— Tu veux dire qu'on l'a tailladée avant sa mort ?

Nyboe acquiesça avec gravité.

Le silence s'installa. Il était clair que cela allait provoquer une tempête médiatique et un sentiment de panique. Sans parler de la réaction des pauvres membres de la famille.

— Son visage est assez abîmé, mais par chance, elle a quelques tatouages qui simplifieront son identification. Oui, tu peux presque voir les sculptures.

— Sculptures ? répéta Jeppe en croisant le regard de Nyboe.

— L'agresseur a aussi découpé le visage de la victime. Je ne suis pas expert en art, mais pour moi, ça ressemble à une sorte de découpage de papier, précisa Nyboe d'un ton las avant de soupirer.

— Découpage de papier ? Qu'est-ce que ça veut dire ? demanda Jeppe en haussant les sourcils.

— On dirait que notre auteur nous a découpé une petite *gækkebrev*.

Nyboe attrapa le menton de la victime et tourna avec délicatesse le visage ensanglanté vers la lumière vive de la cuisine. Le motif tailladé dans le visage ressemblait à ces découpages en papier traditionnels que les enfants danois envoient au printemps.

Les attentes de Jeppe quant à cette journée ne cessaient d'empirer.

CHAPITRE 3

Devant le miroir en pied, Esther boutonna son blazer Halston vintage puis le lissa à petits coups soigneux. Un pantalon léger en laine, un chemisier en soie et une veste ; elle se sentait trop bien habillée, trop guindée, mais ce jour-là, elle avait besoin d'une tenue réconfortante.

Ses pensées tournoyaient et la migraine empirait derrière son front. Julie ou Caroline ? Ça ne pouvait pas être Julie. Ne devait pas être elle. Mais Caroline non plus. La petite Caroline, qu'elle connaissait depuis sa naissance. Quelle était la probabilité que ce fût peut-être une complète étrangère ? Une amie qui aurait emprunté l'appartement pour y passer la nuit et aurait invité un type louche ?

Kristoffer faisait du bruit dans la cuisine et elle le bénit pour cela en silence. Il était son professeur de chant depuis bientôt quatre ans, mais au fil du temps, leur relation avait évolué. Ils avaient beaucoup en commun ; leur amour de la musique, de l'art et de toutes les belles choses de la vie. Il lui enseignait des techniques de chant, elle lui avait appris à cuisiner, et ils se rendaient souvent ensemble à l'opéra et au musée. Bien qu'elle eût trois fois son âge, il était devenu un ami proche. Le fils qu'elle n'avait jamais eu, même si aucun d'eux ne l'aurait formulé ainsi de son plein gré.

— Kristoffer, chéri, tu fais du café ?

Esther entra dans la salle de séjour où il était déjà en train de le verser de la cafetière à piston, un petit sourire aux lèvres. Elle lui rendit son sourire et admira comme toujours son beau visage, qui portait les traces d'une histoire de famille aux origines asiatiques. Ses yeux bruns étroits qui remontaient vers les tempes, ses cheveux noirs et son corps sec. Il portait des vêtements trop grands : un sweat à capuche sur une chemise qui en dépassait, un jean avec l'entrejambe au niveau des genoux, un bonnet et une veste en cuir. Ces vêtements le faisaient paraître encore plus jeune. Comme un adolescent fugueur.

Kristoffer avait abandonné une prometteuse carrière de chanteur pour des petits boulots aléatoires et l'enseignement. Elle ne savait pas très bien pourquoi. Mais il semblait content de son emploi actuel d'habilleur au Théâtre royal danois, qui lui permettait de rester éveillé la nuit pour travailler sur son étrange musique électronique et d'enseigner à ses rares élèves triés sur le volet.

Esther se laissa tomber dans son fauteuil à oreilles couleur pêche, posant ses jambes sur le pouf assorti. Elle le comprenait bien. Maintenant qu'elle était à la retraite, elle n'avait plus à l'esprit que faire ce dont elle avait vraiment envie, pour le reste de sa vie. Chanter, écrire et cuisiner. Plus jamais d'examens ni de réunions à la faculté ! Esther avait attendu longtemps avant d'enfin renouer avec son amour de jeunesse pour le genre, si décrié dans les cercles universitaires, du roman policier. Si elle voulait devenir la Dorothy L. Sayers de sa génération, elle avait de quoi faire. Elle jeta un coup d'œil sur la pile de pages imprimées depuis peu, qu'elle aurait dû avoir déjà relues, et soupira. Cela ne serait pas pour aujourd'hui.

Kristoffer se dirigea vers elle avec le café et s'assit sur le coussin marocain lui faisant face. Épistémè et Doxa grimpèrent aussitôt sur ses genoux pour se faire caresser.

— Que s'est-il passé en bas ? demanda-t-il avec une innocence étrangère au monde des terribles nouvelles.

Elle eut du mal à répondre.

— Un... un corps a été trouvé au premier. Une jeune fille, ils ne savent pas qui. Mais ça a l'air sérieux. Sans doute un crime.

Sa gorge se serra et elle but une goutte de café.

— Et Gregers est à l'hôpital, victime d'une crise cardiaque ou quelque chose comme ça. C'est comme si tout le monde s'écroulait, aujourd'hui.

Kristoffer caressa le ventre de Doxa sans lever les yeux. D'autres auraient posé des questions et se seraient laissé submerger par les émotions dues au choc. Pas lui. Après une minute de silence, il demanda :

— Qu'est-ce que je peux faire ?

La gratitude la traversa, rendant tout un peu plus facile à supporter.

— Les chiens ont besoin d'une promenade. Et tu pourrais peut-être nous préparer un petit repas ce soir ?

Il acquiesça, toujours sans lever les yeux.

— D'accord. Je vais faire un grand tour avec les chiens et je vais acheter de quoi préparer le dîner. Peut-être du poisson.

— Merci, mon chéri. Tu n'as qu'à prendre de l'argent dans mon sac à main, dans le couloir. Tu sais où il est.

Esther reposa la tête contre le fauteuil, ferma les yeux et essaya de se détendre en faisant quelques exercices de respiration.

Elle entendit Kristoffer faire tinter les colliers des chiens puis les clés dans le couloir. Il ouvrit la porte et fit sortir les carlins dans la cage d'escalier. Ils se mirent à aboyer et une voix étrangère retentit :

— Est-ce ici qu'habite la propriétaire de l'immeuble ?

Esther se redressa et se retourna. Kristoffer était planté là, les carlins jappant autour de lui, et dévisageait un homme vêtu de blanc dans l'embrasure de la porte.

— Oui, c'est moi.

Elle se leva avec difficulté du profond fauteuil et alla accueillir son visiteur. C'était un des techniciens présents sur la scène de crime, qu'elle avait vu entrer et sortir du bâtiment toute la matinée. Il avait ouvert sa combinaison de protection blanche, et une ligne rouge sur son front indiquait qu'il venait de retirer sa capuche.

— Je dois prendre vos empreintes digitales.

L'homme passa devant Kristoffer et pénétra dans la petite entrée.

— Oui, bien sûr, on m'a prévenue que quelqu'un viendrait. Esther de Laurenti, bonjour, dit-elle en tendant la main.

L'homme posa par terre un lourd attaché-case sans accepter sa poignée de main. Ce devait être un dur travail de rassembler des preuves sur ce genre de scènes de crime. Le ventre d'Esther se tordit à la pensée de ce qui se trouvait au premier étage de son immeuble.

— Comment faisons-nous ? De quoi avez-vous besoin ?

— D'une table et de vos mains, c'est tout. Cela ne prendra qu'un instant.

Esther retroussa ses manches et le guida jusqu'à son bureau. À sa surprise, elle vit que Kristoffer était resté dans l'embrasure de la porte. Elle s'arrêta et lui adressa un sourire chaleureux. Il était visiblement aussi secoué qu'elle.

Dans un bourdonnement, la guêpe finit par s'éloigner des miettes couvertes de confiture restées dans la petite assiette et se pose sur une pile de livres. Un coup ferme avec le dévidoir de ruban adhésif et le corps de l'insecte écrasé est envoyé par la fenêtre ouverte pour son dernier vol.

Elle inspire le parfum estival de la ville et décide de sortir au soleil. Elle dévale les marches d'escalier de guingois, saute sur son vélo et file à travers le centre de Copenhague. Elle prend à contresens les petites rues à sens unique et savoure le vent qui lui met les larmes aux yeux. Elle s'offre un café qu'elle ne peut pas se permettre et s'assoit au soleil.

Dans la ville où elle a grandi, il n'y a pas de cafés. Elle se rappelle avec un poids dans la poitrine les soirées froides de son enfance en fine veste de jean et les allers-retours sans fin entre la station-service et le terrain de football. Tous erraient dans le noir, aucun d'eux ne voulait rentrer à la maison. Comme si leurs pas pouvaient les mener quelque part. Comme si la vodka polonaise dont ils remplissaient leurs canettes de Coca pour y boire à la paille pouvait remplir le vide. Quand ils en avaient marre de marcher, ils allaient traîner à l'arrêt de bus, pour les regarder passer.

Elle lève le visage vers le soleil et savoure sa nouvelle vie. La vie. Elle ne remarque pas l'homme qui l'observe, un peu plus loin. Elle ne sait pas que la vie qu'elle vient de commencer à vivre est sur le point de se terminer.

CHAPITRE 4

De retour au bureau, Jeppe et Anette se mirent en devoir de préparer un plan de bataille. Jeppe alla chercher deux tasses de café dans la cuisine, le sien avec de la crème, celui d'Anette noir avec du sucre. Ils avaient le même grade, mais, quand ils travaillaient en équipe, c'était toujours lui qui allait chercher le café et elle qui conduisait la voiture. C'était en gros la seule chose entre eux qui ne faisait jamais l'objet de discussions ; un petit refuge de vieux couple dans leur association dépareillée.

— Sommes-nous sûrs de l'identification ? demanda Anette.

Maintenant qu'ils étaient assis l'un en face de l'autre, il voyait à son grand agacement combien elle semblait fraîche et dispose par rapport à lui. Ses paupières étaient maquillées de bleu et elle avait l'air de quelqu'un qui avait eu au cours des dernières vingt-quatre heures une relation sexuelle, un bon repas et huit heures de sommeil paisible. Il eut envie de contourner la table pour la faire tomber de sa chaise.

Il savait que sa question était rhétorique. Ils avaient tous les deux comparé l'apparence générale du corps et les tatouages – une plume sur l'épaule, deux étoiles et un texte sur le poignet droit – avec les nombreuses photos qu'ils avaient trouvées sur l'ordinateur portable. La victime était Julie Stender, l'une des deux jeunes locataires d'Esther de Laurenti. S'ils avaient dû identifier le corps avec les seuls traits martyrisés de son visage, ils n'auraient pas pu en être aussi certains.

— C'est Julie, bien sûr. Qui contacte la famille ?

Jeppe feuilleta son carnet.

— Les parents habitent une petite ville, Sørvad, quelque part près de Herning. Tu peux les rechercher ?

Anette tapota sur le clavier de son ordinateur puis appela la police du Jutland centre et ouest pour lancer la machine. Ce n'était pas le genre d'appel qui serait bien accueilli. Quand il était jeune, il écrivait tout dans ses carnets de notes ; ses idées, ses pensées et ses plans pour l'avenir. Presque un carnet de voyage. Désormais, il s'en tenait à son travail. Il nota en lettres capitales et soignées :

MOTIF AU COUTEAU
CONNAISSANCES MASCULINES
CAROLINE !
HABITANTS DE L'IMMEUBLE

Il entendait Anette aboyer ses consignes dans le téléphone.

— Stender, je dis ! S-T-E-N-D-E-R, pigé ?! Christian et Ulla Stender. Ils habitent à Sørvad dans une ferme sur Skovvej, une route près de la pinière. Juste informer, pas interroger, tu comprends ? Ça, nous le ferons nous-mêmes. Rappelle-moi quand vous y serez allés.

Elle raccrocha sans dire au revoir.

— Tu peux rayer ça de la liste, mon petit Jeppe ! Bon, on le commence, ce briefing ? Il y a un peu de travail à répartir.

Anette se leva, son pantalon plissé de façon peu flatteuse sur ses larges cuisses, et partit sans attendre de réponse. *Mon petit Jeppe !* Il détestait quand elle l'appelait ainsi.

Le cœur de Jeppe se serra quand il pensa aux jours à venir. Cette affaire allait mettre Copenhague en émoi quand la presse s'en serait saisie. Il imaginait déjà les gros titres.

« JEUNE FEMME ASSASSINÉE, MALTRAITÉE ET BATTUE. LE MEURTRIER TOUJOURS EN LIBERTÉ ».

C'était une de ces affaires qu'en général la police dénoncerait comme étant montée en épingle. Les affaires, que la police qualifie de « femme dans le sous-bois », où l'agresseur n'est *pas* retrouvé penché sur la victime, étaient en fait rarissimes.

Mais elles existaient.

*

La cantine était inhabituellement calme lorsque Jeppe y entra. D'ordinaire, la pièce résonnait de discussions et d'un bourdonnement joyeux, mais les affaires très graves plombaient toujours un peu l'ambiance. Les blagues sur les têtes coupées avec lesquelles on pouvait jouer au foot faisaient partie du grossier jargon quotidien. D'autres sujets étaient systématiquement censurés. Tout ce qui avait trait à des enfants. Les affaires où l'agresseur désigné avait été libéré pour cause de négligence ou d'erreur de procédure. Et les enquêtes comme celle-ci. Les violeurs et les meurtriers n'avaient pas pour habitude de taillader leurs victimes pendant qu'elles étaient encore en vie. Il était trop tôt pour savoir s'il s'agissait d'un ex-petit ami sadique ou de pire encore, mais quoi qu'il en soit, un lourd silence planait sur le personnel.

À côté de l'inspecteur Thomas Larsen était assise CP, la commissaire principale, les bras croisés sur la poitrine de son uniforme. Elle s'était probablement habillée ainsi pour mener la conférence de presse imminente. Sans qu'ils en aient parlé, Jeppe savait qu'elle voulait essayer de garder secrètes aussi longtemps que possible les coupures au couteau.

Tous les détails qui sentaient le meurtrier fou devaient être conservés en interne pour le moment. De combien de temps disposaient-ils ?

Une journée, deux au maximum, mais c'était mieux que rien. Jeppe établit un contact visuel avec elle et se sentit à la fois nerveux et rassuré par sa présence. Après douze ans de collaboration, ils se connaissaient bien. CP était consciente de ses compétences, mais aussi de ses faiblesses. Ils savaient tous les deux qu'elle avait pris un risque en lui confiant maintenant une affaire de cette ampleur.

Il regarda son équipe.

Torben Falck était à son poste depuis longtemps. Avec les années, il s'était arrondi et avait pris ses aises. Il s'occupait avec zèle de son imposante moustache poivre et sel, portait toujours des bretelles bigarrées et aimait raconter des blagues triviales. Falck était l'un des agents qui formaient le milieu de terrain indispensable de la Crim'. Pas le plus rapide, peut-être, mais un enquêteur solide et minutieux.

Sara Saidani, assise à côté de lui, était un peu une énigme dans le service. CP l'avait réquisitionnée au commissariat d'Helsingør l'année précédente parce que ses qualités de développeuse et son aptitude à naviguer sur la toile la rendaient plus utile à Copenhague qu'ailleurs. Mais elle n'avait pas trouvé sa place parmi ses nouveaux collègues. Elle avait un certain charme exotique avec ses boucles noires et son nez aquilin, mais elle ne semblait pas du tout encline à créer le contact, ne disait que le strict nécessaire et ne souriait jamais. Elle portait le plus souvent ses cheveux en une queue-de-cheval négligée, et jamais de maquillage. Elle avait beau être mère célibataire de deux filles, Anette soutenait qu'elle était lesbienne.

Jeppe s'en moquait. Saidani et Falck étaient tous deux compétents et attentifs et s'intégraient bien dans une équipe. Le seul avec lequel il avait un problème était Thomas Larsen, un jeune qui ressemblait à un mannequin pour une publicité de jean. Il avait fait des études à la CBS, la Copenhagen Business School, et n'était inspecteur à l'hôtel de police que depuis six mois. Cependant, il progressait déjà à une vitesse fulgurante. Il y avait quelque chose d'excessif à l'ambition de Larsen, une croyance provocatrice en sa propre infaillibilité que Jeppe avait du mal à supporter. Il avait mis toute son énergie à essayer de lui coller le surnom de « Caramel Mou », mais ses collègues par ailleurs si taquins n'avaient pas mordu à l'hameçon. Et il semblait hélas que le caramel soit la saveur préférée de CP.

Anette se racla la gorge comme pour l'encourager depuis sa place habituelle, près du mur.

Les yeux des enquêteurs se posèrent sur Jeppe comme un projecteur dans une salle obscure, et il ressentit une pointe de trac. À son tour de rendre justice à une jeune femme brutalement assassinée.

C'était son travail de transformer le sérieux de l'équipe en concentration et en énergie, de les empêcher de sombrer dans le désespoir qui entoure toujours une tragédie. C'était une question de timing : obtenir des résultats durant les quarante-huit premières heures. D'habitude, il était plutôt doué pour cela, mais en ce moment, il avait sa propre tragédie à porter, et pour la première fois de sa carrière, il n'était pas sûr d'y parvenir.

— Bien, tout le monde sait que le corps trouvé au 12 Klosterstræde a été identifié comme étant celui de Julie Stender. Nous sommes en train de prendre contact avec ses proches. À partir de maintenant, nous nous réunirons ici à la cantine tous les jours juste après le changement d'équipe, à 8 heures ou 16 heures, plus bien sûr si besoin, pour nous informer les uns les autres des différentes avancées. Nous rassemblerons tous les papiers et toutes les photos dans notre bureau, à Anette et à moi. Je demanderai à une des secrétaires de nous préparer un tableau. Durant le briefing par vidéo de 15 heures, nous demanderons le renfort des autres services pour le porte-à-porte et le questionnaire de rue dans Klosterstræde, plus tard dans l'après-midi et dans la soirée, afin de récupérer d'éventuels témoignages pendant qu'ils sont frais.

Il y eut un brouhaha épars de papiers froissés, d'assiettes en carton et de bruits de claviers. Jeppe éleva la voix :

— Falck, tu retournes à l'hôpital parler avec Gregers Hermansen, s'il est assez en forme, puis avec les propriétaires du café-bar du 12 Klosterstræde. Deux jeunes gens, la secrétaire a leurs noms. Ce sont eux qui ont trouvé Gregers Hermansen allongé sur le corps de Julie Stender ce matin, et ils sont aussi à l'hôpital, en observation pour cause de choc. Pour autant que je sache, ils vont bien.

Falck fit un salut scout en posant trois doigts sur le bord d'un chapeau imaginaire.

— Larsen va commencer à enquêter sur les antécédents familiaux de Julie Stender, ses amis, collègues, éventuels petits amis et anciens camarades de classe. Saidani s'occupe comme toujours de Facebook et de tout ce qui s'appelle ordinateur, téléphone et médias sociaux.

Sara Saidani leva les yeux de son portable et hocha la tête, faisant rebondir les boucles noires de sa queue-de-cheval. Thomas Larsen se contenta de rester assis, les bras croisés.

— Anette et moi allons voir les parents et rendre à nouveau visite à Esther de Laurenti. L'autopsie aura lieu demain matin, nous nous en chargerons aussi, Anette ! Nous avons des agents à la fois à Copenhague et dans le sud de la Suède qui sont à la recherche de Caroline Boutrup et de son amie.

Jeppe déplaça son poids d'une jambe sur l'autre pour soulager le bas de son dos.

— Il faut que quelqu'un vérifie les caméras de surveillance de la rue. Les banques, le 7-Eleven, devant la pharmacie Matas, etc. Qui s'en charge ?

Falck fit un nouveau salut scout.

La sonnerie du téléphone d'Anette rompit le silence et elle répondit à l'appel sans se donner la peine d'aller le prendre à l'extérieur. Jeppe et l'équipe attendirent pendant qu'elle aboyait ses réponses laconiques et aiguës. Au bout de trente secondes, elle mit fin à l'appel et les regarda avec impatience :

— C'était le Jutland centre et ouest. Ils sont allés à la maison de Sørvad, mais la famille n'était pas là. Devinez où le voisin leur a dit qu'ils étaient ?

Inutile de jouer aux devinettes avec elle.

— À Copenhague ! Ils sont à Copenhague en ce moment, putain ! À l'hôtel Phønix. On y va, Jeppe ! Je vais appeler l'hôtel pour savoir s'ils sont dans leur chambre. Sinon, j'ai le numéro de portable du père.

Elle enfila sa veste tout en parlant et sortit avant que Jeppe ait eu le temps de répondre.

*

Anette se gara devant l'hôtel sur Bredgade. Cette rue bourdonnait du bruit de la circulation paresseuse du matin pluvieux. Un groupe de touristes japonais s'était armé de parapluies et, pour les femmes, d'étranges gants en tissu blanc qui faisaient penser aux jours heureux de l'*electric boogie* des années quatre-vingt. Il était bien sûr possible que ces Japonais soient en route pour une compétition de danse, mais elle en doutait. Jeppe poussa la porte vitrée plaquée or et ils entrèrent.

Le hall ressemblait à l'intérieur d'une meringue, avec des lustres en cristal ruisselants de larmes de verre et de lourds rideaux de brocart. Anette n'appréciait pas ce genre de décoration décadente ; l'air réprobateur, elle contourna une fontaine qui gargouillait au beau milieu du sol en marbre blanc. Un mélange d'excitation et de réticence s'affrontait en elle. Elle et Svend avaient décidé depuis longtemps de ne pas avoir d'enfants et menaient malgré cela – ou plutôt grâce à cela – une existence heureuse, avec beaucoup de place et une belle hauteur sous plafond. Ils faisaient référence à leurs trois border collies en parlant des « garçons » et ne manquaient de rien. Mais elle savait qu'il n'existait pas de pire douleur dans la vie que la perte d'un enfant. Et elle était sur le point d'infliger cette douleur à quelqu'un.

À sa demande, la réception avait prié M. et Mme Stender de rester dans leur chambre, sans autre forme d'explication. Ils montèrent au deuxième étage, trouvèrent la chambre 202 et frappèrent. Un instant après, une petite femme élégante aux courts cheveux gris ouvrit la porte et les salua d'un air grave. Au-dessus de la monture en nacre de ses lunettes, une ride d'inquiétude ressemblait à la marque d'une caste hindoue. Elle recula pour les laisser entrer dans la chambre d'hôtel.

Christian Stender était assis dans un fauteuil en soie rembourré, la tête dans ses mains. Il avait déboutonné les deux boutons du haut de sa chemise, dévoilant une touffe de poils gris et le haut d'un ventre imposant. À côté du fauteuil, une paire de chaussures usées qui auraient eu besoin de cirage témoignaient d'un propriétaire qui préférait le confort au style. Il leva la tête et lança un coup d'œil à ses visiteurs avant de la laisser retomber. Il avait le visage couvert de gouttes de sueur, ses petits yeux étaient bordés de rouge. Soit il avait peur, soit il souffrait d'un sérieux mal de ventre.

— Christian a commencé à se sentir mal quand la réceptionniste a appelé pour nous dire que la police voulait nous parler, expliqua Mme Stender, qui se tordit les mains en un geste d'inquiétude caricatural. Il est convaincu qu'il est arrivé quelque chose à Julie. Ma... euh, belle-fille. Elle ne répond pas au téléphone. J'ai essayé de le calmer, mais il ne veut pas écouter. C'est à propos du cambriolage, n'est-ce pas ? Du cambriolage à l'entreprise ?

Anette et Jeppe échangèrent un regard. Aucun d'eux ne s'était porté volontaire pour être celui qui confirmerait le drame. Anette s'approcha du mur et se plaça de façon à pouvoir observer le visage des deux parents. Jeppe prit la parole :

— Malheureusement, nous ne sommes pas ici pour parler d'un cambriolage. (Il se racla la gorge, sa voix exprimant une nervosité inattendue.) Je suis désolé. Nous avons hélas de mauvaises nouvelles. Il s'agit bien de Julie.

Christian Stender leva les yeux de son fauteuil, les pupilles étrécies comme celles d'un héroïnomane. Tout en lui était sur pause, en une attente immobile. Anette essaya d'analyser son expression pour y détecter des signes cachés, mais ne trouva que l'anxiété normale d'un parent confronté à sa peur ultime.

Jeppe essaya de poursuivre, hésitant :

— Je suis vraiment désolé d'avoir à vous informer que...

Il ne parvint pas à en dire davantage : Christian Stender se mit à hurler comme un dément, enfoncé dans un coin du fauteuil. Il s'affaissa en avant, hors des accoudoirs en soie, et finit à moitié à genoux, toujours hurlant. Son visage était déformé et ses rares cheveux zébraient comme des fils son crâne brillant. Il ressemblait à un chanteur d'opéra amateur en train de jouer la grande scène de la folie.

Anette nota ces éléments tout en constatant que sa faculté d'observation était aussi aiguisée que quand elle assistait à du théâtre amateur. Sans le moindre impact sur son baromètre d'empathie. Putain, qu'est-ce qui n'allait pas avec elle ? Ou avec lui ?

— Nous avons trouvé le corps d'une jeune femme dans l'appartement de Caroline et Julie, poursuivit Jeppe maladroitement au milieu des cris du père. Je dois vous informer qu'il s'agit de Julie. Nous devons encore procéder à... quelques vérifications avant que l'identification ne soit officielle, mais nous ne pensons pas qu'il y ait le moindre doute.

Il chercha le regard d'Anette et ils hochèrent discrètement la tête d'un commun accord. Aucune raison de parler d'autopsie ou de vérification dentaire pour l'instant.

— Je suis terriblement désolé...

Jeppe s'arrêta net.

Christian Stender s'était recroquevillé par terre. Sa femme se tenait derrière le fauteuil et le regardait tout en triturant le bord du rembourrage.

— Pouvez-vous nous laisser seuls un moment ? demanda Ulla Stender d'une voix douce, mais avec une autorité inattendue. Je comprends que nous devrons vous accompagner au poste ou quelque chose de ce genre, mais auriez-vous la gentillesse de nous donner un moment pour nous reprendre ? Seuls.

Anette croisa le regard de Jeppe puis ils se dirigèrent ensemble vers la porte, impatients de quitter la pièce exiguë et les émotions fortes qui s'y exprimaient.

— Nous allons attendre dans le hall. Prenez le temps qu'il vous faut.

Aucune de leurs expressions de condoléances ne semblant la bienvenue, ils n'en dirent pas plus. Anette laissa Jeppe sortir et ferma la porte derrière eux. La dernière chose qu'elle vit fut la fragile femme s'avancer vers son mari, les bras tendus.

CHAPITRE 5

— Vous voulez que j'appuie pour vous ? Quel étage ?

La femme chauve qui traînait un pied à perfusion souriait avec gentillesse, son doigt en l'air devant les nombreux boutons de l'ascenseur. Esther lui rendit son sourire.

— Quatorzième, s'il vous plaît.

Les portes se refermèrent et un silence s'installa entre elles. Esther avait envie de discuter – de la météo, de n'importe quoi –, mais elle ne savait pas quand la femme était sortie de l'hôpital pour la dernière fois, alors elle resta silencieuse. Elle cracha discrètement sur le bout de ses doigts pour essayer d'effacer avec un mouchoir en papier qu'elle venait de trouver dans sa poche le reste de l'encre à empreintes digitales. L'homme des relevés lui avait expliqué que le Danemark était l'un des rares pays au monde qui utilisait encore l'encre plutôt qu'un système de numérisation moderne, auquel était passé le reste du globe depuis longtemps. Même l'Afrique centrale était en avance sur le Danemark sur ce point, avait-il révélé tout en faisant rouler ses doigts sur un coussin d'encre puis sur le papier. Un type bizarre. Elle s'était frotté les mains avec une brosse à ongles juste après, mais visiblement, la couleur ne s'effacerait qu'avec le temps.

L'unité de soins intensifs du service de cardiologie de l'Hôpital national n'avait pas l'air d'être l'endroit le plus exaltant où séjourner. Quelqu'un avait essayé de camoufler la souffrance omniprésente en collant aux murs un assortiment hétéroclite d'affiches. On utilisait toujours les couleurs les plus gaies là où tout espoir était perdu. À côté de l'ascenseur, une publicité pour une soirée chansons avec l'ancien chef de police promettait huit morceaux traditionnels danois avec accompagnement au piano. *Les patients sont-ils vraiment de meilleure humeur après un divertissement de bienveillance qu'aucune personne en bonne santé ne tolérerait plus de cinq minutes ?* se demanda Esther en ouvrant la porte vitrée de la section 3-14-2.

Gregers Hermansen était seul dans une chambre à deux lits, allongé, le visage tourné vers la fenêtre donnant sur la ville. Esther frappa doucement à la porte ouverte.

— Bonjour, Gregers.

Il ne se retourna pas, mais ses épaules se mirent à trembler sous l'effet de ses sanglots. Comme un enfant qui aurait intériorisé sa douleur jusqu'à ce que sa mère arrive enfin pour souffler sur son genou, donnant un public à ses larmes. Esther resta dans l'embrasure, résistant à l'impulsion de fuir tout l'étouffement et la lourdeur de la chambre d'hôpital. Puis elle se secoua et s'approcha du lit.

— Ce n'est que moi.

Gregers laissa ses larmes couler sans retenue. Elle lui prit la main et resta debout sans bouger, jusqu'à ce qu'il se calme. *Pauvre vieil ami*, pensa-t-elle, submergée de compassion pour cet homme qu'elle côtoyait depuis vingt ans et ne connaissait pourtant qu'à peine. Ils n'étaient jamais devenus vraiment amis, bien qu'ils aient vécu sous le même toit pendant une éternité. En cet instant, cela semblait un vrai gaspillage.

Esther tira une chaise près du lit, déboutonna sa veste et reprit la main de Gregers. Elle voulait dire quelque chose de réconfortant, mais tout lui semblait faux, alors elle resta assise à écouter les pleurs, impuissante et mal à l'aise. Elle avait besoin de vacances, d'un verre de vin rouge. Pour s'apaiser l'esprit. Pour ne pas céder aux mille pensées enchevêtrées qui se termineraient toutes en court-circuit. Pour ne pas se rappeler que, mille ans plus tôt, elle sanglotait dans un lit de ce même hôpital, et que cette fois-là, personne n'était venu lui tenir la main.

Se rendant compte qu'elle serrait trop fort la main fragile, elle desserra son étreinte et la tapota avec maladresse. Les pleurs se dissipèrent peu à peu.

— Qui…

La voix faiblit, tremblante comme celle d'un célibataire. Esther se pencha vers lui et tendit l'oreille.

— Qui c'était ?

Il était si enroué qu'elle ne comprit pas tout de suite la question. Il se racla la gorge, agacé, et désigna une carafe en plastique avec du jus de fruits rouges. Elle lui en servit un verre, le laissa boire, versa encore et attendit qu'il soit prêt.

— Je suis tombé sur un… corps. Il y avait du sang sur les murs. La police n'a rien voulu me dire.

Gregers avait l'air si creux, si décrépit, qu'elle se rendit soudain compte qu'elle le percevait comme quelqu'un de vieux tout en se voyant elle-même autrement.

— Je ne sais pas qui c'était, Gregers. La police ne veut encore rien dire.

— Était-elle morte ? Quand je… l'ai trouvée. Était-elle morte ?

Bien sûr, c'est de ça qu'il a peur ! Il se dit qu'il aurait peut-être pu la sauver. Bon sang, la police ne s'est-elle donc pas du tout occupée de lui ?

— Gregers, écoute. Elle était morte depuis longtemps quand tu es arrivé. Tu n'aurais rien pu faire, tu entends !

Elle ne savait pas, en fait, quand la fille était morte, ne connaissait pas les détails précis, mais elle ne voyait aucune raison de ne pas le rassurer.

D'un coup, elle ressentit dans tout son corps une prise de conscience, l'impression de sombrer. Sa gueule de bois l'avait enfermée toute la journée dans une bulle qui éclatait à présent qu'elle se focalisait sur quelqu'un d'autre. Un meurtre dans sa maison. *Mais c'est terrible ! Bien trop terrible à réaliser*. Sa gorge s'était serrée. *Est-ce que ça a vraiment pu arriver ? Et pourquoi ?*

— Pourquoi ?

Il la regarda de ses yeux suppliants sans savoir que ses pensées faisaient écho aux siennes.

Esther éprouva un sentiment aigu de culpabilité, mais le repoussa. *C'est forcément une coïncidence. Une coïncidence lointaine et écœurante.*

Son père l'appelle tous les deux jours. Parfois, elle répond, aujourd'hui, elle a laissé sonner. Elle ne le supporte pas. Sa mère lui manque. La maladie et la mort de sa mère l'ont laissée dans un état permanent de nostalgie. Un désir d'être vue et étreinte telle qu'elle est, un désir d'être à nouveau la petite Enfant Étoile de sa maman. « Mon Enfant Étoile », c'est ainsi que l'appelait toujours sa mère. Et les sollicitations de son père ne peuvent rien changer à ce manque. On dirait que plus elle le rejetait, plus il insistait. Il pense toujours qu'elle est sa petite fille innocente.

Elle met une serviette et des livres dans le panier de son vélo et franchit le pont basculant de Knippelsbro. Les rues sont désertes en ce milieu de journée. Elle attache son vélo à un râtelier d'Amager Strandvej et se rend sur le ponton de baignade de Kastrup søbad, le panier frottant contre ses cuisses nues. Elle prend une photo d'elle sur la construction de bois et la poste sur Instagram.

Le ponton est couvert de corps entremêlés à moitié nus. Elle trouve un coin où poser ses affaires et se déshabille en prenant son temps, consciente du moindre regard sur son strip-tease. Elle fait durer ce moment jusqu'à n'être plus qu'en bikini et lunettes de soleil, s'étire et cligne des paupières en observant l'assemblée derrière ses verres fumés.

Le type chauve, là-bas, s'est arrêté, laissant sa glace fondre sur ses doigts en la dévorant des yeux. *Vieux cochon*. Elle regarde vers l'horizon, distant et inaccessible, et se penche vers son panier, jambes tendues, pour attraper sa crème solaire. Elle se tartine tout le corps avec lenteur, consciente à nouveau des nombreux regards qui s'accrochent à elle.

Mais il y en a un qu'elle ne voit pas. Une paire d'yeux cachée derrière des lunettes, qui regarde son corps comme s'il lui appartenait. Sa peau comme une toile. Si seulement elle réfléchissait, elle pourrait encore l'empêcher.

Mais elle ne réfléchit pas.

CHAPITRE 6

Dieu sait que la salle d'interrogatoire n° 6 n'était pas une suite junior, mais en cet instant, Jeppe trouvait le cadre officiel bien plus confortable à tous égards que la chambre étouffante de l'hôtel Phønix qu'ils avaient quittée une heure plus tôt. Christian Stender s'était calmé et, la main de sa femme dans la sienne, se balançait machinalement sur sa chaise en marmonnant. Comme à son habitude, Anette était adossée au mur dans une posture à la Philip Marlowe ; elle dut se déplacer pour laisser passer un agent qui apportait du thé sucré dans deux gobelets en plastique blanc.

Jeppe fit un signe de tête au couple pour leur indiquer qu'ils entraient maintenant dans le vif du sujet.

— Je comprends que ce doit être un terrible choc pour vous. Malheureusement, nous devons vous informer de certains faits et aussi vous poser quelques questions, bien que ce soit difficile.

Jeppe établit un contact visuel avec Ulla Stender, qui cligna plusieurs fois des yeux.

— Nous avons fait ce que nous considérons être une identification à cent pour cent positive, vous n'aurez donc pas besoin d'être présents pour identifier… le corps. Vous pouvez la voir une dernière fois. Cependant, je vous le déconseille. Elle ne ressemble pas à celle que vous avez connue.

Le visage d'Ulla Stender se crispa à ces mots terribles. Christian Stender se figea.

— Ensuite, je dois vous demander si vous acceptez l'idée d'une autopsie, si vous avez des objections ?

Ulla jeta un coup d'œil vers son mari puis secoua la tête. Il posait la question par simple formalité : le corps serait autopsié même s'ils s'y opposaient.

— Merci. Nous sommes aussi obligés de vous demander si vous savez où se trouve Caroline Boutrup. Compte tenu de la situation, il est urgent de la retrouver, poursuivit Jeppe.

Le père endeuillé ferma les yeux et poursuivit son dialogue intérieur avec des puissances supérieures. Sa femme répondit :

— Julie ne nous raconte pas grand-chose, mais je sais par les parents de Caroline qu'elle est partie pour la semaine faire du canoë avec une amie. Quelque part en Suède.

Jeppe poussa un bloc-notes sur la table.

— Voulez-vous écrire les noms de ses parents ici ? Et aussi ceux des amis, anciens camarades de classe et autres contacts que Julie avait à la fois ici à Copenhague et chez vous à Sørvad. Nous pourrions avoir besoin de parler à tous ceux qu'elle connaissait.

Ulla Stender réfléchit et inscrivit quelques noms.

— Nous devons aussi vous demander de nous dire où vous étiez mardi soir et dans la nuit d'hier à aujourd'hui. C'est une question de routine que nous posons à tous ceux qui ont à voir avec l'affaire.

— La nuit d'hier à aujourd'hui ? (Ulla Stender leva les yeux du bloc-notes et continua à écrire tout en répondant.) Eh bien, nous étions à l'hôtel, en train de dormir. Nous sommes arrivés mardi – était-ce vraiment hier ? – et nous avons retrouvé Julie pour boire un café sur Kongens Nytorv dans l'après-midi. Christian avait des réunions importantes ici mercredi et jeudi, mais maintenant, nous les avons annulées.

— Vous n'êtes pas sortis prendre un verre le soir ni rien de ce genre ?

— Non, nous nous étions levés tôt et étions épuisés, alors nous avons juste fait un tour dans Nyhavn avant de rentrer à l'hôtel et de manger dans la chambre, devant la télé. Je pense qu'à 23 heures, nous étions déjà couchés.

— De quoi avait l'air Julie quand vous l'avez rencontrée ?

— Eh bien, elle était fidèle à elle-même. Heureuse et satisfaite. Elle a parlé des études qu'elle allait entreprendre. Elle était sur son téléphone la majeure partie de l'heure que nous avons passée ensemble, mais c'est comme ça, de nos jours.

— Nous savons qu'il est difficile d'en parler maintenant, mais il faut que nous en apprenions le plus possible sur Julie. Pouvez-vous nous parler un peu d'elle ? demanda Jeppe. Comment était-elle ? Qu'aimait-elle faire ? Ce genre de choses.

Ulla Stender regarda avec inquiétude son mari, qui était toujours assis, les yeux fermés.

— Eh bien, Julie était une fille heureuse, commença-t-elle en hésitant. Tout à fait normale, vous savez, mignonne… jeune. Elle aimait aller au concert et au théâtre.

La belle-mère chercha ses mots, mais n'en trouva pas d'autres qui vaillent la peine d'être prononcés.

— Selon vous, y a-t-il quelqu'un qui aurait pu vouloir lui faire du mal ?

Ulla Stender secoua la tête, indignée.

— Quelqu'un qui voudrait *vous* faire du mal ? Vous atteindre à travers Julie ?

Elle secoua de nouveau la tête. Jeppe baissa les yeux vers la table pour lui donner le temps de se moucher.

— Christian a eu des tensions avec des partenaires et des clients, mais jamais rien qui ne puisse être réglé par une partie de golf. Et personne n'aurait pu avoir l'idée de faire du mal à Julie pour des choses comme ça ! C'est complètement fou !

Anette, toujours appuyée contre le mur, rompit le silence qui s'ensuivit :

— Depuis combien de temps connaissez-vous Julie ? Quand vous êtes-vous mariés, tous les deux ?

Jeppe essaya de signaler à Anette de ne pas l'interrompre, mais elle ne sembla pas le voir.

Ulla Stender cilla, mal à l'aise.

— C'était en mars 2004. Julie a chanté pour nous un texte qu'elle avait écrit sur l'air de *Smuk som et stjerneskud*[1]. Elle n'avait que neuf ans ! Tout le monde était très impressionné.

Christian Stender gémit et se couvrit les yeux de ses mains. Sa femme continua en hésitant :

— Mais Julie n'avait qu'un an quand j'ai été embauchée par la société, et j'ai toujours connu la famille. Quand la mère de Julie est décédée, d'un cancer… Alors nous nous sommes, si je puis dire, rapprochés. Et, oui, Christian et moi nous sommes mariés… J'espère que Julie me voit comme sa mère, aujourd'hui. Ou me voyait…

La lèvre supérieure d'Ulla Stender se couvrait lentement de sueur. Elle triturait son pendentif *Foi, Espérance et Amour*.

— Quand la mère de Julie est-elle morte ? demanda Anette qui n'avait semble-t-il pas l'intention de laisser Ulla Stender décrocher.

— Irene est décédée en 2003, mais elle a été malade très longtemps. Christian était complètement épuisé par ses visites à l'hôpital. Ce fut une période terrible.

---

1. « Belle comme une étoile filante ». (Toutes les notes et les traductions sont de la traductrice. Les références des chansons et poèmes sont en fin d'ouvrage.)

Surtout pour Irene, pensa Jeppe. Il était clair qu'Ulla Stender avait l'habitude de défendre son mariage. Y avait-il eu des ragots dans le petit Sørvad quand M. Stender s'était remarié avec sa secrétaire cinq minutes après l'enterrement de sa femme ? Ulla Stender ressemblait à une enfant qui aurait voulu ramper sous la table pour ne plus jouer. Jeppe lança à Anette un regard d'avertissement et changea de sujet :

— Depuis combien de temps Julie habitait-elle à Copenhague ?

— Six mois. Elle a emménagé ici en mars pour trouver un job d'étudiant avant la rentrée d'automne.

— A-t-elle été… violée ? demanda le père d'une voix rauque qui déchira tout à coup la pièce.

Le viol : le pire qu'un père puisse imaginer pour sa fille.

— Il n'y avait pas de signe visible d'agression sexuelle. (Jeppe ne bougeait pas, observant le couple pendant qu'il parlait.) Mais l'agresseur a utilisé un couteau.

Le père poussa un grand soupir et baissa de nouveau la tête.

— Et je crains qu'il ne l'ait tailladée… (Jeppe remarqua le regard acéré d'Anette, mais l'ignora.) Nous ne savons pas encore pourquoi ni comment, mais certains des actes de violence ont été commis avant le décès, poursuivit-il. Je suis vraiment désolé de devoir vous raconter ça. Si vous avez la moindre idée de ce que ça pourrait signifier, il est important que vous le partagiez avec nous.

Ulla Stender posa ses mains sur sa bouche et secoua la tête, choquée.

— Nous avons une équipe à l'Hôpital national et pouvons vous proposer un soutien psychologique d'urgence si vous… J'ai le numéro ici.

Christian Stender leva la tête et écarquilla les yeux. Son visage était de la même couleur que le mur derrière lui. Puis il vomit.

Ils durent abandonner l'interrogatoire. Christian Stender était allongé sur le sofa, un seau devant lui, mais quand il perdit connaissance entre deux vomissements, ils le placèrent en position latérale de sécurité et appelèrent une ambulance. Sa femme haletait comme si elle venait de monter en courant un escalier raide. Jeppe eut juste le temps de l'avertir qu'ils seraient obligés de leur parler à nouveau le lendemain avant que les portières de l'ambulance ne claquent.

— Putain, c'est quoi ton problème ? éclata Anette une fois que l'ambulance s'éloignait du trottoir.

— Comment ça ?

— Pourquoi dire à ces pauvres gens que le coupable a découpé leur fille alors qu'elle était vivante ? C'est tout à fait déplacé, enfin ! Ça ne te ressemble pas d'être aussi insensible.

— Nous sommes bien obligés de savoir si ça signifie quelque chose.

— Oui, mais pas maintenant, putain ! Laisse-leur donc une chance. Il faut d'abord qu'ils comprennent qu'elle est morte.

— En tant qu'enquêteur principal, je n'ai pas à justifier la moindre de mes décisions.

Jeppe donna un coup de pied agacé vers une pierre, qu'il rata. Une envie de détruire quelque chose le submergea et menaça de prendre le relais. Il dut se retenir pour ne pas ramasser la pierre et la lancer à travers le pare-brise de la voiture la plus proche.

Anette le regarda comme s'il avait une maladie grave.

— Je me fous que ce soit toi qui décides. Ça, c'était complètement inutile, putain !

— Qu'est-ce que tu essayes d'insinuer ?

— Détends-toi ! Tu n'es pas comme d'habitude. Laisse tomber !

Anette fit demi-tour et retourna dans le bâtiment. Il resta planté là à regarder l'ambulance s'éloigner jusqu'à ce que sa colère se calme.

*

Jeppe monta l'escalier menant à la grande cour intérieure de l'hôtel de police, où les sombres colonnades gardaient leur aspect inquiétant même le jour d'été le plus doux. Il avait besoin d'air avant de rejoindre ses collègues de la Crim'. L'herbe entre les dalles scintillait sous le soleil de l'après-midi, atténuant un peu l'austérité de la cour. Elle allait bientôt être assez haute pour y passer la tondeuse à gazon ; la commune de Copenhague n'avait-elle vraiment pas les moyens de désherber ?

Anette avait raison, il était d'humeur massacrante. Son dos lui faisait mal, il se rappela qu'il devait appeler son médecin pour le supplier de lui faire une autre ordonnance d'Oxy-Contin.

Mais ses douleurs dorsales n'étaient pas la seule cause de sa mauvaise humeur. Il était obligé de s'avouer que se trouver confronté à l'infidélité des autres le touchait davantage que d'ordinaire. La liaison évidente de Christian Stender avec sa secrétaire alors que sa femme était mourante le répugnait tant qu'il la ressentait presque comme une attaque personnelle.

« *You're simply the best. Better than all the rest*[1]. »

La reprise de Tina Turner résonna tout à coup entre ses tempes et le renvoya au soir du nouvel an. Therese était plus belle que jamais. C'est ce dont il se souvenait maintenant, sans pouvoir se rappeler en détail ce qu'elle portait. Ce n'était pas sa tenue qui la rendait belle, c'était la distance entre eux et ses propres doutes croissants qui la rendaient inaccessible. Ils avaient pris un taxi pour se rendre en ville, à temps pour arriver avant le discours télévisé de la reine Margrethe, et

1. « Tu es le meilleur. Mieux que tous les autres », extrait de la chanson *The Best*, « Le meilleur ».

regardaient la neige chacun de leur côté. Il l'avait négligée, il le savait bien, il était parti trop souvent, trop occupé par sa carrière. Il avait évité les défaites et les difficultés à la maison. *Mais tout va changer, maintenant.* Il lui avait pris la main. « Sache que cette nouvelle année est réservée à notre future famille, je vais y mettre toute mon énergie. Nous allons réussir, cette fois ! Il n'y a rien de plus important que nous dans ma vie ! »

Elle avait retiré sa main et demandé au chauffeur de monter le son avant de contempler à nouveau l'extérieur. Il s'était détourné à son tour et avait regardé les gouttes sur la vitre pendant que Tina Turner emplissait l'habitacle de sa psychologie positive.

La soirée du nouvel an avait été kafkaïenne dès la première minute. Il était là avec son mousseux à regarder celle qu'il aimait, qui se tenait à côté de lui, qui était sa femme. Et pourtant pas. Ils avaient mangé et bu, il ne se souvenait plus du déroulement de la soirée, mais quand l'horloge sonna les douze coups, il ne l'avait pas touchée une seule fois. Le baiser de Therese avait des relents d'obligation. Il savait que c'était fini.

Il ne fut même pas surpris quand, peu après, elle lui avait raconté l'histoire d'une copine qui passait le réveillon seule, et combien elle se sentait désolée pour elle. Elle irait juste la rejoindre un moment pour la réconforter, elle serait vite de retour. Tout le monde fut étonné qu'elle s'en aille, mais ils étaient trop ivres pour s'en inquiéter, même quand il avait lui aussi enfilé son manteau.

Il avait suivi son dos mince à travers le centre-ville, se sentant comme un acteur dans un mauvais mélodrame, à la fois sur le point de s'effondrer et bourré d'adrénaline. Elle avait franchi un porche inconnu dont il savait que ce n'était pas celui de ladite copine. Il avait compté jusqu'à dix puis sonné. *Niels*, était-il écrit sur la sonnette. *Niels*. Elle avait ouvert sans la moindre trace de remords et lui avait demandé de partir. C'est ce qui avait été le pire. Qu'elle n'ait pas eu honte, qu'elle n'ait rien regretté, qu'elle ne se soit pas inquiétée pour lui au point de proposer de l'accompagner. « Tu dois partir, maintenant, Jeppe ! Va-t'en ! » Puis elle avait fermé la porte.

Il avait sonné au milieu de la nuit chez Johannes et Rodrigo, à Skydebanegade. Sans comprendre, répudié, détruit. Il avait vécu sur leur sofa pendant deux semaines, pris un congé maladie et s'était enfermé dans une grotte de couvertures de laine et de réconfort. Johannes et Rodrigo s'étaient occupés de lui comme on le ferait d'un enfant, pleurant les larmes qu'il était trop pétrifié pour pleurer lui-même. Ils avaient écouté l'histoire mille fois et l'avaient soutenu, jusqu'à ce qu'il puisse à nouveau se lever et affronter le monde.

Quand il finit par rentrer chez lui, il découvrit qu'elle avait emporté toutes ses propres affaires et la plupart de leurs meubles communs. Les murs étaient vides, hormis la crasse laissée par les étagères démontées. Dans le salon, il ne restait que leur vieux sofa élimé. C'est là qu'il s'était allongé, comme une éponge imbibée de tristesse, jusqu'à en avoir le dos tordu.

Un jour, Johannes était venu frapper à la porte. Comme Jeppe n'ouvrait pas, il avait brisé une fenêtre du sous-sol pour entrer, l'avait tiré de ses coussins et poussé sous la douche.

Maintenant, c'était le mois d'août, et Jeppe avait repris le travail. Il venait juste de recevoir la demande de divorce par courrier. Elle était sur la table basse, rappel humiliant que Therese avait avancé dans sa vie et que lui était seul.

CHAPITRE 7

Esther de Laurenti balança ses chaussures et se servit un verre de vin rouge pendant que les chiens bondissaient autour de ses jambes. Aujourd'hui, un Syrah en bouteille, elle n'était pas d'humeur à boire du vin en brique. Debout à la table de la cuisine, sa veste encore sur elle, elle prit une grande gorgée de vin, ferma les yeux et laissa la sensation de bonheur se répandre dans tout son corps. *Ah !*

Kristoffer était en train d'éplucher des légumes près de l'évier. Il l'avait saluée de la main quand elle était rentrée, mais n'avait pas demandé comment s'était passée sa visite à l'hôpital. Il la connaissait. Elle devait d'abord atterrir.

Dans le salon, elle se laissa tomber sur le sofa. Les chiens se mirent aussitôt à sauter, à lécher son visage et à répandre des poils partout sur sa veste en cachemire. L'appartement sentait le pain chaud, sans doute l'une des spécialités à la poêle que Kristoffer expérimentait ces temps-ci. L'odeur était si réconfortante qu'Esther se mit à pleurer. *Avoir le cœur lourd est l'expression la plus frappante*, pensa-t-elle, *c'est exactement ce que je ressens. Une pierre tombale dans ma poitrine*. Elle but à nouveau, caressa Épistémè pour le calmer et appuya la tête contre le dossier.

Dans le taxi qui l'avait ramenée chez elle, les informations à la radio avaient évoqué le meurtre d'une jeune femme dans le centre-ville, et elle avait été incapable de comprendre qu'il s'agissait de son immeuble, de sa locataire. *Sa* Julie. Parce que c'était Julie qui avait été tuée. Personne ne l'avait encore dit tout haut, mais Esther le savait avec une certitude absolue. Le chauffeur avait baissé le son et secoué la tête, et elle, assise sur la banquette arrière, s'était sentie coupable.

— Nous allons manger un carré d'agneau et une salade de fèves chaudes. Est-ce que ça te va ?

Kristoffer se tenait dans l'embrasure de la porte de la cuisine, s'essuyant les mains sur un torchon usé. Il regardait de côté avec timidité, comme toujours lorsqu'il parlait.

— Ça a l'air bon, chéri. Merci !

Il disparut à nouveau dans la cuisine et elle entendit le bruit des casseroles et des plats. Ce bien-être était presque malvenu. Elle ne pouvait pas être assise là, à respirer l'odeur de nourriture et de pain fait maison et se sentir à l'aise, alors qu'il venait d'y avoir un meurtre deux étages plus bas. Aujourd'hui, elle aurait préféré se vautrer dans la solitude, boire trop, pleurer et rester éveillée toute la nuit. Cela aurait été plus approprié.

Julie avait été une gentille locataire, plus calme et rangée que Caroline. Pas aussi belle, peut-être, mais attachante d'une manière qui n'était pas due qu'à sa jeunesse. Au coin de son sourire de jeune fille se cachaient une rébellion et une sensualité retenues. Julie avait été une rebelle réprimée, un petit lac rempli de secrets et de créatures mystérieuses. Esther l'avait vu tout de suite et avait ressenti le besoin de la prendre sous son aile pour l'aider à avancer dans la vie mieux qu'elle ne l'avait fait. Pas comme une mère de substitution, mais comme une compagne de souffrance, qui avait elle-même été maltraitée par la vie et avait tout surmonté.

Souvent, Julie s'asseyait sur le rebord de la fenêtre de la cuisine pour discuter, ou écouter Esther faire ses gammes.

Kristoffer mit le mixeur en route. Épistémè sursauta et descendit du sofa. Il devait faire du *dukkah* pour accompagner l'agneau. Ou un pesto, peut-être ? Esther vida son verre et se souvint que Julie et Kristoffer avaient, ensemble, aidé à la cuisine et servi lors de plusieurs de ses dîners.

Elle devait lui demander s'il la connaissait bien. Réévaluer tout son projet. Décider si elle devait dire à la police qu'elle avait tué Julie.

Le soir, elle se promène. Elle aime regarder les hommes droit dans les yeux. Surtout ceux qui sont avec une femme. C'est la chose la plus simple au monde, faire perdre son sang-froid à un homme, il suffit de le regarder droit dans les yeux. Pour un homme, un regard direct signifie que soit tu veux le baiser, soit tu veux le tuer. Elle adore voir leur malaise. Elle a le contrôle, s'amuse gratuitement. Mais c'est aussi elle qui rentre seule chez elle.

Un soir, elle croise un homme sur le trottoir étroit. Il est large d'épaules, porte des lunettes et marche seul avec un sourire mystérieux. Elle essaye d'attirer son regard, mais il ne la voit pas, il continue d'avancer tout droit. Elle se surprend à se tourner pour l'observer.

Le jour suivant, elle le revoit sur le trottoir opposé. Elle le reconnaît aussitôt, il ne la voit toujours pas. Cela l'agace. Elle rentre chez elle, ses pieds lui font mal dans ses sandales à talons hauts. Autour d'elle, des couples d'été heureux, la ville est pleine d'amour. Elle sent une main chaude sur son épaule, se retourne et le voit tout près d'elle, souriant. Cela la gêne, elle baisse le regard.

– Tiens ! dit-il en lui donnant un petit morceau de papier avant de partir.

Sur le papier est écrit :

ENFANT ÉTOILE

Rien d'autre, juste cela. En majuscules à l'encre noire. Elle lit les mots à voix haute, là, au milieu de la rue, et sent quelque chose se diluer dans son corps. Quand elle lève les yeux, l'homme a disparu.

CHAPITRE 8

— En d'autres termes, Julie Stender n'avait pas beaucoup d'amis de son âge ?

Mal à l'aise, Jeppe s'appuya contre le dossier de la fragile chaise bistrot dans la cuisine d'Esther de Laurenti et jeta un coup d'œil à sa montre. Il était un peu plus de 20 heures. La journée avait été longue et remplie d'informations, certaines vitales, d'autres fausses, et maintenant, il était difficile de les différencier. Il avait demandé à Anette de tenir le débriefing à l'hôtel de police et convenu de la retrouver après à l'Oscar Bar pour faire le point.

Pour l'instant, il était content de s'entretenir avec Esther de Laurenti en tête-à-tête. Pendant qu'ils parlaient, la petite femme, debout près de l'évier, faisait la vaisselle à l'aide d'une brosse rose. Elle avait réagi à l'annonce de l'identité de la victime avec une tristesse contrôlée, comme si cela confirmait ce qu'elle savait déjà. Jeppe avait le sentiment qu'elle retenait quelque chose, quelque chose qu'elle aimerait lui dire, mais n'osait pas aborder.

Esther de Laurenti remplit son verre de vin rouge à une bouteille qui semblait avoir sa place à demeure sur la table de la cuisine et lui proposa d'un mouvement de sourcils de l'accompagner. Il refusa d'un signe du doigt et attendit patiemment. Elle but en prenant son temps avant de répondre :

— Julie était le type de fille qui préférait le contact des adultes. Non qu'elle n'était pas intéressée par les jeunes de son âge, mais je crois qu'ils l'ennuyaient un peu. (Les « s » d'Esther étaient devenus plus épais et plus crachotants, mais à part ça, elle tenait bien l'alcool.) Elle passait bien sûr beaucoup de temps en compagnie de Caroline et de son petit copain, mais elle ne pouvait pas éviter d'être pour ainsi dire la troisième roue du carrosse… L'avez-vous trouvée, d'ailleurs ? Caroline ?

Jeppe réfléchit un instant aux informations qu'il était prêt à partager.

— Son téléphone n'a pas de réseau, mais elle et son amie ont été localisées dans un camping de Bromölla ce matin. Elles se sont servies de la carte Visa de Caroline, donc nous sommes assez certains que ce sont bien elles. La police suédoise va les ramener à Copenhague.

Esther de Laurenti souffla, visiblement soulagée. Elle prit une nouvelle gorgée et poursuivit :

— Je suis née ici, le saviez-vous ? Dans cet immeuble. Mes parents l'ont repris en 1952 et ont ouvert un bar au rez-de-chaussée. Le Pélican. Maman était derrière le comptoir, papa jouait au billard avec les clients. Pas une éducation protégée, mais amusante. La rue entière a organisé une fête d'adieu quand maman a fini par être trop âgée et a dû fermer le bar. Pour moi, ce n'est pas un simple immeuble…

Jeppe attendit aussi longtemps qu'il lui semblait nécessaire pour changer de sujet sans paraître impoli.

— Comment est-il, ce Daniel, le petit copain de Caroline ? J'ai cru comprendre que lui aussi venait de Sørvad, donc lui et Julie devaient se connaître…

Jeppe laissa sa phrase suspendue là, entre la question et l'implication. Esther de Laurenti l'attrapa quand même au vol.

— Oubliez ça ! Daniel est un bon garçon.

Elle pencha la tête en arrière, attendant que la dernière goutte du verre roule sur sa langue. Quand elle reposa le verre, elle eut l'air un peu contrariée qu'il soit vide.

Jeppe hésita. L'agacement est toujours le signe qu'on approche trop de quelque chose qui fait mal. Étaient-ils sur le point d'aborder ce dont elle ne voulait pas parler ?

— Qui est... (Il jeta un coup d'œil inutile à son carnet.) Qui est Kristoffer ?

Elle se raidit légèrement.

— Kristoffer est... mon professeur de chant. Et ami. Je le connais depuis quatre ans. Il est...

Elle s'arrêta net, fixant d'un air perplexe ses doigts fripés par la vaisselle, comme si elle cherchait une solution pour empêcher de nouvelles questions.

— Est-ce que Julie et lui se connaissaient ? essaya Jeppe.

Elle avait un trou au bout de son bas, qu'ils contemplèrent tous les deux. Le silence s'installa dans la cuisine pendant qu'elle cherchait ses mots. Après quelques secondes douloureuses, elle s'essuya les joues d'un geste impatient, agacée par ses propres larmes.

— Vous devez comprendre que Kristoffer est différent, expliqua-t-elle, les mots coulant tout à coup aussi facilement que ses larmes. Je veux dire vraiment différent, un peu autiste, unique en son genre, si vous voulez. Il est introverti et réservé, mais ça ne le rend pas dangereux, vous comprenez ?

Jeppe hocha la tête sans comprendre autre chose que son besoin de protéger Kristoffer. *C'est ça qu'elle ne m'a pas dit ?*

— Il est compliqué, mais incroyablement doué, un prodige artistique. Il est entré comme professeur au conservatoire de musique à dix-neuf ans, mais a abandonné parce qu'il voulait se concentrer sur sa propre musique. Savez-vous combien de candidats ils ont, chaque année ? Il est unique. Et il est fiable, vient toujours à l'heure convenue et prend soin de moi et des chiens. Il ne ferait pas de mal à une mouche, vous entendez ?

Plus elle parlait, moins elle avait l'air sûre d'elle.

— Est-ce que lui et Julie se connaissaient ? répéta-t-il.

Esther de Laurenti retint son souffle un instant. Puis elle cracha les mots :

— Oui, nom de Dieu, ils se connaissaient. Ils se connaissaient bien !

*

Durant la courte distance entre Klosterstræde et l'Oscar Bar, le lieu où lui et Anette avaient l'habitude de se détendre après le travail, Jeppe appela Therese. Il ne savait pas vraiment pourquoi. Il avait juste besoin d'entendre sa voix. Elle ne décrocha pas. La dernière fois qu'il avait réussi à la joindre, elle lui avait dit qu'il devait arrêter de l'appeler. Et elle avait raccroché. Il se demanda combien de temps il souffrirait d'entendre sa voix au téléphone, et combien de temps il continuerait à rechercher cette douleur.

Au pied de l'hôtel de ville s'ouvrait un petit espace où, dans la chaleur du soir, des gens en tenue estivale assis à de petites tables de café discutaient avec nonchalance. La statue des joueurs de *lur* surveillait majestueusement la consommation de rosé et de bière pression, comme s'ils n'attendaient que le bon moment pour se mettre à jouer de leurs instruments. Sur le pas de la porte de l'Oscar Bar, Jeppe et Anette se saluèrent, épuisés. Elle se mit en quête d'une table libre pendant qu'il allait commander les bières.

— Regarde, mon ami, si tu lèves juste un peu les coudes, je vais m'assurer que ce joli coupe-vent ne soit pas taché. Ce serait dommage.

Jeppe souleva consciencieusement les coudes et, avec lassitude, il regarda René essuyer le comptoir avec un sourire sarcastique. Les piques de René faisaient partie du plaisir de venir à l'Oscar Bar, quelque chose qui le faisait se sentir chez lui dans ce bar par ailleurs bien trop bruyant, avec ses petites tables bistrot ridicules et ses miroirs aux murs. C'était Johannes qui lui avait fait découvrir l'endroit, à l'époque où, mille ans plus tôt, ils s'étaient rencontrés à l'école du spectacle d'Amager. À l'époque où Jeppe croyait que les ambitions d'actrice de sa mère étaient aussi les siennes. Qui sait, peut-être l'étaient-elles ?

René jeta son torchon et sortit mollement deux bouteilles de bière d'une armoire réfrigérée. Jeppe regarda la clientèle colorée et bigarrée du bar. Lui-même avait grandi dans une maison où l'art était religion et les artistes de scène, les musiciens et les écrivains des demi-dieux. La mère de Jeppe montrait rarement ses émotions, mais elle ne pouvait passer le *Voyage d'hiver* de Schubert ou lire certains passages d'*Alice au pays des merveilles* à voix haute sans verser une larme.

Cela avait été une déception pour elle quand il avait arrêté l'école du spectacle. Elle ne l'avait jamais dit expressément, mais Jeppe l'avait remarqué. Son sourire terne quand il avait expliqué qu'on ne pouvait pas passer sa vie à rêver. Pendant quelques années, il avait surfé sur la vague du fitness et profité d'un job d'instructeur de *spinning* pour devenir tranquillement adulte. Quand un de ses collègues était entré à l'école de police de Brøndbyøster, cela lui avait paru un bon mélange de physique et de stabilité. Sans réfléchir plus que ça, il avait envoyé sa candidature.

Les seules choses qui avaient survécu de son passage par l'école du spectacle étaient son amitié avec Johannes, le catalogue musical complet contenu dans son petit cerveau, et l'Oscar Bar. Comme l'endroit se trouvait à un jet de pierre de l'hôtel de police et avait de la bière fraîche, il ne voyait aucune raison d'aller ailleurs. Anette et lui s'y rendaient souvent après le travail, même si leurs collègues considéraient comme une source d'amusement sans fin que le duo d'enquêteurs Werner et Kørner fréquente un bar gay. Ensemble !

René posa les deux bouteilles de bière sur le comptoir. Jeppe sortit un billet de la poche de sa veste avant de se diriger vers la table où Anette l'attendait déjà, dans un coin.

Jeppe s'assit. Ils levèrent leurs bouteilles pour porter un toast silencieux, puis burent. La jouissance de la bière froide se propagea dans tout son corps, lui procurant le sentiment d'être vivant pour la première fois de la journée. Quand il reposa la bouteille, elle était déjà à moitié vide. Il s'essuya les doigts sur son pantalon et sortit son carnet.

— Bien, alors, qu'est-ce qu'on a ?

Anette ouvrit sa tablette.

— Julie Stender, vingt et un ans. Assassinée cette nuit à son domicile du 12 Klosterstræde. Pas de signes manifestes d'agression sexuelle, ce qui est remarquable en soi, mais par contre, un inquiétant découpage sur le visage.

Jeppe hocha la tête.

— Vue pour la dernière fois ?

Anette chercha sur l'écran, sortit en jurant une paire de lunettes de lecture qu'elle plaça tout au bout de son nez, et jura à nouveau.

— Voilà. Saidani a regardé ses messages SMS et ses posts Facebook : hier soir, Julie s'est rendue à un concert à la Maison des étudiants de Købmagergade, où sont aussi allés beaucoup des jeunes de son entourage. Le groupe s'appelait quelque chose comme Vutbajns, je ne les connais pas. Julie s'est connectée sur son compte Facebook pendant qu'elle y était. Le barman ne se souvient pas vraiment d'elle.

Elle a parlé à plusieurs de ses connaissances – Falck est toujours en train de les contacter – et, pour autant qu'on le sache, elle est repartie vers 22 heures. Elle a dit qu'elle était fatiguée et voulait rentrer chez elle.

— Ça, pour être rentrée, on sait qu'elle est rentrée. Tu en veux une autre ?

— Déjà ?

Jeppe établit un contact visuel avec René et leva deux doigts, mais le barman était en grande conversation avec un type en short argenté.

Anette poursuivit, persévérante :

— Saidani a trouvé pas mal de textos durant toute la journée. À Caroline, à son père, à une vieille amie. Rien de plus. Mais en rentrant de la Maison des étudiants, Julie a envoyé un SMS à deux personnes, et c'est là que ça devient intéressant. Elle a écrit à Caroline à 22 h 13 :

Salut Caro. J'espère que vous vous amusez bien au milieu de nulle part ? Concert était un peu bof, t'as rien manqué. Aucune nouvelle du Mystérieux M. Mox. Tu me manques. Bisous !

— Ce Mystérieux M. Mox, ce n'est pas un magicien ?

Jeppe était convaincu d'avoir vu un M. Mox faire des tours de cartes quelques années plus tôt sur Fisketorvet. *Il ne peut quand même pas être impliqué ?*

— C'est sûrement le surnom de quelqu'un. Ce qui implique qu'il y a un homme dans sa vie, nous devons trouver de qui il s'agit. (Anette avala une rapide gorgée.) Mais écoute, parce que maintenant, ça devient encore plus intéressant. Le message suivant était destiné à quelqu'un que nous connaissons.

— Kristoffer ?

— Va te faire foutre, tu le savais !

Anette avait l'air vraiment déçue. Jeppe ne put s'empêcher de rire un peu.

— Tu crois que je suis allé chez le coiffeur pendant que tu travaillais ?

— On a toujours le droit d'espérer. Tu n'as pas l'intention d'aller couper cette tignasse de fille ? Ça ne fait pas très sérieux.

— Allez, qu'est-ce que ça dit ?

— À 22 h 15 : Salut K. Crevée, suis partie sans dire au revoir, pas pu te trouver. Sorry ! J. Kristoffer n'a pas répondu. Mais il était donc au concert, et lui et Julie se connaissaient.

Jeppe acquiesça :

— Esther de Laurenti a fini par me raconter que ces deux-là se voyaient apparemment pas mal. Kristoffer travaille au Théâtre royal, où il est habilleur. Quand la représentation sera finie, à 22 h 40, nous irons le rejoindre chez le gardien.

Anette vida sa bouteille et agita la main vers René, qui bondit aussitôt de son comptoir et leur apporta deux bières.

— Putain, mais comment tu fais ? s'exclama Jeppe.

— Comment ça ? Je lui ai juste fait signe !

Anette le regarda sans comprendre.

— Laisse tomber. Quoi d'autre ?

Jeppe haussa les épaules à l'intention de René, qui posa deux bouteilles sur leur table en adressant un sourire de connivence à Anette.

— Aucun signe d'effraction dans l'appartement. Toutes les fenêtres étaient fermées quand Gregers a été découvert, la porte d'entrée principale était verrouillée et la porte arrière de la cuisine intacte. Alors, à moins qu'elle ne soit allée au lit en laissant une des portes entrebâillée, elle a dû faire entrer elle-même son meurtrier.

— Et comme la probabilité qu'elle ait commandé une pizza ou ouvert au livreur de journaux après 22 heures est assez faible, nous pouvons presque conclure qu'elle le connaissait. Parce que c'était un « il », n'est-ce pas ?

Anette but une gorgée de bière et réfléchit un peu.

— Je crois. C'était une fille grande, et pas fluette. Il aura fallu une certaine force pour en venir à bout. Mais on verra bien ce que Nyboe aura à nous dire demain.

Jeppe contempla la chaude soirée d'été par la fenêtre. Les tables à l'extérieur étaient occupées par des buveurs de bière en bras de chemise, qui parlaient fort. Hier soir à cette heure-ci, Julie Stender avait traversé le centre-ville en toute sécurité pour rentrer chez elle, avait déverrouillé puis refermé la porte derrière elle. Et alors ? Elle n'avait pas utilisé son téléphone après le SMS à Kristoffer, pas d'appel entrant ou sortant, aucune activité sur les réseaux sociaux. Est-ce que quelqu'un l'avait suivie dans la rue ?

Anette se mit à agiter les mains avec nervosité, comme quelqu'un en manque de cigarette. Jeppe eut tout à coup lui aussi envie de fumer ; le besoin se faisait pourtant rare, désormais. Il avait arrêté quand Therese et lui avaient commencé les traitements contre l'infertilité, et cela ne lui avait pas manqué. Mais c'était tellement bon, surtout avec une bière. Et maintenant, plus rien ne l'empêchait de recommencer.

— Tu as vérifié l'alibi de M. et Mme Stender avec l'hôtel ?

Anette lut ses notes à voix haute :

— *Room service à 21 h 30. Deux entrecôtes et une bouteille d'Amarone.* Personne ne les a vus quitter l'hôtel ensuite, mais il est possible de se faufiler devant la réception sans se faire remarquer. Nous avons demandé les enregistrements de surveillance du hall. Mais il y a aussi une sortie sur l'arrière, en prenant l'ascenseur jusqu'à la cave, et là, il n'y a pas de caméra. Pas d'alibi en béton, donc.

— On devrait parler dès que possible à quelqu'un qui connaît la famille. Et avec Christian Stender. Seul.

Anette acquiesça et tapota sur son clavier silencieux. Jeppe regarda sa montre.

— Tu veux passer par le Shawarma House en route ? Je n'ai pas dîné.

Anette éteignit sa tablette et vida sa bière avant de s'exclamer :

— C'est la première contribution intelligente de ta part de toute la journée !

*

Un shawarma avec quatre cuillères à café de piment suivi d'une marche rapide le long de Strøget. La bouche de Jeppe était en feu, pas de manière désagréable, à cause de l'huile de piment. Lui et Anette attendirent Kristoffer devant l'entrée des artistes du Théâtre royal, sur Tordenskjoldsgade. Le gardien, un homme noir souriant portant des lunettes métalliques et une chemise bleue, leur avait assuré avec un accent antillais chantant qu'aucun employé ne quittait le théâtre sans soit passer devant lui, soit sonner pour qu'il ouvre un des grands portails, auquel cas il voyait de qui il s'agissait grâce aux caméras de surveillance.

Le mur était couvert des visages sépia d'artistes distingués qui, au fil du temps, avaient foulé la scène en pente du plus beau théâtre du pays. On n'aurait pas dit des personnes réelles, qui auraient ôté leurs costumes après la pièce pour rentrer se disputer avec leur conjoint ou manger un bout de salami. Contrairement aux gens qui se mirent à franchir la porte des vestiaires et se précipitèrent vers le portail de fer en lançant « Merci et bonne soirée ! » au gardien par-dessus leur épaule. Ils paraissaient tous assez ordinaires : grands, petits, vieux et jeunes, avec des foulards bariolés, des sandales et des vestes en jean. Certains avaient le visage fraîchement démaquillé, d'autres étaient chargés de grands ou petits étuis à instruments ; l'un d'eux portait un bouquet de fleurs emballé de cellophane et était entouré d'un groupe d'amis souriants.

Jeppe se posta près du gardien pour mieux observer la foule. Il n'avait vu Kristoffer que sur une photo chez Esther de Laurenti et avait peur de le manquer.

Au bout de dix minutes, le jeune homme arriva, seul. Il portait un sac à dos dont il tenait les bretelles fermement, comme le font les petits enfants avec un cartable un peu trop lourd. Il s'arrêta brusquement devant Jeppe.

— Venez, dit-il avant que celui-ci n'ait eu le temps d'ouvrir la bouche. J'habite juste derrière, dans Fortunstræde, allons chez moi.

Kristoffer marcha en tête, voûté et mince. Il traversa le passage piéton devant le Magasin du Nord et Jeppe et Anette le suivirent sans protester. Il était contraire au protocole de suivre un témoin à son domicile de cette façon, mais puisqu'il le proposait lui-même… Il y avait de meilleures chances qu'il se détende une fois sur son propre territoire.

Le centre-ville. Tous ces gens qui vivaient à l'intérieur des anciens remparts semblaient extrêmement exotiques aux yeux de Jeppe. Où faisaient-ils leurs courses quand ils avaient envie d'autre chose que de bougies parfumées ou de sushis ?

Devant l'église Saint-Nicolas, Kristoffer tourna dans une cour et se dirigea vers la modeste porte métallique d'un bâtiment du fond.

— C'est tout en haut.

Il tint la porte jusqu'à ce que Jeppe s'en saisisse, puis entama deux marches à la fois l'ascension de l'escalier étroit et raide, à la rampe de bois écaillée. Les murs jaune pâle étaient mouchetés.

Jeppe entendit Anette souffler derrière lui dès le deuxième étage. Au quatrième étage, qui devait être un grenier à séchage reconverti, Kristoffer déverrouilla et ouvrit la porte. Une plaque en carton avec le nom *Kristoffer Suk Gravgaard* soigneusement peint était accrochée au-dessus de la fente de la boîte aux lettres.

Suk ? *« Soupir » ? Une sorte de nom d'artiste, sûrement.* C'était presque trop beau pour être authentique.

Un bourdonnement provenant de la poche intérieure de son coupe-vent ralentit Jeppe sur le pas de la porte. L'écran indiquait le numéro de Falck. Jeppe décrocha, écouta un instant et termina avec un « Bien, merci ! ».

Anette le regarda d'un air interrogateur depuis le palier du dessous, où elle essayait de reprendre le contrôle de sa respiration.

— La police suédoise a trouvé Caroline et son amie. Elles sont sur le chemin du retour, choquées, mais saines et sauves. Nous interrogerons Caroline demain matin.

Anette hocha la tête, semblant surtout préoccupée de gagner un peu de temps avant de monter le dernier demi-étage.

Jeppe poussa le battant et s'avança dans une entrée si petite qu'il dut refermer la porte pour continuer. Anette jura doucement derrière lui. L'appartement comportait une kitchenette, une table ronde avec des chaises pliantes et un lit trois quarts. Pas de plantes, pas de photos sur les murs blancs mansardés, pas de bazar. Cela ressemblait à une chambre d'adolescent, mais propre. À côté de la cuisine, on apercevait une autre petite pièce contenant un grand bureau avec deux ordinateurs et un clavier. Les murs étaient couverts d'épaisses plaques insonorisantes. Un peu partout sur le sol se trouvaient des instruments de musique. Jeppe reconnut un sitar, un ukulélé, des congas et des tambourins. Il y avait aussi une collection de pots et d'assiettes incongrus qu'il supposa faire également partie de la collection d'instruments.

Kristoffer avait disparu. Dans la kitchenette, une porte semblait donner sur un escalier arrière, et il y en avait une autre près du lit. Toutes deux étaient fermées.

— Putain, il est passé où ? chuchota Anette.

Elle enfonça sa main sous sa veste et détacha son arme de service.

— Aux toilettes, peut-être ?

Jeppe s'approcha de la porte près du lit, se glissa contre le cadre autant qu'il le put sans grimper sur le matelas et frappa. Aucune réaction.

Anette ouvrit doucement la porte de la cuisine, regarda dans l'escalier de service et secoua la tête. Elle ôta la sûreté de son arme et la pointa droit sur la porte des toilettes, puis fit un signe de tête à Jeppe. Il frappa à nouveau. Toujours pas de réponse.

— Kristoffer ?!

Silence.

— Répondez-nous, nom de Dieu !

Jeppe posa la main sur la poignée et fit un signe de tête à Anette. Son pouls rapide battait à ses oreilles. La seconde suivante, il ouvrit la porte à la volée tout en se jetant en arrière sur le lit pour ne pas se trouver dans la ligne de tir. La porte claqua contre une étagère et fit tomber quelques livres. Puis le silence s'installa.

Sur le sol carrelé blanc de la salle de bains, à moitié en dessous du lavabo, Kristoffer était allongé et regardait le plafond sans le voir.

Jeppe se releva, agacé par toute cette tension inutile :

— Mais qu'est-ce que vous foutez, putain ?! Pourquoi vous n'avez pas répondu ?

Kristoffer resta allongé en silence sur le sol dur. Jeppe lui cria encore dessus, mais n'obtint aucune réaction. Ce ne fut que lorsqu'il se mit à penser qu'ils allaient devoir recourir à la force que le jeune homme s'assit d'un coup et se frotta le visage du dos des mains. Sans prévenir, il se mit à parler depuis sa place. Sans explications, sans excuses.

— Julie a dit que j'étais trop envahissant, que je l'étouffais. Elle ne comprenait pas…

Jeppe l'interrompit rapidement :

— Vous devez juste savoir avant de poursuivre que vous n'êtes pas obligé de nous parler. Nous ne pouvons pas exclure que vous soyez considéré comme un suspect dans l'affaire. Vous comprenez ça ?

Ils étaient obligés de l'informer de son statut juridique s'ils voulaient pouvoir se servir de ses déclarations, plus tard.

Il eut l'air stupéfait, comme s'il venait juste de constater leur présence.

— Je ne dis que ce que j'ai envie de dire. C'est ce que je fais toujours.

— Vous voulez dire que vous et Julie Stender aviez une liaison ? demanda Anette d'une voix perçante.

— Une liaison ? Nous avons couché ensemble, trois fois. La dernière fois, c'était il y a un mois. Ici. J'étais amoureux d'elle. Quand elle est partie, elle a dit que nous ferions mieux de n'être que des amis.

Le pouls de Jeppe accéléra.

— Kristoffer, où étiez-vous hier soir et cette nuit ?

— J'étais à un concert à la Maison des étudiants avec Julie. (Pas de pause pour réfléchir, il parlait sans retenue, sans se soucier de contrôler ce qu'il devait dire ou non.) Nous étions toujours amis, après tout. Nous avons bu de la bière. Elle est rentrée tôt chez elle, en disant qu'elle était fatiguée.

— Et qu'avez-vous fait ensuite ?

Kristoffer leva les yeux du point sur le sol carrelé sur lequel il s'était concentré jusqu'alors, pour s'adresser à l'épaule gauche de Jeppe.

— Je l'ai suivie.

Jeppe déglutit. Son pouls battait de plus belle à ses oreilles.

— Kristoffer, vous feriez mieux de venir avec nous à l'hôtel de police.

CHAPITRE 9

— Est-ce que je peux fumer ?

De toutes les questions qu'Anette avait entendues durant ses nombreuses années à l'hôtel de police, celle-ci était sans doute la plus fréquente. À cet instant, elle eut presque envie de l'autoriser, pour pouvoir elle-même en inhaler un peu de la fumée.

— Non, putain ! Et vous ne pouvez ni manger, ni dormir, ni pisser non plus avant qu'on en ait fini ici.

Elle tripotait le câble entre la caméra et l'ordinateur, fatiguée et de mauvaise humeur.

Soudain, Kristoffer sourit. C'était la première fois qu'il affichait autre chose qu'un visage de marbre, et l'effet fut troublant. Il se pencha vers l'ordinateur, attrapa un des câbles qui pendaient et le brancha sans hésiter. La caméra clignota, prête à enregistrer, et une image de la pièce apparut à l'écran. Anette détourna l'ordinateur et s'assit à côté de Jeppe, face à un Kristoffer toujours souriant.

— Bien, alors.

Anette retroussa ses manches et s'appuya sur la table.

— Il est 23 h 46, mercredi 8 août. Nous reprenons l'interrogatoire de Kristoffer Suk Gravgaard en lien avec le dossier n° 2815. Sont présents les inspecteurs Jeppe Kørner et Anette Werner. Racontez-nous, Kristoffer, pourquoi vous avez suivi Julie Stender quand elle a quitté la Maison des étudiants hier soir ?

Le jeune homme détourna le regard, comme s'il n'aimait pas le contact visuel.

— Nous étions là ensemble pour écouter les Woodbines. Mais Julie est partie à la pause, pendant que j'étais allé nous chercher des bières. Tout simplement partie. Elle était distante ces derniers temps. Comme si elle avait peur que je n'aie pas compris le message… Alors je me suis rendu chez elle. Elle habite juste à côté.

Anette changea de position sur sa chaise, tout à coup plus aussi fatiguée que cela. Où cela menait-il ? Étaient-ils sur le point d'obtenir des aveux ?

— Quelle heure était-il quand vous avez quitté le concert ?

— Je n'ai pas de montre.

Kristoffer se pencha lentement en avant et posa le front sur la table. Il continua à parler avec la bouche à quelques centimètres de la table :

— Mais environ dix heures et demie, onze heures moins le quart. J'étais devant sa porte deux minutes après.

— Et alors… ?

— Il y avait de la lumière dans l'appartement. Caroline est en Suède, alors je savais que ça devait être Julie. Je suis resté un peu dans la rue et j'ai regardé. Je lui ai chanté une chanson.

— Une chanson ? Redressez-vous un peu, on n'est pas…

Anette résista à l'envie de le gifler.

— *Love Will Save You*[1]. Ça parle du pouvoir de l'amour de sauver ou de tuer, l'interrompit Kristoffer.

Apparemment, se tenir dans Klosterstræde et chanter devant un alignement de fenêtres fermées était pour lui la

1. « L'Amour te sauvera ».

chose la plus naturelle du monde, et il ne semblait pas saisir qu'on l'interrogeait dans une affaire de meurtre.

— J'ai vu des ombres bouger derrière les rideaux. Elle n'était pas seule. Je me suis senti bête. Trahi.

Kristoffer se redressa d'un coup, tâta sa poche de poitrine avant de se souvenir de l'interdiction de fumer.

— Et alors, je suis parti.

Anette se redressa sur sa chaise.

— Que voulez-vous dire, « parti » ? Où ?

— Au bord du canal, et j'ai fumé une cigarette. Peut-être deux. Et puis j'y suis retourné.

— À l'appartement de Julie ?

Le silence se fit dans la pièce. Kristoffer regardait un coin du plafond comme s'il cherchait quelque chose là-haut. Anette compta jusqu'à dix dans sa tête.

— Êtes-vous retourné à l'appartement de Julie ? répéta-t-elle.

— Non, je suis revenu pour écouter le reste du concert.

Kristoffer parlait sans entrain, comme si le sujet lui était complètement indifférent.

— À quelle heure êtes-vous revenu à la Maison des étudiants après votre petite excursion ?

— Aucune idée. Mais le groupe jouait toujours, alors je n'ai pas dû m'absenter plus d'une demi-heure.

— Et alors ?

— Et alors quoi ?

— Qu'avez-vous fait après le concert ? Allez, bon sang !

La patience d'Anette était usée jusqu'à la corde.

— Alors je me suis soûlé avec mes amis.

Anette soupira bruyamment :

— Est-ce que vos amis peuvent le confirmer ?

— Oui. On est tous allés en ville ensemble. Le petit copain de Caroline, Daniel, était avec nous. Il joue de la guitare dans le groupe.

— Nous allons avoir besoin de leurs numéros de téléphone.

Jeppe poussa un bloc-notes sur la table.

Le visage de Kristoffer était aussi candide que celui d'un enfant. Face à ce comportement étrange, Anette sentit son agacement monter comme une vague de chaleur dans tout son corps. Quand Kristoffer se mit soudain à bâiller et à s'étirer, c'en fut trop.

— Vous êtes bien au courant qu'elle a été assassinée, non ?! Est-ce que ça ne signifie rien pour vous ? Parce qu'il faut dire que vous vous comportez comme si ça vous laissait complètement indifférent !

Kristoffer sourit de nouveau d'un seul coup, de manière dérangeante. Il posa les paumes sur la table et baissa les yeux sur le dos de ses mains.

— Indifférent ? Parce que je ne crie pas et que je ne pleure pas ? Que je ne cogne pas mes poings contre le mur jusqu'au sang ? Je ne suis pas désolé, je suis brisé. Je ne m'attends pas à ce que vous compreniez.

Ils laissèrent Kristoffer seul dans la salle d'interrogatoire pour appeler ses amis un par un. Indépendamment les uns des autres, ils confirmèrent que Kristoffer était présent à la pause et à nouveau juste à la fin du spectacle. Cela signifiait qu'il n'avait pu s'absenter plus longtemps que les quarante-cinq minutes de la seconde partie du concert. Selon toute vraisemblance, pas assez longtemps pour aller trouver, assassiner et taillader Julie, changer ses vêtements tachés de sang, se débarrasser de l'arme du crime et revenir sans être affecté.

— Mais il est sacrément bizarre.

Anette se frotta les yeux et inclina la tête de côté pour faire craquer ses vertèbres.

Jeppe sourit avec lassitude.

— Il n'a pas pu y arriver.

— Peut-être qu'ils le couvrent.

— On va prendre un échantillon d'ADN et ses empreintes et vérifier l'horaire demain avec les autres témoins du bar. Mais pourquoi mentiraient-ils ? Nous sommes obligés de le laisser partir, et tu le sais !

Anette donna un coup de pied dans une poubelle qui se renversa par terre dans un gémissement métallique. Au cours des dernières heures, elle avait fini par croire qu'ils pourraient résoudre le meurtre de la décennie en moins de vingt-quatre heures. Maintenant, ils étaient de retour à la case départ.

*

La maison était sombre et inaccessible derrière les arbrisseaux du chemin. Jeppe retira ses chaussures sans allumer la lumière, une vieille habitude de l'époque où il risquait de réveiller quelqu'un quand il rentrait tard à la maison. Il se fit une tasse de thé avec de l'eau bouillante du robinet Quooker, un gadget imposé par Therese avec lequel il ne s'était jamais familiarisé. Le robinet crachota et Jeppe se brûla les doigts, le sachet de thé gonfla et flotta à la surface de l'eau trouble. Il n'était même pas capable d'avoir un honnête problème d'alcool !

Il laissa le thé sur l'îlot de la cuisine et emporta son ordinateur au lit. En traversant la chambre, il détourna la tête du côté du lit de Therese et se dirigea droit vers son propre côté. Dans son ancienne table de chevet se trouvait un exemplaire du *Kama-sutra* qu'ils avaient acheté lors d'un week-end à Paris, quand ils étaient encore amoureux. Avant les traitements contre l'infertilité. Avant Niels. Maintenant, le livre était dans le tiroir, comme pour se moquer de sa croyance en l'amour, et transformait tout ce côté de la chambre en un champ de mines.

Jeppe resta planté là un moment à réfléchir, puis il attrapa la couette, fit demi-tour et retourna dans la salle de séjour. Là, il empila deux oreillers contre le dossier du sofa, s'assit confortablement et ouvrit son ordinateur portable.

Kristoffer avait été avec Julie juste avant sa mort et admettait à la fois avoir eu une relation avec elle et être en colère et jaloux. Il avait le mobile et l'opportunité, était sur le lieu du crime au bon moment, et se qualifiait ainsi pour une première place dans la liste des suspects. Pourtant, Jeppe avait du mal à imaginer que Kristoffer était violent. Il avait l'habitude de voir ce genre de choses dans les yeux des gens. Mais Kristoffer s'était senti rejeté, et les hommes sont imprévisibles quand ils sont jaloux. Qu'avait-il chanté sous les fenêtres de Julie ?

Jeppe vérifia ses notes, ouvrit son ordinateur et chercha *Love Will Save You.* Swans ? Le nom ne disait rien à Jeppe.

La chanson était sombre, chantée par une voix d'homme traînante et éraillée. *Love will save you from the misery, then tie you to the bloody post*[1]. Il continua à chercher et trouva un débat sur la chanson sur un site de fans de Swans, en anglais. Apparemment, de jeunes hommes solitaires discutaient du texte. Est-ce que le style était plutôt gothique industriel ou juste gothique ? La chanson était-elle plus ou moins douloureuse et déprimante que, par exemple, *Failure*, qui devait être un autre morceau sur le même disque ? Certains pensaient que la chanson exprimait l'espoir, d'autres que c'était l'abandon ultime. Le suicide était mentionné à plusieurs reprises. Jeppe cligna des yeux de sommeil et éteignit l'ordinateur. Une ligne de la chanson le suivit dans sa nuit agitée.

Love will save all you people, but it will never save… me[2].

---

1. « L'amour te sauvera de la misère, puis t'attachera au poteau sanglant », extrait de la chanson *Love Will Save You*, « L'amour te sauvera ».
2. « L'amour vous sauvera tous, mais jamais il ne me sauvera… moi », *ibid.*

JEUDI 9 AOÛT

CHAPITRE 10

Le crissement de ses semelles sur le gravier accompagnait la respiration lourde de Jeppe dans l'air humide du matin. Dans le ciel au-dessus de Søndermarken, les nuages roses brillaient dans le bleu matinal comme un rêve de réalisateur en Technicolor. Le jogging est une réaction classique à un divorce. Pas seulement pour retrouver une silhouette flatteuse en vue d'une nouvelle rencontre, mais aussi comme processus thérapeutique. Pour Jeppe, cela lui rappelait surtout les fois où, quand il était petit, il se mordait fort dans le bras pour atténuer une blessure au genou.

Il prit la direction de la colline. L'*Ascot Gavotte* de *My Fair Lady* lui trottait dans la tête, mais au-delà, ses pensées flottaient librement. Qu'est-ce qui pousse un être humain à en taillader un autre ? L'inclination au mal se trouve en chacun de nous, nous la comprenons même si nous ne la mettons pas en pratique. Mais infliger de la douleur, comme le tueur de Julie l'avait fait, supposait un penchant qu'il ne comprenait pas. Il ne voyait pas d'autre terme pour cela que « méchanceté ».

Jeppe fit quelques étirements sur la petite aire de jeu aux trampolines puis prit le chemin du retour. Le long de la voie ferrée, il accéléra pour s'éloigner au plus vite de la triste architecture de ce tronçon. Leur villa de Valby était située juste à côté de la voie ferrée, sans quoi ils n'auraient jamais eu les moyens de l'acheter. Le mur antibruit absorbait le pire, et on s'habituait au reste. Jeppe trouvait même assez agréable de voir défiler les trains depuis les toilettes du premier étage. Therese, en revanche, avait tout fait pour cacher les rails, installant des persiennes aux fenêtres et plantant des lilas le long du mur antibruit, si bien que toute la maison avait fini par tourner le dos à la voie ferrée comme un adolescent boudeur. De l'extérieur, la villa de briques rouges semblait presque accueillante dans la lumière matinale, mais dès que Jeppe y entra, l'ambiance d'abandon le frappa de plein fouet.

Sous la douche, il évita comme d'habitude de trop toucher son pénis. Il n'avait pas eu de relations sexuelles depuis décembre, n'en avait pas eu envie une seule fois, et son membre semblait avoir rétréci. Un effet secondaire des antidépresseurs qu'il avait pris les premiers mois, peut-être. Les cinq fois où la direction l'avait forcé – le lui avait « recommandé », selon le terme officiel – à consulter l'un des psychologues de la police, le mot « impuissance » s'était insinué entre tous les autres (« colère », « anxiété », « jalousie »), mais n'avait pas été lâché.

Il enfila ses jean et tee-shirt habituels, abandonna l'idée d'un petit déjeuner et inséra son carnet dans la poche de son coupe-vent. L'autopsie était prévue à 8 heures à l'Institut de médecine légale de l'Hôpital national, et s'il partait de bonne heure, il pourrait éviter le pire du trafic matinal.

Jeppe gara sa voiture dans Frederik V's Vej devant le bâtiment Teilum de l'hôpital qui, ironiquement, ressemblait à une pierre tombale surdimensionnée, avec gravier perlé et plantes à feuilles persistantes. À l'intérieur, le carrelage marron des murs du hall faisait en sorte que l'atmosphère ne soit pas trop lumineuse ni légère. Une porte en verre dépoli, sur la gauche, conduisait à la salle d'exposition, utilisée en dernier recours quand on ne pouvait pas déterminer l'identité du défunt. Y était écrit en plusieurs langues : « Proches, uniquement sur rendez-vous ». Il y avait pourtant peu de chances que les gens viennent ici sans être annoncés.

Anette fit entrer un courant d'air frais avec elle quand elle passa la porte au pas de course, une minute plus tard. Elle était suivie du photographe de la police qui avait déjà travaillé sur le lieu du crime.

— Bonjour, leur dit Jeppe en hochant la tête.

— Bonjour ! (Anette lui fit un clin d'œil.) Caroline Boutrup est saine et sauve chez elle à Copenhague. Sa mère est venue du Jutland pour lui tenir compagnie. Nous irons directement la voir à l'hôtel de police quand nous en aurons fini ici.

— Et Daniel, son petit copain ?

— Falck est actuellement en route vers chez lui.

Anette appliqua du gloss sur ses lèvres puis tambourina sur le bouton de l'ascenseur.

Le plateau technique d'autopsie, entièrement carrelé, comportait une série de cinq salles ouvertes, chacune équipée d'un grand évier en acier et d'un dock auquel les tables d'autopsie pouvaient être raccordées. De puissants néons étaient suspendus au-dessus de chaque espace. Ils suivirent d'abord les rituels de désinfection ordinaires, enfilèrent blouses, surchaussures et charlottes. Puis ils longèrent des rangées de bottes en caoutchouc blanches alignées près du mur jusqu'à la salle du fond, où les autopsies liées à des affaires de meurtre avaient toujours lieu. Les tables étaient vides, mais il régnait comme toujours une odeur de détergents, pas désagréable, juste fade et tenace.

Au bout de la pièce, dans une blouse verte et charlotte assortie, Nyboe les attendait. Il était en train d'enfiler des gants en latex et discutait tranquillement avec le technicien légiste qui devait l'assister durant l'autopsie.

— Bienvenue. J'espère que vous êtes frais et dispos ?

Nyboe fit un signe de tête au technicien, qui quitta la pièce.

— Ça ne va pas être très marrant, aujourd'hui, vous êtes prévenus ! Comme vous le savez sans doute, il était déjà évident sur la scène de crime que la victime a été soumise à un certain nombre de coups de couteau, des plaies qui ont saigné et ont donc été infligées *avant* la mort.

Nyboe les regarda dans les yeux, l'un après l'autre, comme pour souligner le sérieux de la situation.

— Qui plus est, le crâne de Julie Stender est écrasé sur le côté gauche au-dessus de la tempe, sans que la peau ne soit perforée. C'est remarquable, car la peau au-dessus de la tempe est fine et se déchire facilement. Nous avons fait une tomodensitométrie hier quand le corps est arrivé. Elle a une fracture par enfoncement qui a atteint la pie-mère.

Il hésita et reformula :

— C'est-à-dire les méninges douces et les plus profondes. Ça a provoqué une fuite de liquide cérébrospinal et un hématome intracrânien massif, c'est-à-dire une fuite du liquide crânien et un gros caillot sanguin dans le cerveau. Maintenant, nous devons bien sûr examiner tout le bataclan avant de conclure, mais tout indique qu'un coup porté à la tempe gauche avec un objet contondant a été la cause de la mort. Comme toujours, je vous ferai savoir en cours de route si je trouve quelque chose.

Le technicien légiste entra en poussant une table d'autopsie à roulettes où le corps de Julie Stender reposait sous un drap stérile. Une fois la table connectée au dock, il souleva doucement le tissu et retira les sacs stériles qui avaient été posés sur ses mains. Elle était allongée, comme Jeppe l'avait vue la veille dans l'appartement. En partie vêtue et recouverte de sang séché et de croûtes, comme un mannequin de cinéma mou qui aurait été jeté d'un immeuble. Un corps qui, tout récemment encore, avait été une personne vivante et pensante, avec des rêves, des sentiments et des besoins, et qui n'était plus maintenant qu'un tas d'ADN.

L'autopsie commença par un examen extérieur du corps. Le technicien légiste, le photographe et Nyboe tournèrent autour de la table comme des vautours concentrés cherchant le meilleur point d'attaque.

Nyboe s'arrêtait de temps à autre et décrivait dans son Dictaphone les traces qu'il découvrait sur les vêtements. Les endroits où le couteau avait traversé et où se trouvaient la saleté et les sécrétions furent marqués et caractérisés avant que Nyboe ne répète la procédure avec une lampe à ultraviolets. Il préleva des cheveux et des particules qui furent placés dans des sachets stériles numérotés, coupa les ongles du cadavre et les archiva de la même manière.

Les deux légistes retirèrent avec précaution les vêtements de Julie Stender, la laissant nue devant les cinq observateurs. Le photographe prit plusieurs photos et Nyboe, équipé d'une loupe et d'une pince à épiler, commença à examiner attentivement les lésions externes, tout en marmonnant dans son Dictaphone. Les plaies, les mains, les ongles, les oreilles et les tatouages. Les mamelons furent frottés avec des cotons-tiges, les paupières relevées et les globes oculaires scrutés à la recherche d'hémorragies.

De temps en temps, Nyboe faisait une pause et partageait une observation.

— Les tatouages sont assez nouveaux. La plume sur l'omoplate a six mois tout au plus, elle n'a pas encore formé de tissu cicatriciel. Les deux étoiles et les mots sur le poignet droit sont tout à fait récents et ont à peine fini de former de la croûte. Ils datent tout au plus de deux semaines.

— Peut-être se les est-elle fait faire après son emménagement à Copenhague ? dit Jeppe à Anette. Nous devons voir si Caroline sait quelque chose à leur sujet.

Nyboe montra les bras de Julie Stender.

— Elle a entre vingt-cinq et trente incisions superficielles sur les paumes et les bras, la plupart de quelques millimètres de profondeur, certaines plus profondes. Elle a levé les bras pour se protéger du couteau. Ici, au niveau du sternum et de la clavicule, certains coups ont pénétré plus profondément. Je ne trouve aucun signe de ligature sur la peau, qui indiquerait qu'il l'aurait attachée. Cela explique aussi les nombreuses éclaboussures de sang disséminées dans l'appartement. Dans l'entrée, le salon, la salle de bains.

— Comment ça ? intervint Jeppe.

— Plusieurs des coups ont été portés par-derrière, donc il l'a aussi frappée pendant qu'elle était en mouvement, en train de s'enfuir. Aucun des coups n'est mortel. Il aurait facilement pu la tuer avec le couteau, mais a choisi à la place de la frapper à la tête avec quelque chose de lourd.

— Peut-être qu'il a eu besoin d'aller vite, tout à coup ? suggéra Jeppe.

— Oui, peut-être. En même temps, il a dû placer quelque chose sur la tempe avant de frapper, sinon la peau aurait été déchirée par le coup violent. Il n'y a pas non plus de trace de l'arme du crime sur la peau.

— Il a essayé de protéger son visage parce qu'il voulait utiliser la peau pour son découpage.

Jeppe frissonna.

— Ce sera à vous de déterminer les motivations du tueur.

Nyboe souleva une masse de cheveux emmêlés et ensanglantés et tendit avec précaution son doigt recouvert de latex.

— Les incisions sur le visage ont été pratiquées en majorité *après* sa mort, mais celle-ci, sur le front, a saigné massivement. Je crois qu'il a essayé de la découper de son vivant, mais qu'elle s'est tellement débattue qu'il a été obligé de la tuer pour travailler en paix. D'où le coup fort porté à la tempe.

Le silence se fit dans la salle d'autopsie.

Anette bougea, mal à l'aise.

— « Il. » Pouvons-nous être sûrs qu'il s'agit d'un « il » ?

— Il faut de la force pour tenir un être humain vivant tout en le découpant avec un couteau.

— Mais il n'y a pas de mobile sexuel ? insista-t-elle.

— Les mobiles, je vous les laisse. Mais non, il n'y a eu aucune pénétration, ni du vagin ni du rectum, et jusqu'à présent aucune trace de sperme sur le corps.

Nyboe se pencha sur le visage du cadavre et s'adressa à son Dictaphone.

— Incisions de surface, pas plus de deux millimètres de profondeur, et apparemment faites avec le même couteau. Une lame de couteau étroite, moins de deux millimètres d'épaisseur, très pointue et je dirais pas plus de huit ou neuf centimètres de long. Cela correspond parfaitement au couteau pliant retrouvé sur les lieux du crime. Avons-nous assez de gros plans du visage ?

Le photographe acquiesça, mais en prit quand même deux ou trois de plus.

Nyboe poursuivit, à moitié pour son Dictaphone, à moitié pour eux.

— De longues lignes continues découpées en parallèle autour de l'œil droit, entre le nez et la bouche et sur le menton, commençant par une sorte de spirale sur la joue droite. À quoi pensez-vous que ça ressemble ?

— Un tatouage maori ? proposa Anette. Ils ont aussi ce genre de lignes sur le visage.

— Oui, c'est possible. Mais je pense que ça ressemble plus à un découpage en papier, ou ce genre de choses. C'est fait d'une main expérimentée. Imaginez combien il est difficile de simplement dessiner un cercle à main levée, et donc de le découper dans une peau molle. Je ne peux pas croire que ça se fasse en moins d'une demi-heure.

Anette et Jeppe échangèrent un regard par-dessus la table. Dans ce cas, Kristoffer était hors de cause, en supposant bien entendu que son alibi tienne la route. Quelle pulsion un assassin pourrait-il avoir pour courir le risque de rester si longtemps sur place après la mort de la victime ? Pour découper un motif ?

— Pourquoi personne ne l'a entendue crier ? demanda Jeppe.

Nyboe lui lança un regard perçant. Il n'aimait pas les questions non sollicitées durant ses autopsies.

— J'étais sur le point d'examiner sa cavité buccale.

Il repoussa la tête du cadavre bien en arrière et ouvrit la bouche de force, inclina la loupe de son bandeau frontal vers son œil et regarda attentivement pendant plusieurs minutes.

— Ici, nous avons quelque chose. Entre les molaires droites. Cela ressemble à un petit fil. Environ sept millimètres de long, dans un tissu violet ou rose. Nous l'envoyons au CNCC pour savoir ce que c'est, mais ça semble signifier qu'il lui a enfoncé quelque chose dans la bouche pour qu'elle ne puisse pas crier. Un tissu qui doit être assez ensanglanté.

Jeppe, pensif, secoua la tête :

— Dans ce cas, le tueur l'a retiré ensuite, car les techniciens n'ont rien trouvé qui corresponde à cette description sur les lieux.

— Il est possible qu'il y ait de son propre ADN sur le tissu. D'ailleurs, le coupable devait être couvert de sang après le meurtre, vous en êtes conscients, n'est-ce pas ? Son sang à elle, je veux dire. Intéressant de savoir comment il a pu passer inaperçu en traversant la ville, couvert de sang, par une chaude soirée d'été.

Le technicien légiste lava le corps, le mesura et le pesa avant de passer à l'examen interne. Les grands couteaux d'autopsie tranchants, qui ressemblaient à s'y méprendre aux lames de bouchers d'une cuisine industrielle, attendaient sur la table. Nyboe décrocha une paire de gants anti-coupures de leur crochet au mur, choisit un lourd couteau et ouvrit le corps de Julie Stender de la gorge à l'os pubien.

CHAPITRE 11

— Salade jambon ou œuf ?

Anette se pencha entre les étudiants qui faisaient la queue à la cafétéria de l'hôpital. Son ventre grondait de faim.

— Seulement un café, s'il te plaît.

Anette leva les yeux au ciel. Son partenaire était bien délicat. Jeppe ne mangeait pour ainsi dire rien ces temps-ci et commençait à ressembler à un punk gringalet, avec ses cheveux décolorés. Elle envoya une pensée amoureuse à son homme au ventre rebondi, à la maison, qui avait promis de faire un bœuf à la béarnaise ce soir.

Ils venaient juste de quitter le plateau d'autopsie, et le hall semblait exploser de bruit après ces quelques heures de concentration silencieuse. Nyboe avait ouvert la cage thoracique à la scie et extrait les organes du corps de Julie Stender, les avait mesurés et pesés, avait prélevé des échantillons de sang et de tissus afin que le chimiste puisse y chercher des traces de toxines, d'alcool et de drogues. Puis il avait fait une incision à la base du crâne, dégagé le cuir chevelu et ouvert à la scie pour inspecter le cerveau et les dommages causés par le coup à la tempe gauche. L'examen avait confirmé sa conclusion précédente : Julie Stender était morte d'un coup violent à la tête, vraisemblablement infligé par un homme sans doute droitier. Le décès s'était produit entre 23 heures et 2 heures dans la nuit du mardi au mercredi.

Ils s'assirent sur des tabourets de bar vert citron du hall et firent une courte pause avant de retourner à l'hôtel de police. Jeppe sortit son carnet. Anette déballa son sandwich au jambon, prit une grosse bouchée et essuya du dos de la main un peu de mayonnaise égarée sur son menton.

Jeppe la regarda avec désapprobation :

— Sais-tu combien d'additifs et de conservateurs il y a dans ce sandwich ? Si tu le laisses traîner sur la table pendant un an, il ne moisira pas, tellement il est plein de poisons.

— Ça ne me gêne pas, répliqua Anette joyeusement.

Elle but à sa bouteille en plastique un soda orange pétillant, puis hocha la tête avec impatience en direction du carnet de Jeppe.

— Bon alors, qu'est-ce qu'on a ?

Jeppe ouvrit son carnet en secouant la tête.

— Julie rentre d'un concert mardi soir, soit en compagnie de son meurtrier, soit elle le fait entrer peu après. De toute façon, elle le connaît assez bien pour l'inviter chez elle, même s'il est tard et même si elle est seule. Qui sont les hommes dans la vie de Julie ?

— Son père ! Il faut qu'on lui mette la main dessus aujourd'hui.

Anette parlait avec une grosse bouchée de salade au jambon dans une joue.

— D'accord. Christian Stender a des choses à nous dire. Mais est-ce qu'un père peut envisager de découper son enfant de cette façon ? objecta Jeppe.

— S'il est assez cinglé.

Jeppe soupira.

— Merci, c'est toujours utile d'avoir un profil psychologique bien fondé.

— Toujours ravie de pouvoir rendre service.

Jeppe sortit un paquet de lingettes de sa poche.

— Et puis il y a le jeune ami d'Esther, Kristoffer. Lui et Julie avaient une relation, des sentiments non partagés, et il était sur les lieux du crime, mais la question est de savoir s'il aurait pu avoir assez de temps. Nyboe pense qu'elle est morte au plus tôt à 23 heures, et nous avons des témoins qui ont parlé avec Kristoffer à la Maison des étudiants à 23 h 30.

Anette refusa la lingette qu'il lui tendait et répondit à son téléphone portable, qui sonnait.

— Werner.

— C'est Saidani, nous avons un problème. Êtes-vous toujours à la morgue ?

— On vient juste de terminer. On rentre dans cinq minutes.

— Il y a eu de l'activité sur le compte Instagram de Julie Stender. Il y a dix minutes, un gros plan de son visage mort a été posté. Avec le motif au couteau. Quelqu'un s'est connecté sous son nom. La presse nous inonde déjà d'appels.

Anette en resta bouche bée :

— Oh putain !

Jeppe la regarda d'un air interrogateur.

— On dirait qu'elle a été prise le soir du meurtre, poursuivit Saidani. La photo est sombre et granuleuse, et il y a du sang.

— Et merde ! Vous ne pouvez pas la supprimer ?

Anette se leva et fit signe à Jeppe de la suivre.

— On essaye. Mais chaque fois que je l'efface, elle revient quelques minutes plus tard. Je tente de fermer son compte, mais ce n'est pas si simple, car je dois aussi m'assurer qu'on ne perde pas d'informations importantes.

Ils abandonnèrent les restes de leur déjeuner et se précipitèrent à la voiture. Quand ils atteignirent l'hôtel de police, tout le département de la Criminelle était sur le pied de guerre. Alors qu'ils étaient occupés à trouver un assassin, ils devaient maintenant utiliser leurs ressources pour répondre aux questions et éviter la pire panique. La presse l'avait baptisé le « Monstre au Couteau ». Quelle inventivité !

Anette jeta sa veste sur la table de travail et se dirigea droit vers le bureau de Saidani, Jeppe sur les talons. Leurs semelles collaient au sol en linoléum, faisant résonner leurs pas comme des ventouses diaboliques.

Anette déboula sans frapper :

— Ça a marché ?

Sara Saidani ne détourna pas les yeux de l'écran et répondit :

— Pas encore. Nous avons accès au compte, mais nous ne pouvons pas le contrôler tant que quelqu'un d'autre est aussi connecté en tant que Julie. J'espère que nous aurons bientôt des nouvelles d'Instagram. On ne peut les joindre que par e-mail, même quand on est de la police.

Anette se pencha au-dessus d'elle et regarda la photo sombre où la peau blanche émergeait des ombres et révélait l'œuvre macabre. Juste à côté du visage défiguré se trouvaient des photos d'une Julie souriante, vivante. Son jeune sourire heureux rendait le contraste insupportable.

Saidani montra l'écran :

— C'est forcément l'œuvre de l'assassin. Regarde la lirette ! La photo a été prise à Klosterstræde. Alors, à moins que quelqu'un l'ait prise après le meurtre et avant que Gregers Hermansen l'ait trouvée, ce que je me permets de considérer comme hautement improbable, c'est forcément lui.

— Tu ne peux pas retracer d'où vient la photo ?

Saidani sembla frustrée.

— Pas quand elle est chargée depuis un serveur mobile. Comment serions-nous en mesure de le tracer ? Je ne comprends pas pourquoi Instagram n'a pas déjà fermé le compte.

Jeppe intervint :

— Mais pourquoi mettre une photo de la victime sur son propre compte Instagram ? Qu'est-ce qu'il en retire ?

Saidani haussa les épaules.

— Qui sait ? C'est un moyen de frimer avec ses exploits.

Anette se frotta le visage. Cette affaire ne cessait d'empirer. Elle échangea un regard avec Jeppe, qui avait l'air de penser la même chose.

— Qu'est-ce qu'on fait, maintenant, mon petit Jeppe ?

Elle savait que leurs options étaient extrêmement limitées. À cet instant, elle n'enviait pas le rôle de son collègue en tant qu'enquêteur principal.

Jeppe baissa les yeux au sol et soupira.

— Séparons-nous. Appelle Clausen et vois s'ils ont avancé dans leurs analyses techniques, et je me charge de l'interrogatoire de Caroline.

Saidani leva les yeux de l'écran :

— Elle et sa mère attendent à la cantine.

— Parfait.

Jeppe regarda Anette, qui était toujours dans l'expectative, avant de poursuivre :

— Je finis avec Saidani. Va donc téléphoner !

Anette leva un sourcil.

— Alors travaillez bien, tous les deux !

Elle partit dans le couloir avec un petit clin d'œil à Jeppe. Si Saidani n'avait pas été aussi mortellement ennuyeuse à regarder, Anette aurait pu jurer qu'elle lui avait tapé dans l'œil. Elle s'en moquait bien, mais l'air perpétuellement grognon de sa collègue l'agaçait. Elle prit une tasse de chocolat chaud et appela Clausen à la Scientifique. Il décrocha à la première sonnerie.

— Werner, qu'est-ce que tu as en tête ?

Clausen semblait épuisé lui aussi.

— L'arme du crime. Vous l'avez trouvée ?

— Négatif. Quel que soit l'objet avec lequel elle a été frappée, il n'est plus dans l'appartement. Pour le couteau, on y travaille en ce moment. Je pense qu'on aura quelque chose plus tard dans la journée. Passez voir, quand vous aurez le temps.

Anette prit une gorgée et se brûla la langue.

— Autre chose ?

— Il y a des traces de toutes les personnes qui fréquentent habituellement l'appartement. Les cheveux des filles dans l'écoulement de la douche, la salive de Julie sur une tasse de café sale et ainsi de suite, mais pas grand-chose de clairement lié au meurtre. En fait, il y a remarquablement peu de traces de l'agresseur, quand on pense à la violence de l'agression. Pas de cheveux qui n'appartiennent pas à une des filles, pas de sang, pas de sécrétions, et pour l'instant, pas tellement d'empreintes. Il a été très méticuleux. Nous avons trouvé une bonne empreinte de pied sur un tas de papiers dans la salle de séjour, et quelques-unes dans le sang autour du corps. Elles sont très claires, donc elles devraient donner quelque chose.

— Et les empreintes digitales ?

— Bovin est en plein dedans, mais pour l'instant, il n'a rien trouvé qui ait un lien avec le meurtre. Aucune empreinte étrangère.

Anette but son chocolat du bout des lèvres.

— Dis-moi, il portait des gants, notre homme ?

— Si tu veux mon avis, et c'est ce que tu veux, il portait plus que des gants. Je crois qu'il portait une sorte de combinaison de protection.

*

Caroline Boutrup était assise à la cantine de la Crim', la main dans celle de sa mère. Elle était emmitouflée dans un grand cardigan en laine et un foulard couvrait le bas de son visage. Ses cheveux bruns avaient l'air en bataille et gras, ses yeux étaient gonflés de larmes. Pourtant, elle était l'une des plus belles femmes que Jeppe ait jamais vues. Pas seulement mignonne ou attirante, mais d'une beauté de star de cinéma. Sa mère, Jutta, était l'équivalent plus âgé et plus strict de cette beauté, mais dans une version soignée, avec des cheveux coupés en un élégant carré et une veste de tailleur sur ses épaules minces.

Jeppe leur serra la main à toutes les deux et demanda à Caroline de l'accompagner dans une salle d'interrogatoire afin qu'ils puissent parler en privé. À la machine à café, une poignée d'agents lancèrent des regards appuyés à la belle jeune femme.

Elle commença à pleurer dès qu'il referma la porte derrière eux, lâchant des sanglots déchirants de désespoir. Elle essuya morve et larmes dans ses manches en laine. Jeppe poussa une boîte de Kleenex vers elle et la laissa se calmer un instant avant de commencer doucement :

— Caroline, je sais bien que c'est difficile d'être ici et que vous êtes très triste. Mais je suis obligé de vous demander votre aide. Nous avons un assassin en liberté et nous avons besoin de tout savoir sur Julie pour l'attraper avant qu'il ne s'échappe ou, pire, qu'il ne s'attaque à quelqu'un d'autre.

Elle essuya ses larmes, se redressa sur son siège et tenta de se ressaisir.

— Que voulez-vous savoir ?

Elle avait un accent jutlandais rural.

— Pouvez-vous imaginer qui aurait fait ça ? Qui aurait pu avoir une raison de vouloir du mal à Julie ?

— Non ! (Caroline secoua tristement la tête.) Julie était un... ange. Non, enfin, peut-être pas un ange, mais vous savez, gentille ! Elle avait un très grand cœur.

— Et les hommes ? Avait-elle un petit ami ?

Caroline se mit à tresser les franges de son foulard en petites dreadlocks inégales.

— Rien qui ait duré. Julie collectionnait presque les petits copains épaves. Qui devaient toujours rester des *amis* quand elle n'avait plus envie d'eux…

— Est-ce que l'un d'eux aurait pu avoir une raison de se venger d'elle ?

Caroline se remit à pleurer.

— Julie et moi, nous nous connaissons depuis toujours. C'est totalement irréel. (Elle couvrit son visage de ses mains et se calma un peu avant de reprendre.) Mais non, Julie a toujours fréquenté des types végétariens tout doux qui ne feraient pas de mal à une mouche.

Jeppe se leva et lui servit un verre d'eau.

— Êtes-vous au courant de la relation entre Julie et Kristoffer ?

Caroline lui jeta un coup d'œil éloquent, les sourcils dressés.

— Il était totalement fou d'elle, ce nerd ! Il lui composait de la musique et l'appelait au milieu de la nuit. Julie n'en pouvait plus. Daniel a essayé de la caser avec un pote du groupe, à la place.

— Votre petit ami ?

— Oui. On a grandi ensemble, tous les trois, et on était dans la même classe. (Sa voix dérailla un peu, mais elle se racla la gorge et poursuivit.) Daniel vient aussi d'une famille un peu barge, donc lui et Julie avaient de longs débats au vin rouge à propos des pères et des belles-mères.

— Julie vient d'une famille *barge* ?

Les sourcils, à nouveau. Tout son visage disait « Ben oui ! ».

— Sa mère est morte d'un cancer quand on était petites. Et vous avez rencontré son père, non ?

Jeppe hésita.

— Vous voulez dire que le père de Julie l'aimait ?

— Il l'adorait, putain ! Julie ne pouvait plus le supporter.

Elle fit la grimace en prononçant ces mots.

Le téléphone de Jeppe bourdonna dans sa poche. Un journaliste, peut-être, ou alors M. Stender qui avait réussi à obtenir de quelqu'un son numéro de portable. Ils attendraient.

— Et les tatouages de Julie ? Que savez-vous là-dessus ?

— J'étais avec elle quand elle a fait faire la plume chez Tipper, à Nyhavn. C'était une de ces plumes à l'ancienne… (Caroline baissa la tête et souffla un peu avant de pouvoir continuer.)… mais c'est aussi un symbole de liberté. Vous savez, de voler.

— Et les étoiles sur sa main, que symbolisaient-elles ?

Elle se mordit la lèvre.

— Je ne sais pas. Elle commençait à avoir des secrets depuis qu'elle avait rencontré ce type, il y a trois semaines. Les étoiles avaient un rapport avec lui.

Jeppe sentit ses poils se dresser sur ses tibias.

— Le Mystérieux M. Mox ?

Elle le regarda avec surprise.

— Oui, c'est comme ça que je l'appelais, parce qu'elle ne voulait rien me raconter sur lui. D'où le connaissez-vous ?

Jeppe se pencha en avant.

— Dites-moi ce que vous savez de lui !

— Eh bien, c'était juste quelqu'un qu'elle avait croisé dans la rue. Un type dont elle est tombée amoureuse du jour au lendemain. Mais elle refusait de révéler qui c'était. Elle prétendait que ça gâcherait la relation. Je ne l'ai jamais rencontré.

— Elle a bien dû dire quelque chose sur lui. N'importe quoi. C'est important, Caroline.

Elle but une gorgée d'eau.

— Hmm, elle a dit que c'était un vrai homme, et que pour une fois je serais fière d'elle.

Jeppe ne put retenir un petit sourire.

— Parce qu'il n'était pas un… type végétarien tout doux ?

Caroline enfonça son visage dans ses mains et éclata en sanglots.

CHAPITRE 12

Jeppe empala un morceau de poulet tout sec et une demi-feuille de laitue sur sa fourchette en plastique et essaya de l'enfourner dans sa bouche sans en faire tomber sur lui. Anette et lui avaient emporté un peu de nourriture dans le petit jardin à l'extérieur de la Glyptothèque pour s'éclaircir l'esprit au soleil. C'était du moins l'explication officielle. En réalité, ils voulaient surtout échapper à l'ambiance merdique de l'hôtel de police. Autour d'eux, des habitants de Copenhague étaient allongés à moitié nus dans l'herbe et profitaient d'une des dernières belles journées de l'été. Une des seules, en fait.

Anette se tenait debout, un pied sur le banc, et inhalait la fumée de sa cigarette en plissant les yeux.

— Falck vient juste de me dire qu'il avait bien passé Daniel Fussing sur le gril durant son interrogatoire, ce matin, et qu'il y avait des trous dans les explications données par les garçons sur la nuit du meurtre. Daniel a bien confirmé avoir parlé avec Kristoffer juste à la fin du concert, mais deux des autres membres du groupe et le barman avec qui nous avons parlé estiment que le concert s'est terminé plus tard que ce qu'a dit Kristoffer, plutôt vers minuit. Ils ont joué trois morceaux supplémentaires. Si Kristoffer est parti dès

22 h 30, ce qui est la dernière heure confirmée où quelqu'un l'a vu à la Maison des étudiants, et qu'il n'a été de retour que vers minuit, il peut très bien avoir eu le temps d'opérer.

— Mais ça n'a aucun sens, Anette ! Il aurait dû se rendre au concert avec sa combinaison et son couteau, puis y retourner directement après avoir assassiné Julie, pris le temps de lui découper un motif sur le visage et d'en faire des photos, de trouver le code d'accès à son compte Instagram, de se débarrasser de l'arme du crime et de ses vêtements ensanglantés, pour ensuite aller se soûler avec les garçons ? En une demi-heure ! Tout en veillant à ne laisser aucune trace sur les lieux du crime.

Elle serra les lèvres sur sa cigarette.

— Il avait le mobile, et il était là, Jeppe. Il ÉTAIT là. Combien de fois est-ce que l'assassin est justement la personne que la victime connaît et qui se trouvait juste à proximité ? Hmm, laisse-moi réfléchir… eh bien oui, à chaque fois !

— Kristoffer n'a pas du tout la force suffisante. Tu as vu comme il est maigre ?

— Il suffit d'être assez en colère.

Jeppe referma le couvercle sur les restes de sa salade flasque et la jeta dans la poubelle. Si ça continuait ainsi, c'est lui qui n'aurait bientôt plus beaucoup de forces. Le seul bon côté d'un divorce, c'est qu'on mincit à force d'être malheureux.

Anette s'assit à côté de lui.

— Est-ce que Saidani a réussi à fermer le compte Instagram ?

— Oui, mais le mal est fait. Tous les journaux du matin ont copié et utilisé la photo. (Anette examina son mégot et décida qu'il restait encore une bouffée à en tirer.) Falck était au téléphone avec le père de Julie quand on est partis. Ça n'avait pas l'air simple.

— Non. C'est un homme en colère. Ça peut se comprendre.

Le téléphone de Jeppe bourdonna dans sa poche. C'était sa mère. Il rejeta l'appel.

— J'ai demandé à Falck et Saidani de vérifier ses antécédents. Que penses-tu d'ailleurs du Mystérieux M. Mox ?

— Qui dit qu'il n'était rien d'autre qu'un fantasme ? Tout ce qui brille n'est pas d'or, c'est bien connu. Même Caroline ne l'a pas rencontré.

— Une jeune femme de vingt et un ans ne s'invente pas une relation. C'était peut-être platonique et innocent, mais il y a un homme, et il lui a fait une forte impression. Assez pour qu'elle se fasse faire un tatouage en lien avec lui.

Anette jeta son mégot par terre. Ils restèrent assis un moment l'un à côté de l'autre en silence, aspirant le soleil et les bruits de la vie et de la normalité par tous les pores de leur peau avant de retourner dans le ténébreux monde parallèle de la Crim'. Jeppe baissa les yeux sur le gravier constellé de pétales de fleurs et de fientes de pigeons. À cet instant, cela lui sembla une image appropriée de Copenhague : une mosaïque de fleurs et d'excréments.

*

Dans son bureau tout au fond du long couloir sombre de la Crim', Torben Falck était penché si près de l'écran de son ordinateur qu'il évoquait la photo « Avant » dans une publicité d'opticien. Sara Saidani l'observa avec hésitation depuis l'embrasure de la porte en attendant qu'il se rende compte de sa présence. Son ventre rebondi cognait contre le bord de sa table de travail et une paire de bretelles d'un vert criard semblait faire des heures supplémentaires pour maintenir son pantalon en place. Le bureau sentait le sandwich au rôti de porc, et une boule de papier d'emballage graisseux sur la table confirmait le menu de son déjeuner.

Quand Sara eut frappé deux fois sur le cadre de la porte sans obtenir de réaction, elle entra.

— Salut, Falck, est-ce que je peux te déranger un instant ?

Elle approcha une chaise et s'assit à côté de lui. Il sentait vaguement la grillade.

— Oh, mais salut, te voilà ?!

Falck grommela sa surprise avec de la chaleur dans la voix.

Sara pensa, pas pour la première fois, que Falck était l'un de ses nouveaux collègues préférés. Les autres l'évitaient, comme si elle enfreignait des règles tacites qu'elle ne connaissait même pas. Comme si son étrangeté était un obstacle. Non pas son statut d'étrangère culturelle, parce que ses nouveaux collègues de la Crim' semblaient aussi tolérants que ceux d'Helsingør quant à ses origines tunisiennes. C'était plutôt sa personnalité qui, de toute évidence, se démarquait radicalement. Sara ne buvait pas de café et ne mangeait que rarement des gâteaux et des bonbons. Elle ne riait pas des blagues graveleuses et ne prenait pas la peine de discuter politique, refusait de se plier aux normes et de se livrer, et rentrait tôt chez elle pour passer du temps avec ses deux filles. Le seul qui ne semblait pas gêné par ses habitudes était Falck.

Elle hocha la tête.

— Je me disais juste qu'on devrait se mettre d'accord sur qui fait quoi. As-tu commencé à t'intéresser à Christian Stender ?

Il sourit, et sa moustache se courba comme un balai trempé.

— J'ai un peu creusé. Pour l'instant, j'ai surtout étudié ses finances et sa vie professionnelle. Stender semble être un homme d'affaires entreprenant, avec beaucoup de cordes à son arc. Il prend part à des conseils d'administration et investit partout, depuis les éoliennes jusqu'aux restaurants d'autoroute. Il a gagné la plus grosse partie de son argent en important des pièces de rechange de BMW. Il est aussi un peu mécène d'art et a, entre autres, fait don de plusieurs œuvres au musée d'Art contemporain de Herning.

Sara le regarda avec scepticisme :

— D'Art contemporain ? À Herning ?

— Apparemment, c'est très bien. Il a ouvert et fermé un certain nombre d'entreprises et a fait quelques faillites. On est rarement populaire avec ce genre de choses. Je te trace les grandes lignes, mais c'est du lourd, alors ça prend un peu de temps.

Falck appuya sur une touche et jura à voix basse quand l'image à l'écran disparut.

— Les restaurants autoroutiers et les musées d'art, quel est le rapport ? demanda Sara.

— Comment on fait pour récupérer l'image ?

Il la regarda, impuissant. Elle fit revenir le bureau virtuel de Falck.

— Ah oui, comme ça, merci ! Stender doit gagner un peu d'argent avec les uns et du prestige avec les autres ? Il semble que ce soit une pratique assez courante. Beau à l'étage et sombre à la cave.

Sara, pensive, se mordit la lèvre inférieure.

— Mais peut-il vraiment y avoir un lien entre son entreprise et la mort de sa fille ? Une action de vengeance financière sous forme de meurtre accompagné de mystérieux découpages au couteau sur le visage de la victime ?! Je n'y crois pas.

Falck regarda derrière elle et Sara se retourna. Thomas Larsen se tenait à la porte, juste dans son dos, et souriait sous cape.

Elle haussa un sourcil en demandant :

— Qu'est-ce que tu veux ?

— J'ai vérifié les antécédents de Kristoffer Gravgaard. C'est assez intéressant.

Il se détacha de la porte, s'approcha de la table et s'assit dessus pour les regarder de haut pendant qu'il parlait.

— Il a grandi à Brøndbyøster avec une mère célibataire malade mentale, qui avait quarante-trois ans quand elle l'a eu. Dieu seul sait comment ça a pu se faire. Famille d'accueil un week-end sur deux, pension d'invalidité, cadeau de Noël de l'Armée du Salut et ainsi de suite, vous connaissez la chanson. La famille d'accueil fait son premier rapport à la commune quand Kristoffer a trois ans. Le nouveau petit ami de la mère l'a battu et il s'est présenté pour sa visite du week-end avec des marques sur tout le corps. On parle de négligence massive depuis le tout début.

— Mais pas assez pour le retirer de chez lui ? demanda Sara, le visage de marbre, en le regardant.

Larsen continua sans se laisser décourager. S'il éprouvait le moindre remords à avoir interrompu leur conversation, il n'en montrait rien.

— Non, mais plus qu'assez pour le rendre sérieusement dingo, si tu veux mon avis. Il y a deux signalements lors de sa scolarité. Le premier pour avoir vandalisé un vestiaire. Le second pour avoir réduit en bouillie un camarade de classe parce qu'il le taquinait. C'était en CM1.

— Et alors ? demanda Sara.

— Et alors ?! Il est clairement instable, et il avait le mobile et l'opportunité de tuer Julie. Je pense qu'on doit le coffrer.

Sara se tourna vers Falck :

— Où en étions-nous ?

Elle n'avait pas l'intention de perdre son temps à rappeler à Larsen que c'était à l'enquêteur principal de décider qui devait être interrogé.

Falck était plus accommodant :

— C'est à Kørner de décider. Vois ça avec lui. Je crois que lui et Werner sont en route pour voir les parents à l'hôtel, mais appelle-le.

Larsen resta assis pendant que Sara se penchait sur l'ordinateur de Falck et se mettait à taper. Elle savait qu'il était venu chercher reconnaissance et soutien, mais elle n'était pas d'humeur à les lui donner. Au bout d'une minute, Larsen se leva et quitta le bureau sans dire au revoir.

Falck se racla la gorge :

— Quel cri pousse un bouc malheureux ?

Sara leva les yeux vers son visage rond et amical et ne put retenir un sourire.

Falck lui fit un clin d'œil joyeux :

— Méééécontent.

*

À l'hôtel Phønix, Ulla Stender accepta à contrecœur de descendre parler en tête à tête avec Anette dans le hall tandis que Jeppe interrogeait Christian Stender dans la chambre.

Jeppe, assis sur un sofa dur en soie jaune aux pieds incurvés, observait Stender aller et venir sur la moquette épaisse de la chambre 202. Il était bien habillé. Son costume gris foncé reposait honorablement sur sa silhouette corpulente, mais des marques d'usure brillaient aux coudes et aux genoux. Aux pieds, des chaussures confortables. Ses cheveux fins étaient plaqués sur le crâne par un produit capillaire puissant. Il n'était plus l'épave humaine qu'ils avaient rencontrée la veille, mais avait le même regard paniqué.

— Combien de temps pensez-vous que nous devrons rester à Copenhague ? Je ne supporte pas d'être coincé dans cette maudite chambre d'hôtel à attendre et attendre encore. Il nous faut aussi préparer les funérailles de Julie. Et voilà que cette photo d'elle, morte, apparaît partout. Comment est-ce possible, bon sang ?! Dites-moi ce que vous faites pour retrouver son assassin !

Stender vida un verre d'un liquide clair et pétillant et regarda Jeppe d'un air enragé, comme s'il avait l'habitude d'obtenir des réponses à toutes ses questions.

— Je suis content de voir que vous allez un peu mieux aujourd'hui, monsieur Stender. Asseyez-vous.

Stender s'installa sur le bord d'un profond fauteuil, prêt à bondir et à reprendre ses allées et venues dès qu'il le pourrait.

Jeppe parla avec toute l'autorité dont il pouvait faire preuve :

— Dans les affaires de meurtre comme celle-ci, le corps n'est rendu à la famille que quand les conclusions de l'autopsie sont disponibles. Cela peut prendre quelques jours. Ensuite, vous aurez le droit de ramener votre fille à la maison et de l'inhumer. Je comprends bien que ce doit être désagréable d'être obligé d'habiter à l'hôtel dans cette situation, mais nous avons besoin de vous ici. Nous ne voulons rien de plus que trouver l'assassin de votre fille et classer l'affaire le plus rapidement possible.

— *Ma* fille.

Christian Stender insista sur le premier mot. Il parlait sans lever les yeux.

— Pardon ?

— Ma fille, Julie était *ma* fille, pas celle d'Ulla.

— Que voulez-vous dire ?

Jeppe se pencha en avant, les coudes sur les genoux, le bas du dos déjà douloureux à force d'essayer de rester assis bien droit dans le profond sofa.

— Quand ma première femme, Irene, est décédée, je lui ai promis de prendre soin de notre fille. Ulla a été un grand soutien, pour moi et pour Julie, mais elle n'a jamais été une mère pour elle, plutôt une… une amie. Avez-vous des enfants ?

Jeppe secoua la tête, la piqûre habituelle dans son cœur.

— Alors vous ne savez pas de quoi je parle. L'amour d'un parent pour son enfant est unique. C'est le seul amour inconditionnel que nous, humains, pouvons ressentir. Pour un beau-parent, ce n'est jamais la même chose.

Sa voix devenait pâteuse.

Jeppe sentit qu'ils devaient changer de sujet s'il voulait tirer quelque chose de l'interrogatoire avant que Christian Stender ne craque.

— Est-ce que Julie avait un petit ami ? Des connaissances masculines ?

— Arrêtez, enfin ! (Il avait l'air offensé à présent.) Il n'est pas question de présenter ma Julie comme une fille facile ou rien de ce genre ! Ma fille n'était pas sans défaut, mais elle était intelligente et avait des ambitions. Elle n'a pas emménagé à Copenhague pour faire la fête, même si ça fait bien sûr partie de la vie des jeunes. Elle voulait une éducation, devenir quelqu'un.

Jeppe hocha la tête, impassible, avant d'insister :

— Et avant qu'elle ne vienne à Copenhague ? Un petit ami ou des amis masculins proches, au lycée ou dans ses activités de loisir ? Est-ce qu'elle ne faisait pas du théâtre ?

Le visage de Christian Stender se resserra, comme sous le coup d'un lifting en vitesse accélérée.

— Que voulez-vous dire ?

— J'essaye juste de mieux connaître le passé de Julie. Nous devons explorer toutes les possibilités. Y avait-il un homme dans sa vie avant qu'elle emménage à Copenhague ?

— Qui vous a dit ça ? (Son menton se crispait dans une tentative de contenir sa rage.) Est-ce la vieille bique chez qui elle habite ? Ou est-ce Ulla qui n'a pas su la fermer ?

Jeppe sentit qu'il avait mis le doigt sur quelque chose. Il saisit sa chance.

— Parlez-moi de lui ! Cela peut être important.

Christian Stender prit une profonde inspiration, l'air d'avoir du mal à déglutir. Puis il fit une chose que Jeppe n'avait jamais vue que décrite dans des livres : il porta son poing serré à sa bouche et se mordit les jointures.

Jeppe attendit un instant et demanda à nouveau :

— À l'heure actuelle, toutes les relations qu'avait Julia sont potentiellement importantes. Qui était-il ?

Stender expira fortement et se secoua.

— C'était son prof d'arts de seconde, Hjalte quelque chose, un foutu Féringien ! Il a formé une association de théâtre qui organisait après les cours toutes sortes de spectacles hippies, et bien sûr, Julie a voulu en être. Elle l'a aidé dans l'organisation et a aussi écrit les chansons et des petits textes pour diverses représentations. Il avait vingt-cinq ans de plus qu'elle, mais ça ne l'a pas empêché de la séduire. Le salaud, je l'ai fait virer, bien sûr.

— Quand était-ce ?

— Il y a six ou sept ans. Ce n'était rien, vraiment rien ; Julie était une gentille fille influençable et il en a profité. Elle était plus fascinée par lui qu'amoureuse. Elle l'a vite oublié.

— Alors il a quitté la ville ?

— Pour autant que je sache, il s'est barré chez lui aux îles Féroé, et c'est tant mieux. S'il était resté, je lui aurais arraché les couilles.

Christian Stender se rappela tout à coup à qui il parlait. Soudain sur la défensive, il lança à Jeppe un coup d'œil signifiant que tous deux savaient bien que c'était juste une façon de parler.

— Comment avez-vous dit qu'il s'appelait ? demanda Jeppe en sortant son carnet.

— Je ne m'en souviens pas vraiment. Hjalte, comme je l'ai dit, avec un nom de famille encore plus féringien. Il est sans doute en train de garder les moutons là-haut dans le Nord, vous savez, avec un pull tricoté et un humanitarisme de pacotille.

Jeppe nota rapidement et lui sourit.

— Nous sommes tombés sur quelques faillites notifiées dans votre casier judiciaire. Des échanges de devises qui ne se sont pas tout à fait déroulés selon les règles ?

Aucune réaction.

— Pensez-vous vous être fait des ennemis dans votre vie professionnelle ?

Jeppe serra la main sur son stylo à bille.

Un éclair de colère brilla dans les yeux de Stender. On aurait dit un Ulysse devenu plus fort d'avoir dû naviguer face à des vents contraires. Mais cette force resta fugace et fut remplacée la seconde d'après par une mélancolie si profonde que Jeppe put presque en sentir le poids sur sa propre poitrine.

Il essaya encore.

— Vous avez été condamné avec sursis en 2008 pour fraude...

Stender secoua la tête avec résignation. Le ballon était dégonflé. Son regard parut subitement fatigué et vide.

— Ce n'était rien. Croyez-moi, ça ne peut rien avoir à faire avec ça. Vous cherchez au mauvais endroit.

Les larmes se mirent à rouler sur les joues charnues du père de Julie. L'inspecteur l'observa avec impatience. Il y avait quelque chose qu'il ne voulait pas révéler, et Jeppe s'agaçait de ne pas savoir quoi demander pour le faire parler.

Stender s'essuya les joues de ses mains. Il portait une lourde chevalière en or au petit doigt de la main droite, du genre que l'on pouvait appuyer sur un morceau de cire pour sceller une lettre.

— Frère de loge ?

Stender leva les sourcils en réponse et regarda sa montre de manière ostentatoire. De toute évidence, ce n'étaient pas les affaires de Jeppe.

Celui-ci se leva et tendit la main.

— Appelez-moi si vous pensez à quelque chose qui pourrait nous aider dans notre enquête. Nous faisons tout ce que nous pouvons pour trouver l'assassin. Tout ce que nous pouvons.

Anette, dans le hall, était déjà prête. Elle donnait l'impression d'avoir suivi une conférence d'une demi-heure sur la relation entre les intérêts des obligations et le taux effectif de remboursement. Il aurait peut-être été plus judicieux d'échanger leurs places. Anette n'était pas compatible avec les petites secrétaires de province.

— Où est Ulla Stender ?

Anette fit un signe de tête en direction des toilettes.

— Elle y est depuis dix minutes. Si nous ne partons pas, je crois qu'elle ne sortira jamais.

Jeppe rit jusqu'à la voiture. Cela leur fit du bien à tous les deux et Anette fit de son mieux pour prolonger cette hilarité. Après avoir maudit une dernière fois Herning, les secrétaires et les femmes de banlieue en général, elle fut prête à échanger des informations.

— Il n'y a aucun doute sur qui porte la culotte chez les Stender. Elle fait tout ce qu'il lui demande, et il semble profiter pleinement de son pouvoir. Et Dieu sait que je ferais pareil si j'étais mariée avec elle !

— S'il est dur avec elle, il pouvait aussi l'être avec Julie. Violent, même. Non ?

Anette freina brusquement pour éviter un cycliste qui traversait au rouge au niveau du Magasin du Nord et lui lança une série d'insultes par la vitre ouverte.

— Ce n'est pas impossible, mais je ne le crois pas, en fait. Julie a vécu du côté ensoleillé et Ulla à l'ombre de son attention. Si quelqu'un a pu avoir envie de tuer Julie, c'est Ulla, pas Christian.

Pendant qu'ils roulaient le long des canaux sous le soleil de midi, Jeppe lui parla de l'amant plus âgé de Julie.

Les gens étaient assis sur les marches de pierre longeant le canal, clignant des yeux au soleil, souriants, une bière à la main et aucun projet pour le reste de la journée. À des années-lumière de l'atmosphère concentrée à l'intérieur de la Ford.

Jeppe se tourna vers sa partenaire :

— Il faut qu'on découvre qui est ce Hjalte et où il se trouve aujourd'hui. Il était professeur d'arts à l'école secondaire de Sørvad jusqu'à il y a cinq ans. Je pense que nous devrions appeler quelqu'un qui connaît la famille Stender et a peut-être vécu l'affaire de près. Caroline. Ou sa mère, Jutta.

Anette acquiesça :

— Je vais l'appeler, tu m'envoies son numéro ?

Ils s'arrêtèrent au feu rouge devant le Musée national. Jeppe sortit son portable et envoya le contact à Anette. Juste au moment où il était en train de remettre le téléphone dans sa poche, celui-ci sonna. Cette fois, il décrocha.

— Kørner. Bonjour, Esther… Je ne comprends pas…

Jeppe écouta l'explication confuse de la vieille femme et comprit seulement que c'était important.

— J'arrive tout de suite !

Il détacha rapidement sa ceinture.

— Je descends ici, il y a du nouveau à Klosterstræde ! On se voit à l'hôtel de police dans une heure, cria-t-il avant de claquer la portière derrière lui et de courir en direction de Stormgade.

Dans le rétroviseur, Anette regarda son grand corps disparaître au coin de la rue.

CHAPITRE 13

Esther de Laurenti était assise par terre au milieu de son salon, son ordinateur devant elle, ses lunettes au bout de son nez, parmi les piles de feuillets à l'écriture serrée étalés sur tout le tapis d'Ispahan. Les chiens ronflaient de contentement l'un sur l'autre dans leur panier, l'appartement respirait la paix et l'idylle dans la lumière généreuse de midi. Elle avait été réveillée à l'aube par un rêve désagréable. Debout dans une eau boueuse à hauteur de genoux, elle avait baissé les yeux et découvert que du sang coulait le long de ses jambes. Elle était restée longtemps allongée agrippée au matelas jusqu'à avoir repris complètement ses esprits et s'être calmée.

C'était un cauchemar familier qu'elle avait appris à refouler avec le temps, mais aujourd'hui, elle était confrontée à une réalité encore plus cauchemardesque. Elle avait refusé d'accepter un lien entre son livre et la mort de Julie ; or, désormais, elle ne pouvait plus le nier. Les récits des journaux en ligne étaient clairs, et l'horrible photo du visage abîmé de Julie sans ambiguïté.

Elle fouilla dans une des piles de papier devant elle et prit une feuille.

La semaine suivante, elle le rencontre à nouveau. Cette fois, il se tient juste dans son dos quand elle ferme la porte d'entrée et se tourne. Juste un peu plus grand qu'elle, mais avec des épaules fortes et un large dos. Des yeux qui sourient, l'air taquin, derrière les verres de lunettes. Il tend vers elle sa main, qu'elle prend sans hésiter.

Ils se promènent ensemble dans le soir d'été, le long du canal, main dans la main. Ils ne se parlent pas, se contentent de se sourire et de rire parfois de l'absurdité de la situation. Elle lui demande comment il s'appelle, mais il pose doucement son index sur ses lèvres et lui sourit. « Pas ce soir, ma belle, pas encore. Nous avons tout le temps devant nous. »

Il est plus âgé qu'elle, elle s'en moque. Elle sait déjà qu'ils sont liés par quelque chose qui est plus fort que le temps et l'espace. Il l'accompagne jusqu'à sa porte et lui envoie un baiser du bout des doigts alors qu'elle monte son escalier. Pas de promesses vides, des âmes sœurs dans le temps et l'espace. Ce n'est que le lendemain matin qu'elle commence à douter. Va-t-elle jamais avoir à nouveau de ses nouvelles ? Est-ce juste elle qui a l'impression, en son for intérieur, qu'elle mourra si elle ne le revoit pas bientôt ?

Sept jours passent. Sept longues journées où, chaque soir, elle arpente consciencieusement les rues. Elle est sur le point d'abandonner tout espoir. Le soir du septième jour, elle tourne au coin de la rue et le voit debout devant sa porte.

Souriant.

Esther avait choisi Julie parce qu'elle lui rappelait elle-même. Elle l'avait tuée sur le papier parce qu'elle correspondait à une idée pour son roman. Qui savait que le livre parlait d'elle ? Elle chercha son souffle avec difficulté. Au cours de la dernière heure, elle avait eu plusieurs fois la sensation de ne pas pouvoir respirer librement, qu'un étau lui enserrait la poitrine. Cette réaction lui rappelait ses périodes les plus stressées à l'université.

Esther reposa le texte et vida les poches de son peignoir des mouchoirs en papier chiffonnés. Elle ne pouvait pas traîner comme cela à longueur de journée, elle devait s'habiller et aller rendre visite au pauvre Gregers à l'hôpital. Était-ce Victor Hugo qui avait demandé à sa gouvernante de cacher ses vêtements quand il écrivait, pour être obligé de se promener en robe de chambre jusqu'à ce que le livre soit terminé ? Que faire de son manuscrit ?

Elle prit une nouvelle feuille.

La fille et l'homme montent dans l'appartement sans dire un mot. *C'est exactement ce que nous sommes*, se dit-elle ; *une petite fille et un homme adulte*. Elle cherche ses clés, peu sûre d'elle et nerveuse, il se tient calmement derrière elle et la fixe de ses yeux souriants jusqu'à ce qu'elle ouvre. Elle regrette le désordre, mais ne s'excuse pas, car elle sent que cela semblerait enfantin. Il ne regarde pas autour de lui, il ne regarde qu'elle. Une partie d'elle voudrait qu'il s'en aille, et pourtant il ne faut pas qu'il parte.

« Du café ? Du vin ? »

Il secoue la tête, s'assoit sur le large accoudoir du fauteuil.

« Enlève ton chemisier ! »

Sa voix est douce et forte. *Je tremble*, pense-t-elle, et elle tremble vraiment. *Est-ce comme cela qu'on le ressent ? L'amour. Comme la grippe et la fièvre des examens et les montagnes russes tout à la fois ?*

Le chemisier l'agace et reste coincé quand elle le passe par-dessus sa tête. Elle se sent rougir derrière le tissu et a envie de mourir. *Je n'ai jamais eu ces sensations-là,* songe-t-elle. *Jamais.* Quand elle parvient enfin à sortir complètement la tête, il est assis, le couteau à la main.

Souriant.

Esther alla dans la cuisine, poussa quelques assiettes sales et vida le marc de café dans l'évier. Elle avait demandé à Kristoffer de rester à l'écart pour le moment, donc la vaisselle s'était empilée. Comment ce scénario qu'elle avait composé il y a un mois pouvait-il être devenu réalité ? Quelqu'un l'avait lu et décidé de le rendre réel. Était-ce vraiment possible ? Elle avait encore du mal à le croire.

La réponse évidente se trouvait juste devant elle, dans l'évier de la cuisine. Kristoffer.

Il connaissait Julie, était peut-être amoureux d'elle, et avait un accès illimité à tous les papiers de l'appartement. Aurait-il pu lire l'histoire et trouver des raisons de vouloir blesser Julie ? Peut-être l'avait-elle rejeté ?

Mais c'était fou, le meurtre était dément, commis par une personne dérangée, pas par Kristoffer. Pas le Kristoffer qu'elle connaissait.

Quand elle avait vidé son bureau de l'université, en janvier, et organisé la fête d'adieu la plus extravagante de la décennie, elle s'était sentie soulagée. Des amis lui avaient demandé si elle ne ressentait pas de vide à présent qu'elle ne devait plus se lever pour aller travailler. Mais Esther ne s'était jamais sentie aussi bien. Ne plus avoir à gérer les petites guerres intestines du département et des étudiants gâtés n'était pas une perte. Maintenant, elle pouvait enfin se mettre à écrire le livre qu'elle avait toujours eu envie d'écrire. Finis les articles universitaires ; elle s'était lancée dans l'intrigue et les personnages avec un plaisir enfantin. Au moment où Julie avait emménagé, elle avait presque immédiatement reconnu en elle sa victime. La jolie fille de la campagne au passé embrouillé, presque trop évident, et pourtant avec tous les mystères qui la rendaient intéressante. La mère morte et le père dominant, la forte volonté derrière le sourire tranquille et le désir dans les yeux. Elle était complexe. Maintenant, elle était morte.

Esther revint dans le salon et prit son téléphone. Ça ne pouvait *pas* être une coïncidence ! Elle était obligée d'en parler à la police.

CHAPITRE 14

L'homme aux lunettes se penche en arrière et observe la jeune femme allongée devant lui, ses cheveux étalés. Elle a fini de se débattre, maintenant, et ne fait plus que gémir un peu. Elle ne porte pas de maquillage, son visage est d'une propreté enfantine. Prêt pour lui. Sa muse, sa toile blanche. Il sent une ondulation dans son bas-ventre, une petite remontée dans son diaphragme. Le couteau est pointu et tranchant, avec un manche solide qui s'est poli au contact de ses mains. Il laisse durer la tension aussi longtemps qu'il le peut. Le meilleur moment, c'est lorsque la pointe du couteau pénètre la peau laiteuse. Celle-ci cède au bout d'une seconde et se déchire, se fend sous le petit couteau dans ses mains puissantes. Ligne après ligne, incision après incision.

— Putain de merde ! Qui écrit ce genre de vomi pervers ?

Thomas Larsen ne pouvait plus retenir son indignation.

Jeppe leva les yeux de son papier.

— C'est sans aucun doute une bonne question. Le texte fait partie d'un roman policier qu'Esther de Laurenti est en train d'écrire. La propriétaire de l'immeuble où notre victime habitait et a été tuée.

— Mais qu'est-ce que ça a à voir avec l'affaire ? demanda Larsen, les bras croisés. Elle s'est laissé inspirer par une affaire criminelle, comme des milliers d'autres aspirants auteurs de polar. Bonne chance avec ça.

Murmure d'assentiment parmi les collègues. Saidani secoua la tête avec désapprobation et Falck agita ses sourcils gris, mal à l'aise.

— Ce qui est intéressant, en premier lieu, ce n'est pas tant qui l'a *écrit*, mais qui l'a *lu*, poursuivit Jeppe.

Il marqua une courte pause jusqu'à ce que le calme soit revenu dans la pièce.

— Voyez-vous, ce manuscrit a été écrit il y a trois semaines.

Il laissa l'information pénétrer les esprits quelques instants avant de poursuivre :

— Nous avons environ quarante pages de brouillon d'un roman policier qui décrit de façon détaillée le meurtre de Julie Stender. Meurtre qui a eu lieu avant-hier.

Les sièges craquèrent et les pieds raclèrent le sol.

— Je suis allé chercher le manuscrit il y a une demi-heure et je n'ai donc pas encore eu le temps de le lire attentivement. Mais Esther de Laurenti dit qu'elle a construit le personnage de sa victime d'après Julie, et que le meurtre dans la réalité – pour ce qu'elle en sait désormais – imite son meurtre fictif, y compris le motif au couteau sur le visage. Dans le manuscrit, l'assassin est un homme que la victime rencontre dans la rue et dont elle tombe amoureuse. C'est la manière qu'a eue Esther de rendre quelque chose que Julie a réellement vécu et dont elle lui a parlé. Malheureusement, elle n'a rien raconté de concret à Esther à propos de cet homme, elle ne peut donc pas nous aider à trouver son identité. Nous savons seulement qu'il est beaucoup plus âgé que Julie, de taille moyenne, et qu'il porte des lunettes.

Saidani leva la main :

— Qui a eu accès au manuscrit ?

— Une version imprimée se trouvait dans l'appartement d'Esther, celle que je tiens en ce moment. Tous ceux qui ont eu accès à l'appartement ont eu potentiellement accès au manuscrit.

— Kristoffer Gravgaard ! s'exclama Larsen, énonçant l'évidence. Il a la clé de l'appartement d'Esther de Laurenti et va et vient comme ça lui chante. Il a lu l'histoire et a décidé de la rendre réelle !

L'énergie tremblante d'indignation de Larsen se répandit dans la pièce. Jeppe leva la main pour freiner ce dernier :

— Vous n'avez pas encore tout entendu. Esther de Laurenti appartient à un groupe d'écriture en ligne composé de trois personnes. (Il vérifia les noms dans son carnet.) Erik Kingo, Anna Harlov, et donc Esther de Laurenti. Ils ont régulièrement posté des textes et commenté le travail des uns et des autres en utilisant une page de Google Docs. Dans le but de se motiver, m'a expliqué Esther de Laurenti. Elle a présenté le brouillon de son roman policier en deux fois. Les vingt-cinq premières pages le 5 juillet. C'est la partie qui décrit la victime, Julie Stender, quand elle emménage en ville et rencontre un homme. Les quinze pages suivantes, où le meurtre a lieu, elle les a publiées le 30 juillet. Ce qui signifie que le mode opératoire du meurtre a été mis en ligne une semaine avant le meurtre lui-même.

— Y a-t-il d'autres personnes, en plus du groupe d'écriture, qui sont au courant ? demanda Anette depuis sa place habituelle contre le mur.

— C'est ce que nous devons découvrir.

— Tout ce qui se trouve sur le web peut être ouvert et lu si on sait comment s'y prendre, dit Saidani avec un soupir de résignation. La question est plutôt : qui sait qu'il s'agit de Julie Stender ? La fille du livre n'a pas de nom, à ce que je vois.

— Bon point, Saidani ! J'ai récupéré l'ordinateur d'Esther de Laurenti. Cherche tout ce que tu peux y trouver sur ce groupe d'écriture et leur correspondance.

Sara Saidani acquiesça, faisant danser les boucles de sa queue-de-cheval. Jeppe se dit tout à coup qu'elle serait belle si elle détachait ses cheveux.

— Ce qui est important maintenant, c'est de se concentrer sur les personnes dont nous savons qu'elles ont eu accès au texte, poursuivit Jeppe, et en même temps de découvrir si quelqu'un d'autre aurait pu avoir accès à leur Google Docs. Les membres du groupe d'écriture sont actifs sur les pages de discussion du site de l'association des auteurs danois et, dans l'avant-dernier numéro de leur magazine, *Forfatterbladet*, il y a une interview d'Erik Kingo où il mentionne ce groupe d'écriture.

— Donc, en principe, tout le monde peut avoir eu connaissance du groupe et, avec un peu d'ingéniosité technique, accès à la page Google Docs ? intervint Anette. Christian Stender a d'ailleurs également rendu visite à Julie et a peut-être pu accéder au manuscrit…

Jeppe se leva et désigna le tableau derrière lui.

— En principe, oui. Mais concentrons-nous pour le moment sur les deux personnes dont nous savons avec certitude qu'elles ont lu le…

Larsen l'interrompit avec colère :

— Et si on se concentrait sur *la* personne dont nous savons avec certitude qu'elle possède à la fois un mobile, une opportunité, une relation avec la victime et un accès au manuscrit ?

Jeppe se tourna et le regarda avec surprise :

— Je n'ai pas l'intention d'abandonner Kristoffer Gravgaard comme suspect. Tu continues à enquêter sur lui et son passé, et Falck peut lire le manuscrit en détail et le comparer avec le meurtre pour que nous ayons un aperçu complet des détails. Saidani s'attaque à l'ordinateur d'Esther de Laurenti, et Anette et moi allons au CNCC pour voir s'il y a de nouveaux indices techniques. Des questions ?

— Est-ce que je me fais des idées ou est-ce que nous oublions un détail important, ici ?

Falck était assis, les doigts croisés sur son ventre qui dépassait gaillardement entre les bretelles rayées.

— Que veux-tu dire, Falck ?

— Il se peut que je sois un peu vieux jeu, mais pour moi, le suspect le plus évident a été directement acquitté, pour je ne sais quelle raison.

Jeppe détourna le regard avec agacement.

— Viens-en au fait, Falck !

— Esther de Laurenti, bon sang ! Où avez-vous donc la tête ? Le meurtre a lieu dans son immeuble, d'après son manuscrit, et pendant qu'elle était chez elle. Pourquoi n'est-elle pas interrogée en ce moment même ?

Larsen répondit avec sarcasme :

— Parce qu'elle a cent ans et qu'elle pèse quarante kilos.

— Elle a soixante-huit ans et elle est en meilleure forme que beaucoup d'entre nous. C'est quoi, cette discrimination d'âge absurde ? poursuivit Falck.

Anette ne put retenir un rire :

— En d'autres termes, elle a maîtrisé et défiguré une jeune femme musclée qui faisait une tête de plus qu'elle ? Avec un petit couteau ?

Le rire se propagea. Falck frappa avec colère sur la table.

— Maintenant, ça suffit ! Vous croyez qu'on perd complètement sa mobilité quand on passe les soixante ans ?

Elle peut avoir utilisé de l'éther, ou qu'est-ce que j'en sais. C'est idiot de l'évincer d'avance.

Jeppe savait que Falck marquait un point.

— Tu as raison, Falck. Nous gardons un œil sur elle. Commence simplement par le manuscrit.

— OK !

La pièce redevint silencieuse, mais d'un silence semblable aux secondes qui séparent un éclair d'un coup de tonnerre. Le manque d'indices et les théories divergentes ne sont pas la combinaison optimale pour résoudre un crime. Jeppe ressentit le sentiment aigu d'être en train de perdre son emprise sur son équipe.

Il posa bruyamment le manuscrit sur la table devant lui.

— Alors, on peut y aller, *maintenant* ?! À moins qu'il n'y ait d'autres théories qui doivent absolument être diffusées avant qu'on puisse se mettre au travail ?

Falck baissa la tête et Jeppe regretta immédiatement son éclat. Il chercha une phrase pour adoucir l'atmosphère, en vain. Tant pis ! Il jeta le manuscrit sur la table devant Falck et quitta la pièce sans fermer la porte derrière lui.

*

Jeppe et Anette firent le trajet jusqu'au parking sans un mot. Elle était muette, et il n'eut pas envie de lui demander pourquoi. Il se contenta de fermer son coupe-vent et de s'asseoir sur le siège passager. Après avoir roulé quelques minutes, Anette malmena le levier de vitesse et la voiture fit un bond.

— Divorcer ne t'a pas vraiment rendu plus sociable, mon petit Jeppe ! Je sais bien que c'est dur, mais tu ne pourrais pas laisser tes défis personnels à leur place et recommencer à te comporter comme un adulte ?

Comme s'il était un adolescent irréfléchi qui laissait ses vêtements sales traîner par terre et finissait la bouteille de lait sans rien demander à personne !

Jeppe se mordit la lèvre, conscient qu'elle avait raison. Il avait du mal à garder la tête froide, à entendre la voix de son intuition sur laquelle il comptait d'habitude. Il avait l'impression que son cerveau était enveloppé d'ouate et que la peau autour de ses organes vitaux, en revanche, était décollée. Flou et hypersensible à la fois. Peut-être que c'était l'OxyContin, ou peut-être seulement les conséquences du chagrin. Quoi qu'il en soit, ce n'était pas quelque chose dont il avait l'intention de discuter avec Anette.

— Est-ce que tu as réussi à joindre la mère de Caroline ?

Anette sembla se demander si elle allait le laisser s'en tirer si facilement, mais se décida toutefois à faire preuve de miséricorde.

— Ouais, je lui ai parlé pendant que tu étais chez dame Laurenti. Elle connaissait tout de la liaison de Julie avec son prof et était ravie de m'en parler. Les Boutrup étaient jadis très amis avec les Stender, mais cette amitié semble s'être refroidie.

Anette, impatiente de raconter cette bonne histoire, en oublia sa colère.

— Il semblerait que Christian Stender ait pas mal minimisé l'affaire quand il t'en a parlé. Ça a fait un sacré scandale dans la petite ville de Sørvad. Le prof qui séduit la fille innocente du grand homme d'affaires local. Remarque bien que c'est ce même grand homme d'affaires qui a épousé sa secrétaire juste après l'enterrement de sa première femme. Cette famille a fourni la majorité des sujets de conversation chez le coiffeur du coin pendant presque une décennie.

Ils changèrent de voie sur le H.C. Andersens Boulevard et Jeppe essaya de penser à la dernière fois où il avait vu la place de l'hôtel de ville sans travaux. Anette tambourinait sur le levier de vitesse avec ses ongles roses tout en parlant.

— Le prof s'appelle Hjalti, pas Hjalte, Patursson, et vient des îles Féroé. Il a étudié à Copenhague pour devenir prof et a déménagé à Aarhus parce qu'il avait rencontré une femme avec qui il s'est marié. Ils ont rompu et Hjalti s'est retrouvé prof à l'école secondaire de Sørvad, où, selon Jutta, il est tombé amoureux fou de Julie Stender, alors âgée de seulement quinze ans. Lui-même en avait environ quarante, mais ne parvenait pas à cacher ses sentiments pour la gamine. Jutta a parlé d'une réunion embarrassante, au théâtre, où il regardait très ouvertement Julie, bouche bée. Il essayait de la toucher quand il distribuait des papiers, ce genre de choses. Les rumeurs sont allées bon train et Christian Stender l'a fait virer.

Jeppe baissa la vitre et renifla l'air de l'été et les gaz d'échappement.

— Mais ça semble assez inoffensif, non ?

— C'était tout sauf inoffensif ! Il a couché avec elle, le vieux cochon ! Ils ont eu le temps d'avoir une liaison en règle avant que papa ne s'en rende compte et le fasse jeter hors de la ville.

— OK. Scandale, tu dis. Jeune fille, vieux cochon, père furieux, etc. Mais ça fait six ans et ça peut difficilement être relié au meurtre, non ? Est-ce que l'ex-petit ami féringien de Julie aurait décidé de se venger ?

Anette prit son élan pour le grand finale :

— Tu n'as pas encore entendu le meilleur.

Jeppe jeta un coup d'œil à sa partenaire. Elle lui rendit son regard en levant les sourcils. Derrière elle défilait la quatre-voies surélevée de Bispseengbuen.

— Oh non, tu ne veux pas dire que… ?

Anette hocha la tête avec une moue satisfaite.

— Si, c'est ça. Julie Stender, quinze ans, est tombée enceinte de son prof et a avorté secrètement à l'hôpital d'Aarhus.

Officiellement, elle a été absente de l'école pendant un bon moment pour cause de dépression, mais elle a tout avoué à Caroline plus tard. Ça commence à ressembler à quelque chose, non ?

Jeppe sentit une poussée d'énergie inattendue.

— Nous ferions mieux d'appeler Tórshavn pour avoir une petite discussion avec Hjalti Patursson.

CHAPITRE 15

Le quartier d'Ydre Nørrebro est devenu un étrange no man's land formé par une zone comprise entre Brønshøj et Vanløse, un ghetto de petits immeubles aux fenêtres à croisillons et de supermarchés discount, occupé par une classe moyenne. Ils tournèrent au niveau du 113 Slotsherrensvej et se garèrent devant le complexe de briques rouges à deux étages. Les premières vagues d'employés sortaient du bâtiment après leur journée de travail, bavardant joyeusement par-dessus les toits des voitures. Ils rentraient chez eux pour un barbecue et une bière fraîche accompagnés de discussions chaleureuses : quelle sorte de ketchup mettre sur la table, les enfants pouvaient-ils rester debout une demi-heure de plus ? Jeppe et Anette avancèrent à contre-courant.

Quand ils arrivèrent, Clausen parlait au téléphone, en haut de l'escalier. Il leur fit signe d'entrer et enfila un long couloir, toujours plongé dans sa conversation. Au bout du corridor, il leur ouvrit la porte d'un grand espace de travail collectif et, d'un geste, les pria d'y pénétrer. Contre un mur, une rangée d'écrans d'ordinateur s'étalait sur une longue table de travail. Plusieurs visages se levèrent de leurs mondes virtuels de lumière blanche et les saluèrent. L'air était chaud et stagnant. Jeppe desserra son col et s'essuya les paumes sur son pantalon.

Clausen termina sa conversation téléphonique avec quelques grommellements, les conduisit jusqu'à sa place et sortit un paquet de photos brillantes d'une enveloppe brune.

— C'est bien que vous soyez venus. Nous avons trouvé plusieurs choses intéressantes au cours de la journée.

Il aligna douze photos de l'intérieur de l'appartement et pointa avec un stylo à bille les taches de sang indiquées.

— Comme vous le savez, nous avons trouvé des éclaboussures de sang sur les murs dans le salon, la cuisine et le couloir conduisant à la cuisine où elle a été découverte. Nous avons prélevé plus de quatre-vingts échantillons des tapis, des murs et des meubles. Il est difficile de dire où la violence a commencé, mais sur la base des nombreuses éclaboussures elliptiques visibles sur et autour du sofa, je pense que les premiers coups ont été donnés ici, dans le salon. On remarque à la forme des taches de sang qu'elles venaient d'en haut quand elles ont touché le mur. La longueur des éclaboussures indique de plus qu'elles ont atteint le mur à grande vitesse. Elle a dû tomber sur le sofa parce qu'il y a deux profonds coups de couteau dans le rembourrage du dossier, où il l'a frappée. Nous avons trouvé une empreinte de la main gauche de Julie dans une mare de sang juste sous le canapé. L'empreinte de la main se retrouve trois fois sur le sol en direction de la porte de la cuisine. Cela correspond aux blessures que Nyboe a trouvées dans son dos. L'agresseur l'a poignardée alors qu'elle s'éloignait de lui en rampant.

Un instant de silence se fit dans la pièce. Une marque de respect spontanée pour les terribles dernières minutes de Julie Stender.

Jeppe rompit le silence en toussotant :

— L'arme du crime n'est toujours pas apparue ? Celle dont s'est servi l'agresseur pour la frapper à la tête ?

Clausen secoua la tête avec agacement.

— Il a dû l'emporter avec lui. Il n'y a rien dans l'appartement de plus de deux cents grammes qui puisse être soulevé et qui n'ait pas été minutieusement examiné.

Il tendit la main vers la grande table recouverte de linoléum pour attraper une autre grosse enveloppe, et en tira un objet mou.

— Par contre, nous avons trouvé cette veste polaire à côté du corps, dans la cuisine. Elle était pleine de sang, que nous soupçonnons être celui de la victime. Les légistes viennent de la rapporter. Ça correspond bien à la thèse selon laquelle l'agresseur a placé quelque chose sur son visage pour le protéger avant de frapper. Ce doit être le sang de toutes les blessures présentes sur son corps.

— Des empreintes ? Il a bien dû laisser une trace ?

Jeppe s'essuya le front avec la manche de sa chemise.

— Désolé pour la chaleur, notre clim est encore en panne. (Clausen claqua des mains.) Nous avons relevé quelques magnifiques empreintes des chaussures de l'agresseur dans le sang et trouvé une correspondance. Malheureusement, une empreinte de chaussure n'est pas aussi unique qu'une empreinte digitale, et la seule chose que nous pouvons en tirer, c'est la marque et la taille des chaussures.

Un technicien se détacha de son écran et tourna sa chaise vers eux. Il avait un visage amical d'ours en peluche, avec une barbe épaisse. Sous la table, ses genoux se balançaient si machinalement qu'il ne s'en rendait plus compte.

— Des chaussures de running, Nike Free, taille 43. Parmi les plus belles empreintes que j'ai jamais vues. En plein milieu d'une tache de sang sur le sol. On pourrait presque penser qu'il l'a posée là exprès.

Clausen prit le relais :

— La chaussure est toute neuve. Il n'y avait pas une seule marque d'usure sur la semelle et pas le moindre caillou ou impureté quand il est entré dans l'appartement. Cette chaussure n'a jamais été portée dans la rue.

Clausen et le technicien hochèrent la tête d'un air de connivence avant que ce dernier poursuive :

— L'agresseur aurait dû pas mal éveiller l'attention s'il avait marché maculé de sang dans la rue après le meurtre, et il n'y avait pas non plus la moindre trace de sang dans l'escalier. En d'autres termes, il a dû changer de vêtements et de chaussures avant de quitter l'appartement.

Jeppe l'interrompit :

— Ça a l'air d'avoir été bien planifié ?

Clausen se retourna et les regarda d'un air sombre.

— Planifié ?! Oui, je peux vous assurer que ça l'était.

*

Anette se prit la tête à deux mains. Tout, dans cette affaire, était compliqué. Avant d'être transférée à la Crim', huit ans auparavant, elle avait fait partie d'OC, Organized Crime, qui s'occupait de la criminalité en bande organisée. Trafic de drogue, menaces et violences, tout était une question d'argent et de pouvoir. Pas toujours joli, mais au moins compréhensible dans sa simple brutalité. Des motifs minutieusement tracés au couteau sur un visage, des vêtements de rechange et des manuscrits de polar étaient des bizarreries qui lui prenaient la tête chaque fois qu'elle essayait de s'y retrouver. Quel était l'objet de la mort de Julie si ce n'était ni l'argent ni le pouvoir ?

Elle tapota Clausen sur l'épaule :

— Et s'il avait porté un survêtement en plus de ses vêtements ordinaires, comme une sorte de combinaison de protection ? Une tenue sportive ? Il aurait pu sonner sans éveiller les soupçons et retirer l'ensemble facilement pour le fourrer dans un sac après en avoir terminé avec le meurtre.

Clausen réfléchit.

— Eh bien, c'est possible. Il peut avoir changé de chaussures juste avant de sonner à la porte. Qu'est-ce que j'en sais, il portait peut-être déjà des gants. Une paire de gants en latex qu'elle ne découvrirait qu'une fois qu'il serait à l'intérieur. Ainsi, il n'aurait eu en fait que le couteau à sortir une fois dans l'appartement.

Anette fronça les sourcils. *Un agresseur avec des gants en latex ?!*

— Et le couteau ? Est-ce qu'on sait avec certitude que c'est l'agresseur qui l'a apporté ? Il n'appartenait pas aux filles ?

— Caroline Boutrup soutient ne l'avoir jamais vu.

— Alors l'agresseur a tué Julie, découpé sa *gækkebrev* sur son visage, puis emballé son survêtement, une lourde arme de crime et sa paire de chaussures de rechange dans un sac avant d'aller se balader dans la rue. Pourquoi aurait-il laissé le couteau, putain ? Ça n'a aucun sens. Dites-moi, on ne pourrait pas ouvrir une fenêtre ou quelque chose ? On cuit, ici !

Anette commençait à se sentir comme un pion dans un jeu qu'elle était incapable de contrôler, et cette sensation la mettait de très mauvaise humeur.

— Nous avons fait un moulage en silicone à la fois de la côte que le couteau a heurtée et de la lame du couteau pliant que nous avons trouvé dans l'appartement.

Clausen alla ouvrir une fenêtre donnant sur le parking tout en parlant. L'air chauffé par le soleil s'engouffra dans la pièce comme une promesse de vacances et de temps meilleurs à venir.

— Le couteau a été testé positif au sang, même s'il a été bien essuyé. Les lignes de la lame correspondent à la surface de coupe dans le cartilage des côtes. C'est le couteau dont il s'est servi.

— Bon, ça, c'est bien ! Alors on peut le passer dans le système et voir si on le connaît, dit Anette qui tentait de paraître optimiste.

Clausen ouvrit les bras d'un air désolé :

— Nous l'avons déjà fait. Il s'agit d'un couteau de chasse ordinaire, qu'on peut acheter dans d'innombrables boutiques en ligne pour environ 150 couronnes. Et il est neuf, lui aussi. Pas la moindre irrégularité dans la lame, pas une encoche.

— Des chaussures neuves, un couteau neuf, des gants en latex.

Anette eut un rire sarcastique. Peut-être devrait-elle aller voir CP et demander à être transférée dans un service où les criminels n'étaient pas rusés au point qu'il faille décomposer en sept étapes chacun de leurs actes.

Un des techniciens se leva et se dirigea vers eux, un bout de papier à la main. Anette reconnut David Bovin, le technicien des empreintes digitales. Toutes les dix secondes, il plissait les yeux dans un long clignement involontaire.

— J'ai quelque chose ! Sur l'intérieur du cadre de la porte de la cuisine, j'ai trouvé une empreinte assez claire de la base d'une main droite et d'un pouce. On dirait que la personne s'est appuyée dessus.

Bovin le démontra en s'appuya sur un cadre de porte fictif.

— Comme on fait pour garder son équilibre lorsqu'on enlève ou qu'on met ses chaussures ? demanda Anette.

Bovin acquiesça et cligna encore des yeux.

— Mais n'est-ce pas une chose assez courante ? N'importe qui aurait pu laisser cette empreinte, non ? poursuivit Anette. Ce n'est pas forcément en rapport avec le meurtre ?

Bovin brandit son papier.

— L'empreinte contient des traces d'amidon de maïs. En fait, il y a une bonne couche de particules sur toutes les lignes papillaires, alors ce serait plus correct de dire que l'empreinte y est décalquée.

— Et qu'est-ce que ça veut dire ? Les particules dans les lignes, qu'est-ce que ça peut être ?

Bovin agita les bras, si bien que le papier ondula autour de lui.

— Il existe en principe de nombreux articles du quotidien, comme les crèmes et les cosmétiques, qui contiennent de l'amidon de maïs. Mais toujours en très petite quantité, beaucoup plus petite que dans cette empreinte. On s'en sert aussi pour lubrifier l'intérieur des gants en latex stériles. Je peux dire avec une assez grande certitude que la personne qui a apposé cette empreinte sur le cadre de la porte portait des gants en latex juste avant de s'appuyer là et d'y apposer son empreinte.

— Alors notre agresseur a retiré ses gants ensanglantés dans l'embrasure de la porte et, sans y prendre garde, s'est appuyé sur le cadre de sa main nue pour changer de chaussures ?

Anette entendait son cœur battre près de son sternum. Une goutte de sueur coulait le long de sa colonne vertébrale.

— Il y a pas mal de choses qui le suggèrent, répondit Bovin. Je vais d'abord essayer de trouver une correspondance avec les empreintes de la famille, celles des amis de Julie Stender, et des habitants de l'immeuble. Si ça ne donne rien, je vais la passer dans la base de données centrale, et on verra à partir de là.

Clausen expira par le nez, faisant s'agiter un poil qui avait échappé à sa tondeuse. Il décrivit un arc de cercle de la main gauche, souleva un peu sa manche et regarda sa montre.

— Espérons que Bovin trouve une correspondance. Sinon, nous devrons attendre de voir ce que la génétique médico-légale pense des échantillons de sang et de tissus que nous avons envoyés. Ils peuvent dresser des profils ADN basés sur presque rien, avec leurs nouvelles techniques de PCR, mais ça prend quelques jours. Et si maintenant vous voulez bien m'excuser, il y a une pile d'autres objets sur ma table qui doivent aussi être examinés aujourd'hui, sinon hier. Vous trouverez la sortie vous-mêmes, n'est-ce pas ?

Sur le parking, l'air doux de l'après-midi leur sembla frais après la température de sauna du CNCC. Anette ouvrit les portières et une vague de chaleur synthétique s'échappa de la voiture. Au lieu d'y monter, ils s'appuyèrent au capot brûlant. Une nuée d'oiseaux noirs voltigeait entre les cimes des arbres de la place en une chorégraphie aléatoire qui semblait importante pour eux.

La sonnerie du téléphone de Jeppe effraya les volatiles, qui s'envolèrent de nouveau d'arbre en arbre. Il répondit. Anette ferma les yeux dans le soleil déjà déclinant et l'écouta. Il émettait surtout des bruits neutres ; impossible d'en déduire s'il recevait de bonnes ou de mauvaises nouvelles.

Jeppe mit fin à la communication et remit son portable dans sa poche.

— C'était Falck. Il a appelé aux îles Féroé. Hjalti Patursson s'est suicidé l'été dernier. Il a sauté d'une falaise à un endroit qui s'appelle Sumba, pendant une randonnée. Ils ont mis plusieurs jours à le retrouver. Il avait soigneusement posé son sac à dos et retiré ses bottes, mais il n'y avait pas de lettre d'adieu ni quoi que ce soit d'autre.

Anette secoua la tête, déçue.

— Bon, au moins, c'est pas lui qui a descendu Julie.

— Pourquoi l'aurait-il fait, de toute façon ?

— Ça ne peut quand même pas être une coïncidence ! Un type avec lequel Julie a eu une liaison se suicide moins d'un an avant qu'elle soit assassinée.

Jeppe cligna des yeux vers le soleil.

— Comment est-ce que ça serait lié ?

— Par Christian Stender.

— Comment ?

— Mais j'en sais rien encore !

Elle donna un coup de pied dans la portière, qui claqua. Le système hydraulique atténua un peu la violence du choc.

Jeppe eut un rire sec.

— Tu veux un KitKat ou quelque chose ?

— Ben voyons, et pourquoi pas me demander si j'ai mes règles, ce serait parfait.

Elle lança un regard noir à son collègue. Son air supérieur lui était parfois insupportable.

Le sourire de Jeppe s'effaça.

— Falck essaye de mettre la main sur la mère de Hjalti Patursson, qui est apparemment toujours en vie. Nous devons d'abord savoir si elle sait pourquoi il s'est suicidé et si elle était au courant pour Julie et sa grossesse.

Anette hocha brusquement la tête. Gants en latex, collègues arrogants et suspects qui se suicident – il y avait des limites à ce que l'on pouvait endurer en une seule journée. Elle s'assit sur le siège conducteur et ferma la portière avec un claquement qui la vengea complètement du coup de pied raté précédent. Jeppe contourna la voiture et s'installa à côté d'elle. Il prit son temps pour mettre sa ceinture.

— Tu crois vraiment que Christian Stender aurait pu tuer sa fille ?

Anette démarra avec un violent coup d'accélérateur.

— Laisse-moi te répondre comme ça : dans tous les cas, j'aimerais bien savoir s'il chausse du 43 !

Elle passa la vitesse et prit la route si rapidement que son partenaire fut rejeté sur son siège. Ça la calma un peu.

*

À l'hôtel de police, une fois Anette garée, Jeppe reprit comme toujours les clés de la voiture pour les remettre au tableau. Il monta l'escalier en courant sans l'attendre. C'était sans doute le bon moment pour sortir sa carte d'enquêteur principal et déléguer certaines tâches à Anette de façon à l'éloigner un peu.

Les membres de l'équipe étaient toujours assis à leurs places attitrées avec leurs ordinateurs et leurs portables ; un jour normal, ils auraient déjà été chez eux depuis longtemps. Falck était au téléphone et Jeppe lui fit signe d'un doigt qu'il aimerait lui parler. Il agita la main distraitement en continuant sa conversation. Jeppe mit le cap sur son propre bureau, mais les pas athlétiques de Thomas Larsen le rattrapèrent avant qu'il n'y arrive. On aurait dit qu'il venait de prendre une douche et de se coiffer. Jeppe se frotta l'œil avec agacement.

— Quelque chose de définitif de la Scientifique ?

Jeppe secoua la tête.

— Une empreinte de pied, mais rien d'utilisable à part le fait que l'agresseur peut chausser du 43. Une empreinte de main qui semble prometteuse.

— Alors allons interpeller Kristoffer. On sait que c'est lui. Les garçons se couvrent les uns les autres et profitent du fait que les gens à la Maison des étudiants étaient bourrés et ne se souviennent pas précisément de l'heure. Si on le met au trou pendant la nuit, Falck et moi pourrons en tirer un aveu.

— Je dis qu'on attend, Larsen.

— Et je dis qu'on doit le coffrer, Kørner !

Un besoin soudain d'écraser le beau pif romain de Larsen submergea Jeppe sans prévenir. Cela lui picota les tempes et lui serra la gorge. Il réprima l'envie, mais ne parvint pas à retenir la colère dans sa voix.

— Tant que je suis l'enquêteur principal, tu suis mes ordres. Si j'apprends que tu l'as coffré sans mon autorisation, tu pourras commencer à te préparer pour une mutation sur l'île de Langeland. C'est compris ?

Larsen tourna les talons et s'éloigna dans un nuage de rage et d'après-rasage coûteux. Jeppe, qui n'avait aucunement le pouvoir de faire muter d'office un collègue et qui pourrait avoir de sérieux ennuis s'il s'avérait qu'il proférait de telles menaces, entra dans son bureau, les mains moites et le cœur battant.

En début de soirée, le calme se fit à la Crim'. On compara les témoignages de Gregers Hermansen, de Caroline Boutrup et de la famille de la victime pour y chercher des divergences, on rappela le gérant du bar de la Maison des étudiants pour vérifier à nouveau les heures indiquées par ses employés, et on disséqua pour la troisième fois la balade en ville de Daniel Fussing et de sa bande. Une haute pile de boîtes de pizzas, sur une table de la cantine, répandit une odeur de pepperoni dans les bureaux.

Saidani, penchée sur l'ordinateur portable d'Esther de Laurenti, essayait d'avoir un aperçu de la date où les chapitres avaient été téléchargés dans le groupe d'écriture. Anette s'isola dans une salle de réunion pour téléphoner en paix à Christian Stender et l'interroger sur la liaison de Julie avec Hjalti Patursson, la grossesse et l'avortement qui en avaient résulté. Jeppe s'assit dans son bureau pour enfin répondre aux trois messages inquiets que sa mère lui avait envoyés au cours de la journée. Ce fut rapide. Tant qu'elle savait qu'il était en vie, elle ne pouvait pas réclamer beaucoup plus.

Falck frappa et ouvrit doucement la porte, le manuscrit d'Esther en une pile désordonnée à la main. Jeppe lui fit signe de s'asseoir et lui tendit un sachet ouvert de Kongen af Danmark. Une piètre compensation pour le fait qu'ils étaient au boulot depuis 8 heures ce matin.

— Comment s'est passé l'interrogatoire d'Esther ?

Falck prit un de ces fameux bonbons rouges à l'anis et le fit tourner dans toute sa bouche.

— Hmm, eh bien, je dois admettre qu'elle ne semble pas être la candidate idéale. Pas parce qu'elle serait un peu décrépite, mais parce qu'elle ne paraît pas du genre à devenir violente. Universitaire classique : les conflits doivent être résolus *par la parole*. De plus, j'ai du mal à repérer un mobile possible.

Jeppe pencha la tête sur le côté et le regarda d'un air interrogateur. Falck leva un index en guise d'avertissement.

— Mais ça ne veut pas dire que nous ne devons pas garder un œil sur elle !

— Il n'y a pas de danger que nous la perdions de vue dans cette affaire, soupira Jeppe. Elle semble être le point focal du meurtre. Ou du moins son manuscrit. As-tu réussi à le regarder ?

— Oui. C'est un brouillon détaillé de roman policier, y compris le meurtre lui-même, environ quarante pages en tout.

— Y a-t-il davantage de coïncidences entre le brouillon et le meurtre de Julie ?

Jeppe feuilletait et parcourait le texte en diagonale. Falck prit un autre bonbon.

— Il est bien difficile de ne pas les remarquer. Il y a pas mal de détails du meurtre réel qui ne figurent *pas* dans le manuscrit. La fille dans le livre n'a pas de colocataire et le concert n'y apparaît pas non plus. Mais elle rencontre son agresseur dans la rue et le fait monter dans son appartement, comme ça s'est peut-être aussi passé dans la réalité. À moins qu'il n'ait sonné juste après son retour. Dans tous les cas, elle devait le connaître. Une jeune femme ne fait pas entrer des étrangers comme ça.

— Et le meurtre en lui-même ?

— Effroyablement similaire ! Le manuscrit ne mentionne rien sur une combinaison et des gants, mais sinon, ça correspond désagréablement bien. (Falck ajusta ses bretelles.) L'agresseur sort un couteau juste après avoir pénétré dans l'appartement. Dans le livre, elle est amoureuse de lui, ce qui pourrait correspondre aux témoignages de Caroline Boutrup et d'Esther de Laurenti. Il la tient fermement avec ses poings nus et découpe le motif sur son visage pendant qu'elle est encore en vie. Elle se vide tout simplement de son sang dans ses bras.

Le ventre de Jeppe se souleva.

— Beurk ! Dieu merci, il n'en a pas été capable dans la réalité.

— Non, mais malheureusement, c'est sans doute ce qu'il a essayé de faire.

Falck baissa les yeux sur son ventre rond et Jeppe se rappela qu'il avait une fille à peu près du même âge que Julie.

— Et la fin ? Comment se termine le manuscrit ?

— Le dernier passage est celui où il découpe le motif. Tu veux que je te le lise à voix haute ?

Jeppe secoua la tête :

— Sans façon, je l'ai lu. Pas de description de la manière dont il s'est échappé ? Ou de qui il est ?

— Non. Mais si nous prenons les déclarations d'Esther pour argent comptant, elle ne le sait pas. Julie lui a seulement raconté qu'il était plus âgé qu'elle et qu'il portait des lunettes. Il n'est même pas sûr que l'homme que Julie Stender a rencontré dans la rue ressemble à l'agresseur. S'il a lu le manuscrit et décidé de le copier, ça peut être n'importe qui.

Jeppe se frotta les tempes.

— Il faut juste que je comprenne. Esther a raconté l'histoire en deux fois : d'abord la partie sur la jeune fille qui arrive en ville et rencontre un homme… et trois semaines plus tard, la description du meurtre lui-même ?

— Exactement.

— Alors l'agresseur peut avoir inspiré Esther, via Julie, pour la première partie et lui-même se laisser inspirer par le meurtre de la seconde partie. Réalité, livre – livre, réalité.

Jeppe soupira :

— Ça commence à être un peu compliqué, tout ça. Dans le monde réel, personne ne pense de cette manière. De façon si élaborée.

Jeppe savait que c'était faux, que les agresseurs feraient justement tout pour se couvrir, mais ne pas avoir d'indices solides l'irritait. Cette affaire lui rappelait l'ascension d'un glacier par temps de dégel. Il avait mal au dos et s'apitoyait un peu sur lui-même.

— Mon petit Jeppe ! s'exclama Anette en posant sa main sur son épaule.

Il bondit de sa chaise et manqua de s'étrangler avec son bonbon.

— Seigneur Dieu des chiottes, c'est un sacré spécimen, ce Stender. Il a complètement flippé et m'a menacé de contacter un avocat quand je lui ai parlé de l'avortement de Julie. Il voulait savoir qui avait rapporté ces commérages. Oui, des « commérages », c'est comme ça qu'il a appelé ça, putain. Par ailleurs, il avait une présentation très différente de l'affaire. Il n'a fait que ce que n'importe quel autre père inquiet aurait fait pour prendre soin de la prunelle de ses yeux. Et il nie avoir jamais eu de contact avec Hjalti Patursson après son retour aux îles Féroé.

Jeppe se leva et hocha la tête à l'intention de Falck pour lui indiquer qu'ils en avaient fini pour l'instant. Falck chipa un dernier bonbon et sortit.

— Ça va être difficile à vérifier.

— J'essaye encore de joindre la mère de Hjalti Patursson qui, selon la police locale, est en parfaite santé quelque part là-haut. Il est possible qu'elle ait quelque chose à ajouter. (Anette saisit le sachet de bonbons et continua là où Falck s'était arrêté.) À propos, la famille Stender retourne à Sørvad lundi. Nyboe a restitué le corps, l'inhumation aura lieu à l'église locale jeudi.

Le téléphone portable de Jeppe bourdonna sur la table. Il reconnut le numéro principal du CNCC. Clausen avait l'air hors d'haleine.

— Salut, Kørner. Bovin a trouvé une correspondance pour la trace de main sur le cadre de la porte. Celle avec les traces d'amidon de maïs d'un gant en latex.

— Déjà ? C'était rapide.

Jeppe souleva un bloc-notes devant lui et ouvrit le tiroir pour trouver un stylo-bille.

— Oui, il n'a pas autorité pour énoncer une conclusion de cette ampleur, mais nous sommes deux techniciens à avoir parcouru les éléments avec lui et c'est bien ça. Nous avons trouvé quatorze détails dans l'empreinte, et comme tu le sais, il n'en faut que dix pour établir une certitude absolue, donc il n'y a aucun doute. Ça correspond.

— Et qui est-ce, alors ?

Jeppe leva les yeux et croisa le regard attentif d'Anette. Tous les deux retenaient leur souffle.

— Il n'y a aucun doute. L'empreinte sur le cadre de la porte de Julie Stender appartient à Kristoffer Gravgaard.

CHAPITRE 16

— C'est ici que le Triton et ses sept fils attendent le retour d'Agnès. Mais elle ne reviendra jamais, dit Esther de Laurenti en désignant l'eau verte du canal. C'est si agréable, ces sculptures sous-marines, tellement danois, d'une certaine façon, de cacher l'art sous l'eau. Je passe souvent devant elles avec les chiens, en fin de journée, pour leur dire bonsoir. Vous voyez l'un des fils couché au fond ? Il a été renversé par un des bateaux qui proposent des balades sur les canaux.

Jeppe jeta un coup d'œil peu enthousiaste dans l'eau trouble. Le soleil bas sur Christiansborg transformait les façades sur le quai de Gammel Strand en une peinture de l'âge d'or danois. C'était une de ces soirées d'été où les gens sourient aux passants d'un air mièvre parce qu'ils débordent de bien-être. Si Jeppe bouillonnait, c'était uniquement de frustration. Thomas Larsen et le reste de l'équipe venaient tout juste de partir arrêter Kristoffer sur son lieu de travail. L'empreinte de sa main prouvait qu'il s'était trouvé dans l'appartement et avait porté des gants, ce qui dans cette affaire était par définition profondément suspect. Mais pas décisif. En principe, il aurait pu aider Julie à peindre un mur un tout autre jour. Ils avaient encore besoin de ses aveux pour boucler l'enquête.

Le regard triomphant de Thomas Larsen quand Jeppe avait parlé de l'empreinte restait imprimé sur sa rétine comme une plaie qu'il ne pouvait pas s'empêcher de gratter. Il avait demandé à Larsen de s'occuper de l'arrestation de Kristoffer, sous prétexte de devoir rendre son ordinateur à Esther de Laurenti et de lui poser en même temps des questions urgentes. Mais tout le monde savait qu'en tant qu'enquêteur principal, il aurait dû être présent lors de l'arrestation d'un suspect, et que son absence constituait une grave infraction au règlement. Cela pourrait avoir des conséquences pour lui. Jeppe s'en moquait. Ou plutôt, il était tout sauf indifférent. Honteux d'avoir commis une erreur, il avait le sentiment d'être un raté. Autant pour l'instinct ! En outre, il pensait toujours que c'était la plus mauvaise idée du monde d'arrêter Kristoffer de cette façon. Il était persuadé que plus le jeune homme serait contraint, plus celui-ci se fermerait comme un ado maussade.

Il laissa ses pensées de côté et essaya de se concentrer sur les questions qu'il avait à poser à Esther.

— Pourquoi choisir justement Julie ? Vous ne la connaissiez pas si bien que ça. Qu'est-ce qui la rendait assez intéressante pour écrire un livre sur elle ?

Esther écarta légèrement ses chiens de deux filles parlant français qui les avaient caressés à tour de rôle pendant plusieurs minutes, et désigna de la tête un banc qui venait de se libérer. Ils s'assirent. Esther semblait avoir plutôt mal dormi ces dernières nuits. Ses cheveux courts avaient l'air sales, et son visage était pâle.

— Je n'étais pas en train d'écrire un livre sur Julie. J'écrivais un roman policier dont la victime était inspirée, fortement inspirée, par Julie. Ce n'était pas une biographie. Enfin, il y avait plusieurs raisons. La plus importante était qu'elle avait ce *je-ne-sais-quoi* inexplicable qui créait des images dans ma tête et mettait l'histoire en mouvement. Des secrets, je suppose. Les personnes qui portent un chagrin en elles ou qui ont vécu des événements violents sont plus intéressantes que celles qui ont une vie harmonieuse.

Jeppe jeta un coup d'œil à sa montre, soudain impatient de s'éloigner de cette affaire et de la foule de pensées dans sa tête. Rentrer à la maison pour avaler un somnifère et avoir la paix.

— Quel genre d'événements violents ? Faites-vous allusion à son avortement ?

Esther de Laurenti le regarda d'un air triste.

— On devrait avoir le droit d'emporter certaines choses avec soi dans la tombe.

Il fronça les sourcils.

— Je suis obligé de souligner combien il est important que vous nous racontiez ce que vous savez de Julie. Pour l'instant, nous n'avons pas beaucoup de pistes, alors tout peut avoir une signification pour la suite de l'enquête.

Jeppe vit avec horreur les yeux d'Esther se remplir de larmes. Embarrassé, il se mit à regarder l'eau et attendit qu'elle se soit discrètement essuyée dans la manche de sa veste. Elle se racla la gorge plusieurs fois, hocha la tête et lissa les plis de sa jupe couleur abricot.

— Comme vous le savez manifestement, Julie est tombée enceinte de son prof de théâtre quand elle avait quinze ans. C'était un accident, bien sûr, et les circonstances n'étaient pas, si je puis dire, optimales. Mais Julie l'aimait bien, en fait. Il s'appelait Hjalti et était très amoureux d'elle. Elle voulait bien garder l'enfant, mais savait que son père s'y opposerait, alors elle a attendu de ne plus pouvoir dissimuler sa grossesse avant de lui en parler. Elle avait dépassé les trois mois quand son père a appris la nouvelle…

Elle chercha ses mots, s'essuya les joues et se racla à nouveau la gorge avant de continuer :

— Il est devenu fou furieux. A menacé de tuer Hjalti si elle gardait l'enfant. Julie m'a raconté qu'il avait tout détruit dans le salon autour d'elle, renversé les étagères et jeté des choses par la fenêtre. Elle était terrifiée. Elle s'est enfermée dans sa chambre et y est restée deux jours durant sans ouvrir la porte quand il frappait. Elle m'a raconté comment elle se faufilait aux toilettes la nuit pendant que les autres dormaient. Le troisième jour, elle a ouvert la porte et ils se sont rendus dans une clinique privée d'Aarhus où son père a apparemment des relations. Julie a subi un avortement. Sous anesthésie générale. Quand elle s'est réveillée, l'enfant avait été retiré, et elle avait une perfusion accrochée au bras. Elle a manqué l'école pendant plusieurs mois, a suivi des cours à domicile et a parfait sa convalescence chez des parents éloignés en Suisse. L'excuse officielle était une grave dépression, ce qui en soi était déjà une énorme perte de statut pour la famille. Quand Julie est revenue à l'école, Hjalti était parti. Elle n'a plus jamais entendu parler de lui.

Jeppe ne trouva rien à dire. Il essayait de se représenter ce qui s'était passé entre la Julie de quinze ans enceinte et son père. Il avait dû être fou de rage, mais cela lui donnait surtout un mobile pour tuer le Féringien.

— L'avortement a brisé Julie, poursuivit Esther. Elle a été profondément malheureuse pendant très longtemps. Mais elle a récupéré. Quand on est jeune, on surmonte la plupart des choses. Elle s'est complètement éloignée émotionnellement de son père, mais est restée à la maison pour qu'il puisse ressentir sa rancune. C'était sa punition. Ça a marché. Il tournait autour d'elle comme un chiot blessé. Et il passait sa rage sur sa femme et ses employés. Julie a étendu son mépris à tous les garçons qui s'intéressaient à elle. C'était une fille incroyablement mignonne et attachante, mais je ne doute pas qu'elle savait manipuler les hommes jusqu'à ce qu'ils se retrouvent dans les cordes.

— Alors c'était cette dualité qui vous intéressait ?

Jeppe essayait de saisir la substance de ce qu'elle disait. Il y avait là quelque chose d'important, mais quoi ?

— Oui... pour une part importante, c'était ça.

Elle fit une longue pause bien étudiée avant de se lancer.

— J'ai traversé une fois, comment dire, des circonstances similaires.

Il dressa l'oreille.

— Quand j'étais très jeune, j'ai vécu quelque chose d'équivalent. Une grossesse non désirée, une décision forcée, un chagrin. Les temps étaient différents, mais l'expérience, pour utiliser un mot vraiment inapproprié, était parallèle de bien des façons. Alors oui, j'ai trouvé Julie fascinante, parce qu'elle portait une lourde croix, mais aussi, de façon très banale, parce que je me reconnaissais en elle. On bouge un peu ?

Ils se levèrent du banc et marchèrent le long de Gammel Strand, passant devant le restaurant de poissons Krog et le chantier du métro. Les chiens couraient joyeusement dans tous les sens sur le trottoir devant eux.

— Qu'est-ce que Julie vous a raconté sur l'homme qu'elle venait de rencontrer ?

— Celui dont j'ai fait le meurtrier dans le livre ? Pas grand-chose. Elle pouvait être très ouverte quand ça lui convenait, mais pas à son sujet. Peut-être qu'il signifiait plus pour elle que d'habitude, du moins c'est l'impression que ça donnait.

Esther tira les chiens vers elle pour laisser passer un groupe de touristes armés d'appareils photo.

— Laissez-moi réfléchir, que je fasse attention de ne pas mêler la fiction et la réalité... Je me le suis approprié et j'en ai fait mon propre personnage, alors j'ai du mal à me rappeler ce qui vient de Julie et ce que j'ai moi-même inventé. Hmm, comme je l'ai dit, il était plus âgé qu'elle, avait un *beau* visage, c'est ainsi qu'elle l'a présenté, et portait des lunettes.

Elle l'avait rencontré dans la rue, comme dans le livre. Ce n'est pas quelque chose que j'ai inventé. Il lui a donné un bout de papier sur lequel était écrit *Enfant Étoile* et ça lui a fait une profonde impression. C'était ainsi que sa mère avait l'habitude de l'appeler. Elle a accroché le mot sur le frigo, je l'ai vu de mes propres yeux.

Jeppe s'arrêta à cause d'un vélo qui zigzaguait sur le trottoir, deux garçons hilares dessus. Le mot ne se trouvait plus sur le frigo ; peut-être l'agresseur l'avait-il emporté. « *Enfant Étoile* » ?

— Quoi d'autre… ah oui, elle l'appelait le « nerd ». Et elle a dit aussi qu'il avait une âme d'artiste, qu'elle se sentait reliée à lui. C'est bien ça.

— Une âme d'artiste, que voulait-elle dire par là ?

— Sensible, créatif ? N'est-ce pas ce que les gens veulent dire quand ils parlent de ce genre de choses ?

— Croyez-vous qu'il était… artiste ?

Jeppe entendit le ton sceptique avec lequel il prononçait le mot.

— Julie a grandi dans un milieu d'art et d'artistes, alors elle aurait très bien pu être attirée par cet environnement.

Un des chiens s'accroupit pour faire ses besoins au milieu du trottoir et Jeppe fit quelques pas de plus dans l'espoir de ne pas être associé à cet incident. Esther de Laurenti sortit un petit sac en plastique chiffonné. Pendant qu'elle se penchait pour ramasser la crotte, elle demanda à mi-voix :

— Croyez-vous que Kristoffer l'a tuée ?

Jeppe revint rapidement vers elle et répondit en lui renvoyant la question. Elle pesa ses mots, mais il put constater qu'elle y avait réfléchi un millier de fois durant les dernières vingt-quatre heures.

— Non. Je ne crois pas que Kristoffer ait quelque chose à voir avec le meurtre. Pas parce que je le connais et que je l'aime bien, mais parce qu'il n'est en général pas assez intéressé par les autres pour vouloir les tuer. Est-ce que ça a un sens ? Il n'est, en gros, attaché qu'à moi. Il était peut-être fasciné par Julie, mais, tel que je le connais, il a dû être plus préoccupé par ses propres sentiments que par leur objet. Il fonctionne un peu bizarrement.

Jeppe ne vit aucune raison d'informer Esther que la police était en ce moment même en train d'arrêter Kristoffer. Il la raccompagna, elle et les chiens, jusqu'au coin de Klosterstræde, prit congé et continua jusqu'à sa place de parking devant Tivoli.

La voiture était désagréablement chaude ; il baissa toutes les vitres, tourna vers la droite le long de Tietgensgade et poursuivit sur Ingerslevsgade le long de la voie ferrée. Il était arrêté au feu rouge près du viaduc de Dybbølsbro quand son téléphone sonna. La voix d'Anette résonna dans les haut-parleurs de la voiture.

— Où es-tu ?

Elle avait l'air bouleversée.

— En route pour la maison. Tout va bien ?

— Nous avons trouvé Kristoffer. Tu ferais mieux de venir au théâtre tout de suite.

— Que s'est-il passé ?

Le feu passa au vert. Jeppe alluma ses warnings et ignora une voiture qui klaxonnait derrière.

— Il s'est présenté à son travail à 18 heures aujourd'hui, mais quand la représentation a commencé, deux heures plus tard, il avait disparu. Aucun de ses collègues n'avait la moindre idée d'où il pouvait se trouver, alors nous nous sommes mis à fouiller tout le théâtre. C'est vaste. Nous venons juste de le trouver. Dans le lustre.

Jeppe alluma le gyrophare sur le toit et fit demi-tour.

CHAPITRE 17

Jeppe roula en sens inverse dans Tordenskjoldsgade et se gara sous le plafond en mosaïque de la voûte de la Nouvelle Scène, devant l'accès privé de la Maison royale au Théâtre royal. Des spectateurs bien habillés s'échappaient de toutes les portes du théâtre. On aurait dit un fondant au chocolat entamé qui répandait son intérieur liquide sur les trottoirs et les pistes cyclables. De nombreux véhicules de presse bloquaient déjà tout August Bournonvilles Passage, étroite ruelle derrière le théâtre, et des journalistes hystériques couraient entre les spectateurs, des équipes de tournage sur leurs talons, pour obtenir des témoignages de première main sur le drame du soir. Un vrai meurtre commis dans un théâtre sera toujours une meilleure histoire que celle racontée sur scène avec des chants et du faux sang. Peut-être une si bonne histoire qu'on en fera un jour une pièce de théâtre.

Jeppe contourna les journalistes en courant et remonta à grand-peine le flot humain des escaliers sous les lampes rouges de l'entrée principale. Le foyer résonnait des cris frénétiques de ceux qui cherchaient à récupérer leurs affaires au vestiaire sans personnel. Jeppe trouva une porte menant à la salle de théâtre proprement dite. À l'intérieur, appuyé aux sièges recouverts de velours de la Vieille Scène, Falck regardait le plafond, tout seul.

— Pourquoi vous n'avez pas verrouillé le théâtre ? Vous laissez s'échapper le tueur ! cria Jeppe.

Falck posa sa large main de contremaître sur son épaule.

— Kørner, nous ne pouvons rien y faire. Il y avait mille trois cents personnes à l'intérieur venues voir le ballet de ce soir. Les spectateurs ont été encouragés à se faire connaître de la police dans le cas où ils auraient vu ou entendu quelque chose d'inhabituel, mais c'est peu probable qu'ils le fassent. Ce théâtre est en fait presque deux théâtres en un ; celui que le public fréquente et puis un autre, à l'arrière, gigantesque, qui n'a rien à voir avec la façade. Le meurtre a eu lieu dans les coulisses. Nous retenons le personnel, mais nous ne sommes pas optimistes. Tout le monde était occupé par la représentation, et ici, il y a davantage de portes de sortie qu'à Christiansborg.

Jeppe se ressaisit. *Bien sûr qu'Anette et le reste de l'équipe ont évalué les circonstances et pris la bonne décision.*

— Où est-il ?

Falck tendit le doigt en l'air. Jeppe leva la tête vers le beau plafond peint de la Vieille Scène, couvert de créatures célestes en robes et d'ornements dorés. Un léger tintement répétitif brisait le silence. Jeppe fixa des yeux l'énorme lustre en cristal qui éclairait la salle, suspendu au milieu d'un cercle d'or. Il le vit osciller et regarda son collègue d'un air interrogateur.

Falck hocha la tête.

— On dirait que Nyboe est arrivé aussi. Je te montre le chemin.

Il conduisit Jeppe vers une petite porte sur le côté de la scène. Du temps où il était à l'école du spectacle, lorsque lui et Johannes allaient au théâtre chaque semaine, Jeppe s'était souvent assis dans la salle en fantasmant sur la vie de l'autre côté de cette porte. Une vie sur scène. Derrière la porte, un groupe de machinistes était rassemblé autour du panneau de contrôle du régisseur. Ils étaient tous vêtus de noir, certains d'entre eux bedonnants et grisonnants, d'autres jeunes et minces. L'atmosphère était feutrée, un sachet de réglisses circulait. Il fallait apparemment plus qu'un cadavre pour désorienter les machinistes. Thomas Larsen se tenait à une certaine distance, hors de portée de voix, et interrogeait l'un des hommes aux cheveux blancs.

Jeppe salua de la tête les machinistes et jeta un coup d'œil sur la scène elle-même, où trônait un sombre décor de grottes. Un groupe d'enfants, petites danseuses à chignons serrés et gros sacs en bandoulière, traversait la scène, poussé par un adulte. L'une d'elles gémissait un peu, et Jeppe regarda sa montre. Il était tard pour être encore debout.

Falck désigna Jeppe et s'adressa à l'équipe.

— Mon collègue ici présent doit être accompagné en haut pour rejoindre les autres !

Un des hommes portant le logo *Théâtre royal* sur la poitrine et un talkie-walkie fit un signe de tête à Jeppe et traversa la scène. L'inspecteur le suivit avec hésitation. La Vieille Scène lui inspirait tant de respect qu'il dut en faire abstraction pour la fouler avec ses chaussures sales de flic. Ici, il avait vu Jerome Robbins et Bournonville, était tombé amoureux de Kirsten Olesen et avait imaginé son propre avenir. Ici, il avait applaudi Johannes quand il avait remporté son premier prix Reumert et compris qu'il y avait une différence entre *Si seulement c'était moi !* et *Si seulement ce n'était pas toi !*

— Enlevez votre veste ! cria un des machinistes derrière lui.

Jeppe se retourna et s'aperçut que cela lui était destiné. Il regarda son escorte, qui se contenta de secouer la tête, puis reprit sa traversée de la scène, dépassa les coulisses et sortit par une porte en fer peinte en noir pour arriver dans un couloir latéral lumineux.

— De quoi s'agissait-il ?

— Vieille superstition. Traverser la Vieille Scène avec son manteau porte malheur. On ne doit pas siffler non plus. Mais je ne vois pas trop comment il pourrait arriver encore pire malheur que ce soir. Venez, on monte par ici.

Le gardien ouvrit la porte d'un escalier et le guida jusqu'au quatrième étage. Il passa devant des machines à coudre éteintes, dans la salle des costumes, puis pénétra dans une salle de répétition haute de plafond, où tout un pan de mur n'était qu'un grand miroir. Jeppe était sur le point de demander au gardien ce qu'ils fabriquaient ici quand celui-ci se dirigea vers la glace et appuya dessus. Une porte s'ouvrit, et le gardien disparut à travers le miroir après s'être assuré d'un rapide coup d'œil que Jeppe le suivait.

Jeppe gravit derrière lui un escalier raide qui ne semblait pas faire partie du programme standard des femmes de ménage. Le gardien montait deux marches à la fois avec agilité et Jeppe lui emboîta le pas, la main sur la rampe branlante. *Everything old is new again, everything old is new again*[1] tournait en boucle dans sa tête, rythmé et énervant. Au sommet de l'escalier, le gardien ouvrit la porte d'une pièce mansardée poussiéreuse au vieux parquet et aux fenêtres rondes, à travers lesquelles brillait le bleu du soir sur Kongens Nytorv.

— Bienvenue au Grenier du Lustre.

Le gardien ouvrit les bras dans un geste accueillant peu approprié aux circonstances et redescendit l'escalier. Jeppe prit une paire de surchaussures dans une caisse près de la porte tout en regardant autour de lui. La pièce était immense

1. « Tout ce qui est vieux redevient nouveau », extrait de la chanson éponyme.

et à peu près vide, à part un vieux bout de chiffon ici et là. Un tas de vieilles valises de tournées soigneusement empilées, des tables couvertes de copeaux de bois, des échelles posées par terre et des canettes de soda vides témoignaient qu'on passait encore là de temps en temps.

Les coins disparaissaient dans une obscurité qui renforçait le sentiment d'être dans un vaste débarras abandonné, mais l'éclairage des puissantes lampes de travail déchirait la pénombre du crépuscule. Les techniciens de la Scientifique étaient en train de délimiter et marquer les endroits à examiner. Leurs voix couvraient le bruit du générateur qu'ils avaient apporté. Jeppe se dirigea vers le centre de la pièce, où une sorte de grande boîte de métal gris-blanc emplissait l'espace du sol au plafond. Deux portes coupe-feu y étaient ouvertes, si bien qu'on voyait directement par une grande ouverture dans le sol. Celle-ci de quatre à cinq mètres de diamètre, était entourée d'une balustrade basse. La lumière montait, illuminant ses collègues debout autour du trou.

La queue-de-cheval blonde d'Anette brillait dans le noir. Elle l'aperçut et lui fit signe de s'approcher. Jeppe se plaça à côté d'elle et se pencha prudemment au-dessus de la rambarde. Sous lui, un puits vertigineux plongeait jusqu'aux places du public, quinze mètres plus bas. En son centre était suspendu le gigantesque lustre de cristal de la Vieille Scène. Jeppe sentit son corps aspiré par-dessus le bord, vers l'abîme de velours rouge des rangées de fauteuils qui semblaient former une grande bouche douce. Quel beau vol ce serait. Il recula instinctivement, voyant bien trop clairement le lustre lâcher et s'écraser sur les têtes des innocents spectateurs du théâtre. On avait sûrement déjà écrit une pièce à ce sujet. *Everything old is new again.*

Au sommet du lustre, à quelques mètres en dessous d'eux, gisait un corps sans vie. Une lampe de travail éclairait sa silhouette et les nombreuses surfaces brillantes des cristaux capturaient la lumière et renvoyaient des éclairs de discothèque sur les visages des policiers affairés. Kristoffer Gravgaard gisait torse nu, inerte, prisonnier de rubans de verre étincelants. Il ne faisait aucun doute qu'il était très, très mort. Sur sa maigre poitrine, juste au-dessus du cœur, le mot « *SUK* » était tatoué en grandes lettres fines. Jeppe plissa les yeux et essaya de se concentrer. Si le tatouage du mot « soupir » devait exprimer les attentes de Kristoffer dans la vie, il y avait un accomplissement tragique à ce qu'elle se soit terminée ici, au milieu du lustre du Théâtre royal.

Nyboe, de l'autre côté du trou, discutait avec Clausen de la façon d'extirper le corps du lustre et de la manière de l'examiner avant de le déplacer.

Jeppe agrippa le bras d'Anette et l'entraîna vers l'une des fenêtres rondes donnant sur le ciel nocturne de Copenhague, pour qu'ils puissent parler en paix.

— A-t-on affaire à un crime ? Ou est-il monté là-haut au cours de son service, a ôté sa chemise et s'est jeté tout seul dans le lustre ?

Anette haussa les épaules :

— Nyboe semble penser qu'il pourrait bien s'agir d'un suicide. Il ne veut en tout cas pas l'exclure tant qu'il ne l'aura pas autopsié.

Jeppe ne se sentit pas convaincu par l'intuition de Nyboe.

— Est-ce qu'on peut vraiment mourir en sautant de cinq mètres dans un lustre ?

— Combiné avec une overdose ou autre, oui !

— Que dit la chronologie ?

Anette sortit son carnet et l'éclaira tout en le feuilletant maladroitement d'une main.

— Kristoffer était censé se présenter à 18 heures aujourd'hui et il n'y a aucune raison de penser qu'il ne l'a pas fait. Le gardien ne se souvient pas du moment de son arrivée, mais son chef l'a croisé à la cantine, où il a pris une tasse de café juste après 18 heures. Depuis, personne ne l'a revu, mais ses collègues ont remarqué qu'il était allé chercher les collants et les costumes des danseurs à la laverie. Ils n'ont découvert sa disparition que lorsque ses danseurs durent s'habiller et que rien n'était encore prêt dans les vestiaires. C'était aux alentours de 19 h 30, au moment de la première sonnerie.

Elle le regarda d'un air docte.

— Au Théâtre royal, on appelle à la fois le public et les artistes trois fois avant la représentation ; une demi-heure, un quart d'heure et cinq minutes avant le début.

— Je le sais bien, dit Jeppe avec un claquement de langue. Tout le monde sait ça.

Anette poursuivit, imperturbable.

— Ses collègues se sont demandé s'il était parti, mais comme il ne répondait pas à son téléphone, ils ont été obligés de s'occuper de ses danseurs. D'un coup, ils se sont retrouvés très occupés à les préparer pour la représentation. Tous étaient super en colère qu'il se soit barré sans dire un mot.

— Comment avez-vous découvert que quelque chose n'allait pas ?

— On est arrivés vers 20 h 30, et là, il avait disparu. Larsen et Falck sont allés à son appartement et ont enfoncé la porte, mais il n'y était pas, bien sûr. Pendant ce temps, nous autres avons fouillé le théâtre. Je croyais qu'il se cachait pour nous éviter. Nous étions en fait sur le point d'abandonner quand un des ouvreurs est venu nous dire qu'il y avait quelque chose dans le lustre. Un spectateur du deuxième balcon l'avait repéré et avait prévenu le personnel. Ils ont d'abord cru qu'il s'agissait d'une blague. Larsen a couru en haut avec un des gardiens pour voir, et nous avons donc interrompu la représentation au milieu du deuxième acte. Il était 21 h 15.

Anette éteignit sa lampe de poche, replaça son carnet dans sa poche et se dirigea à nouveau vers le lustre. Jeppe resta planté là.

— Si nous l'avions interpellé pour interrogatoire, comme vous le vouliez…

Anette se retourna, debout dans le rayon de lumière des lampes de travail.

— Oui, alors il serait peut-être encore en vie.

*

Anette resta là à l'observer un long moment. Puis elle revint vers lui et le prit par les épaules.

— Ce n'est pas de ta faute s'il est mort, et tu le sais bien.

Jeppe hocha la tête, touché par la sollicitude inattendue de sa partenaire. Anette pouvait être sacrément énervante, mais elle n'était pas si mauvaise, au fond.

Il regarda autour de lui.

— Dis-moi comment l'agresseur se serait échappé ? Il ne s'est quand même pas baladé tranquillement parmi les spectateurs ?

— Les gardiens nous ont montré comment sortir du théâtre par quelque chose qui s'appelle les cintres. C'est le couloir où se tiennent les machinistes durant la représentation.

Anette désigna le coin sombre le plus éloigné.

— On peut courir par un passage au-dessus de la Nouvelle Scène vers l'école de ballet et sortir par là-bas. Quelque chose indique que ça pourrait être le chemin qu'il, ou elle, a pris pour s'enfuir. Si tant est qu'il y ait un agresseur. On ne retrouve pas le passe de Kristoffer, alors quelqu'un peut l'avoir pris pour ouvrir les portes en chemin. Ce n'est qu'une carte ordinaire avec une bande magnétique, sans code, donc dans ce cas, il aurait été hyper-facile de sortir.

Près du trou, des voix tendues, des cliquetis et des grincements. On était en train de hisser le lustre où pendait le corps de Kristoffer. Ils s'approchèrent pour regarder.

— Autrefois, le lustre était monté tous les soirs avant la représentation. Maintenant, on se contente de l'éteindre. Il n'est relevé ou abaissé que lorsqu'il a besoin d'être épousseté et entretenu. Il faut quatre heures pour le descendre jusqu'au sol, ils le font bouger très lentement. Tu sais, pour que les pendeloques ne s'enchevêtrent pas.

Anette remarqua le regard interrogateur de Jeppe.

— C'est un truc que le gardien m'a raconté en montant les escaliers, passionnant, non ?

Comme si la soirée n'était pas déjà assez passionnante !

Jeppe baissa les yeux.

— Comment est-il arrivé là ? Il doit y avoir cinq mètres. A-t-il été descendu ou balancé ?

— Rien n'indique qu'il a été descendu. Un agresseur potentiel pourrait bien sûr avoir ensuite retiré la corde, etc., mais le procédé aurait été assez complexe. Donc il a peut-être été jeté là. Nyboe pourra sans doute le voir quand il aura regardé le corps de plus près.

— Mais le lustre ne se serait-il pas effondré en recevant le poids d'un corps tombant de cinq mètres ?

Jeppe lança un coup d'œil au lustre qui montait lentement vers eux et sentit à nouveau son diaphragme se contracter.

— Pas nécessairement. Il a peut-être l'air fragile, mais la suspension doit être assez solide. Le lustre pèse près d'une tonne. Et Kristoffer est plutôt un poids plume.

Jeppe sentit ses genoux céder et se pencha légèrement en arrière, loin du vide.

— Mais s'il a été jeté, ça a dû faire un sacré boucan quand il a atterri ? Pourquoi personne ne l'a entendu ?

— Larsen est en train d'interroger les machinistes. Espérons que nous en saurons bientôt davantage.

À mesure que le corps approchait, les gens autour du trou se taisaient. Nyboe était là avec son chapeau blanc, dépassant de près d'une tête Bovin, qui venait de rejoindre le groupe et attendait de pouvoir se mettre au travail. Le seul bruit qui se mêlait au bourdonnement du treuil était celui des flashs du photographe de la police. La vision du garçon pâle aux cheveux noirs parmi les milliers de pendeloques était presque fâcheusement dramatique. Ça ne pouvait pas être plus mis en scène.

C'est ça qu'il veut, pensa Jeppe. *Une pièce de théâtre, une exposition en notre honneur.*

Quand le lustre atteignit sa position la plus haute, le mécanisme de levage s'arrêta et un silence complet se fit. Les yeux de Kristoffer étaient verrouillés dans un regard de côté, comme si sa dernière action avait été de chercher les fantômes dans les coins.

— Allez, tout le monde, dit Nyboe en rompant le silence. Le spectacle est terminé. Examinons-le et emportons-le à la chambre froide pour pouvoir tous rentrer nous coucher.

VENDREDI 10 AOÛT

CHAPITRE 18

Après une nuit remplie de chutes, de sang et de regards détournés, Jeppe se réveilla le vendredi matin étourdi sur son sofa. Une foule de pensées l'assaillit aussitôt. Du coin de l'œil, il vit qu'il ne faisait pas encore jour. Il resta allongé, les yeux fermés, et essaya de forcer son cerveau à se détendre. La couture entre deux coussins avait marqué la peau de son épaule.

Pourquoi Kristoffer Gravgaard avait-il été assassiné moins de deux jours après Julie Stender ? L'empreinte de sa main se trouvait dans l'appartement de la jeune femme, comment était-il impliqué dans le meurtre ? Jeppe inspira lentement par le nez et souffla par la bouche, essayant de laisser aller ses pensées. Qu'est-ce que l'avortement de Julie Stender avait à voir avec sa mort ? Est-ce que le Féringien était compromis, et dans ce cas, comment ? Il se tourna sur le ventre et réessaya.

Il jeta un coup d'œil à sa montre – encore trop tôt pour se lever – et aperçut la photo de Therese, qu'elle lui avait généreusement laissée en partant avec tout le reste. Il avait été sur le point de la jeter des milliers de fois, mais n'avait pas pu s'y résoudre. C'étaient ses souvenirs à lui aussi, sa vie. La photo avait été prise lors d'une sortie à Tivoli qu'ils avaient faite après un énième traitement sans succès contre l'infertilité.

Ils s'étaient chamaillés la plupart du temps, Therese avait jeté de longs regards aux enfants heureux du parc d'attractions, et Jeppe s'était promené avec mauvaise conscience à cause de la piètre qualité de son sperme ; une injustice qui le rendait en même temps furieux.

Mais c'était une jolie photo. Therese regardait droit dans l'objectif, les yeux plissés au soleil, avec un sourire triste qui le touchait au plus profond du cœur. *Quand on aime, la peau calleuse passe du cœur aux paumes des mains.* C'est ce que sa mère disait toujours quand elle lui caressait la joue de ses mains rugueuses.

Jeppe se leva. Sa montre indiquait 5 h 12, mais comme il ne pouvait pas dormir, autant commencer sa journée. Il avait l'impression qu'une fusion s'était produite en lui. Une douche froide l'aida un peu, et quand il s'assit à l'îlot de la cuisine devant une cafetière de café fort, il se sentit à peu près paré pour la journée. Il sortit ses notes et les feuilleta vaguement.

Dès l'examen préliminaire du corps au théâtre, la veille, Nyboe avait dû admettre à contrecœur que Kristoffer ne pouvait pas s'être suicidé. Ce qui devait l'acquitter du meurtre de Julie. Mais que signifiait alors la grande empreinte de sa main avec des traces de gants en latex sur le cadre de la porte de Julie ? Et pourquoi avait-il été assassiné deux heures après que l'empreinte eut été identifiée ? Kristoffer avait dû savoir quelque chose.

Jeppe but son café et du marc amer resta coincé entre ses dents. Quand on ne parvient pas à discerner un motif, on doit se concentrer sur les similitudes que l'on peut trouver. Ce qui reliait pour l'instant les meurtres de Julie et de Kristoffer, c'était Esther de Laurenti. Elle avait écrit le scénario d'un meurtre commis dans son propre immeuble et, en outre, n'avait pas d'alibi pour la nuit du meurtre.

Aurait-elle pu s'être alliée à un homme fort ? Mais, encore une fois, pourquoi ?

*

L'atmosphère de la réunion du matin était lourde. On avait appelé du personnel supplémentaire et la cantine était bondée. Thomas Larsen était assis tout seul, Falck, fatigué, s'adossait au mur, et Saidani était absorbée par son téléphone. La seule qui semblait en pleine forme était Anette. Elle portait un sweat-shirt à rayures orange et sirotait un café avec un sourire satisfait. *Elle et Svend ont sûrement passé un très agréable début de journée*, pensa Jeppe amèrement. Juste au moment où il allait s'asseoir pour démarrer le briefing, CP se glissa à l'intérieur de la pièce et se posta devant la porte. Elle ne salua personne, mais n'eut pas non plus besoin de dire quoi que ce soit. Tout le monde savait ce que sa présence signifiait. Elle était venue pour souligner à toute l'équipe l'urgence de la situation.

Jeppe tapa des doigts sur la table.

— Bonjour tout le monde. Comme vous le savez, nous avons perdu hier soir notre principal suspect, Kristoffer Gravgaard. Il a été découvert accroché dans le lustre du Théâtre royal pendant le deuxième acte du ballet *Napoli*. Nyboe commence l'autopsie à 9 heures. Larsen, tu vas y aller et tu me feras ensuite ton rapport.

Jeppe regarda Larsen, qui resta impassible. Jeppe avait eu raison de croire que Kristoffer n'était pas leur assassin, mais s'il avait cédé plus tôt, le jeune homme serait peut-être encore en vie. Ils le savaient tous les deux, tout le monde le savait.

— Voyons un peu ce que vous avez pu tirer du personnel du théâtre hier soir.

Larsen se redressa lentement, comme un ado à qui on aurait dit de ne pas se vautrer sur la table.

— Kristoffer est arrivé au boulot, a salué son chef à la cantine à 18 h 15 et est allé chercher le linge à la laverie. Mais il n'a jamais déposé les costumes dans les vestiaires des danseurs, donc il a dû interrompre son travail peu de temps après. Malheureusement, personne ne l'a revu jusqu'à ce qu'il soit découvert dans le lustre.

— Comment est-il arrivé là-haut sans que personne ne l'ait entendu ou vu ?

Jeppe résista à l'envie de presser Larsen, qui se gratta paresseusement le cou avant de reprendre.

— La procédure normale, c'est de laver le sol de la scène entre 19 heures et 19 h 30, donc juste avant que la salle ne soit ouverte au public. C'est fait à l'aide d'une machine plutôt bruyante et, durant cette période, les machinistes ont pour habitude de descendre à la cantine pour dîner ou prendre une tasse de café. Les danseurs s'échauffent et l'orchestre n'a pas encore commencé à accorder ses instruments. Le seul qui se trouvait dans la salle à ce moment-là hier, c'était le machiniste qui maniait l'engin de nettoyage, et il portait un casque antibruit.

— Ce qui donne une heure à notre agresseur pour attirer Kristoffer au grenier, le tuer et le jeter dans le lustre. Plausible. Savons-nous comment il s'est enfui ?

Saidani prit le relais en replaçant quelques boucles rebelles derrière son oreille. Le geste fit sourire Jeppe.

— Le Théâtre royal utilise un système de passes électroniques qui enregistre les informations pendant quarante-huit heures. Nous pouvons donc voir que Kristoffer est entré puis sorti de la laverie respectivement à 18 h 22 et 18 h 25.

Saidani remit une nouvelle fois en place des boucles indisciplinées.

— L'activité suivante, qui est aussi la dernière, a lieu à la porte coupe-feu qui donne sur Heibergsgade à 20 h 47. Notre agresseur s'est donc enfui par la Nouvelle Scène, comme nous l'avions supposé, et est sorti grâce au passe de Kristoffer.

— Tu veux dire 19 h 47, rétorqua Jeppe.

— Non, répondit Saidani en le regardant longuement. Le passe a été utilisé pour la dernière fois à la porte coupe-feu à 20 h 47.

— Plus d'une heure après que Kristoffer a été jeté dans le lustre ? Mais putain, qu'est-ce qu'il a foutu pendant tout ce temps ?

— Il a regardé. (Anette vida sa tasse de café et s'essuya discrètement les coins de la bouche du pouce et de l'index.) Je parierais qu'il s'est assis au-dessus du lustre et qu'il a regardé dans la salle pour savourer son travail. J'imagine très bien comment ça devait lui chatouiller le zizi de contempler tous les spectateurs assis là avec le cadavre au-dessus de leurs têtes. Pendant l'entracte, quand les machinistes étaient loin des cintres, il a ensuite tranquillement traversé la Nouvelle Scène, et voilà !

Larsen protesta :

— Qui traîne sur une scène de crime quand un millier de personnes peuvent le repérer à tout moment ?

— Tu as une meilleure explication ?

Larsen leva les mains et marmonna quelque chose d'inaudible. Anette leva les yeux au ciel à son intention et tous les autres regardèrent par terre sans rien dire. Sauf CP. Elle fixa Jeppe d'un air accusateur, comme pour poser le blâme du découragement de l'équipe sur ses épaules. À juste titre.

Il distribua rapidement les tâches et clôtura la réunion. Quand l'équipe eut disparu de la cantine, il resta seul avec CP. Jeppe put lire dans ses rides d'inquiétude qu'elle allait lui passer un savon.

Elle s'approcha de la table et se plaça devant lui, les mains sur les hanches. Malgré sa petite taille et son apparence douce, cette vision inspirait le respect.

— Que veux-tu que je dise au directeur de la police ? À la presse ?

— Que nous suivons toutes les pistes et que nous acceptons les témoignages avec empressement.

Elle le pointa du doigt.

— Nous n'avons aucune piste ! La seule preuve technique qui a été trouvée désignait un homme qui a lui-même été assassiné. Qu'avons-nous de sérieux ? Est-ce qu'il y a un suspect ?

Jeppe haussa les épaules. CP expira par le nez en un soupir résigné et se dirigea vers la porte.

— J'ai demandé à Mosbæk de venir à 15 heures pour vous aider sur cette enquête.

— Mosbæk ?! Maintenant ?

Le moral de Jeppe chuta encore de quelques degrés à la perspective de passer l'après-midi avec le psychologue de la police. Non qu'il ne fût pas doué – Jeppe l'avait consulté en privé et n'avait rien à redire sur son professionnalisme –, mais pour le moment, parler de la psychologie de l'agresseur au lieu de chercher des indices concrets lui semblait être une perte d'un temps précieux.

CP s'arrêta à la porte.

— Tu t'en sens capable, Kørner ? Parce que tout le monde comprendrait que ce soit trop pour toi après… ta maladie et tout ça.

Il hocha amèrement la tête et laissa CP quitter la cantine sans plus de commentaire. La pitié qu'entraînait une dépression nerveuse provoquée par un divorce était presque aussi redoutable que la dépression elle-même.

Jeppe rassembla ses papiers et passa en revue le programme de la journée. Les deux autres membres du groupe d'écriture devaient être interrogés ; d'abord Erik Kingo puis Anna Harlov. Et il fallait prévenir les proches de Kristoffer. Anette était déjà partie chez sa mère avec un agent pour lui annoncer la mauvaise nouvelle et découvrir en même temps si elle pourrait l'éclairer sur ses derniers jours. Kristoffer ne semblait pas avoir eu de relation étroite avec sa mère, mentalement fragile, mais elle disposerait peut-être tout de même de renseignements importants. Et elle devait de toute façon être informée.

Jeppe décida d'envoyer aussi des agents chez Esther de Laurenti. Il avait le sentiment que sa réaction à la mort de Kristoffer serait encore pire que celle de la mère.

*

P. Knudsensgade est l'une des principales voies d'accès à Copenhague. La plupart des gens l'empruntent régulièrement pour entrer et sortir de la ville, mais très peu la remarquent vraiment. Durant la courte conversation téléphonique où ils étaient convenus de leur rencontre, Jeppe avait noté l'adresse d'un des compagnons d'écriture d'Esther de Laurenti, Erik Kingo : *H/F Frem, 4 P. Knudsensgade*. À présent, il hésitait. « *H/F* » signifiait autrefois « *Haveforening* », « Association de propriétaires de jardins » – y avait-il vraiment des jardins ouvriers près de la quatre-voies ? Et pourquoi un auteur à succès se serait-il installé sur une route à grande circulation de Sydhavnen ? Quand Jeppe s'approcha de l'école d'Ellebjerg, il ralentit et se gara sur Gustav Bangs Gade, le long d'un grillage, près d'un buisson dense et vert. C'était bien cela : des jardins associatifs.

Il longea le grillage jusqu'à un portail orné d'une pancarte en émail bleu où les lettres *H/F Frem* luttaient pour rester blanches malgré les intempéries. Derrière le portail, le long du chemin, des cabanes de bois peint, un bourgeonnement de terrasses et de dépendances ajoutées. Une odeur d'herbe fraîchement coupée rivalisait avec le bourdonnement des abeilles pour éveiller une foule de souvenirs d'étés enfantins. Il passa devant des parcelles où des gens en short et pieds nus profitaient du soleil de midi, des bières fraîches sur leurs tables de jardin. Des retraités au milieu d'une partie de cartes d'un côté, de l'autre, une famille avec de jeunes enfants, très occupée avec un tuyau d'arrosage et une piscine gonflable. Le père leva la tête en entendant des pas et regarda Jeppe avec méfiance, les yeux plissés dans la lumière vive.

Le chemin s'arrêtait entre deux cabanes construites sur pilotis au-dessus d'un petit lac ovale. Tout autour des berges pentues se dressaient d'autres constructions en bois de toutes tailles, formes et couleurs, dans une version désordonnée, idyllique et très danoise de la ruée vers l'or du Klondike. Les arbres tendaient leurs cimes vert foncé au-dessus du miroir d'eau, des parasols étaient ouverts sur les terrasses en bois et de petites yoles étaient amarrées entre les nénuphars. Jeppe dut faire l'effort de se rappeler qu'il se trouvait au milieu d'un quartier du sud-ouest de Copenhague. On entendait à peine le bruit de la circulation, à quelques centaines de mètres de là.

— Vous devez être le poulet.

Jeppe se tourna et vit un homme, grand, la soixantaine, qui se séchait les mains avec une serviette en coton tachée. À en juger par sa chemise blanche usée, roulée aux manches, qui découvraient des bras nerveux, il était en train de peindre quelque chose en bleu. Erik Kingo avait de larges épaules, une épaisse chevelure blanche et une mâchoire bien marquée dont il semblait très satisfait. Il regarda Jeppe sans sourire et continua tranquillement à s'essuyer les mains.

— Oui, je peins aussi, expliqua-t-il comme pour devancer les inévitables questions.

Puis il se retourna et se dirigea vers une cabane rouge, du côté gauche du chemin, sans inviter Jeppe à le suivre. *Encore un mâle alpha*, pensa Jeppe avec lassitude en lui emboîtant le pas.

— Vous voulez du café, je suppose ?

Jeppe refusa en secouant simplement la tête et s'assit sur un banc-coffre sans attendre qu'on le lui propose.

— J'aimerais pouvoir vous poser quelques questions sur le groupe d'écriture que vous, Esther de Laurenti et…

Il feuilleta son carnet. Erik Kingo le devança.

— Anna Harlov, qu'elle s'appelle. Un beau morceau. Incapable d'écrire cinq phrases sans qu'au moins trois d'entre elles soient des banalités. Mais aucune femme n'en est capable, si vous voulez mon avis. Que voulez-vous savoir ?

Jeppe s'appuya sur les coudes pour soulager le bas de son dos déjà endolori par le banc en bois dur. Le banc-coffre était le seul élément de jardin dans la maisonnette décorée par ailleurs de façon spartiate. Pas de coussins, pas de bibelots, à part deux petites statues de bronze sur une étagère de livres. Un lourd bureau occupait la majeure partie de la modeste pièce, signalant qu'ici, le travail primait sur les relations sociales. Il ouvrit son carnet.

— J'aimerais que vous me parliez de votre groupe d'écriture. Depuis combien de temps existe-t-il ?

Erik Kingo croisa les bras devant sa poitrine et posa un doigt pensif sur son menton en un geste à la fois affecté et viril.

— Oh, mon Dieu, voyons voir. J'ai rencontré Anna à la résidence d'écrivains de San Cataldo il y a cinq, six ans, et j'ai gardé le contact avec elle depuis. Elle est mariée à John Harlov, un homme exceptionnel. Président du conseil d'administration de la fondation des Arts. Notre groupe est né comme ça, à l'improviste, alors que nous nous envoyions nos brouillons et que nous commentions nos idées. Le travail d'écriture est un processus solitaire. C'est agréable de recevoir des commentaires compétents de quelqu'un d'autre que son éditeur.

— Vous venez de dire qu'Anna Harlov ne savait pas écrire ?

— Dieu sait que c'est bien vrai. Mais elle a les qualités d'une bonne éditrice. Un œil aiguisé. Esther nous a rejoints il y a un peu plus d'un an. C'est John, en fait, qui l'a suggéré. Plutôt comme un service d'ami. Je veux dire, elle n'a encore rien publié. Elle tente d'écrire un roman policier hystérique, comme tant d'autres. Mais on ne peut lui faire aucun reproche sur ses connaissances en histoire littéraire.

Erik Kingo avait fini d'essuyer la peinture de ses mains et se versa une tasse de café d'une cafetière turque, un mélange épais comme du goudron avec son marc.

— Nous chargeons les textes à propos desquels nous souhaitons recevoir des critiques sur un Google Docs commun qu'Anna a créé et dont elle assure le suivi. Elle est assez douée pour ce genre de choses. Nous sommes les trois seuls à en posséder le code d'accès et nous avons signé un contrat nous interdisant de montrer les pages ou de transmettre des informations à quiconque. Ce serait fâcheux si une partie de mes documents était divulguée.

Kingo pencha la tête en arrière et termina son expresso. Puis il tendit le bras vers la cafetière, remplit sa tasse à nouveau avec soin et s'assit sur un tabouret en face de Jeppe.

— Écoutez, je sais qu'Esther s'est retrouvée impliquée dans une histoire de meurtre, mais qu'est-ce que ça a à voir avec nous autres ?

Jeppe attendit un instant avant de répondre. L'homme face à lui irradiait une autorité masculine et était sans doute habitué à ce que les gens lui obéissent.

— Je ne peux pas entrer dans les détails, mais il y a un lien entre le meurtre de la locataire d'Esther et le manuscrit qu'elle a posté sur la page Google Docs.

— Un lien ?

Jeppe soutint son regard sans répondre. Kingo regarda calmement sa tasse de café.

— C'est triste pour la fille, d'ailleurs. Elle était mignonne.

— La fille ?

Kingo but et se racla la gorge.

— La locataire d'Esther. Julie, n'est-ce pas ? Je l'ai rencontrée la dernière fois où j'ai participé à une des orgies au vin rouge d'Esther. Elle faisait le service avec ce jeune prof de chant anorexique.

Kristoffer. Jeppe se raidit. Kingo avait rencontré les deux victimes.

— Quand était-ce ?

— Il y a quelques mois. Ça devait être fin mars, parce que j'étais en retraite d'écriture au manoir de Hald jusqu'au 15 mars.

— Avez-vous parlé à Julie ? Ou à Kristoffer, le prof de chant ?

Kingo gratta de la peinture bleue sur l'ongle de son pouce.

— Pas un mot. Nous étions dix ou douze à table et la conversation a été animée toute la soirée, il n'y avait donc pas le temps de faire la causette avec le personnel. Peut-être que je lui ai demandé une tasse de café, à un moment donné.

Jeppe nota d'interroger Esther de Laurenti sur les invités présents à cette soirée et croisa à nouveau le regard de Kingo.

— Revenons au manuscrit. Quand l'avez-vous lu ?

– Il y a quelques semaines. Elle a pris son propre immeuble comme point de départ de l'histoire, c'est assez clair.

— Avez-vous réalisé que la fille du livre était inspirée par Julie Stender ?

Kingo haussa les épaules.

— Non. Ça aurait pu être n'importe quelle jeune fille de province. En fait, c'est une des critiques que j'avais émises sur le texte d'Esther. Que la victime correspondait à un cliché vieux comme le monde. Pourquoi ne pas assassiner un vieillard ou un sans-abri ? Notons d'ailleurs que dans le texte que j'ai lu, la fille n'a pas encore été assassinée.

— Vous n'avez donc pas lu les pages qu'Esther a mises en ligne il y a une semaine ?

Jeppe scruta le visage bronzé aux yeux sombres de l'autre côté de la table, mais n'y vit qu'une indifférence terne.

— Je n'ai pas ouvert d'ordinateur depuis que j'ai emménagé ici, dans ma résidence d'été, il y a trois semaines. J'ai aussi un appartement à Christianshavn, où j'habite en hiver. Mais ici, il n'y a pas de réseau et aucun appareil électronique inutile. J'ai mon téléphone portable, mais je ne l'allume qu'une fois par jour et je l'éteins aussitôt s'il n'y a rien de vital. Je ne porte même pas de montre.

Kingo tendit les mains vers Jeppe. Ses bras étaient bronzés, des vaisseaux sanguins se faufilaient autour des taches de peinture juste sous la peau. Une chevalière brillait au petit doigt de sa main droite.

— Je suis ici pour travailler. Peindre certains jours, écrire d'autres. Et j'écris à la main. La seule raison pour laquelle je suis au courant du meurtre de Julie, c'est que vous m'avez appelé.

Kingo replia les bras et passa la main dans ses cheveux blancs.

— Où étiez-vous mardi dernier ?

Jeppe eut l'impression qu'Erik Kingo sourit furtivement avant de répondre.

— Mardi soir, j'étais à la fête d'été de ma maison d'édition, où j'ai reçu un prix et prononcé un discours, et j'ai enchaîné dans un bar de nuit avec mon éditeur et plusieurs assistants d'édition. J'imagine que ça pourrait servir d'alibi ?

Probablement. Jeppe prit note. Kingo se tourna et regarda le lac, pensif.

— C'est un des lacs les plus profonds de Copenhague, le saviez-vous ? Il ne paye pas de mine, mais il fait jusqu'à treize mètres de profondeur et regorge de poissons. Il y a même des tortues. C'est une ancienne carrière de chaux, bien sûr. Nous l'appelons le lac de l'Église, parce qu'il est situé près d'une église. La créativité danoise à son meilleur niveau. Vous voyez, si je devais tuer quelqu'un, ce que je ne pourrais jamais faire, ni par écrit ni en réalité, je le balancerais ici dans le lac avec quelque chose de lourd attaché aux pieds et je laisserais les anguilles dévorer le corps.

Erik Kingo rit brièvement et brusquement de sa propre image morbide. Jeppe regarda ses larges doigts et sentit un frisson lui parcourir le cou.

CHAPITRE 19

Tout était calme au 12 Klosterstræde. L'appartement au premier étage était vide, parce qu'une catastrophe l'avait frappé et l'avait laissé désert. Celui du deuxième étage était abandonné parce que son occupant était à l'hôpital en train de se battre pour revenir à la vie. Au troisième étage, le silence régnait parce que Esther de Laurenti n'arrivait pas à faire un seul bruit. Le bruit équivaut à la vie, sauf quand c'est celui d'une sonnette qui apporte de mauvaises nouvelles, et alors, le bruit équivaut à la mort. Ses pensées tournaient en boucle comme une tornade. Elle n'aurait jamais dû ouvrir la porte.

Elle était assise sur l'accoudoir du sofa, exactement là où elle s'était posée quand les deux agents lui avaient appris la nouvelle. Le simple fait de s'installer ou de s'asseoir plus confortablement lui semblait inconvenant. Le monde devrait s'arrêter.

Je sais que je dois faire le prochain pas, pensa-t-elle, *mais je n'y arrive pas.* Même le fait de respirer ressemblait à une trahison. Elle remarqua avec étonnement qu'elle ne pleurait pas. *Même les larmes m'ont quittée*, pensa-t-elle en se censurant aussitôt. *Ce n'est pas un livre, c'est du sérieux.*

Elle se força à se redresser, à respirer profondément, et sentit son sang pulser. Elle devait sortir les chiens, descendre la poubelle. Relire son manuscrit, réfléchir et essayer de découvrir ce qu'il s'était passé.

Elle devait essayer d'admettre la disparition de Kristoffer.

Dans la salle de bains, sous les jets d'eau froide, elle fut frappée par la réalité. Kristoffer ne reviendrait plus, elle ne le reverrait jamais. La mort de Julie avait été horrible, en particulier parce qu'elle ressentait une sorte de culpabilité, mais perdre Kristoffer était comme de perdre son enfant. Esther pressa le pommeau de douche contre sa poitrine et pleura. De longs sanglots plaintifs résonnèrent contre les carreaux brillants jusqu'à ce que toute force la quitte et qu'elle se laisse tomber sur le sol mouillé.

Elle resta allongée si longtemps dans la cabine de douche qu'elle finit par avoir des crampes à cause du froid. Alors elle se leva lentement, ouvrit le robinet d'eau chaude, replaça le pommeau dans son support mural et se réchauffa. Elle se sécha dans une épaisse serviette qu'elle prit sur le radiateur et s'enduisit de crème, comme à son habitude. La vie continuait même si elle s'était arrêtée. Une fois habillée, elle se fit du café et s'assit à son bureau, devant la fenêtre.

Esther regrettait amèrement d'avoir chassé Kristoffer et gâché ses derniers jours en le tenant à distance. Il lui semblait impardonnable de ne pas lui avoir dit au revoir. Elle se demanda qui allait organiser les funérailles, doutant fortement que la mère de Kristoffer soit en état de s'en occuper. Elle devait offrir son aide.

Pendant que les pensées d'Esther oscillaient entre l'horreur et les questions pratiques, ses mains triaient les papiers sur son bureau pour les disposer en différentes piles. Une avec toutes les notes et les ébauches de son roman policier, qu'elle voulait remettre à Jeppe Kørner à la première occasion, une avec les factures, et une avec les références des sources d'un livre sur Oscar Wilde qu'elle envisageait d'écrire depuis quelques années. Des exemplaires cornés du magazine littéraire *Vagant* formèrent une quatrième pile. Elle posa par terre les tasses à café sales. Elle retrouva sa bague d'opale perdue depuis longtemps sous une édition de bibliothèque anglaise de *That the Best Physician is also a Philosopher*[1] de Galien et elle s'en réjouit sans réserve un court instant avant de se souvenir, avant que le monde ne redevienne insupportable.

Quand elle avait rendu visite à Gregers à l'hôpital, la veille, il lui avait demandé à moitié en plaisantant ce qu'elle avait fait pour attirer ce fléau sur l'immeuble de Klosterstræde. Il ne savait pas à quel point il avait fait mouche. *De tous les romans policiers du monde, pourquoi le mien ?*

Esther ouvrit le tiroir du bureau pour y glisser un tas de documents fiscaux et révéla ainsi une assiette pleine de miettes et un dévidoir de ruban adhésif noir. Elle posa l'assiette avec les tasses à café et le dévidoir sur le tas de courrier des impôts. Il était si lourd qu'elle dut le soulever à deux mains. Elle continua ensuite à trier des fiches d'informations sur l'Institut médico-légal, une sensation trouble au creux de l'estomac.

Quelque chose clochait.

Elle observa son bureau. Ce dévidoir de ruban adhésif, grossier et fonctionnel… En fait, elle était sûre que ce n'était pas le sien. Aurait-elle pu l'emprunter à quelqu'un et oublier de le lui rendre ? Elle ne se servait jamais de ruban adhésif.

Si elle l'avait apporté du travail, l'inscription *Université de Copenhague* figurerait dessus. Esther orienta le dévidoir vers la lumière de la fenêtre, mais ne trouva aucune étiquette.

---

1. Paru en français sous le titre : « Que l'excellent médecin est aussi philosophe », Galien, *Œuvres, t. 1 : Introduction générale, Sur l'ordre de ses propres livres – Sur ses propres livres – Que l'excellent médecin est aussi philosophe*, Les Belles Lettres, 2007.

Le dessous était revêtu de feutre industriel gris clair. Mais à une extrémité, il n'était plus gris clair. Une tache brun foncé s'étendait depuis un angle pour former de petites éclaboussures sur le reste de la surface.

Les mains d'Esther lâchèrent prise et le dévidoir tomba par terre avec fracas.

Il y avait des éclaboussures de sang sur ses cils clairs, en filigrane sur la peau pâle. Elle portait l'empreinte sur sa joue comme un bijou.

Il lui avait conféré une beauté éternelle. Son ami a pris son envol.

Des cadeaux généreux. Pouvez-vous me voir, maintenant ?

Les gens-duvets de l'usine à cauchemars m'ont façonné, ils m'ont façonné par leur absence. Mais maintenant, c'est moi qui façonne. Moi qui tiens le couteau. Qui écris l'histoire. Ma propre histoire.

Je ne suis pas fou, je suis l'un des vôtres.

Mais il doit y avoir un équilibre dans les choses. Un équilibre entre les vivants et les morts, le choisi et le non-choisi, les poules et les œufs. Il y a des limites à ce qu'on peut tolérer. Quand les soi-disant protecteurs démolissent et que le monde regarde sans intervenir, alors un nouvel ensemble de règles surgit. Une nouvelle justice.

Vous demandez si cela ne laisse pas un goût amer dans la bouche et je ne peux que répondre que j'aime ce goût amer. Parce qu'il est amer et parce que c'est le mien.

CHAPITRE 20

La voiture était restée garée au soleil devant les jardins associatifs, et le volant était si chaud que Jeppe dut prendre un chiffon dans la boîte à gants pour le tenir. Quand il eut baissé les vitres et repris la route, il appela Anette. Sa voix couvrit clairement le bruit de la circulation.

— Nous avons l'arme du crime ! Un dévidoir de ruban adhésif qu'Esther de Laurenti a trouvé sur son bureau il y a une heure. Ensanglanté. Clausen confirme que le sang est très probablement celui de Julie. L'assassin a dû le poser dans une mare de sang.

Jeppe accéléra et parvint juste à passer au vert sur Fisketorvet.

— Que faisait l'arme du crime sur le bureau d'Esther de Laurenti ?

— Bonne question ! J'en ai envoyé une photo à Caroline Boutrup. C'est son dévidoir, il se trouve normalement sur une étagère dans le salon des filles. Elle n'avait pas remarqué sa disparition.

— Empreintes digitales ?

— *Niet.* Mais c'est intéressant qu'il ait atterri sur le bureau d'Esther de Laurenti. Reste à comprendre pourquoi.

Jeppe s'arrêta au rouge sur Kalvebod Brygge et regarda la rangée de bâtiments en béton qui bouchaient la vue sur le port.

— Soit quelqu'un a essayé de l'incriminer… soit elle a essayé de protéger quelqu'un ? Kristoffer, dans ce cas.

— Toute cette histoire me rend dingue ! s'exclama Anette avec un gémissement. Tu vas où, là ?

— Østerbro. Voir l'autre membre du groupe d'écriture, Anna Harlov, qui habite ce quartier, dans les Kartoffelrækker. Tu pourrais d'ailleurs, s'il te plaît, demander à Saidani d'effectuer une vérification des antécédents d'Erik Kingo ?

— Quelque chose d'intéressant pour nous ?

Elle avait l'air pleine d'espoir.

— Pas directement, il semble avoir un alibi.

Jeppe roula entre Tivoli et la gare centrale, lentement, ralenti par les nombreux touristes qui traversaient comme s'ils n'avaient d'yeux que pour le parc d'attractions et pas la route.

— Mais il a rencontré Julie et Kristoffer chez Esther de Laurenti.

— Aha. (L'espoir s'était déjà éteint dans la voix d'Anette.) Je demande à Saidani de vérifier. Peut-être se révélera-t-il être un grand utilisateur de ruban adhésif, ce qui nous fera une fausse piste de plus à traquer.

Elle mit fin à l'appel et Jeppe se gara sous un châtaignier sur Farimagsgade, le long des petites maisons mitoyennes qui, ces dernières années, étaient devenues aussi à la mode que les villas sur la plage des beaux quartiers du nord de Copenhague. Tout était soigné et coquet, rénové avec créativité à coups de grosses sommes d'argent.

La maison d'Anna Harlov ne faisait pas exception. La grille en fer forgé se referma dans un clic discret derrière Jeppe et il franchit en quatre pas les pavés du jardinet avant menant à la porte d'entrée noire laquée. Vivre ici, dans les

Kartoffelrækker, avait été le souhait le plus cher de Therese, et il l'avait toujours taquinée d'être une incorrigible snob, prête à payer une fortune pour habiter une ancienne maison d'ouvriers juste parce que ces logements étaient devenus populaires auprès de l'élite culturelle. Maintenant, elle pouvait y emménager avec Niels et y installer du mobilier rétro, dans le même style et dégoût de la vie que les autres.

La porte s'ouvrit avant qu'il n'ait eu le temps d'appuyer sur la sonnette en laiton et une femme portant un sac-poubelle le regarda avec effarement.

— Oh, vous m'avez fait peur. J'ai cru que vous ne viendriez que plus tard. Inspecteur Kørner, n'est-ce pas ? Je m'excuse, je ne vous serre pas la main.

Elle passa près de lui pour se diriger vers la poubelle. Ses cheveux étaient rassemblés sur le sommet de la tête en un chignon blond miel ébouriffé ; elle sentait les fruits chauffés par le soleil. Jeppe la regarda soulever le couvercle de la poubelle et enfoncer le sac de ses mains. Pieds nus, elle portait une combinaison noire qui donnait l'impression d'avoir coûté le prix d'une petite voiture. Le tissu se soulevait et caressait ses cuisses chaque fois qu'elle appuyait sur le sac. Ses fesses étaient belles et rondes, ses bras fins, avec un bronzage méditerranéen.

Un picotement commença à se faire sentir dans l'aine de Jeppe. Il voyait ses seins bouger librement sous le tissu soyeux, et une image de sa peau chaude et nue jaillit dans son esprit. Quand elle se retourna et lui sourit, le visage ouvert et insouciant, les dents blanches comme de la craie, il sentit son sexe gonfler. Lentement mais sûrement se formait sa première érection de l'année.

— Dieu merci, ils passent demain. Nous avons mangé des anguilles hier et il n'y a rien de pire que la puanteur des arêtes de poisson dans la chaleur.

Elle passa à nouveau devant lui et le frôla sur le pas de la porte, si bien que, pendant une fraction de seconde non contrôlée, il faillit la prendre dans ses bras.

— Je sais bien qu'on ne devrait pas manger d'anguilles, mais elles sont d'élevage et tout à fait légales. Et elles ont si bon goût. Eh bien, entrez. Je vais juste me laver les mains et j'arrive.

Huit mois sans érection, pas même quelque chose qui s'en rapprocherait, et voilà que cela arrivait tout à coup dans un jardin d'Østerbro. Le soulagement qui traversa le corps de Jeppe fut immédiatement remplacé par de l'embarras. Il maudit le jean moulant avec lequel Johannes l'avait persuadé de célébrer sa toute nouvelle minceur et suivit Anna Harlov.

Comme prévu, la maison était luxueusement aménagée, avec un goût à la fois décontracté et intellectuel. Des rayonnages encastrés avec une double épaisseur de livres, des planchers en bois clair et des plaids en laine de Bolivie sur le sofa Børge Mogensen. *Dix contre un qu'ils possèdent une résidence secondaire à Tisvilde où ils mangent des crevettes pêchées dans le fjord et boivent du vin bio avec leurs amis cool*, pensa Jeppe. Il essayait de contrer son érection en méprisant l'objet de son désir, qui se tenait à présent dans la cuisine ouverte, en train de se laver les mains dans un évier en acier sur mesure.

Anna Harlov fit un signe de tête vers une table en bois ronde, l'invitant à s'asseoir. Un thermos en cuivre, des tasses en grès et un petit bol de biscuits étaient déjà posés sur la table. À côté de la porte vitrée donnant sur la petite cour de derrière était accrochée une photo en noir et blanc d'Anna Harlov assise sur un banc avec un homme bien plus âgé. L'homme gesticulait avec animation et Anna le regardait amoureusement.

— J'attendais votre venue. En fait, je suis étonnée que vous ne m'ayez pas contactée plus tôt.

Elle servit le café et s'assit. Sa voix profonde et un peu rauque lui rappelait celle d'une actrice. Il croisa les jambes et se força à agir de manière professionnelle.

— Avez-vous donc quelque chose à nous raconter ?

Elle souffla sur une mèche de cheveux qui pendait devant ses yeux.

— Je ne sais bien sûr rien de plus que ce que j'ai pu lire dans les journaux, mais il y a une coïncidence frappante entre le meurtre de Julie Stender et le manuscrit sur lequel travaille Esther et auquel Erik et moi avons accès depuis plusieurs semaines. Je trouverais ça plutôt suspect si c'était moi qui enquêtais sur l'affaire.

Jeppe sentit son regard critique. Malheureusement, cela n'eut aucun effet calmant sur sa libido déplacée.

— Quand avez-vous lu le manuscrit pour la première fois ?

— Début juillet, aussitôt après qu'elle a mis en ligne la première partie, la description du personnage de la victime, et l'histoire du meurtre lui-même il y a une semaine.

— Aviez-vous compris sur qui elle écrivait ?

Elle souffla sur son café.

— J'ai bien pensé qu'elle avait été inspirée par les deux filles du premier, mais je n'y avais pas prêté tellement attention. On puise dans la réalité, quand on écrit de la fiction.

— Aviez-vous rencontré Julie Stender ?

— Oui, une fois. Elle faisait le service lors d'un repas qu'Esther avait donné en mars, je crois.

Anna Harlov avait aussi participé à cette soirée ! Jeppe écrivit LE DÎNER dans son carnet.

— Erik Kingo était aussi présent ce soir-là, n'est-ce pas ?

— Oui, et plusieurs autres personnes, mon mari, par exemple.

Était-ce juste une impression ou avait-elle montré un peu de réticence à mentionner son mari ? Perdue dans ses pensées, elle s'humecta les lèvres du bout de la langue et les frotta de l'index. En son honneur ?

Jeppe se reprit.

— Vous souvenez-vous de quelque chose de spécial survenu durant ce dîner ?

— Nous sortons beaucoup, alors ce soir-là en particulier n'est pas limpide dans ma mémoire. C'était assez sympa, pour autant que je me souvienne. Y a-t-il quelque chose en particulier que vous voudriez savoir ?

— Y a-t-il eu des désaccords, par exemple ?

— Non, pas vraiment.

Elle cligna lentement des yeux et soutint son regard.

Jeppe baissa les yeux.

— Est-ce que Julie Stender a eu des contacts avec certains des invités ?

— Je lui ai un peu parlé moi-même, en fait ; je lui ai demandé si elle avait trouvé ses marques en ville et si elle avait décidé des études vers lesquelles elle comptait s'orienter. Sinon, c'étaient surtout des phrases de courtoisie quand elle et l'autre jeune servaient et débarrassaient. Mais maintenant que j'y pense, j'ai aussi vu Erik lui parler dans la cuisine à un moment de la soirée. Je m'en souviens parce qu'il a élevé la voix contre elle.

Jeppe redressa la tête. Erik Kingo avait lui-même prétendu n'avoir eu aucun contact avec Julie.

— Savez-vous pourquoi ?

Elle secoua la tête et une boucle couleur miel de plus s'échappa de son chignon. Était-ce juste une impression ou se comportait-elle de manière sensuellement provocante ?

— Vous avez dit qu'il devait y avoir un lien entre le manuscrit d'Esther de Laurenti et le meurtre de Julie Stender. Pourriez-vous approfondir ?

— Je ne sais rien d'autre que ce que j'ai lu dans les médias. En fait, nous n'étions pas à la maison, en début de semaine.

Mon mari est allé à l'inauguration d'une galerie à Aarhus mardi et je l'ai accompagné. Mais il est évident que l'assassin a lu le manuscrit.

— Et vous n'avez bien sûr montré le manuscrit à personne, n'en avez pas parlé ?

— Non. Nous avions des directives très claires, dans le groupe d'écriture. Tout le matériel devait rester à cent pour cent confidentiel entre nous trois. (Un petit sourire dansa sur ses lèvres douces, comme une invitation.) Mais écoutez, je pense qu'on tourne autour du pot, ici.

Jeppe tendit la main vers sa tasse de café, mais elle tremblait tellement qu'il la ramena vers lui. Son cerveau était bombardé d'images d'Anna Harlov nue, jetée sur la table, sa combinaison luxueuse déchirée en morceaux et sa bouche à lui sur ses seins. Si elle ne lui faisait ne serait-ce qu'un signe de tête maintenant, il ne serait pas en mesure de répondre des conséquences.

— C'est une chose que quelqu'un ait lu le texte d'Esther sur notre Google Docs et s'en soit servi à des fins criminelles. Mais alors, qui est-ce qui continue à écrire maintenant ? Esther ne ferait jamais une chose d'aussi mauvais goût.

Jeppe rinça sa déception avec une gorgée de café et essuya de la main les gouttes qu'il avait renversées sur la table avant de parler.

— Continue à écrire ? Je ne comprends pas.

— Comment, vous ne le savez pas ?

Elle se leva et alla chercher un ordinateur portable dans le salon. Quand elle eut tapé un peu sur les touches, elle tourna l'écran vers lui.

Il y avait des éclaboussures de sang sur ses cils clairs, en filigrane sur la peau pâle. Elle portait l'empreinte sur sa joue comme un bijou.

Il lui avait conféré une beauté éternelle. Son ami a pris son envol.

Des cadeaux généreux. Pouvez-vous me voir maintenant ?

— Et ça continue comme ça. Il a été mis en ligne hier soir tard. Qui a écrit ça ?

Jeppe jura, sortit son téléphone de son pantalon serré et appela Saidani. Elle répondit aussitôt.

— J'allais t'appeler. Je viens juste de me rendre compte qu'il y avait un nouveau texte. Il n'a pas été écrit par Esther de Laurenti, je viens de vérifier avec elle. J'essaye de trouver d'où et comment il a été mis en ligne.

— Bien, je suis en route. Rassemble l'équipe, on se retrouve à la cantine.

Jeppe remit son téléphone dans sa poche. Qui écrirait sur la page Google Docs des écrivains, sinon l'assassin ? Ce qui confirmait le fait que les meurtres et le manuscrit étaient inextricablement liés.

Il se leva et fit un signe de tête à Anna Harlov.

— Nous aurons sans doute besoin de vous interroger à nouveau. D'ici là, n'hésitez pas à me contacter si vous pensez à quoi que ce soit qui pourrait être pertinent pour l'enquête.

Il lui tendit une carte de visite et se dirigea délibérément vers l'étroit vestibule. Une collection impressionnante de serrures sur la porte le déstabilisa, et il hésita un instant sans savoir laquelle tourner pour sortir.

— Ne vous inquiétez pas, personne ne sait comment ouvrir la porte avant d'être venu ici sept ou huit fois.

Anna Harlov l'avait suivi dans l'entrée et se trouvait à présent juste derrière lui. Il s'écarta et la laissa passer. Alors qu'elle tendait le bras vers la serrure la plus haute, elle laissa ses seins doux effleurer son bras et hésita dans cette position.

— Peut-être est-ce juste le signe que vous devriez rester ?

Elle le regarda d'un air malicieux pendant un long moment avant d'enfin ouvrir la porte. Avant qu'il n'ait eu le temps de réagir, il était dans le jardin et la porte se refermait derrière lui.

Confus, essoufflé, et avec le sexe le plus raide de Scandinavie.

*

Il fallut à Jeppe une bonne partie du trajet jusqu'à l'hôtel de police pour reprendre le contrôle de son corps. Il n'avait pas ressenti ce genre de désir depuis longtemps. Le prix d'une vie quotidienne sûre est, au mieux, une vie sexuelle sûre. À une époque, entre la deuxième et la troisième tentative d'insémination, le sexe autrefois si ludique entre lui et Therese s'était transformé en copulation forcée à des heures précises, dans un seul objectif.

Et maintenant, il était assis dans sa voiture, tremblant comme un adolescent. Anna Harlov. L'avait-elle manipulé juste pour le plaisir ou avait-elle essayé de tendre un écran de fumée parce qu'elle avait quelque chose à cacher ?

De retour à l'hôtel de police, il se précipita aux toilettes, heureusement désertes. Il se lava les mains et sortit sa petite boîte à pilules de sa poche. Elle contenait autrefois des bonbons français à la lavande qui avaient coûté plus cher au gramme que de l'uranium enrichi, mais maintenant, il y rangeait ses Doliprane et ses OxyContin. Les comprimés sentaient un peu le parfum, cela changeait du désagréable goût de craie.

Il en avala un d'une sorte et deux de l'autre et se regarda dans le miroir tout en essuyant l'eau sur son menton. Le miroir convexe, aujourd'hui. La peau de son visage avait l'air cireuse, et il savait que ce n'était pas seulement dû à la couleur ratée de ses cheveux et à l'éclairage des néons.

Dans le couloir, il reçut un SMS de Johannes.

Puisque ton meilleur ami t'a invité à son anniversaire ce soir, tu n'as qu'à rester à la maison ! Tu peux toujours aller faire la fête et danser n'importe quand, après tout. Mieux vaut regarder de la mauvaise télé et t'endormir sur le sofa pendant que tu le peux. J.

Jeppe avait comme d'habitude oublié de répondre à l'invitation arrivée par courrier postal, à l'ancienne, plusieurs semaines auparavant, dans l'espoir qu'elle disparaîtrait toute seule. Maintenant, il serait difficile d'éviter l'anniversaire. Il pourrait se servir de l'affaire comme excuse, Johannes devrait pouvoir comprendre, malgré tout.

Il ouvrit violemment la porte de la cantine où Larsen, Falck et Anette Werner étaient déjà assis autour d'une table en train de bavarder. Sara Saidani était debout près d'une fenêtre ouverte, le dos tourné à la pièce, dans son propre monde.

— Alors, Saidani, raconte !

Elle se retourna et se dirigea vers la table où son ordinateur était prêt. Un souffle d'air doux, presque joyeux, flottait dans son sillage. Il contrastait avec l'expression sérieuse de son visage.

— Une personne inconnue a mis en ligne hier soir à 23 h 50 une page de texte dans le dossier Google Docs du groupe. J'avais envisagé de fermer la page. Je pensais que ce serait préférable, avec toute cette couverture médiatique, etc. Mais maintenant, il vaut mieux la laisser ouverte.

— Bien vu, Saidani, dit Jeppe. Si je comprends bien la première partie du texte, l'auteur assume la responsabilité des deux meurtres. Il parle à la fois du motif sur le visage et de l'envol de Kristoffer. Cela peut, bien sûr, ne rien être d'autre qu'un taré quelconque qui a lu les journaux et trouvé le moyen d'accéder au Google Docs des écrivains.

Saidani plissa les yeux, sceptique :

— Il est protégé. Trois profils d'utilisateurs ont été créés, qui se connectent avec leur nom d'utilisateur et leur mot de passe individuel. J'ai un journal de l'utilisation de la page Google Docs par les trois auteurs ces trois derniers mois, qui montre clairement qui s'est connecté et quand. La personne qui a mis le texte en ligne la nuit dernière était connectée sous le nom d'Erik Kingo.

— Kingo ? Mais il prétend être complètement coupé de toute connexion au réseau, dans sa cabane.

Jeppe remarqua avec satisfaction que les comprimés commençaient à agir. Son dos se relaxait et ses lèvres le picotaient.

Saidani haussa légèrement les épaules.

— C'est peut-être un mensonge. Il ne s'est effectivement pas connecté à la page avant juillet, où il a laissé un certain nombre de commentaires sur le texte d'Esther de Laurenti. Mais quelqu'un qui connaît son nom d'utilisateur et son mot de passe a publié ce texte-ci hier juste avant minuit.

— Je vais le contacter. Son téléphone est éteint la plupart du temps, alors il est possible que je sois obligé de retourner le voir.

Jeppe se crispa à l'idée d'une nouvelle visite dans les inhospitaliers jardins associatifs.

— Et la photo du visage de Julie sur Instagram ? (Anette parlait la bouche pleine, de réglisse, peut-être.) Est-ce qu'on en sait plus ?

Saidani secoua la tête, frustrée.

— Je ne peux pas voir qui l'a postée, mais je suis en train de vérifier ceux qui ont réussi à aimer et commenter la photo avant que le compte ne soit fermé. Elle a reçu presque deux cents *likes*, alors c'est un travail énorme. Les gens ont dû penser que c'était une blague ou quelque chose comme ça.

Les joues de Saidani étaient devenues roses. Jeppe l'observa et réprima un sourire. Peut-être était-elle juste timide ? Il se tourna vers Larsen, très détendu dans une chemise bleu ciel fraîchement repassée.

— Bien, un résumé de l'autopsie ?

Larsen prit la parole avec son assurance habituelle. S'il avait été abasourdi par son erreur de jugement concernant Kristoffer, il s'en était vite remis.

— Kristoffer Gravgaard est décédé hier, jeudi 9 août, entre 18 h 30 et 19 h 30. Nyboe a déterminé que la cause du décès est un arrêt cardiaque…

— Un arrêt cardiaque ?

— … qui a fait suite à une strangulation manuelle. Il est donc, comme supposé, définitivement question d'un meurtre. Aucun signe extérieur sur le corps, ni aucune trace de doigt ou d'ongle sur la peau dans la région du cou, ce qui est assez rare sur des victimes d'étranglement. Nyboe pense que nous avons affaire à un *choke hold*, où l'agresseur aurait verrouillé Kristoffer par-derrière avec son bras droit et appuyé sur la carotide jusqu'à ce que son cœur s'arrête. Cela n'a pas dû prendre plus d'une minute. Très professionnel.

— *Shime-waza !* cria Anette avec ce qu'elle pensait sûrement être un accent japonais.

— Oui, merci, poursuivit Larsen, une prise de judo classique qui est aussi utilisée pour pacifier un sujet violent. Je vais vous épargner les détails les plus techniques de Nyboe sur l'arythmie cardiaque et vous en donner seulement l'essence.

Larsen regarda ses collègues comme pour faire monter la tension.

— Kristoffer Gravgaard est mort suite à une pression manuelle sur un point réflexe ici, au niveau de la gorge. Une pression très exacte, appliquée par une personne qui savait exactement ce qu'elle faisait. On parle ici de pratiquants d'arts martiaux, de personnel militaire spécialement formé, etc. Nyboe a délibérément utilisé le mot « exécution ».

— Le même assassin que Julie Stender ? demanda Jeppe en évitant de regarder Larsen et son air assuré.

— Difficile à dire.

Larsen remonta ses manches de chemise d'un geste qui avait étrangement l'air d'avoir été répété, comme celui d'un orateur insouciant voulant donner l'impression d'être plus impliqué.

— Mais est-ce que le même assassin n'aurait pas découpé son motif sur cette victime aussi ? Laissé sa signature ?

— Julie a été frappée à la tête avec un dévidoir de ruban adhésif et Kristoffer a été étranglé, reprit Jeppe. Cela peut parfaitement être le même assassin. Nous savons tous combien il est peu probable qu'un nouvel assassin soit tout à coup arrivé en cours de route. Un possible acte de vengeance après le meurtre de Julie n'aurait pas intégré le lustre et la prise de judo, je refuse d'y croire. Mais si c'est le même, pourquoi utilise-t-il deux méthodes de meurtre différentes ? Une sorte de message ?

Falck se racla doucement la gorge, comme s'il avait avalé une mouche et voulait s'assurer qu'elle en ressortirait vivante.

— Oui, Falck, qu'en penses-tu ? Vas-y !

Jeppe n'avait pas la patience de supporter sa lenteur aujourd'hui.

— Je pense qu'on dirait que l'assassin avait différents mobiles pour les deux meurtres. Le premier, celui de Julie Stender, était plein de… plaisir. L'assassin essaye de découper un motif sur le visage de Julie Stender exactement comme dans le manuscrit. Nyboe confirme qu'elle n'était ni anesthésiée ni ivre quand elle est morte, donc elle a dû se débattre comme une folle…

Jeppe hocha la tête avec impatience en direction de Falck, qui poursuivit calmement.

— Kristoffer, par contre, a été exécuté et jeté dans le lustre. L'assassin a dû l'attirer dans le grenier sous un prétexte quelconque, l'attraper par-derrière et le tuer en un instant.

— Et le lustre ?

Falck glissa ses pouces sous ses bretelles.

— Tu l'as dit toi-même, Kørner. Il aime le drame. Prend des risques pour obtenir un maximum d'effet.

— Mais pourquoi le tuer ?

— Parce qu'il savait quelque chose. Kristoffer a dû voir ou découvrir quelque chose et, bien sûr, ça paraît insensé, mais il devait être sur la piste de l'assassin, peut-être même qu'il l'a confronté avec ce qu'il savait. Je ne trouve pas de meilleure explication. Il était aussi un peu bizarre, non ?

Jeppe regarda au fond de sa tasse de café à moitié vide et essaya de faire tourbillonner un reste de poudre de Nescafé dans le liquide froid.

— Mais si ça s'est passé comme le dit Falck, et je suis enclin à être d'accord avec lui, alors notre assassin devait savoir que nous étions en route pour interpeller Kristoffer.

Les cinq enquêteurs se regardèrent. Depuis que la radio de la police était passée sur le réseau SINE, toutes les communications étaient cryptées et impossibles à pirater.

— Quelqu'un a parlé, constata Larsen.

Le silence qui envahit la salle était chargé. Les tueurs portent très rarement des gants et des vêtements de protection, et laissent encore moins souvent volontairement des traces sur les scènes de crime. Et ils ignorent où la police va surgir dans la demi-heure qui suit.

À moins que...

CHAPITRE 21

— Tu appelles quand tu veux, ma chérie ! Jour et nuit. Tu me le promets, d'accord ?

Esther acquiesça d'un signe de tête fatigué et regarda ses mains, que Lisbeth tenait dans les siennes. Un instant, elle ne comprit pas à qui elles appartenaient. Cette chair molle, ces veines apparentes sous la peau fine, pouvaient-elles vraiment être ses mains ?

Lisbeth et Frank, ses vieux amis, étaient arrivés à l'improviste une heure plus tôt avec un gâteau de chez La Glace et un peu de réconfort. Maintenant, Esther souhaitait les mettre à la porte pour pouvoir prendre le verre de vin dont elle avait eu envie toute la journée. *Les gens ont beaucoup trop de temps quand ils sont à la retraite !* Elle était touchée par leur sollicitude, mais pas vraiment réceptive pour le moment.

— Je n'y manquerai pas. Pour l'instant, j'ai juste besoin de me reposer un peu.

— Oui, tout à fait ! Et tu nous dis s'il y a quoi que ce soit que nous puissions faire, poursuivit Lisbeth. On peut venir promener les chiens, et tu es toujours la bienvenue chez nous à Espergærde.

Esther fut attirée dans une embrassade interminable suivie d'un regard intense de Lisbeth avant qu'ils ne descendent enfin l'escalier l'un derrière l'autre. Frank se contenta heureusement d'un signe de la main.

Esther fit rentrer ses chiens, referma la porte derrière elle et se remit à pleurer. *Impossible de refouler quoi que ce soit avec cette attention permanente !* Elle s'essuya les joues et s'apprêtait à rejoindre son cubi de rouge quand on frappa à la porte. Qu'avaient-ils oublié cette fois ?

Esther ouvrit, épuisée jusqu'à la moelle à l'idée que Frank et Lisbeth revenaient pour l'embrasser encore un peu plus. Mais devant la porte se tenaient Caroline et sa mère, Jutta Boutrup, qu'Esther n'avait pas vue depuis plusieurs années. Elle eut juste le temps de penser à quel point elles étaient belles, toutes les deux, comme elles l'avaient toujours été, puis Caroline se jeta dans ses bras et se mit à sangloter de façon incontrôlée. Jutta la suivit et elles restèrent là, dans l'embrasure de la porte, se serrant les unes contre les autres et pleurant ensemble pendant plusieurs minutes. *Je ne peux pas supporter tout cet amour*, pensa Esther, *je vais bientôt devoir insister pour pouvoir rester un peu seule.*

— Pouvons-nous entrer un instant ? demanda Jutta, qui fut la première à se détacher et à reprendre ses esprits. Nous sommes seulement ici pour récupérer quelques-unes des affaires de Caroline, dans l'appartement. Un agent nous accompagne, mais il a dit qu'il pouvait bien attendre un peu en bas.

— Bien sûr, entrez, entrez, marmonna Esther. C'est en désordre ici, et je le suis moi-même, mais c'est agréable de vous voir.

Esther se dirigea vers le salon et ôta une pile de livres du fauteuil.

— Voulez-vous un verre de vin ?

— C'est un peu trop tôt pour du vin, non ? As-tu du café ?

— Il doit en rester un peu dans la cafetière, je ne sais pas s'il est encore chaud. Je vais chercher des tasses.

Esther prit des tasses dans l'égouttoir et lança un regard envieux au cubi de vin sur la table de la cuisine.

De retour dans le salon, elle vit que Caroline s'était assise sur le sofa, sa tête contre l'épaule de sa mère et ses jambes repliées sous elle. Jutta lui caressait doucement la joue comme à un petit enfant qui devait faire une sieste. Esther servit le café et s'assit sur le pouf marocain.

— Comment gérez-vous tout ça ? demanda-t-elle.

— Caro a un peu de mal, en ce moment. Comme nous tous. C'est une période tellement irréelle, n'est-ce pas ?

Esther hocha la tête. Cela ne pouvait pas être plus irréel que cela.

— Et puis, bien sûr, ça n'aide pas que… (Jutta s'interrompit pour baisser la voix.)… que Daniel ait choisi de rompre juste maintenant.

— Maman, enfin !

Caroline regarda sa mère, irascible, mais se blottit aussitôt de nouveau contre elle.

— Oh, je suis vraiment désolée, ma petite chérie, dit Esther en hochant la tête avec sympathie tout en espérant qu'elles partent bientôt.

— Et toi, Esther, comment t'en sors-tu ?

Esther fut tentée de mentir pour éviter de nouvelles fluctuations émotionnelles, mais en fut incapable.

— Pour être honnête, je ne sais pas vraiment… Pour l'instant, j'avance juste une heure à la fois. Sinon, c'est trop pour moi.

Jutta lui tapota gentiment la main.

— Et Gregers ?

— Il est toujours à l'hôpital pour d'autres examens, mais je crois qu'il s'en sortira. Je lui rends visite tous les jours.

— Oh, quelle misère. Tout ceci est si terriblement tragique. (Jutta prit une gorgée de café, reposa sa tasse et la repoussa discrètement.) La police n'a toujours pas de suspect ? Ils ne veulent rien nous dire.

— Pas que je sache.

Esther envisagea un moment de leur parler de son manuscrit, mais n'en eut pas le courage. Ça entraînerait des explications interminables.

— Je me demande s'ils enquêtent sur Christian..., dit Jutta en soulevant ses sourcils parfaitement épilés d'un air entendu.

— Le père de Julie, tu veux dire ?

— À mes yeux, il a toujours été obsédé par sa fille de façon maladive. Il l'adorait d'une manière si... malsaine.

— N'est-ce pas ce que font tous les parents ?

Esther sourit de façon désarmante à Caroline. Jutta passa un bras protecteur autour de sa fille.

— Lui, il dépassait les bornes. Je pourrais facilement l'imaginer devenir jaloux si Julie avait un petit ami. Il est autoritaire à la manière d'un bulldozer.

— Arrête, maman ! dit Caroline en levant les yeux au ciel sans soulever sa tête de l'épaule de sa mère. Ne t'en mêle pas.

Jutta lança à Esther un regard lourd de sens.

— J'ai incité Caroline à se trouver une aide psychologique professionnelle, mais tu sais combien les jeunes peuvent être têtus...

— Arrête ! s'exclama Caroline en se redressant. Pour une fois, tu ne pourrais pas juste... la fermer ? J'ai perdu ma meilleure amie, poursuivit-elle en sanglotant, et tu dis que je dois voir un psy. Elle a été assassinée, putain, ASSASSINÉE. Merde alors ! Je descends faire mes bagages.

Elle se leva pour sortir du salon, mais fit demi-tour à la porte pour revenir embrasser Esther sur la joue, y laissant des traces de larmes. Celle-ci attendit qu'elle soit partie pour les essuyer.

— Oh, ma pauvre petite fille. C'est presque pour elle que c'est le pire.

Jutta sécha ses propres yeux et se frappa les cuisses.

— Bon, je devrais descendre m'occuper d'elle.

Esther la freina d'une main sur l'épaule.

— Tu es sérieuse à propos de ce que tu as dit sur le père de Julie ?

Jutta la regarda avec surprise.

— Absolument.

— L'as-tu dit à la police ?

— J'ai fait part de mon opinion à l'inspecteur qui nous a interrogées, reste à savoir s'ils entendront ? On se voyait, avant, avec la famille Stender, mais je n'ai jamais vraiment apprécié cet homme. Un péquenot vaniteux aux méthodes brutales. Lui et sa bande de crapules avec trop d'argent et de pouvoir. Honteux !

— Crapules ?

Jutta fit une grimace indignée.

— Oui, tu sais. Ce cercle de relations d'affaires qui participe à des chasses, des dîners coûteux, des visites aux putes et que sais-je encore. J'ai toujours pensé qu'il y avait quelque chose de moralement corrompu chez cet homme et toute sa smala. Y compris ce Kingo, même s'il est *si célèbre* et que tous les critiques l'adorent.

— Tu parles de mon Kingo ? Erik Kingo ?

Esther resta bouche bée.

— Oh, pardon, Esther, j'avais oublié que tu le connaissais. Oublie ça, il est sûrement très bien, c'est surtout Christian que je ne peux pas encadrer. Bon, je devrais…

Jutta se leva et alla dans l'entrée. Esther la suivit et se laissa encore une fois étreindre.

— Prends soin de toi ! Je reste en ville avec Caroline pour quelque temps. Nous habitons chez ma sœur. Appelle si tu as besoin de parler, OK ?

Esther salua de la main et referma la porte sur Jutta, la tête bourdonnante. Erik Kingo et Christian Stender se connaissaient aussi ! Le vin allait devoir attendre encore une minute. Elle prit son téléphone et appela Jeppe Kørner.

*

Jeppe trouva Mosbæk, le psychologue de la police, assis dans son bureau, les mains derrière la tête et les jambes allongées. Il était du genre à porter toujours le même style de chemise de bûcheron et à compenser une calvitie avancée par une belle barbe. Jeppe l'aimait bien : contrairement à plusieurs de ses collègues, il savait écouter. Ce qu'il avait fait à plusieurs occasions avec Jeppe lorsqu'il avait dû reprendre le travail après sa séparation d'avec Therese. Leurs conversations flottaient dans les brumes qui composaient les souvenirs de Jeppe pour ces six derniers mois, mais cet homme lui avait fait bonne impression.

Mosbæk lui sourit.

— Eh bien, Jeppe, comment vas-tu ? As-tu repris tes marques ?

Jeppe ne s'était pas retrouvé seul avec le psychologue depuis sa dernière session et il ressentit tout à coup une gêne aiguë à être en tête à tête avec lui.

— Ça va bien, Mosbæk, je progresse constamment. Du café ?

Jeppe ignora le refus de Mosbæk et se précipita à la machine à café de la cantine. Le vieux monstre, qui proposait du moka et un mélange viennois, avait désormais laissé la place à une machine à expresso aérodynamique entièrement automatique. Cela prenait deux fois plus de temps et le café était tout aussi mauvais. Jeppe appuya sur *cortado*. Si seulement il pouvait faire partie de ces gens qui ne se soucient pas de ce que les autres pensent d'eux.

Quand il revint avec le café, Mosbæk était prêt, ses notes étalées sur la table devant lui.

— Est-ce qu'on attend Anette ?

— Elle arrivera sans doute dans un instant. On n'a qu'à commencer.

— Parfait.

Mosbæk baissa les yeux sur ses notes tout en pinçant la bouche comme un clown triste. Les papiers auraient tout aussi bien pu se trouver cinquante centimètres plus loin.

— Pour ce qui concerne le meurtre de Julie Stender. Commençons par établir ce qui est évident : il est question d'un meurtre prémédité, c'est-à-dire méthodique et intelligent, plutôt que spontané. Un tueur qui pense logiquement, planifie son crime et conserve, dans les grandes lignes, le contrôle au moment du passage à l'acte. Il met en œuvre le plan qu'il s'est fixé, sans paniquer. Cela demande de la robustesse et une certaine intelligence.

Jeppe posa les tasses sur la table et s'assit en face de Mosbæk.

— On n'a donc pas affaire ici à un drogué cherchant une chaîne stéréo.

— Exactement. (Mosbæk se gratta la barbe.) La question est donc de savoir ce qu'une personne par ailleurs intelligente et maîtresse d'elle-même peut retirer du fait de tuer quelqu'un de cette façon. Si nous étudions simplement les sept mobiles de meurtre de base et procédons par élimination, nous pourrons ensuite évoquer le comportement de l'assassin, examiner les candidats possibles et nous approcher de cette manière d'une solution.

Jeppe acquiesça.

— Nous pouvons abandonner d'emblée le profit, le fanatisme et la marginalisation. D'accord ?

Jeppe acquiesça à nouveau.

Mosbæk raya quelque chose sur son papier comme s'il avait effectivement inscrit les mobiles sur un tableau.

— Il y a certes des éléments de comportement liés au plaisir dans les deux meurtres, mais comme aucune des deux victimes ne semble avoir été agressée sexuellement, nous pouvons aussi rayer la moralité. Le désir, si tu veux. Ce qui nous laisse trois mobiles principaux : la jalousie, l'excitation et la vengeance. Mon sentiment immédiat est que l'excitation compte beaucoup pour notre agresseur. Toute cette mise en scène, le motif taillé dans la peau du visage, l'idée même de donner vie à un manuscrit est extrêmement théâtrale. Je pense que nous avons affaire à une personne qui a l'habitude de s'exprimer de manière créative. Quelqu'un pour qui l'expression artistique n'est pas étrangère. La langue dans ce texte qu'il a écrit n'est pas non plus maladroite.

Mosbæk prit une copie du texte et la parcourut.

— À l'inverse, une personne qui serait pleinement confirmée dans son expression artistique n'aurait pas le même besoin de le vivre à travers un meurtre. Nous ne cherchons donc pas un artiste professionnel qui a réussi. Et permets-moi en outre de souligner que l'excitation en soi ne peut pas être le mobile principal. Il y a des émotions plus grandes en jeu ici.

— La jalousie ?

Mosbæk se tira pensivement la barbe.

— Hmm, peut-être, dans une certaine mesure ; la jalousie est un moteur puissant. Mais pour autant que je puisse comprendre, Kristoffer était le seul à avoir un mobile fort de jalousie. La grande majorité des meurtres motivés par la jalousie se passent d'ailleurs dans des familles où des enfants sont impliqués et où l'enjeu est plus important. Ce qui ne signifie pas qu'il ne peut pas y avoir d'éléments de jalousie dans le mobile de notre assassin, mais ce n'est sans doute pas le pilier.

— Alors il nous reste la vengeance.

Jeppe se rappelait lui-même les nombreuses semaines, non, mois, où le besoin de vengeance avait été le seul sentiment présent en lui. Où chaque jour où il ne se rendait pas à l'appartement de Niels pour les tuer tous les deux était une victoire. Cela lui semblait irréel à présent, mais cela ne remontait pas à si longtemps.

Mosbæk leva un doigt en l'air.

— La vengeance, la mère de tous les sentiments violents. Le résultat d'une colère et d'une injustice trop longtemps contenues et réprimées. Dans le texte, l'écrivain se réfère à lui-même comme quelqu'un qui écrit maintenant sa propre histoire. Avant, il était dépendant des autres, mais il a pris le contrôle de son existence.

— En assassinant Julie et Kristoffer ?

— Oui. Je crois cependant que Falck a raison à propos du meurtre de Kristoffer. Qu'il a probablement aussi été motivé par la nécessité, parce que Kristoffer savait quelque chose sur l'assassin. Ce qui d'ailleurs, dans des circonstances normales, indiquerait une relation de confiance entre Kristoffer et l'assassin, sinon il serait venu nous voir.

— Pas nécessairement. Kristoffer Gravgaard était un jeune homme spécial qui n'avait pas confiance en la police. Il aurait très bien pu trouver une raison de s'adresser directement à celui qu'il soupçonnait.

Jeppe imagina le jeune homme, dans sa singulière innocence, monter les marches raides jusqu'au Grenier du Lustre pour confronter un assassin. *Son* assassin. Il aurait pu parler de ses soupçons à la police, mais quelque chose lui avait fait prendre la mauvaise décision.

Qui donc l'avait attendu là, en haut des escaliers ?

*

— Désolée du retard, j'étais au téléphone avec les îles Féroé. Vous en êtes où ?

Anette regarda d'un air interrogateur Mosbæk et Jeppe, affalés chacun de leur côté de la table de travail commune de la pièce. Il régnait une ambiance calme, presque contemplative dans le bureau, ce qui l'énerva automatiquement. Ce serait typique de ces deux hommes de se perdre dans des méandres psychologiques, et ils n'avaient tout simplement pas le temps pour cela.

— On vient juste de dire que Kristoffer connaissait potentiellement son assassin, annonça Jeppe.

— Vous n'en êtes que là ? s'exclama Anette, pas impressionnée. Nous l'avons déjà établi depuis longtemps. Je croyais que nous allions parler profils, pour pouvoir identifier notre assassin ?!

Elle tira une chaise vers le bout de la table et s'assit à grand bruit.

— Nous n'avons pas craqué le code durant les cinq minutes où nous avons eu le temps de parler, répondit sèchement Mosbæk. Mais c'est bien que *tu* sois là maintenant.

— Exactement, c'est bien ce que je dis !

Elle ne put retenir un sourire ironique. Il n'était pas si mauvais que ça, ce Mosbæk.

Le psychologue agita joyeusement les sourcils et ramena la conversation sur les rails.

— Attendons un peu pour les profils et commençons par l'autre bout. Qui avez-vous dans le viseur ?

— Nyboe et Clausen sont d'accord pour dire qu'il s'agit d'un homme, répondit Jeppe en lançant un regard fatigué à Anette. Parmi les hommes dans la vie de Julie qui auraient pu commettre le meurtre, il y a son père, Christian Stender, qui se trouvait à Copenhague lorsqu'elle a été tuée. Selon sa femme, Stender est resté toute la soirée dans la chambre d'hôtel. Ce qui a été confirmé par le service d'étage de l'hôtel, qui a livré de quoi manger et boire dans la chambre à 21 h 30.

Anette protesta :

— Il aurait bien pu y parvenir. Et nous ne pouvons pas être sûrs qu'il n'ait pas quitté l'hôtel dans la soirée.

— Et le mobile ? objecta Jeppe en la regardant d'un air renfrogné. *(Qu'est-ce qu'il était susceptible ces temps-ci !)* Quelle serait la raison pour qu'un homme, qui adore sa fille plus que tout au monde la torture et la tue brutalement ?

— Mais détends-toi donc ! Je n'en sais rien encore, c'est bien pour ça qu'on est ici avec Mosbæk, non ?

Anette haussa les sourcils vers son partenaire.

Mosbæk leva les mains devant lui comme un médiateur dans une affaire de divorce.

— OK, le père ne peut pas être exclu, nous le gardons sous le coude pour l'instant. Qui d'autre avez-vous en vue, sinon ?

— Daniel. Vieil ami de Sørvad et petit ami de la colocataire de Julie.

Jeppe parlait presque sans ouvrir la bouche. Il avait l'air fatigué. Fatigué et grognon. Anette commença à en avoir assez de sa mauvaise humeur.

— Là encore, pas de mobile. De plus, il se trouvait sur scène à la Maison des étudiants lorsque le meurtre a été commis, et a donc un alibi sûr.

Mosbæk frappa avec impatience son stylo-bille sur la table :

— Qui d'autre ?

— Erik Kingo avait accès au manuscrit, dit Jeppe en se frottant les yeux.

— Erik Kingo ? L'écrivain ? interrompit Mosbæk d'un air impressionné.

— Lui-même. Mais à part ses liens avec Esther de Laurenti et sa présence à un dîner où Julie a fait le service, nous ne pouvons le relier ni à Julie ni à Kristoffer.

— Peut-être parce qu'on n'en sait pas encore assez sur lui, intervint Anette.

— L'homme a un solide alibi pour toute la soirée et la nuit de mardi, donc il n'est pas sur la liste des assassins.

Jeppe frappa légèrement sur la table pour empêcher sa partenaire de commenter davantage. Anette croisa les bras sur la poitrine ; elle détestait qu'on lui mette une muselière.

Mosbæk lissa sa barbe d'une main et posa l'autre en travers de son ventre dans une posture de penseur classique.

— Dans tous les cas, dit-il, il est essentiel ici de se demander qui pourrait être la cible de la vengeance de l'assassin. Est-ce Julie Stender ? Est-ce qu'un des hommes mentionnés pourrait ressentir le besoin de se venger d'elle ?

— En réalité, je ne peux pas imaginer que quelqu'un veuille se venger d'une femme si jeune, dit Anette, menton dressé, en croisant le regard de Jeppe.

Elle refusait de la fermer.

— La seule personne, à part Kristoffer, dont nous savons qu'elle l'a blessée, est ce prof avec qui elle a eu une liaison. Hjalti Patursson. Il aurait été brisé par la rupture et l'avortement. Mais d'une part, il aurait eu plus de raisons de se venger de Christian Stender, et d'autre part, il est mort.

Mosbæk les regarda tous les deux pour tenter de rassembler les troupes.

— C'est peut-être précisément dans cette direction que nous devons regarder ? Quelqu'un a voulu se venger de Christian Stender en assassinant la prunelle de ses yeux. Est-ce plausible ?

— C'est sans doute le mieux qu'on ait à se mettre sous la dent pour l'instant, dit Anette en penchant doucement la tête vers la gauche jusqu'à provoquer un fort craquement dans son cou. Je viens de parler au directeur de la police de Tórshavn. Il se souvenait clairement de la chute de Hjalti Patursson des falaises de Sumba en août de l'année dernière.

La police a été obligée de classer l'affaire comme un suicide parce qu'elle n'a rien trouvé d'autre, mais le directeur de la police n'était pas satisfait. Il pensait qu'il y avait de nombreuses circonstances qui ne collaient pas avec le suicide.

— Comme quoi ?

L'attention de Jeppe était éveillée.

— Pas de lettre d'adieu, pour commencer. D'après sa mère, Hjalti n'était plus déprimé. Au contraire, il était très occupé par une affaire qui le passionnait et engagé dans une correspondance importante. Le directeur de la police ne se souvient pas de quoi il s'agissait. Mais la mère refusait catégoriquement l'idée que son fils ait pu se suicider. Et puis, il venait de s'installer pour pique-niquer.

— Pique-niquer ?

Anette entendit l'intérêt se raviver dans la voix de son partenaire. Elle lui sourit.

— Avant de sauter. C'est quand même bizarre de disposer son déjeuner, retirer ses bottes et se jeter à la mer !

Jeppe se redressa sur sa chaise.

— As-tu mis la main sur la mère ?

— C'est une vieille dame qui n'a ni le téléphone ni Internet. Je ne sais même pas si elle parle danois. Ça a l'air un peu vieille école, là-haut. La police a suggéré que je leur envoie un fax !

Anette écarquilla les yeux pour montrer sa désapprobation. Jeppe hocha la tête et tendit le doigt vers elle :

— Bon sang ! Va donc voir CP et obtiens un billet aller-retour pour les Féroé demain. On se passera de toi ici pendant ce temps-là.

Anette leva le pouce vers son partenaire ; c'était très agréable de le voir le regard un peu plus vif. Mosbæk hocha la tête, satisfait, comme si le but premier de sa présence ici avait toujours été de voir les deux enquêteurs faire la paix.

Un coup à la porte rompit l'harmonie et Falck passa la tête.

— Excusez-moi de vous déranger, mais le CNCC a trouvé quelque chose dans l'appartement de Kristoffer. Un chemisier rose tout au fond d'une armoire de vêtements. Ensanglanté. Sans doute celui dont l'assassin s'est servi pour bâillonner Julie Stender. Ils l'examinent et l'apporteront plus tard.

Le silence se fit dans le bureau. On pouvait presque sentir la nouvelle énergie s'échapper de la pièce comme l'air d'un ballon de plage perforé.

— OK. Merci, Falck.

Ils restèrent muets pendant une longue minute après le départ de Falck. Anette ne savait pas quoi dire, écœurée d'être constamment renvoyée à la case départ.

Jeppe se leva et se dirigea vers le tableau portant les photos des suspects.

— Nous avons un problème !

Anette acquiesça :

— Oui, c'est évident. Que veux-tu dire, plus précisément ?

— Les indices que nous avons trouvés sur les scènes de crime pointent dans mille directions différentes. De mauvaises directions. C'est comme si on se trouvait du mauvais côté du miroir.

Mosbæk plissa le front d'un air interrogateur et son regard passa de l'un à l'autre. Jeppe se tourna et s'adressa directement à Anette. Ses joues avaient pris quelques couleurs.

— Si les indices ne sont pas authentiques, alors ils ont été délibérément mis en évidence. Et si c'est le cas, nous avons affaire à un assassin du type plaisantin.

Anette soutint son regard.

— *Et* nous avons affaire à un assassin qui avait accès à la scène de crime et a déplacé le dévidoir de ruban adhésif qui a tué Julie Stender sur le bureau d'Esther de Laurenti.

Le silence se fit de nouveau dans la pièce, en dehors du bruit que faisait Mosbæk en feuilletant avec inquiétude ses papiers.

Jeppe se caressa le menton d'un air pensif.

— Ça demande un certain courage. Pour ne pas dire témérité. Il n'a pas peur de nous, Anette. Pas le moins du monde.

Anette acquiesça. Enfin, ils étaient sur la même longueur d'onde.

Ils raccompagnèrent Mosbæk dans les escaliers étroits et le firent sortir par le portail de l'Otto Mønsteds Gade. Sous ce soleil de fin d'après-midi, la barbe de Mosbæk était rousse comme celle d'un Viking. Quand ils se furent serré la main, il se racla la gorge.

— Par ailleurs, l'assassin utilise l'expression « usine à cauchemars » dans son texte sur Internet. Cela vous dit quelque chose ?

Anette haussa les épaules :

— Pas concrètement, non.

Mosbæk claqua les lèvres avec satisfaction.

— Cela peut signifier plusieurs choses, mais j'ai déjà rencontré l'expression dans un certain contexte. Des enfants ayant grandi dans un orphelinat ou un foyer se réfèrent parfois à ce genre d'endroit comme à une usine à cauchemars.

— Un assassin qui aurait été dans un *orphelinat* ?

Anette ne put s'empêcher de grimacer en prononçant le mot.

— Peut-être.

Elle protesta :

— Un enfant qui grandit dans un orphelinat et devient un tueur au couteau. Dis-moi, sommes-nous dans un foutu polar, ou quoi ?

— Je ne sais pas, Werner, tu crois ?

CHAPITRE 22

La galerie Kingo était si discrète que Jeppe réussit à passer devant deux fois avant de la remarquer, cachée derrière une façade de verre anonyme. Derrière la vitre, des murs blancs nus brillaient au soleil de l'après-midi ; les locaux étaient apparemment déserts. Il vérifia dans son carnet. 19 Bredgade, c'était bien cela. Sa voiture était garée en infraction devant une boutique de meubles de design danois. Il fallait bien avoir quelques avantages à travailler dans la police.

Quand il avait enfin répondu à son téléphone, Erik Kingo lui avait annoncé qu'il se rendait dans sa galerie pour superviser une exposition à venir. Si Jeppe voulait dépenser davantage d'argent des contribuables pour venir lui parler, il faudrait qu'il daigne se traîner jusqu'à Bredgade. Anette se préparait pour son voyage du lendemain aux îles Féroé, si bien que Jeppe se reflétait seul dans les vitres fraîchement nettoyées. En visite chez « les belles gens », comme disait toujours son défunt père lorsqu'il allait faire une course dans le quartier chic autour de Kongens Nytorv.

La porte était ouverte et ne fit pas tinter de clochette. Jeppe entra dans l'espace vide, tout à coup conscient du bruit de ses propres pas. *Pourquoi le silence nous fait-il instinctivement marcher sur la pointe des pieds ?*

Le vaste local était divisé en deux niveaux qui s'étiraient autour de coins blanchis à la chaux, en bas d'un escalier et jusque dans la pénombre. Jeppe tendit l'oreille et avança dans la direction d'un lointain bruit de voix venu d'un niveau inférieur, au-delà d'une collection de caisses de bois plates, une volée de marches plus bas. Celles-ci se terminaient dans une pièce puissamment éclairée. Les voix se firent plus distinctes.

Au sous-sol, dans un bureau austère, Erik Kingo était en train d'examiner avec un homme plus jeune deux tableaux appuyés contre la table de travail. Tous deux étaient vêtus de costumes en denim moulant noir, étonnamment similaires vu l'âge de Kingo. Le jeune homme regarda Jeppe avec une expression distante.

— Est-ce le policier ?

Jeppe se rendit compte qu'il s'adressait à Kingo, pas à lui-même. Kingo détacha son regard des peintures.

— Ah, salut. Nous sommes en train de trier quelques nouveaux monotypes de Raben Davidsen pour les accrocher. Venez voir.

Jeppe s'approcha d'eux et regarda les tableaux. Des visages Renaissance sur fond sombre. Ne sachant pas quoi leur dire, il resta simplement planté là en silence à contempler les tableaux durant un temps approprié.

— Pouvons-nous parler en privé ?

La voix de Jeppe résonna dans la mauvaise acoustique de la pièce souterraine.

— Munir, va donc chercher du café. Comme ça, le policier pourra poser ses questions privées pendant ce temps.

À nouveau cette lenteur, pas résolument hostile ; il était juste absorbé par quelque chose de plus important et dans son propre monde.

L'assistant prit sa veste et passa devant Jeppe en lui lançant un regard agacé : l'interruption était non seulement malvenue, mais inadmissible. Quand le bruit de ses pas eut disparu en haut des marches et que Kingo se fut installé sur une chaise derrière sa table de travail, Jeppe sortit son carnet.

— Peu avant minuit hier soir, un texte a été ajouté sur le Google Docs de votre groupe d'écriture. Savez-vous quoi que ce soit à ce sujet ?

— Oh, encore ce groupe d'écriture ! Je n'aurais jamais dû m'y inscrire. Je me doutais que ça ne causerait que des ennuis. (Il soupira, levant les yeux au ciel.) Et non, je ne sais rien sur cet ajout. Comme je vous l'ai dit, je ne vais pas sur le Net quand je travaille dans ma cabane. Honnêtement, je suis étonné qu'il y ait de l'activité sur la page étant donné cette affaire de meurtre.

— Cela nous étonne également. D'autant que la personne qui a publié ce texte était connectée avec votre identifiant.

Erik Kingo se leva et se mit à chercher quelque chose sur une étagère derrière lui, mais Jeppe eut le temps de voir le choc dans son regard. Quand il se retourna avec une paire de lunettes à la main, il avait l'air calme et indifférent.

— Ah, voilà où elles étaient ! Je ne pourrai bientôt plus voir un écran sans elles. Mais enfin, ce doit être une erreur. Je ne me suis pas connecté à quoi que ce soit hier soir. Vous pouvez vérifier mon ordinateur, si c'est...

Il mit ses lunettes sur son nez et bougea un peu la souris d'avant en arrière pour que l'ordinateur reprenne vie.

— Merci, c'est ce que nous souhaitons. La connexion s'est faite avec votre nom d'utilisateur et votre mot de passe, mais à partir d'une adresse IP différente de la vôtre. Nous sommes bien sûr en train d'enquêter dessus. Qui pourrait connaître votre identifiant et votre mot de passe ? J'ai cru comprendre, d'après ce que vous m'avez dit, que vous faisiez très attention à la sécurité du groupe d'écriture ?

Kingo ajusta ses lunettes et scruta l'écran.

— Je ne sais pas, je ne l'ai absolument pas donné à qui que ce soit. Pas même à mon agent ou à mes éditeurs. Mais mon assistant personnel a bien sûr accès à tous mes papiers et à mes e-mails.

— Celui qui vient de partir chercher du café ?

— Munir, oui. Mais il commence tout juste à travailler pour moi, je ne vois pas…

Jeppe leva la main.

— C'est bon, je vais attendre son retour pour lui poser la question.

— OK, comme vous voulez. Laissez-moi voir, eh bien, le voilà, ce texte.

Il lut pendant un instant.

— Oui, je comprends que vous vouliez savoir d'où il vient.

Les yeux de Kingo étaient petits derrière le verre de ses lunettes. Jeppe l'observa pendant qu'il lisait. Il avait l'air mécontent, peut-être surtout d'avoir été dérangé par la police, peut-être pour quelque chose de plus important. Kingo frappa sur les touches et Jeppe aperçut la bague qui scintillait à la lumière de la lampe du bureau :

— Frère de loge ?

Kingo le regarda d'un air perplexe.

— La bague. Je l'ai déjà vue. Que signifie-t-elle ?

Kingo se pencha en arrière sur sa chaise de bureau avant d'expliquer :

— Nous sommes un groupe d'amis qui la portons. Vous pouvez bien appeler ça une sorte de loge si vous voulez, même si ça n'a rien à voir avec la franc-maçonnerie et toutes ces absurdités.

— Est-ce que Christian Stender fait partie de cette loge ? J'ai cru comprendre que vous vous connaissiez.

Jeppe essaya de déchiffrer l'expression de Kingo. Pour l'instant, il avait presque l'air de s'amuser.

— Avec une bonne poignée d'autres hommes influents, oui.

— Pourquoi ne pas nous avoir dit que vous vous connaissiez ?

— Vous ne me l'avez pas demandé.

Maintenant, il souriait vraiment.

Jeppe ravala son exaspération et sourit en retour.

— Vous ne pensez pas qu'il aurait été pertinent de nous dire que vous êtes ami avec le père de la victime ?

Kingo joignit les mains sur son ventre dans un geste de relâchement très proche de la provocation.

— C'est tout de même à vous d'évaluer quelles informations sont pertinentes pour votre enquête. Nous autres ne pouvons pas gérer ça.

— Peut-être connaissiez-vous aussi la victime mieux que ce que vous nous avez dit précédemment ? La fille de votre bon ami ?

Kingo haussa les épaules.

— Connaître, connaître, j'ai dû la rencontrer plusieurs fois.

— Et vous ne trouviez pas non plus utile de nous l'indiquer ?

Jeppe baissa les yeux sur son carnet et vit qu'il avait écrit *ment-il* ? tout en bas de la page.

— Je ne vois pas en quoi le fait que je connaisse la famille Stender a de l'importance. Un meurtre horrible a été commis, et d'après ce que j'ai compris, le travail de la police consiste pour l'instant à trouver des suspects et à vérifier leurs alibis. Vous avez vérifié le mien et trouvé qu'il était à l'épreuve des balles.

Il frottait sa bague en parlant. Cela ressemblait à une habitude.

— De plus, mes relations privées ne concernent en rien l'affaire, à moins qu'elles ne jettent un nouvel éclairage sur de nouveaux suspects. Et le fait que j'ai rencontré la fille de Stender une poignée de fois à différentes occasions n'est pas une information de ce genre, n'est-ce pas ?

— Vous avez bien dû lui parler au dîner d'Esther de Laurenti, au printemps ?

— Comme je l'ai dit, j'étais trop occupé par de vraies conversations ce soir-là pour parler au personnel. Mais je l'ai saluée gentiment, je l'ai bien dit la dernière fois...

— Non, vous ne l'avez pas dit.

Jeppe croisa le regard sombre derrière les verres des lunettes.

— Y a-t-il d'autres informations *sans importance* sur la défunte et sa famille que vous n'avez pas divulguées ? Parce que dans ce cas, je pense que nous devrions faire un tour à l'hôtel de police pour obtenir des éclaircissements lors d'un interrogatoire plus formel.

Erik Kingo pencha la tête en arrière et éclata de rire.

— Oh, comme j'adore ce genre de conversations. On dirait des chiens qui pissent pour marquer leur territoire. De la testostérone non diluée !

L'assistant essoufflé descendit l'escalier d'un pas lourd, porteur de deux tasses en carton fumantes qu'il secouait dangereusement. Kingo se leva.

— Eh bien, Munir et moi ferions mieux de finir de préparer cette exposition, nous sommes en fait assez occupés. Dites-moi si je dois venir à l'hôtel de police pour que vous puissiez fouiller dans ma mémoire. Du moment que ça peut attendre quelques heures afin que nous puissions mettre tout ceci en place. Vous vouliez demander quelque chose à Munir, n'est-ce pas ? J'ai un appel à passer à Londres dont je peux me débarrasser en attendant. Merci de votre visite.

Kingo disparut dans ce qui devait être une pièce voisine invisible depuis le bureau. Jeppe avait grande envie de le menotter et de le placer en garde à vue sur-le-champ, ne serait-ce que pour entrave au travail de la police par son arrogance. Au lieu de cela, il interrogea Munir qui répondit, maussade et les bras croisés, qu'il n'était pas du tout au courant d'un club d'écriture et encore moins d'un nom d'utilisateur ni d'un mot de passe d'aucune sorte.

Encore une impasse. Jeppe quitta la galerie avec un sentiment terne de découragement. Avant de démarrer, il regarda son téléphone et vit que Johannes lui avait encore écrit.

Je suppose que tu viens ! C'est à 19 h. J

Il avait oublié de se décommander. Maintenant, il était obligé d'y aller s'il ne voulait pas se fâcher avec Johannes, qui n'appréciait pas vraiment les annulations. Jeppe n'avait pas d'autre choix que de repasser une chemise et de se plaquer un sourire sur le visage.

À moins qu'un nouveau cadavre ne surgisse avant ce soir. On avait le droit d'espérer.

*

La centrifugeuse gronda de façon inquiétante et se mit à clignoter, signalant que quelque chose s'était coincé. Sara Saidani ouvrit le couvercle.

— Argh, bon sang !

Elle fouilla avec une cuillère dans la purée de légumes pour dégager le morceau de gingembre coupable. Quand la machine se remit à bourdonner comme elle le devait, elle continua à l'alimenter avec du chou frisé et des morceaux de pommes jusqu'à l'obtention d'un breuvage vert moussant. Bien entendu, ses collègues de la Crim' avaient protesté contre l'arrivée de ce monstre et des dogmes sur la vie saine qu'il représentait. Mais Sara avait insisté sur le fait que si eux exigeaient leur machine à café d'une tonne, elle pouvait bien, elle qui ne touchait jamais aux boissons caféinées, garer sa centrifugeuse dans un coin de la kitchenette de la cantine.

Elle nettoyait l'appareil quand quelqu'un frappa sur le cadre de la porte. Elle ne reconnut pas tout de suite l'homme qui se tenait sur le seuil, puis se souvint de l'avoir vu lors d'une fête d'été où il avait joué au foot avec les enfants. Un des gars des empreintes du CNCC ; est-ce qu'il ne s'appelait pas David ?

L'homme brandissait une enveloppe en papier kraft de la Scientifique.

— J'ai promis à Clausen de livrer ceci à Kørner. C'est un indice dans l'affaire Julie Stender. Un chemisier.

— Kørner n'est pas là pour l'instant et Werner non plus, mais tu peux me le laisser.

Il lui tendit l'enveloppe et hocha la tête vers la centrifugeuse, comme s'il n'avait pas envie de repartir tout de suite.

— Tu manges toujours aussi sainement ?

Elle posa l'enveloppe sur la table de la cuisine et prit une gorgée de son jus.

— On ne peut pas tous mourir d'artériosclérose, n'est-ce pas ?

Il plissa longuement les yeux, comme s'ils étaient secs.

— Est-ce que je pourrais en avoir un verre ?

Sara avait du travail. La dernière chose dont elle avait envie de s'occuper maintenant était bien un balourd de la Scientifique en manque de contact social.

— Il y a du chou, dedans, et des épinards ; tu es prévenu !

Elle prit un verre dans le placard et le remplit. Il le saisit avec un grand sourire, debout un peu trop près d'elle.

— Hmm, c'est bon. Il y a aussi de la pomme dedans ?

Sara hocha la tête, distante. *Les nerds ne savent jamais s'y prendre avec la sphère d'intimité*, pensa-t-elle avec lassitude. Elle s'éloigna de quelques pas, prit l'enveloppe sur la table et la brandit.

— Merci pour le jus. J'ai cru comprendre d'après Kørner que c'est le chemisier que l'assassin a utilisé pour bâillonner Julie Stender.

— Nous l'avons trouvé dans l'appartement de Kristoffer.

Il avait du jus vert aux coins de la bouche.

Sara ouvrit l'enveloppe et regarda le tissu rose. À la vue des taches brunes qui le maculaient, elle sentit les poils de sa nuque se hérisser.

— Merde alors ! Dire qu'on n'a pas réussi à l'interroger avant qu'il ne soit jeté dans le lustre. J'aimerais bien savoir comment le chemisier est arrivé chez lui.

— Il l'a sans doute gardé en souvenir ?

— Tu penses toujours que c'est Kristoffer qui a tué Julie ?

Sara cria presque sa question, stupéfaite.

David Bovin haussa les épaules comme pour indiquer que cette partie de l'enquête n'était pas de son ressort. Il alla vers l'évier et y posa son verre.

— Je vais juste me laver les mains avant d'y aller.

— Tu crois vraiment que Kristoffer est impliqué dans le meurtre de Julie ?

Le technicien, devant l'évier, tournait le dos à Sara. Il prit deux fois du savon et se frotta tout le long des poignets.

— Savais-tu que les bactéries que nous avons sur les mains sont aussi uniques que nos empreintes digitales ?

Il avait l'air de ne pas avoir entendu sa question. Gentil, mais sur une autre planète.

— Personne n'a la même composition bactérienne. Quand nous nous lavons ou nous désinfectons les mains, il suffit de deux heures à la culture bactérienne pour se restaurer.

Sara leva les yeux au ciel dans son dos.

— OK, passionnant. Je dois retourner au travail. Tu retrouves la sortie tout seul ?

Sans attendre de réponse, elle quitta la cantine à grands pas pour regagner son bureau. Elle avait passé son adolescence dans des cybercafés et pensait avoir eu son lot de conversations avec des grosses têtes pataudes pour le restant de ses jours. De plus, il lui restait à peine une demi-heure avant de courir à Christianshavn pour récupérer ses filles au centre de loisirs et à la crèche. Elle s'assit à son ordinateur.

Une demi-heure plus tôt, elle avait reçu la liste des appels de Kristoffer Gravgaard de la compagnie de téléphone, et elle était en train de la décoder. Kristoffer avait reçu à 16 h 08, quelques heures avant sa mort, un appel entrant d'un numéro inconnu. Le numéro s'était révélé lié à une carte prépayée, il ne pouvait donc pas être tracé. En soi, c'était suspect. Sara parcourait donc à présent la liste des appels pour voir si ce numéro y était déjà apparu. Sans cela, il pourrait très bien y avoir un lien entre cet appel et le meurtre : un rendez-vous pris, par exemple.

Du coin de l'œil, elle aperçut David Bovin qui passait doucement devant sa porte en se dirigeant vers l'escalier. Il hésita sur le seuil et cligna des yeux deux fois, mais elle fit mine d'être profondément concentrée sur son écran.

*

Le cubi de cabernet sauvignon était vide. Esther le fit basculer dans tous les sens sans obtenir plus que quelques gouttes. Finalement, elle déchira le carton et souleva le sac interne pour le vider en le pressant. Elle finit avec une unique goutte. Eh bien, elle allait passer à l'eau. Elle en fit couler un peu avant de boire directement au robinet. Cela ne changea rien à son envie de vin.

Esther s'accroupit et regarda au fond du placard qu'elle appelait sa cave à vin. À part un sac de supermarché froissé, il était vide.

Elle se leva et ouvrit l'armoire à alcools. La porte en acajou cachait des bouteilles poussiéreuses de pousse-café et de liqueurs dont elle se servait pour les desserts : crème de menthe, Drambuie, Kahlúa. Elle sortit les flacons collants et les posa par terre pour atteindre la merveille : un magnum d'excellent *douro* portugais qu'elle avait gardé pour une grande occasion. Elle souleva doucement la bouteille des deux mains et résista à l'impulsion de la serrer dans ses bras.

Elle but le premier verre debout à côté de la table de la cuisine. Le deuxième, elle l'emporta dans le salon où elle s'assit lourdement sur le sofa en peluche couleur pêche. Quelqu'un était en train de prendre le contrôle de sa vie, l'incriminait et ruinait le peu qu'elle avait. L'écriture de son roman, la mort de Kristoffer, le dévidoir de ruban adhésif sur son bureau. Il était difficile de ne pas y voir d'attaque personnelle ! Esther vida son verre et se leva pour aller se resservir, appréciant le bourdonnement familier entre ses oreilles et la sensation de bien-être que même ses genoux chancelants ne gâchaient pas.

C'était maintenant qu'elle devait s'accrocher. Devait, pourrait, voudrait. Elle se versa un autre verre, à ras bord, et ouvrit son ordinateur. L'onglet était toujours ouvert dans son navigateur, elle cliqua sur l'icône Google Docs et but une gorgée, faisant déborder le liquide ; elle dut s'essuyer le menton avec les doigts. La page s'ouvrit sans problème – donc, la police ne l'avait pas encore fait fermer – et le texte étranger se moqua à nouveau d'elle.

Que se passait-il ici ? Est-ce que quelqu'un avait décidé de tuer ses amis parce qu'il trouvait qu'elle avait écrit un mauvais livre ? Il n'était même pas encore écrit, et encore moins publié !

`Que veux-tu ?` tapa-t-elle avant d'effacer les mots aussitôt. Elle ne pouvait pas se mettre à correspondre avec un fou au milieu d'une enquête criminelle. Mais puisque le fou avait écrit le premier ? N'était-ce pas bête de ne pas répondre ?

Le bout des doigts sur le clavier, elle observa le curseur qui clignotait, sentit sa colère bouillonner, compta jusqu'à vingt, cinquante, cent.

Puis elle commença à taper.

Il sait qu'il est allé trop loin maintenant. Qu'il s'est ridiculisé. Le meurtre de Kristoffer était une erreur, c'était irréfléchi. En cherchant à créer la confusion, il s'est trahi. Il sait qu'il a laissé des traces et qu'ils vont bientôt le trouver. Il est stupide ! Un petit pou qui détruit la vie des autres pour enrichir la sienne. Mais c'est fini maintenant. Il croyait qu'il contrôlait la situation, que c'était lui qui menait la partie, mais il est assis dans une coque de noix en route vers les chutes du Niagara, et il est le seul à ne pas s'en être encore rendu compte.

Esther regarda ses mots et ressentit une haine aiguë à la fois contre eux et contre leur destinataire. Elle aurait aimé pouvoir y verser du poison pour qu'il soit aveuglé et meure en les lisant.

Il est seul et abandonné, pauvre petit être que personne n'aime, ou n'a jamais pu aimer, pas même sa propre mère. Car qui aimerait une créature comme lui, une âme malade et infirme ?

Elle vida son verre et sentit l'étourdissement. Puis elle serra les dents et appuya sur *Partager*.

CHAPITRE 23

La Enghave Plads, une place jadis charmante du quartier de Vesterbro, n'était plus qu'un cratère fait d'arbres abattus et de chantier du métro. Les jeunes skateurs et les ivrognes sur les bancs avaient depuis longtemps accepté le désordre et se l'étaient réapproprié. Comme des fourmis qui trouvent sans relâche de nouveaux chemins quand les anciens sont piétinés. Jeppe n'était pas une fourmi. Il serra les bras contre son corps pour longer la palissade temporaire qui entourait le chantier pour ne pas tacher sa veste de costume par les affiches mouillées. La chaleur étouffante de l'après-midi s'était transformée en fine pluie d'été, et les flaques d'eau donnaient au chantier un air inconsolable.

Cela n'en finit jamais. Chaque fois qu'un projet s'achève, des urbanistes empressés trouvent quelque chose de nouveau dont la ville ne peut pas se passer. *Copenhague est une femme qui ne s'arrête jamais*, pensa Jeppe, ravi de son paisible quartier résidentiel de l'autre côté de la colline. Il tenait à la main une bouteille de champagne quelconque, dont il réussirait sans doute à boire lui-même la majeure partie. Maintenant que, de toute façon, il ne pouvait plus éviter le dîner, autant profiter de quelques heures d'évasion.

Istedgade grouillait comme toujours de néons, d'étals d'épiceries asiatiques et de grandes familles africaines, de voitures rapides et de cyclistes avec des enfants dans des triporteurs. Des groupes de jeunes gens affluaient et ressortaient des cafés et des bars à bière. Une poubelle renversée avait répandu du papier gras de shawarma sur le trottoir.

Jeppe avait été étonné que Johannes et Rodrigo quittent leur penthouse de Gammel Strand pour emménager dans un appartement au rez-de-chaussée de Skydebanegade. Mais ils avaient l'air heureux de leur quartier hétéroclite, du parquet peint de l'appartement et du petit escalier du séjour qui menait à la cour commune remplie de verdure, où ils pouvaient s'asseoir et trinquer avec les voisins. Jeppe se demanda si ses propres voisins avaient divorcé, comme lui. Il ne les avait pas vus depuis au moins six mois.

Johannes ouvrit la porte dans un bruit de friture et de bonne humeur puis serra chaleureusement Jeppe dans ses bras avant de prendre le champagne.

— Comme je suis content que tu sois venu. Je sais que le timing n'est pas idéal pour toi en ce moment.

La voix douce et grave qui était devenue la principale caractéristique de Johannes Ledmark enveloppa Jeppe, pleine d'attention, et le fit se sentir chez lui. Comme toujours.

— Je ne peux pas rester longtemps. Cette enquête me rend dingue… On n'aboutit à rien, de nouveaux cadavres surgissent tout le temps, et CP m'a passé un savon.

— Je sais, mais je suis content que tu sois venu quand même.

Johannes étudia l'étiquette de la bouteille.

— Du champagne premier prix, tu t'es fendu.

— Hé, ça vaut mieux que rien.

— Oui, il paraît ! (Johannes rit d'un air moqueur et passa un bras dans son dos.) Entre voir les autres. Nous sommes déjà à table.

Le miroir de l'entrée eut le temps de renvoyer à Jeppe un regard fatigué avant que Johannes ne le pousse dans la salle où des tintements de verres et des rires résonnaient autour de la longue table. Il vérifia que son téléphone était à sa place dans sa poche intérieure, en mode silencieux, mais sur vibreur, au cas où il se passerait quelque chose de nouveau dans l'affaire. Il aurait tant voulu avoir le courage de se décommander, mais Johannes en faisait toujours tellement pour lui… Et peut-être réussirait-il malgré tout à se coucher avant 22 heures.

Il la vit aussitôt. Les cheveux tombant en boucles douces sur ses épaules brunes, plongée dans une discussion avec Rodrigo, elle ne leva pas la tête. Il s'en rendit compte en deux temps. D'abord comme un direct du droit dans le diaphragme, puis comme une chaleur diffuse qui se répandit de son ventre jusqu'au bout de ses doigts pour finir en un sourire involontaire.

Anna Harlov, bien sûr qu'elle était là ! Il ne pouvait pas en être autrement, en fait. Johannes et Rodrigo accueillaient un défilé constant d'artistes, de gens de la mode et du théâtre qui s'embrassaient sur les joues dans les salons. Il avait lui-même l'habitude de plaisanter sur le fait qu'il était le seul fonctionnaire ayant droit d'accès à ces lieux sacrés. En réalité, c'était un miracle qu'il ne l'y ait jamais croisée auparavant.

Elle se pencha en riant vers Rodrigo et Jeppe sentit une piqûre de jalousie irrationnelle en tous points. Il marcha en souriant le long de la rangée de dos vêtus de soie et serra la main de ceux qui voulaient le saluer. Au bout de la longue table, il trouva sa place, tout contre un radiateur et à côté d'un homme en surpoids aux ongles vernis de noir et à la poignée de main molle.

Jeppe se versa un verre de riesling tiède, scruta les autres invités, et eut le temps d'espérer que le mari d'Anna Harlov soit absent avant de se reprendre. Son voisin de table lui posa une question dans laquelle il entendit l'expression « galerie d'art », le reste s'étant dilué dans la mauvaise acoustique de la pièce. Jeppe sourit en espérant que ce serait une réponse suffisante. Le voisin se retourna et s'adressa à une femme aux cheveux noirs coupés au carré. Apparemment pas.

Johannes fit tinter son verre.

— Mes chers amis, c'est sacrément merveilleux de vous voir ! À vrai dire, je n'avais pas l'intention de fêter mon anniversaire, nous venons à peine de pendre la crémaillère, après tout, mais en même temps, je ne vais pas laisser me passer sous le nez une occasion d'être célébré. Alors je me sers de mon âge avancé comme prétexte pour m'offrir une cuite avec vous. Gorm a fait de la magie en cuisine, donc Rodrigo et moi n'avons même pas eu besoin de lever le petit doigt, et tout est fabuleux. On saute le tour de présentations, d'accord ? Ça fait tellement école supérieure. Discutez plutôt entre vous. Santé !

Quand Jeppe détourna le regard de Johannes, il croisa celui d'Anna à l'autre bout de la table. Elle le regardait avec étonnement, visiblement surprise de le voir dans ce cadre. Il était avant tout content qu'elle le reconnaisse. Elle fit un pistolet avec deux doigts qu'elle pointa sur lui d'un air interrogateur. Il secoua la tête en riant et montra son verre de vin. Soirée libre. Elle soutint son regard pendant plusieurs secondes. Puis elle sourit.

Jeppe sentit un sifflement dans ses oreilles et baissa les yeux vers la table. Quand il les releva, elle était plongée dans une nouvelle conversation avec Rodrigo. Jeppe vida son verre.

Son imposant voisin de table se révéla être un vieux danseur, qui l'eût cru ? Il travaillait désormais comme chorégraphe et fut agréablement surpris que Jeppe soit capable de lui poser des questions sensées sur la danse et le théâtre. « La plupart des gens croient que je couds des costumes. »

Jeppe parla de ses années à l'école du spectacle, où il avait étudié dans l'espoir de devenir une star de comédie musicale et fait la connaissance de Johannes. « Ha, ha ! si jeune et naïf, que ne s'imagine-t-on pas quand on a dix-huit ans. » Un biscuit de riz soufflé tartiné de mayonnaise au homard se transforma en coton dans sa bouche. Il le rinça avec du vin, la carafe d'eau étant vide, tout en cherchant les yeux d'Anna et les trouvant de temps en temps.

Son voisin de table le félicita de s'être retiré de la scène et d'exercer une carrière honnête, un vrai boulot, celui de policier. « Une salle de danse est un monde d'âmes blessées qui se renferment sur elles-mêmes d'un commun accord. » Jeppe leur versa du vin à tous les deux et hocha la tête distraitement. Il savait qu'il aurait dû rentrer maintenant, mais il était coincé par le radiateur et les autres convives et ne pouvait pas sortir. Son téléphone restait muet.

« Signe astrologique ? »

Il se pencha plus près de son voisin de table.

— Cancer !

— Cancer ? Je le savais ! Sensible sous votre dure carapace, homme de famille, accro à la sécurité. Heureusement que vous n'êtes pas devenu artiste.

Des plats de légumes verts élastiques et de fleurs comestibles, de la viande qui disparut avant que Jeppe ait pu y goûter, puis du fromage, du porto et une pause cigarette. Jeppe sortit aussi prendre l'air et échapper à une autre conversation qu'il entendait à peine. Il se cogna le genou contre un pied de table et comprit combien il était saoul quand il se rendit compte qu'il n'avait pas mal.

Dans la cour, une poignée de convives avec des verres de vin et des clopes parlaient beaucoup trop fort pour couvrir *I Feel for You* que la stéréo braillait dans le séjour. Anna grelottait, une veste sur les épaules et une cigarette à la main. Sa robe était blanche et ses jambes bronzées avaient l'air douces et lisses. Un homme de grande taille aux dents bleues et aux lèvres mouillées se frottait contre elle avec tant d'empressement qu'il renversa du vin sur ses chaussures en daim.

Jeppe s'approcha d'un groupe entourant l'agent de Johannes, qu'il avait déjà rencontré plusieurs fois, et profita d'une pause dans la conversation pour raconter la blague sur le couple Jacques et Karen, qui devait partir en tournée avec Prince, mais il cafouilla tellement qu'elle en devint complètement incompréhensible. Personne ne rit.

Un joint tourna, Jeppe refusa. Rodrigo passa la tête dehors et cria quelque chose à propos du dessert ; tous éteignirent leurs clopes et rentrèrent lentement. Sauf Anna, qui souriait et ne semblait pas avoir bu du tout.

On n'a pas le droit d'être si belle !

L'avait-il pensé ou dit à voix haute ? Tout tangua et il se sentit nauséeux. Pourquoi avait-il fallu qu'il boive trois cents litres de vin juste parce qu'il y en avait devant lui ? Pas la moindre maîtrise de soi !

Anna pencha la tête en arrière et regarda le ciel.

— Pourquoi y a-t-il autant d'étoiles filantes au mois d'août ?

Sa diction était claire, elle avait visiblement contrôlé sa consommation d'alcool. Il regarda ses contours flous et marmonna quelque chose à propos d'une comète et de météorites sans être sûr que ce soit bien cela. Elle lui tendit les deux mains.

Il est temps de faire demi-tour et de partir, Jeppe. Trouve un taxi pour Valby. Ses yeux ! *Au lit, debout de bonne heure pour résoudre cette putain d'affaire.* Ses seins ! Ses seins doux et ronds ! Dans sa main, lourds et fermes contre sa propre poitrine.

Ce ne fut qu'à cet instant qu'il remarqua son érection, que son genou blessé l'élança, qu'il sentit combien il avait la bouche sèche.

— Viens ! dit-elle en reculant dans l'obscurité.

*

Esther regarda le ciel étoilé depuis la fenêtre de sa chambre et fut emplie d'une immense tristesse. Ce n'est pas un hasard si le cœur était le symbole de l'amour : quand on perd quelqu'un qu'on aime, le chagrin surgit sur la gauche de la poitrine. Esther se serra le buste. Vide comme un trou noir qui attire tout le reste et s'alourdit. Comme un pacemaker implanté que l'on sent à tout moment.

Doxa et Épistémè gémirent, inquiets. Elle ferait mieux de les emmener faire un tour dans la rue avant qu'ils ne s'endorment. Juste en bas, près du canal, pour mouiller les pavés ; elle était trop ivre pour aller plus loin. Elle attacha leurs laisses à leurs colliers – les chiens étaient trop fatigués pour être vraiment excités – et enfila un long cardigan de laine sur son sweat. Elle descendit les marches raides à un rythme basé sur sa ligne d'horizon tordue et coinça le tapis du hall sous la porte de l'immeuble. Les chiens tiraient avec ardeur vers le canal et elle suivit. Il fut un temps où l'air d'une nuit d'été suffisait à l'enivrer.

Jeppe Kørner avait appelé pour lui demander qui était présent au dîner qu'elle avait organisé au début du printemps et de quoi ils avaient parlé. Elle prit la direction de la statue d'Agnès et le Triton et laissa ses souvenirs l'envahir. Pas difficile de se remémorer les préparatifs du repas. Elle et Kristoffer étaient allés au marché couvert de Torvehallerne pour acheter des ailes de raie et des œufs de lompe. Ils s'étaient assis au soleil, emmitouflés dans des couvertures, et avaient bu du chocolat chaud en discutant pour savoir si une sauce nage ou une blanquette conviendrait mieux. Ils n'avaient pas eu de mal à se mettre d'accord sur la pavlova aux fruits rouges et le parfait à la vanille. Quelque chose de facile et de frais.

Esther ravala la boule dans sa gorge. Elle ne supporterait pas encore plus de larmes. Les chiens pissèrent et elle les laissa renifler avant de rentrer à Klosterstræde. Les convives ? Elle avait invité les Harlov et Erik Kingo qui était venu seul, un grand chapeau sur la tête, et avait refusé de serrer les mains. Son ancienne collègue, Dorte, et la jeune attachée de presse de la maison d'édition où elle espérait être publiée, comment s'appelait-elle donc ? Gerda, sans doute. Frank et Lisbeth, et qui d'autre ? Bertil, bien sûr, ce bon vieux Bertil, avec son loverboy bien trop jeune et bien trop beau qui s'était tiré dès la semaine suivante en emportant le vison de Bertil. Incorrigible.

Esther poussa la porte de l'immeuble et remit le tapis en place du bout du pied. Les chiens gémirent, mais elle n'avait pas la force de les porter. L'escalier craqua sous ses pas et elle dut s'arrêter sur le palier entre le premier et le deuxième pour reprendre son souffle. Elle lâcha les chiens et les laissa aller leur petit train devant elle, restant à écouter le prélude joyeux au vendredi soir, à l'extérieur. Avaient-ils parlé de son manuscrit ? Le sujet avait été abordé alors que la table était déjà couverte de bouteilles vides et elle ne se souvenait pas des détails.

Un bruit inattendu, sonore et proche. La porte de la rue qui claquait deux étages sous elle.

Son cœur bondit dans sa poitrine. Qui cela pouvait-il être ? Elle était la seule occupante de l'immeuble présente. Esther tendit l'oreille, immobile. Elle appela d'une voix craquelée, personne ne répondit, le silence retomba autour d'elle. Serait-ce son imagination ? Avait-elle bien fermé la porte en rentrant ? Elle se rendit compte tout à coup combien il était stupide de sa part, dans l'état actuel des choses, d'avoir laissé la porte entrebâillée en sortant. Elle fit doucement un pas et entendit la marche craquer sous son poids. Le bruit résonna dans la cage d'escalier et l'effraya encore.

Si stupide ! Elle s'accrocha à la rampe et regretta d'avoir lâché les chiens. Elle avança encore en hésitant et fut tout à coup prise de panique. Était-il toujours là ? Elle écouta, mais n'entendit que son cœur cogner à ses oreilles et les chiens hurler. Elle referma sa main sur son médaillon et retint son souffle pendant une éternité.

L'escalier craqua à nouveau. Esther resta sans bouger, mais le bruit continua et se transforma en pas indubitables, des pas lourds qui montaient vers elle.

Le cri qui lui échappa rappelait surtout celui d'un animal maltraité. Elle trébucha et avança, en pleurs désormais, jusqu'à sa porte, chercha ses clés dans sa poche, mais ses mains tremblaient tellement qu'elle les laissa tomber par terre. Les chiens s'aplatissaient contre le sol et les pas continuaient à monter, à se rapprocher. Elle tomba à genoux et chercha les clés en sanglotant et en entendant sa propre voix implorer de l'aide. Les pas continuaient, si proches maintenant qu'ils remplissaient le monde entier.

Esther resta à quatre pattes, la peur battant dans son sang comme un poison, étourdie et faible, et pourtant lucide face à la mort. Elle leva les yeux vers l'escalier et attendit de la voir arriver vers elle. Souriante.

SAMEDI 11 AOÛT

CHAPITRE 24

— Bon voyage, alors, Anette. Appelle quand tu atterris, OK ?

Jeppe appuya pour mettre fin à l'appel et résista à la tentation de relire le SMS d'Anna avant de remettre le téléphone dans sa poche. Il aurait dû se sentir très mal, sinon à cause de sa gueule de bois, du moins par honte de son manque de professionnalisme. Mais bien qu'il ait dormi tout habillé et complètement bourré sur le sofa, il n'avait pour une fois pas fait de rêves humiliants sur la trahison de Therese. Quand le réveil avait sonné, à 7 heures, il s'était réveillé de six heures d'un sommeil ininterrompu pour la première fois depuis l'effondrement de sa vie huit mois auparavant. Avec une érection matinale.

Merci pour hier. Quand est-ce qu'on recommence ? Anna.

Elle voulait le revoir. Sans le moindre smiley ou déclaration ambiguë ; c'était merveilleusement non féminin. Jeppe pencha la tête en arrière et éclata de rire au milieu du couloir, débordant de bonne humeur. Le désir ne laissait en lui aucune place aux remords. Dix mètres plus loin, un groupe de collègues des Stups en pleine discussion levèrent les yeux d'un air interrogateur, et Jeppe agita son téléphone pour indiquer que la raison de sa gaieté se trouvait sur les réseaux sociaux.

Anette était sur le point d'embarquer sur le vol du matin pour les îles Féroé. Jeppe n'était pas convaincu que cela valait le déplacement, mais ils ne pouvaient pas se permettre de laisser des pistes inexplorées. Il remplit de café chaud une tasse en plastique et la porta jusqu'à son bureau avec tellement de précautions qu'il faillit rentrer dans Thomas Larsen. Ce dernier avait l'air fatigué et grognon.

— Ah, te voilà, Kørner. Une heure bien tardive pour arriver, à ce que je vois ?

— Il faut bien quelques avantages à être l'enquêteur principal. (Les piques de Larsen auraient du mal à déranger Jeppe aujourd'hui.) Peut-être es-tu déjà sur le point de rentrer chez toi ?

Larsen haussa un sourcil.

— Je me suis occupé de la vieille quand elle a fait sa crise de nerfs, cette nuit. Je n'ai dormi que quelques heures.

— La vieille ?

— Oui, celle de l'immeuble, Esther. Elle a appelé le 112 hier soir, elle avait entendu des pas dans l'escalier et était convaincue que le meurtrier était à ses trousses.

Jeppe jura silencieusement. La mauvaise conscience revenait en grondant comme un train express.

— Et il y était, alors ?

— Il n'y en avait pas la moindre trace. Pas de tentative d'effraction, pas de témoin qui aurait vu ou entendu quoi que ce soit. Par contre, elle avait vidé tout son bar et était complètement hystérique.

— Comment va-t-elle ? demanda Jeppe en essayant de prendre une gorgée de café et se brûlant le bout de la langue.

Larsen poussa un soupir qui se transforma en profond bâillement.

— Elle a peur de rester seule dans l'immeuble. On ne peut pas l'en blâmer, mais on n'a pas vraiment les ressources pour la faire surveiller.

Jeppe, pensif, hocha la tête et aspira de l'air frais pour se rafraîchir la langue.

— Je vais la contacter. Merci, Larsen !

À l'abri des murs protecteurs de son bureau, Jeppe s'assit lourdement sur sa chaise et posa le café pour le laisser refroidir. Esther de Laurenti était-elle vraiment en danger ? C'était tout à fait possible. Son immeuble, sa locataire, son manuscrit, son professeur de chant. Il devait demander à CP l'autorisation de la faire surveiller vingt-quatre heures sur vingt-quatre durant les prochains jours. Si le mobile de l'assassin était vraiment la vengeance, comme le croyait Mosbæk, il s'agissait peut-être de trouver quelqu'un qui cherchait à se venger d'une vieille universitaire célibataire, pas très fortunée, aux ambitions d'écrivain.

Il écrivit un e-mail rapide à CP et ouvrit les messages de son téléphone avant de pouvoir s'en empêcher. Il n'avait pas encore répondu à Anna et appréciait que l'initiative de réagir soit de son côté. Tout à coup, il fut frappé par un souvenir très graphique de sa douce langue mouillée et se redressa, nerveux, sur sa chaise. Ses doigts tapèrent Ce soir ? et il appuya sur Envoyer avant d'avoir le temps de réfléchir à son geste. Maintenant, c'était à son tour d'attendre.

Sara Saidani toqua légèrement au cadre de sa porte et entra sans attendre de réponse. Jeppe se redressa rapidement, embarrassé que ce soit justement elle qui puisse percevoir les pensées érotiques émanant de lui. Saidani ne sembla pourtant rien remarquer ; elle posa des papiers sur sa table.

— Esther de Laurenti a écrit à l'assassin. Sur la page Google Docs. Hier soir. Elle s'adresse directement à lui, se moque de lui. Le qualifie de « stupide ». Regarde !

Jeppe parcourut le texte posé devant lui.

— Alors c'est peut-être pour ça qu'il s'est introduit chez elle ! Parce qu'elle l'avait énervé !

— Je croyais que Larsen avait dit que c'était le fruit de son imagination, protesta Saidani. Qu'elle était ivre et avait inventé…

— Peut-être pas, après tout. Mais elle joue avec le feu. Je dois avoir une sérieuse discussion avec elle.

Ils se regardèrent un moment, réfléchissant en parallèle.

— S'il lui répond, nous pourrons peut-être nous en servir. Lui tirer des informations. L'attirer dans un piège.

Jeppe parlait lentement, en pesant ses mots.

— Pouvons-nous faire confiance à Esther de Laurenti ? N'est-ce pas trop dangereux ?

— Qu'avons-nous comme possibilités ? La question n'est-elle pas plutôt : et si nous n'osons rien faire ?

Sara Saidani le regarda sans révéler le fond de sa pensée, puis elle se leva et quitta le bureau avec un petit signe de tête. Jeppe resta un instant à la regarder partir, laissant dans son sillage un parfum de vanille et de peau chaude. Dans son état actuel de désir aigu, sa présence était assez distrayante.

Il secoua ses pensées charnelles et réveilla son ordinateur.

Il ouvrit les comptes rendus des interrogatoires que Falck avait menés avec les anciens collègues d'Esther de Laurenti à l'université et les parcourut en diagonale. Apparemment, le monde universitaire était bien plus intrigant que Jeppe ne l'aurait cru. Mais là encore, qui nourrirait une haine si insensée envers une maîtresse de conférences à la retraite, qu'il irait jusqu'à tuer pour la faire souffrir ? Un étudiant recalé, un collègue lésé ? Cela ne collait pas. Et pourquoi tuer Julie et Kristoffer si Esther était la cible ? La plupart des gens ont une manière d'agir assez simple quand ils sont en colère contre quelqu'un. Les cas de vengeance ont tendance à être transparents au premier coup d'œil. Or, il n'y avait rien de transparent dans cette affaire.

Son téléphone bipa et il se força à attendre une minute entière avant de regarder le message. Viens ce soir après 21 heures ! Suis seule à la maison. Les doigts de Jeppe tremblèrent un peu en tapant : OK. Il allait encore faire l'amour avec elle ce soir. Cette pensée consuma toutes les autres. Il était assis sur sa chaise de bureau, réduit à un sexe turgescent et palpitant.

Il prit une gorgée de café, froid maintenant, et essaya de se souvenir de ce qu'il devait faire. Contacter Esther de Laurenti et trouver un assassin. Est-ce qu'on apporte un cadeau à l'hôtesse quand on vient pour faire l'amour ? Jeppe se pencha en arrière sur sa chaise de bureau inconfortable, laissa le sang battre à ses tempes et délaissa tout ce bazar pour pouvoir s'abandonner à ses fantasmes. Juste deux minutes.

*

Thank Heaven for Little Girls, for Little Girls get bigger every day. Thank Heaven for Little Girls, they grow up in the most delightful way[1]...

Le mal de tête s'était installé au pire endroit, derrière ses yeux, et rayonnait de manière insupportable jusqu'aux conduits auditifs. L'alcool est un amant trompeur, doux le soir et si cruel le lendemain matin.

Esther s'assit tant bien que mal et découvrit qu'elle était allongée sur le sofa du salon et non pas dans sa chambre. La lumière de Klosterstræde l'éblouissait, la pièce tanguait, et elle dut se pencher pour vomir par terre. Le vomi était fluide et puant, et elle vomit une deuxième fois.

1. « C'est une chance qu'y ait des p'tites filles, Car les p'tites filles grandissent chaque jour. C'est une chance qu'y ait des p'tites filles, Elles trouvent très vite de si charmants contours », extrait de la chanson, *Thank Heaven for Little Girls, C'est une chance qu'y ait des p'tites filles*, chantée en anglais et en français par Maurice Chevalier, traduction de Boris Vian.

Those little eyes so helpless and appealing, one day will flash and send you crashin' through the ceiling[1]...

Elle fouilla entre les coussins à la recherche de son smartphone et parvint à faire taire Maurice Chevalier. Elle avait oublié d'éteindre la fonction réveil. Sa tête était vide et engourdie, comme si l'ivresse de la veille avait réduit à néant sa capacité de réflexion de façon permanente. Ce n'était pas que désagréable. Si seulement la douleur et la nausée disparaissaient, elle resterait volontiers allongée ici, tel un légume, n'ayant plus que du vide derrière les yeux. Ne plus s'engager, ne plus regretter.

Les chiens la ramenèrent à la réalité. Leurs aboiements lui rappelèrent ses responsabilités : elle n'était pas seule au monde et c'était à elle de leur donner de l'amour, de la nourriture et de l'air frais.

Esther roula misérablement hors du sofa et atterrit à quatre pattes par terre, une main dans le vomi. Le sol céda et vacilla dangereusement. Elle ferma les yeux pour attendre que ça passe. Les chiens gémirent de façon déchirante et elle se mit à ramper. Une main, puis un genou, puis l'autre main, lentement et en vacillant, jusqu'à la salle de bains. Elle s'assit dans la douche sans ôter ses vêtements et ouvrit le robinet d'eau froide, laissant l'eau couler sur elle pour rincer le pire.

Après le premier choc du froid bienfaisant, elle ajouta un peu d'eau chaude et se leva. Elle se tint au robinet de la douche d'une main et se débarrassa maladroitement de ses vêtements mouillés de l'autre. Pour finir, elle était propre, et si elle ne se sentait pas mieux, au moins elle pouvait se tenir debout sans tomber et penser sans vomir.

Elle s'en était sortie.

Le temps était devenu élastique. Pendant une fraction de seconde magique, ses vieux doigts maladroits avaient attrapé

1. « Leurs yeux pleins de candeur et d'innocence, Un jour s'embrasent et vous terrassent sans défense », *ibid.*

la bonne clé, elle s'était levée et avait ouvert la porte. Avant que les pas ne l'atteignent. Elle l'avait claquée fort derrière elle et retenu sa respiration jusqu'à n'en plus pouvoir. Alors elle avait sorti son téléphone et appelé le 112.

Son interlocuteur s'était montré peu compréhensif jusqu'à ce qu'elle réussisse à lui faire comprendre qu'elle était le témoin principal d'une affaire de meurtre et devait parler à un des enquêteurs impliqués. Elle était allongée dans son entrée, en train de pleurer, quand il était enfin arrivé. Pas Jeppe Kørner cette fois, un homme assez jeune, beau, mais fatigué et surmené. Elle avait essayé de lui décrire la porte qui avait claqué, les pas dans l'escalier. Sa peur de mourir. Il avait hoché la tête avec sympathie et pris des notes, mais elle avait bien vu qu'il ne la croyait pas. Il avait même suggéré qu'elle aille se coucher pour « dormir dessus », quoi qu'il ait voulu dire avec ça.

Esther se sécha lentement, avec des gestes mal assurés. Il n'était rien arrivé à Épistémè et Doxa, et rien à elle non plus. Mais dans quelle mesure était-elle en sécurité dans sa propre maison ? Et où irait-elle sinon ? Elle n'avait nulle part d'autre.

Le gémissement malheureux des chiens la fit accélérer. Elle s'habilla, toujours étourdie, et essuya le plus gros du vomi sur le sol du salon, les yeux brûlants et en retenant sa respiration. Le nettoyage proprement dit devrait attendre après la promenade. Elle sortit les laisses et prit son courage à deux mains pour ouvrir la porte d'entrée avec d'extrêmes précautions.

La cage d'escalier avait l'air tout à fait différente à la lumière du jour. Évidemment. Les monstres se cachent dans l'ombre, pas dans les taches de soleil. Sa peur de la nuit précédente lui paraissait maintenant incompréhensible, presque ridicule. Peut-être avait-il eu raison, ce policier. Peut-être avait-elle, dans son ivresse, mélangé des bruits de la rue avec ses propres cauchemars et avait inventé elle-même la silhouette dans l'escalier.

Esther tira les chiens et la porte derrière elle, s'apprêtant à agripper la rampe et à descendre l'escalier, puis elle l'aperçut. Elle savait qu'elle n'était pas là auparavant parce que les portes d'entrée avaient été repeintes au printemps. Elle se trouvait au niveau de la poignée, on ne pouvait pas la rater. Dans l'épaisse peinture gris foncé du cadre de sa porte, on avait gravé durant la nuit une petite étoile. Comme les étoiles qui marquaient pendant la guerre les malheureuses créatures choisies pour être humiliées et déportées. Comme un sinistre présage.

Eh bien, Esther de Laurenti, apparemment nous nous écrivons désormais. Ce n'était pourtant pas prévu. Mais allons, voici encore un petit chapitre pour ton « œuvre » :

Tu m'appelles « stupide ». Permets-moi de te renvoyer cette accusation. Je sais qui tu es. Tu n'as toujours aucune idée de qui je suis.

Laisse-moi te donner une indication. Avec les mots d'un plus grand poète que moi-même :

Mon cœur aime les enfants impossibles,
Ceux que personne n'aime et que personne ne comprend,
Enfants menteurs, enfants voleurs, enfants briseurs de promesses,
Tous ces enfants contre lesquels tous les adultes sont très en colère[1].

Tu y es, maintenant ?

1. Extrait d'un poème de Tove Ditlevsen.

CHAPITRE 25

Singhild Patursson était la personne la plus vieille qu'Anette ait jamais vue : si courbée qu'elle était plus horizontale que verticale, avec un visage aussi sillonné de rides que l'écorce d'un chêne. Elle l'avait reçue gentiment dans sa petite maison en bois à flanc de montagne de la périphérie de Tórshavn et préparait à présent du café dans une casserole. De temps en temps, elle tendait le cou et levait les yeux avec un doux sourire qui semblait des générations plus jeune que ses quatre-vingt-cinq ans bien sonnés.

Anette étendit les jambes sous la table un peu trop basse et se félicita d'être arrivée indemne. L'atterrissage à l'aéroport de Vágar avait été effroyablement brusque et venteux, et Anette, qui avait en outre une terrible envie d'aller aux toilettes, n'avait pas pu utiliser celles de l'avion, fermées à cause des turbulences. Le collègue féringien venu la chercher à l'aéroport avait dû attendre qu'elle retrouve la paix dans les toilettes pour dames du hall d'arrivée. Quand ils traversèrent enfin en voiture les montagnes herbeuses, Anette s'était sentie soulagée à plus d'un titre.

La maison d'enfance de l'ex-petit ami de Julie était située dans le village de Velbastaður, petite tache rouge au milieu de la colonie éparse de maisons en bois grises aux toits de carton bitumé. Une seule route partageait le village en colline supérieure et inférieure. Le reste n'était qu'herbe et montagne, mer et oiseaux. Singhild Patursson avait hérité de la maison de ses parents et vécu ici toute sa vie, y avait donné naissance à ses quatre enfants, et avait enterré à la fois son mari et son plus jeune fils au cimetière local. Elle ne comprit pas la question quand Anette lui demanda si ce n'était pas trop difficile de s'en sortir toute seule dans la montagne, si loin de tout, mais son danois était un peu rouillé, s'excusa-t-elle.

Quand elle eut posé sur la table du café noir et un bol contenant ce qu'Anette reconnut avec surprise comme des Hobnobs recouverts de chocolat, elle croisa les mains sur ses genoux et se mit à parler sans y avoir été invitée. Son accent était doux et chantant, le flot de paroles lent et ponctué de pauses.

— Hjalti était la prunelle de mes yeux. Le fils qui est arrivé quand je croyais que ce n'était plus possible. Oui, oui, c'était la prunelle de mes yeux. J'ai pleuré quand il a voulu aller étudier au Danemark, parce que je savais qu'il allait tomber amoureux et y rester. Et c'est ce qu'il a fait, oui.

— Avec Julie Stender, vous voulez dire ?

La vieille dame ne sembla pas avoir entendu sa question.

— Kirsten, sa femme, était si dure, si dure, elle ne le respectait pas du tout. Mon garçon était comme le taureau Ferdinand, beau et doux. Bien trop rêveur pour les femmes danoises. Ça n'a pas duré avec Kirsten, sa femme, elle s'est fatiguée de lui et de ses projets. Hjalti se moquait de l'argent. Elle ne lui a jamais pardonné.

Anette prit un biscuit et jeta un coup d'œil à sa montre. Avait-elle pris l'avion jusqu'aux Féroé juste pour ça ?

*

Une, deux, trois, quatre, cinq. Jeppe fit glisser ses doigts sur la gravure dans le cadre de la porte d'Esther de Laurenti. Une petite étoile à cinq branches, gravée de telle sorte que l'épaisse peinture laquée s'était craquelée autour des traits. Cela dissipa tout doute dans son esprit. Elle était en danger. Il était content d'avoir lancé le dispositif de surveillance, surtout si maintenant elle devait correspondre avec l'assassin présumé. Il y avait encore des restes de la fine poussière laissée par les techniciens en dactyloscopie quand ils avaient inspecté le cadre à la recherche d'empreintes, plus tôt dans la journée. Davantage d'empreintes, davantage de pistes, davantage de traces qui ne pourraient sans doute pas servir non plus. Davantage d'étoiles.

Des étoiles. Julie Stender s'était fait tatouer des étoiles sur le poignet. Mais que signifiaient-elles ? Qu'est-ce que l'assassin essayait de dire ? Esther ouvrit enfin la porte, ses chiens aboyant à ses pieds. Elle avait l'air usée. En revanche, son appartement lui parut étonnamment propre par rapport à la dernière fois où il était venu.

— Allons, allons, du calme, espèce de petits tyrans. Entrez, entrez, ils ne vous feront rien.

Jeppe passa devant les chiens et entra dans le salon bien rangé qui, contre toute attente, sentait le plancher fraîchement lavé.

— Comment allez-vous ? Vous êtes-vous remise de votre frayeur de cette nuit ?

Il s'assit dans le fauteuil sans devoir pousser de pile de livres ou déplacer de vieilles assiettes.

Esther prit place sur le sofa en face de lui.

— Je ne sais pas trop. Je craignais tellement de ne pas parvenir à vous convaincre de ma bonne foi. Qu'il était venu ici. Et maintenant que vous me croyez, je commence à comprendre ce que ça signifie. Que je ne suis pas en sécurité ici.

Elle avait beau avoir l'air fatiguée, une nouvelle détermination habitait son regard. Jeppe avait déjà constaté ce phénomène chez des proches, dans les affaires de meurtre. Elle était en colère.

— Vous avez commencé à correspondre avec la personne que nous devons supposer être l'assassin ?

Elle leva une main pour l'arrêter.

— Je le sais bien, c'était imprudent. Je n'ai pas vraiment réfléchi avant…

— Ce n'était pas seulement imprudent, c'était extrêmement dangereux et potentiellement gênant pour le travail de la police.

Jeppe la regarda, l'air grave.

— J'en suis bien consciente.

— Le lien entre votre réponse à l'assassin et sa probable visite ici hier soir n'est pas à négliger. Il aurait facilement pu vous tuer.

Elle baissa la tête en guise de réponse.

Jeppe s'éclaircit la gorge.

— Ceci dit… Oui, maintenant que c'est fait, ça ouvre en même temps certaines possibilités qui peuvent éventuellement profiter à l'enquête.

— Je ne comprends pas très bien…, dit-elle, une ride sceptique sur le front. Est-ce que j'ai gêné l'enquête ou est-ce que je l'ai fait avancer ?

Il ne put s'empêcher de sourire. Elle resta un moment à le regarder, puis sourit à son tour.

— Nous allons faire de notre mieux pour vous protéger. J'ai assigné une surveillance devant votre porte vingt-quatre heures sur vingt-quatre à partir d'aujourd'hui et pour les prochains jours. Mais dans tous les cas, vous devez être consciente que vous vous êtes mise en danger. Que commencer à communiquer avec un assassin est une chose, mais le provoquer comme vous l'avez fait hier soir, c'est bête et ça ne profite à personne.

Elle leva les mains en un geste de justification.

— Je comprends. Mais vous dites que si nous pouvons nous mettre d'accord sur les messages, notre correspondance pourrait être utile à l'enquête ?

— C'est possible.

Elle hocha la tête, pensive, comme si elle envisageait quelque chose.

— Avez-vous vu sa dernière réponse ?

— Le poème ? Oui, je l'ai lu à l'hôtel de police juste avant que vous appeliez. Qu'est-ce que ça vous inspire ? Il écrit qu'il vous donne une indication sur son identité.

Le regard d'Esther vacilla.

— Je ne sais pas qui a écrit ça. Mais il y a clairement une thématique d'enfant, un enfant abandonné, non désiré. Quelque chose concernant l'avortement de Julie, peut-être ?

Jeppe envoya une pensée à Anette, qui était sans doute à cet instant en compagnie de la mère du Féringien. Est-ce que la mort de Hjalti avait quelque chose à voir avec l'avortement ? Avec le poème de l'assassin ?

— Rien d'autre ne vous est venu à l'esprit quand vous l'avez lu ?

Elle réfléchit un peu avant de secouer la tête.

— OK. Relisez-le un peu plus tard et voyez si autre chose vous revient. Et puis je vais vous demander de lui répondre. Pour être tout à fait honnête, je ne sais pas ce qui pourrait l'attirer hors du bois. Jusqu'à présent, vous y êtes bien arrivée. Mais aucune provocation ! Et il faut que nous validions votre réponse !

— Pas d'inquiétude, je ne prendrai plus de risques.

Jeppe se pencha vers elle, désireux de lui faire comprendre vers quoi ils se dirigeaient. Des eaux inconnues, infestées de requins. Dans l'obscurité et avec des morceaux de viande attachés aux chevilles.

— C'est une chance en soi – non, un risque, un risque énorme – de pouvoir communiquer avec lui. Bien au-delà de la limite que nous fixons habituellement. J'espère que vous comprenez.

Elle lui retourna son regard grave.

— Je comprends ! Mais je suis déjà impliquée jusqu'au cou. Mon immeuble, mon livre. La mort de Kristoffer. Et maintenant l'étoile sur le cadre de ma porte. Nous savons tous les deux que je suis concernée.

Ils hochèrent la tête simultanément. Sans un mot, ils avaient conclu un accord. Un accord pour nager en eaux profondes. Un accord pour qu'il la protège pendant ce temps.

Pour finir, il fit un signe de tête.

— Bien. Tout autre chose : ce dîner au printemps, avez-vous une liste des invités ?

Elle poussa un bout de papier sur la table. Il le parcourut.

— Merci. Vous vous souvenez de quoi vous avez parlé ?

— De quoi nous avons parlé ? C'était en mars !

— Essayez ! Ça peut être important. Est-ce que Julie a parlé avec certains des invités, Kingo par exemple ? S'est-il passé quelque chose d'inhabituel, quelqu'un qui se serait fâché ? Tout peut avoir de l'importance.

Esther secoua la tête, lasse.

— OK, je vais essayer. Pourquoi mentionnez-vous précisément Kingo ?

— Ça nous intéresserait d'en savoir davantage sur lui, notamment à propos de son amitié avec le père de Julie. Le connaissez-vous bien ?

— Seulement par le biais de connaissances, et bien sûr le groupe d'écriture. Je l'ai rencontré lors de dîners à une bonne poignée d'occasions.

Elle avait l'air de ne pas tout dire, mais Jeppe ne parvenait pas à deviner ce qu'elle taisait.

— Que pensez-vous de lui ?

Elle bascula la tête un peu des deux côtés.

— Il m'impressionne, bien sûr, comme la plupart des gens. Il est doué et charmant, connaît énormément de choses sur la littérature et l'art. Mais il n'est pas particulièrement agréable. Poli et galant, mais pas particulièrement amical.

Jeppe se leva.

— Avez-vous prévu d'aller quelque part aujourd'hui ?

— Je dois une visite à Gregers à l'hôpital.

Il regarda sa montre. La surveillance devrait être en place dans une heure.

— OK. Restez dans les endroits où il y a beaucoup de monde. Appelez ou écrivez-moi directement sur mon téléphone portable lorsque vous rentrerez chez vous. Je m'assurerai qu'il y aura quelqu'un pour prendre soin de vous quand vous serez de retour.

En sortant, elle lui prit la main et la serra.

— Merci, Jeppe. Merci de prendre soin de moi !

*

Anette brossa discrètement des miettes de sa poitrine et tendit la main vers un autre biscuit. Ils avaient un drôle d'arrière-goût, mais avec le café, cela allait. Elle lorgna vers la vieille cuisine et se sentit projetée dans une visite au Musée en plein air. Dire qu'on pouvait vivre de façon aussi primitive de ce côté du nouveau millénaire !

Singhild Patursson ne remarqua heureusement pas le scepticisme d'Anette et n'avait pas non plus besoin d'être sollicitée pour parler.

— Hjalti m'écrivait, de belles lettres, et il me racontait son amour pour Julie. Pour lui, elle était une… une fille de rêve.

Il ne comprenait pas à quel point c'était dangereux de courtiser une si jeune fille. Elle était trop jeune pour tomber amoureuse, elle jouait juste avec lui. Et puis alors, oui, alors elle est tombée enceinte. Oui, ce n'est pas ainsi que ça aurait dû se passer. Ce n'était pas du tout l'intention.

La vieille dame se mit à se balancer d'un côté et de l'autre. Sa voix était pâteuse et elle triturait nerveusement le bord de ses manches en tricot gris.

— Le père de Julie était très, très en colère. La ville entière était en colère contre Hjalti. Et finalement, il a dû rentrer aux Féroé. Il a emménagé ici et vécu avec moi. Il a habité ici jusqu'à la fin.

La vieille dame se tut et resta assise, la tête baissée.

Anette commençait à avoir mal aux fesses sur la chaise de bois dur. Le collègue féringien attendait dans la voiture, prêt à la reconduire à l'aéroport. Mais à la vitesse où l'interrogatoire s'était déroulé jusqu'ici, elle n'attraperait même pas le vol du soir pour Copenhague. Elle se racla la gorge et posa les coudes sur la table.

— Pouvez-vous imaginer quelqu'un ici qui ait des raisons d'en vouloir à la famille Stender ? Les frères de Hjalti, par exemple ? Quelqu'un qui aurait pu vouloir blesser Julie pour se venger de son père ?

— Il a tué mon fils !

Anette sursauta à la colère soudaine de Singhild Patursson.

— Euh, eh bien, vous voulez dire que Christian Stender a conduit Hjalti au suicide en les séparant et en forçant Julie à avorter ?

— Ce n'est pas du tout ce que je veux dire. Il l'a tué. Il est venu ici, a trouvé Hjalti et l'a poussé par-dessus la falaise. Je suis une vieille dame, je ne peux rien prouver. Les gens se moquent de moi, ma propre famille se moque de moi. La police n'a jamais voulu m'écouter. Mais je vous assure que

Hjalti n'avait pas de pensées suicidaires à ce moment-là. Au contraire. Il venait de découvrir qu'il était père.

*

Flap, flap, flap. Les pages lignées du carnet sifflaient devant son pouce râpeux. Jeppe plissa les yeux et essaya de saisir la phrase, le mot qui pourrait percer le brouillard et lui montrer la prochaine étape. Il venait de demander à un témoin de communiquer avec l'assassin, il l'avait poussé en direction d'un danger aussi imprévisible que réel. À la vérité, il nageait carrément en eaux troubles.

Le papier collait toujours à son pouce. Jeppe l'examina. Une ligne ridée découpait horizontalement les petites lignes à la pointe du pouce. Il n'y avait jamais prêté attention. Mais il avait toujours dû en être ainsi, car on n'a pas de rides de vieillesse au bout des doigts. Nos empreintes digitales ne changent pas de toute notre vie.

Jeppe appela Clausen sans lever le regard de son doigt.

— Oui ?

Clausen semblait toujours aussi occupé et gentiment efficace.

— Salut, Clausen, c'est Kørner. Une question : si nous supposons maintenant que l'empreinte de main que tes experts en dactyloscopie ont trouvée dans l'appartement de Julie Stender et qui appartient manifestement à Kristoffer Gravgaard…

— SUK Gravgaard, tu veux dire, interrompit inutilement Clausen.

— Oui, oui, si nous supposons maintenant que Kristoffer Suk Gravgaard n'a pas laissé cette empreinte, ni dans le cadre du meurtre ni dans aucun autre contexte…

— … ce qu'il peut très bien avoir fait, par exemple, en faisant le ménage ou une quelconque expérience…

Jeppe l'interrompit :

— Ce que nous considérons comme relativement improbable, tout bien considéré. Écoute, Clausen, s'il n'a pas laissé cette empreinte lui-même, comment est-elle arrivée là ?

— Oui, eh bien, s'il ne l'a pas laissée là lui-même, c'est qu'elle a été déposée par quelqu'un.

La voix de Clausen était hésitante. Jeppe entendit ses pas et une porte qui se ferma.

— Exactement. Mais comment ? Comment dépose-t-on une empreinte digitale, et qui peut l'avoir fait ?

— Déposer une empreinte digitale n'est pas une tâche facile. Tout d'abord, il faut être en possession de l'empreinte que l'on veut appliquer. Dans ce cas, celle de Kristoffer. Et puis je ne suis pas tout à fait sûr de savoir comment faire, techniquement, à partir de là. Est-ce quelque chose que je dois demander à l'un des techniciens en dactyloscopie ?

— Non. Je pense que c'est une mauvaise idée, Clausen.

Le silence se fit à l'autre bout du fil. Jeppe le laissa réfléchir un peu.

— C'est complètement hors de question, Kørner, complètement ! Nous avons les meilleurs techniciens en dactyloscopie du Danemark, les plus expérimentés. Tu arrêtes là tout de suite ! Kristoffer a laissé lui-même cette empreinte. On n'est quand même pas dans un film de science-fiction, bon sang !

— Et ce civil ? David Bovin ?

— Eh bien, quel est le problème avec lui ?

— Relaxe-toi un peu, Clausen, on est dans la même équipe. Je te pose juste une question. Est-ce que Bovin aurait pu appliquer une empreinte ? Il est nouveau, pour moi. Tu le connais bien ?

Clausen soupira puis resta silencieux quelques secondes. Jeppe l'entendit taper sur un clavier.

— Je viens d'ouvrir son fichier personnel sur l'intranet. C'est complètement tiré par les cheveux, tu en es conscient, non ? Bien : David Bovin, 4 Knud Lavardsgade, 2e étage à droite, 1730 Copenhague V, date de naissance 14/08/77. A été embauché au CNCC comme technicien civil en dactyloscopie au printemps dernier dans le cadre d'une procédure de recrutement régulière. C'est moi-même qui l'ai engagé, bon sang. Je crois que nous en avons eu trois pour l'entretien et il était clairement celui que tout le monde préférait. Calme et direct, avec un passé varié en tant que, qu'est-ce que c'était déjà… (D'autres bruits de clavier, la respiration de Clausen pendant quelques secondes.)… Ah oui, architecte paysagiste pour la Commune de Copenhague, auparavant celle de Vordingbord, de bonnes compétences linguistiques et un permis de conduire toutes catégories. Il a passé les modules de formation rapidement et avec succès. Tu sais que nous formons nous-mêmes nos civils avant de les embaucher. Cent quinze réponses correctes sur les cent soixante-dix-neuf dans le tout premier test de combinaison des modèles. Il suffit d'en avoir quatre-vingts pour passer.

— Que sais-tu de lui sinon ?

— Que veux-tu, son numéro de matricule militaire ?

Clausen donnait l'impression de ne plus vouloir consacrer de temps aux absurdités de Jeppe.

— Non, bon sang. Je veux savoir comment il est. En tant que personne.

— En tant que personne ! Que Dieu me vienne en aide. Il est calme, aimable et professionnel, et peut évaluer la qualité de cinquante formulaires d'empreintes digitales en une demi-heure ; la plupart des autres y passent une heure. Plusieurs de nos collègues le considèrent comme le technicien en dactyloscopie le plus prometteur que nous ayons eu depuis des années… C'est ça que tu veux savoir ?

— Clausen, tu sais que j'ai le droit de poser des questions sur ce genre de choses. Les circonstances qui entourent cette empreinte sont très louches. Et tu le sais.

Longue pause.

— Oui, je le sais bien.

— Alors tu ne pourrais pas rassembler tous les renseignements possibles sur les antécédents de Bovin et des autres techniciens qui étaient sur la scène de crime ? Pas besoin de ceux de la brigade canine ni des médecins légistes ; nous cherchons un technicien, capable d'appliquer une empreinte digitale.

— Et moi ? Qui enquête sur moi ?

Jeppe soupira.

— Tu ne dois pas t'en inquiéter pour l'instant. Mais, Clausen ?

— Oui ?

— N'en parle à personne, OK ? À personne !

Clausen raccrocha sans dire au revoir.

CHAPITRE 26

— Auteur, artiste-peintre, débatteur et ainsi de suite – ce brave Erik Kingo est un monsieur occupé.

Sara Saidani mordit dans son pain paléo et mâcha avec concentration. L'estomac de Jeppe gargouilla et il se rendit compte avec stupéfaction qu'il avait faim. Une faim de loup.

— Il te reste du pain aux graines, ou qu'est-ce que c'est ?

— Du pain de l'âge de pierre.

Elle en cassa un morceau et le lui tendit. Jeppe en prit une bouchée et désigna l'écran en mâchonnant.

— Quoi d'autre ?

Il se rapprocha un peu en essayant de faire abstraction de l'odeur de vanille qui entourait sa collègue. Elle ouvrit une nouvelle page sur l'écran :

— Il a investi dans des actions et des fonds de placement privés, et je dirais qu'il est relativement riche. Dans sa galerie, il vend des œuvres pour des sommes à six chiffres, et il gagne beaucoup d'argent grâce aux droits d'auteur et de prêt en bibliothèque, alors il a les moyens. Il possède un grand appartement en ville, une maison à San Sebastian, la cabane dans les jardins associatifs et une part dans le restaurant Portulak. Il fait des sorties deux fois par semaine avec le club de kayak de mer de Copenhague, est membre du conseil d'administration du fonds Christiania Ville Libre, et est ami avec le designer Mads Nørgaard et avec Steen Jørgensen du groupe de rock Sort Sol.

— Marié ?

Jeppe reposa le morceau de pain, trop dur à mastiquer. Il allait le remplacer par une barre chocolatée du distributeur.

— Une fois, oui, avec Helen Bay Kingo, tu sais, celle qui a une école de danse et des grandes lunettes de soleil, mais ça n'a pas duré. Ils ont eu un enfant ensemble ; un fils, qui est adulte maintenant.

— Quelque chose sur son casier judiciaire ?

— Pas directement. Mais j'ai trouvé autre chose qui à mon avis vaut la peine d'être examiné.

Saidani ouvrit un dossier constitué d'impressions et de copies de pages de journaux. Elle lui tendit un agrandissement de la une du tabloïd *Ekstra Bladet* remontant à 2004.

L'ASSISTANT DE KINGO NIE LE VIOL !

Elle le regarda attentivement de ses grands yeux bruns et Jeppe remarqua un tiraillement très désagréable dans son ventre. Cela devait être parce qu'elle lui rappelait quelqu'un. Il détourna les yeux.

— Depuis de nombreuses années, Kingo rémunère des assistants ou des protégés, si tu préfères, poursuivit-elle. De jeunes hommes qu'il prend sous son aile. Ils l'aident pour un peu tout, il leur enseigne l'art et les emmène aux bons endroits, je suppose.

— Sexe ?

Un sourire furtif glissa sur son visage, ce qui fit monter la chaleur aux joues de Jeppe.

— Peut-être, mais c'est un peu difficile à savoir comme ça. L'assistant en question, Jake Shami, était chez Kingo depuis presque deux ans quand cette affaire a éclaté. C'était une drôle d'histoire. Shami a été accusé de s'être introduit chez une femme, Karen Jensen, sous le prétexte d'être collecteur pour la Croix-Rouge, et d'avoir ensuite tenté de la violer. C'est sorti de nulle part. Shami était lui-même artiste et avait notamment participé à l'exposition de printemps de Charlottenborg. Apparemment talentueux. Mais avec cet épisode, et le séjour en prison qui a suivi, il a complètement disparu du monde des arts. Erik Kingo ne l'a pas franchement soutenu quand l'affaire a éclaté. Au contraire, dans son témoignage, il a dit qu'il avait toujours eu le pressentiment que Shami était un pervers.

— Un pervers, carrément ? A-t-il fait quelque chose d'anormal durant sa tentative de viol ?

Saidani le regarda, l'air grave.

— Non, pas en soi. Shami a d'ailleurs lui-même interrompu le viol parce qu'il n'était pas en état d'aller jusqu'au bout. Ce qui peut être considéré comme une perversité, c'était que la victime, Karen Jensen, avait à l'époque quatre-vingt-trois ans. Jake Shami en avait vingt-quatre.

Jeppe secoua la tête. Encore une pièce déformée qui n'entrait pas dans le puzzle. Encore une piste potentiellement fausse.

— Là où ça devient vraiment intéressant, c'est que Jake Shami a accordé une interview à *Ekstra Bladet* une fois sorti de prison, poursuivit Sara. Il prétendait que c'était Erik Kingo qui lui avait fait commettre le viol. Kingo a nié en bloc et soutenu que Jake était instable et malade. Mais l'idée est intéressante, non ?

Jeppe, soudain mal à l'aise, sentit sa gorge se serrer. Kingo mentor, qui se sert de son pouvoir. Kingo provocateur. Pourrait-il avoir poussé un de ses protégés à commettre un viol ? Ou un meurtre ? Était-ce vraiment envisageable ?

— Tu retrouves Jake Shami ? Invite-le à passer dès qu'il pourra. Moi, je vais à Nyhavn interroger le tatoueur.

Saidani dressa le pouce et retourna à son écran. Jeppe se leva résolument et tourna le dos à ses yeux bruns et à leur lumière déroutante. Il était fatigué d'être dévié de sa route dans tous les domaines, sans racines ni directions, sans l'instinct qui le guidait habituellement. Il sortit de la cantine et acheta un Snickers au distributeur. Dans la barre chocolatée, il enfonça deux gros ibuprofènes qui craquèrent avec les cacahuètes et passèrent sans problème. Il avait encore beaucoup à faire avant de retrouver Anna ce soir et n'avait pas l'intention d'arriver chez elle estropié et endolori.

Anna. Le sang de Jeppe dévalait comme un ruisseau de printemps quand il pensait à elle. Qu'est-ce qu'il foutait, putain ?! Un témoin, et un témoin marié, en plus. Mais avec elle, il se sentait à nouveau vivant, et pour l'instant c'était la seule chose qui comptait. Ça et l'enquête, bien sûr.

La vie peut vraiment changer en un jour, une heure, un instant. Jeppe se surprit à fantasmer sur un brunch à la maison le dimanche avec Anna, à rire, jouer et s'embrasser, à mettre une marmite de chili sur le feu et faire l'amour sous la douche pendant que ça mijoterait.

Il était devenu fou, il le savait bien. Mais plutôt être fou que brisé.

*

Écrire un roman policier, c'est comme tresser une toile d'araignée ; des milliers de fils collent aux doigts et se cassent si on ne se concentre pas. Esther de Laurenti avait mis au point un ingénieux système de bouts de papier de différentes couleurs, fixés par ordre chronologique de gauche à droite au-dessus de son bureau. Elle s'était déjà assise là bien des fois, laissant les couleurs scintiller devant ses yeux pour tenter de se souvenir d'un point important qui venait de lui échapper avant qu'elle ait réussi à le mettre par écrit.

Là, elle était à nouveau assise, mais ses doigts n'étaient pas sur le clavier. Elle feuilletait mentalement son histoire pour tenter de comprendre à rebours non pas ce qui se trouvait derrière les idées, mais comment une personne en particulier pouvait les avoir interprétées. C'était pour le moins troublant.

Le motif découpé sur la joue de la victime, par exemple. Dans sa tête, cela avait servi de détail macabre qui devait conduire à la fascination de l'assassin pour l'astronomie et les constellations. Mais le vrai tueur avait développé son idée originale. Esther fit apparaître la photo du visage sans vie de Julie Stender sur son écran – elle avait eu la présence d'esprit de faire une capture d'écran de la photo publiée en ligne avant qu'elle ne disparaisse – et tenta de faire abstraction du fait que l'image granuleuse de sang et de mort était réelle.

Le motif ne ressemblait en rien à la constellation d'Orion, comme elle l'avait imaginé à l'origine. Les lignes étaient longues et arrondies, des parallèles ininterrompues qui encerclaient la moitié du visage de Julie. Une tornade avec l'œil comme centre, un tourbillon. Esther sentait toujours qu'il s'agissait d'un message, pas seulement de vandalisme abstrait. Qu'est-ce que l'assassin essayait de lui dire ?

Esther ferma les yeux. *Les étoiles. Orion. Le chasseur.* Quelque chose commença à surgir du brouillard. Elle essaya de se détendre comme Jeppe Kørner le lui avait conseillé, évitant de se forcer. Elle resta juste assise là à regarder par la fenêtre la vie dans cette rue qu'elle connaissait si bien.

Elle revit Julie assise à la table de la cuisine, quelques jours auparavant, qui lui montrait ses tatouages au poignet. Deux petites étoiles, encore rouges et gonflées, et deux mots en dessous. Deux noms qu'elle avait reconnus, mais pas replacés dans leur contexte. Qu'est-ce que c'était, déjà ? D'un doigt tremblant, elle chercha *Orion* sur Internet et trouva aussitôt. *Rigel* et *Bételgeuse*, les deux étoiles les plus puissantes de la constellation.

Pourquoi Julie se les était-elle fait tatouer ? Lui avait-*il* fait faire ça ?

Esther se moucha, alla chercher un verre d'eau et retourna s'asseoir. Jeppe Kørner lui avait demandé un résumé des sujets de conversation de ce soir-là, du dîner qu'elle avait donné en mars. Elle but une gorgée d'eau en souhaitant que ce fût du vin, et essaya de se souvenir.

Il avait fait doux, c'était le début d'un printemps tiède et lumineux. Durant le repas, ils avaient parlé de l'exposition Nolde à Louisiana, scandaleusement organisée, du nouveau ministre de la Culture et du dernier roman de Zadie Smith. Génial ! Ennuyeux à mourir ! La conversation s'était ensuite partagée en petits groupes autour de la table et près de la fenêtre où Bertil, Anna Harlov et Kristoffer avaient fait une pause clope toutes les demi-heures. Et quoi d'autre ? Ils s'étaient soûlés, bien sûr. Bertil avait tombé la chemise et Erik Kingo avait fait de même pour protester contre ce qu'il appelait « le monopole du corps par les homos ». Esther et Kristoffer avaient chanté ensemble après le dessert pendant que Julie faisait la vaisselle, et Anna et John étaient partis les premiers. Le reste de la soirée était flou et Esther ne se souvenait que de fragments de conversation et d'épisodes. Qu'elle avait pissé la porte ouverte, que Kristoffer avait mixé des boissons avec de l'angustura et des morceaux de sucre, qu'Erik Kingo s'était penché sur Julie près de l'évier, ce vieux cochon, et que Bertil s'était suspendu à la fenêtre en chantant.

Un souvenir ressurgit, désagréable, comme quand on se rend compte qu'on s'est fait voler ou qu'on a oublié l'anniversaire de son meilleur ami.

Ils avaient parlé d'enfants, de jeunes mères et d'adoption. Esther n'avait aucun souvenir de la façon dont ils étaient arrivés à ce sujet. Il y avait un consensus sur le fait qu'on retirait trop peu d'enfants de force à leur famille au Danemark, et que beaucoup trop subissaient des mauvais traitements quotidiens de la part de parents incompétents. Kingo avait plaidé pour les castrations forcées, cet idiot. Toujours le provocateur autoproclamé. Esther se souvint honteusement qu'elle avait presque crié sur ses invités, bien trop ivre, et qu'il y avait eu un silence.

Elle ferma les yeux sur la honte refoulée et entendit sa propre voix comme un écho voilé, projeté dans la pièce. Elle s'entendit elle-même raconter qu'elle n'avait alors que dix-sept ans, et que lui était beaucoup plus âgé. Il lui avait fait croire qu'elle ne pouvait pas tomber enceinte du moment qu'il se retirait à temps. C'était faux. C'était l'automne et elle avait réussi à cacher son ventre derrière des pulls et des manteaux jusqu'au sixième mois. Son père…

À ce jour, elle se souvenait encore de son regard quand la vérité avait éclaté. Sa déception ! Malgré son malaise, elle se força à retourner au soir du dîner, essaya de se souvenir. Était-ce au cours de cette discussion-là que Bertil avait renversé son verre, si bien qu'ils avaient été obligés de changer la nappe et d'essuyer ? Était-ce là que Julie avait demandé si elle pouvait partir ?

Elle aurait voulu le garder, mais il n'en avait pas été question. L'enfant devait être donné à l'adoption, sinon elle se retrouverait à la rue avec le bébé, sans un sou. Elle avait fini par se soumettre. Quand elle avait perdu les eaux et était arrivée à l'hôpital, l'accouchement était déjà bien avancé. C'était allé vite. Et elle avait souffert. Elle avait appelé sa mère, mais celle-ci lui avait dit de se débrouiller toute seule et avait raccroché. La sage-femme avait emporté l'enfant dès qu'il était sorti. Esther avait demandé à le voir, mais ils lui avaient dit que c'était trop tard. Il était déjà parti. Alors on lui avait donné un calmant. Quand elle était rentrée de l'hôpital, son père lui avait acheté une montre en or. Ils n'en avaient plus jamais parlé.

Esther eut le souffle coupé par une douleur inattendue. Ce souvenir était toujours douloureux presque cinquante ans après. Pourquoi avait-elle raconté ça ce soir-là ? Ses invités l'avaient regardée avec des yeux brouillés par l'ivresse et la sympathie. Frank lui avait fait un gros câlin, comme si après trente ans d'amitié, il ne la comprenait vraiment que maintenant. Mais elle avait regretté sa franchise. Certains fardeaux ne sont pas plus faciles à porter quand ils sont partagés.

Esther avait les yeux fixés sur la façade en brique d'en face. Quand elle était enfant, cette pièce-ci était déjà la sienne. La même vue toute sa vie. Ses parents étaient morts, des hommes étaient venus et repartis, mais Esther était restée. Elle avait voyagé, parfois pendant des mois, mais n'avait jamais déménagé. Quelque chose en elle s'était figé à dix-sept ans et ne coulerait plus jamais librement. Pendant toutes ces années, elle n'avait jamais vu son enfant. Elle ne savait pas si cela signifiait que l'enfant ignorait tout de son existence ou s'il n'avait jamais souhaité la rencontrer.

Elle aurait bien voulu le voir.

Les premières années après l'accouchement, elle avait souffert de douleurs thoraciques inexpliquées, violentes et invalidantes, mais qui s'étaient atténuées avec le temps. Elle n'avait jamais eu d'autres enfants. Elle en avait déjà un, après tout.

Esther se rendit dans la cuisine, mit la bouilloire en marche et prépara du café. Jeppe Kørner semblait convaincu que ce dîner était crucial dans l'affaire du meurtre, mais de quelle manière ? Comment cette soirée pouvait-elle avoir sinon déclenché, du moins influencé le cours des choses jusqu'à la mort de Julie ? Et de Kristoffer ?

Que certains se soient rencontrés ce soir-là pour former une alliance impie, cette pensée était ridicule ! Aussi ridicule que le fait que la confession d'Esther ait suscité autre chose que de la pitié chez ses invités. Elle s'assit avec le café et regarda les notes colorées sur le mur. Constellations et enfants non désirés, vies gâchées. Elle essuya ses joues et prit une profonde inspiration.

Puis elle ouvrit Google Docs et se mit à écrire.

Tu attends quelque chose de moi que je ne peux pas te donner. La reconnaissance, la compréhension, peut-être même le pardon.

Non, je ne sais pas qui tu es. La question est : pourquoi est-il si impératif pour toi que je le sache ? Si tu veux être vu et reconnu, veux-tu aussi être découvert ? Que la lumière soit faite sur tes crimes. Crois-tu que tu obtiendras mon approbation lorsque je connaîtrai ton identité ? Que nous t'embrasserons tous et te comprendrons enfin ? Que la justice sera faite et que tu seras porté sur un trône à travers la ville ?

Qu'est-ce que je t'ai fait ?

Qu'est-ce que j'ai fait qui t'ait contraint à tuer deux jeunes personnes innocentes juste parce qu'elles m'étaient proches ? Parce que je les aimais ? Parce que c'est pour cela, n'est-ce pas ?

Je me creuse la cervelle pour trouver toutes les choses impardonnables que j'ai pu faire et, ma foi, j'en ai trouvé ! Bien sûr que je me suis mal comportée, que j'ai fait du mal à des gens au cours de ma vie. Mais mal à ce point ? Tu dois m'aider. Si tu m'aides, je pourrai peut-être comprendre. Et alors nous pourrons régler nos comptes une fois pour toutes.

CHAPITRE 27

L'après-midi était à peine entamé, mais les pavés bosselés de Nyhavn étaient déjà recouverts de gobelets de bière en plastique. Des groupes de jeunes traînaient sur le quai entre les vieilles goélettes en bois, leurs orteils se balançant au-dessus de l'eau. Les touristes immortalisaient la vue de carte postale idyllique avec leurs smartphones et de grands sourires en chemin vers leur tour en bateau du port et des canaux. *« How beautiful »* tout ceci était, *« but so expensive »*[1].

Au rez-de-chaussée du coin de Toldbodgade se trouvait ce qui, selon la pancarte, devait s'appeler un *Tattoo Parlour*. La porte vitrée était ouverte et Jeppe descendit deux marches vers un sol à damier noir et blanc. Le local était chaud et résonnait de musique rock'n'roll très forte. Les murs étaient couverts de lourds rideaux de velours rouge et de photos de tatouages sur peau pâle. Dans un coin paressait un vieux bouledogue anglais, qui ne leva même pas la tête quand Jeppe entra. Au bout d'une minute, une jeune femme élancée aux cheveux noir de jais sortit de derrière un des rideaux. Elle avait une frange et portait des bijoux d'oreilles insérés à l'intérieur des lobes.

1. En anglais dans le texte : « Comme c'est magnifique » « mais tellement cher ! ».

— Salut. C'est toi, pour une dissimulation de quelque chose de celtique sur l'épaule ? J'aurai fini d'ici cinq à quinze minutes, tu peux faire un tour au soleil, si c'est… ?

— Inspecteur Jeppe Kørner. Je suis ici pour parler avec… Tipper.

— Il est avec une cliente. Est-ce que ça peut attendre ?

Elle vit le non dans son regard avant qu'il ait eu le temps de secouer la tête.

— Tipper ! cria-t-elle en direction du rideau de velours. Tu as de la visite. C'est la police.

La femme disparut sans même un signe de tête. Au bout d'un moment, une voix sombre retentit derrière les profondeurs du velours.

— Salut. Je ne peux pas vraiment m'éloigner, vous feriez mieux d'entrer par ici.

Jeppe écarta doucement le rideau et regarda à l'intérieur d'une minuscule pièce. Allongé sur un banc rembourré, le corps d'une femme aux fesses et jambes nues brillait sous une puissante lampe de travail. Son mollet et ce que l'on pouvait voir de son dos étaient couverts d'un enchevêtrement de dessins rouges, bleus et verts. Penché sur l'arrière de sa cuisse gauche, un jeune homme très musclé, barbu et avec un anneau dans le nez, maniait son aiguille bourdonnante.

— Nous sommes au milieu d'une session assez longue et je ne veux pas faire durer la douleur de Melissa ici présente, donc si ça vous va, on peut parler pendant que je travaille. Prenez le siège, là.

Jeppe regarda le tabouret juste à côté du banc rembourré et hésita.

— Melissa est cool, elle va juste monter le son des Foo Fighters. Asseyez-vous !

La cliente, qui portait des écouteurs et somnolait, leva un pouce vers Jeppe.

Il s'assit. Les fesses nues de femme tanguaient entre lui et le tatoueur.

— Il est possible que j'aie besoin de vous parler en privé.

— Dans ce cas, ce ne sera pas avant que j'en aie fini ici.

Jeppe pourrait forcer Tipper, mais il sentait que cela se passerait mieux s'il ne le faisait pas. Il entendait la batterie rock couler des écouteurs de la cliente. Cela devrait être suffisamment privé pour l'instant.

— Je suis venu pour vous interroger sur une de vos clientes, Julie Stender, qui a malheureusement été assassinée il y a quelques jours.

Tipper était penché dans une posture de travail très peu ergonomique, son visage à dix centimètres de la cuisse pâle, l'aiguille bourdonnante reposant tranquillement entre ses doigts gantés de latex.

— Oui, j'ai lu les journaux. Dommage, elle était bien mignonne, la copine de Caro.

— Caroline Boustrup ?

— Caro est une de mes amies proches. Elle a amené Julie ici quand elle a emménagé à Copenhague.

Il parlait avec désinvolture tandis que son aiguille glissait sur la peau de la femme.

— Au printemps ? Mars, avril… ?

Il hésita.

— Ça doit être ça. Je peux aussi vérifier dans l'ordi tout à l'heure et trouver la date exacte. Ou les dates. Elle est venue ici deux fois.

Jeppe se prit à regarder l'aiguille bourdonnante, comme hypnotisé.

— Qu'a-t-elle fait faire, est-ce qu'il y avait une histoire derrière le motif ? Est-ce que vous avez parlé ? Racontez-moi tout ce dont vous vous souvenez.

Tipper prit son temps et se racla la gorge.

— Elle était mignonne, mais c'était le genre cliente de base, si vous voyez ce que je veux dire. Elle voulait une plume sur l'omoplate, si je me souviens bien. Classique, mais à la mode, un choix pas très osé de novice du tatouage. Mais c'était sympa. Surtout pour moi et Caro, on a bavardé. Julie était allongée et mordait dans un foulard pour supporter la douleur.

La pièce étouffante sentait un peu les produits chimiques et le métal chaud. Le bourdonnement rythmique de l'aiguille rappelait à Jeppe une chanson agaçante. Il commençait à transpirer.

— Quand est-elle donc venue pour la dernière fois ?

— Il y a deux semaines, tout au plus.

— Et qu'a-t-elle fait faire ?

Tipper fronça les sourcils.

— Du texte, il me semble bien, deux étoiles. J'en ai pris une photo. Elle doit être accrochée sur le mur à côté de la caisse, quelque part.

Jeppe repassa le rideau de velours pour retrouver la lumière et poussa un soupir de soulagement. Il s'approcha des nombreuses photos de peau nue et rougeâtre, sous des chemisiers soulevés et des visages détournés. Il y avait beaucoup de plumes et beaucoup d'étoiles, d'ancres, d'ailes, de têtes de mort, d'arbres, d'anges et de démons. Quelques dessins étaient en couleur, d'autres juste des contours noirs ou bleu foncé, les corps étaient gras ou maigres avec des os saillants et des crânes chauves, de longues tresses et des poils sur les bras.

Il trouva le tatouage juste sous une cage à oiseaux qui couvrait le dos de quelqu'un du cou au coccyx. *Rigel & Bételgeuse* d'une belle écriture incurvée et deux petites étoiles sur le poignet fin d'une jeune fille. Jeppe photographia le tatouage et repassa la tête dans la grotte de velours vers Tipper.

— Est-elle venue seule ?

— Oui, cette fois-là, Caroline n'était pas avec elle. Mais c'était sympa. En fait, elle était nettement plus bavarde que la première fois, heureuse, presque pétillante. Elle s'était comme épanouie, vous voyez. En fait elle était amoureuse. Elle a dit que les deux étoiles étaient un symbole d'elle et de son amoureux.

Le Mystérieux M. Mox ! Un homme qu'elle ne connaissait que depuis quelques semaines. Un homme qu'aucun de ses amis ou des membres de sa famille n'avait rencontré. Un homme qu'ils ne parvenaient pas à retrouver.

— Vous a-t-elle parlé de lui ? Essayez de vous rappeler ce qu'elle a dit sur lui !

— Ben, pas grand-chose. Si, elle a parlé d'une expo qu'il avait faite. Des photos, je crois. Sinon, elle n'a pas dit grand-chose. Mais il est venu la chercher.

Le cœur de Jeppe manqua un battement.

— Il est venu la chercher ?! Vous l'avez vu ?

— Ben oui. C'était un type propre sur lui. Les cheveux courts, rasé de près, avec des lunettes, pas d'encre. Vieux. En tout cas, trop vieux pour elle. Il est juste entré pour la chercher, alors je ne l'ai pas vu de si près. Mais elle l'a embrassé et lui a montré le tatouage, comme pour avoir son approbation. C'est lui qui a payé, aussi. En espèces.

Jeppe s'appuya contre le mur. Un témoin, un témoin oculaire ! Même si le tatoueur n'avait pas de caméra de surveillance, Nyhavn était si plein de caméras qu'il était certain de pouvoir trouver des images de lui. Il frappa du poing si fort dans le mur que Tipper leva la tête, effrayé.

Cette fois, ils le tenaient !

*

— Gardez la monnaie !

Anette claqua la portière du taxi et commença l'ascension des escaliers raides de l'hôtel de police jusqu'à la Crim', au deuxième étage. Elle avait dormi une grande partie du trajet de retour des Féroé et était à peu près en forme, à part une raideur à la nuque et une vague sensation de nausée à cause des biscuits au chocolat un peu rassis. Un rêve dans lequel elle s'occupait d'enfants qui n'arrêtaient pas de s'échapper dans un centre commercial et de disparaître entre les jambes des adultes lui restait en mémoire comme le fantôme d'un malaise diffus, mais elle était douée pour se débarrasser de ce genre de choses. Après une tasse de café et un peu de travail, le rêve aurait complètement disparu.

La cantine grouillait d'activité quand elle y entra. Jeppe était assis à une table, entouré de ses collègues, et donnait des ordres. Il parlait avec animation et gesticulait comme un chef d'orchestre.

— Falck, tu récupères les enregistrements de toutes les caméras de surveillance de Nyhavn et Toldbodgade du 22 juillet entre 13 heures et 17 heures, et tu mets une équipe pour y trouver Julie Stender accompagnée d'un homme !

Anette jeta son sac par terre et rejoignit le groupe.

— Qu'est-ce qui se passe, les filles ?

— Tiens, la Viking qui rentre au port ! Nous avons de bonnes nouvelles : le petit ami secret de Julie était avec elle quand elle s'est fait tatouer. Le tatoueur est en ce moment avec un dessinateur de la police pour essayer de réaliser un portrait de lui.

— Le Mystérieux M. Mox existe vraiment ? Waow !

Anette hocha la tête avec approbation. Même s'ils n'obtenaient rien des caméras de surveillance, avoir un témoin qui avait vu le petit ami de Julie et était capable de décrire son apparence constituait une avancée. Les portraits-robots n'étaient généralement pas un outil très précis, mais un dessin à peu près correct pouvait être traité dans le fichier central de la police, qui comportait les photos de toute personne ayant un casier judiciaire.

— Et les îles Féroé, alors ? Non que ça ait à voir avec l'affaire, apparemment, mais puisque tu as pris des vacances aux frais des contribuables, tu peux au moins nous raconter une anecdote ou deux.

Jeppe la boxa sur l'épaule en riant.

— Tu sembles d'excellente humeur, mon petit Jeppe, tu as fait la bête à deux dos ou quoi ? rétorqua Anette en riant à son tour.

Elle essaya de dissimuler son agacement de ne pas être dans le peloton de tête, elle qui préférait gagner.

— Les Féroé étaient plus excitantes que vous ne le croyez. D'après la mère de Hjalti Patursson, Julie Stender est devenue mère il y a cinq ans.

Dans le silence à couper le souffle qui suivit ses paroles, Anette alla se chercher une tasse de café. Elle mit du sucre et s'assit en souriant sur le bord d'une table.

— Qu'est-ce que tu racontes ?! Elle a eu un enfant ?

Jeppe avait l'air de quelqu'un à qui on venait de présenter une équation au troisième degré.

Anette posa le café et croisa les bras sur sa poitrine avec satisfaction.

— L'histoire de l'avortement de Julie Stender serait une pure invention. Il semblerait qu'elle ait réussi à cacher sa grossesse pendant si longtemps que son père n'a pas pu la forcer à avorter. Au lieu de cela, lui et Ulla Stender ont exercé une énorme pression sur Julie pour qu'elle fasse adopter le bébé à la naissance, et comme Julie avait moins de dix-huit ans et que Hjalti était depuis longtemps hors course, ils ont eu gain de cause. Julie a fini par accepter l'adoption et les mensonges qui ont suivi. Hjalti a été informé par une courte lettre qu'elle s'était fait avorter, et tous les autres ont appris qu'elle souffrait d'une dépression et était allée se reposer chez sa tante en Suisse.

— Il n'a jamais su pour l'enfant ?

Saidani avait l'air très triste à cette idée.

— Les gens ont dû parler, dans le petit Sørvad, poursuivit Anette, mais la rumeur n'a pas atteint les îles Féroé. Hjalti s'est caché chez sa mère et a essayé d'oublier. Sa mère dit qu'il a été dépressif pendant plusieurs années. Il a été enseignant suppléant dans une école de Tórshavn pendant un certain temps, mais il était surtout en incapacité de travailler et passait ses journées à faire de grandes randonnées dans les montagnes. Jusqu'à l'arrivée, il y a un an et demi, d'une lettre anonyme. Quelqu'un qui savait tout de l'affaire révélait que Julie avait accouché et fait adopter leur enfant quelques mois après sa... disons, sa fuite aux Féroé. La lettre contenait des détails qui la rendaient absolument crédible.

— Est-ce que la lettre a été conservée ?

Jeppe n'avait plus l'air aussi joyeux.

— C'était il y a quelque temps. La mère de Hjalti l'a lue à l'époque, mais ne l'a pas revue depuis.

— Merde ! Comment a-t-il réagi, alors, le nouveau père ?

Anette se leva, ayant toujours mal au dos après être restée assise sur la dure chaise féringienne, et s'appuya contre le mur.

— Il était furieux. Sa mère a dit qu'elle n'aurait jamais cru que son fils puisse être autant en colère. Il s'est mis à essayer de retrouver l'enfant par tous les moyens imaginables. Il s'est notamment envolé pour Copenhague pour voir deux agents chargés du dossier au département des Affaires familiales. Mais la législation sur l'adoption tient compte avant tout des intérêts de l'enfant, et non des parents. Et Hjalti n'avait aucun document d'aucune sorte. Il a découvert qu'il s'agissait d'une petite fille, qu'elle avait été adoptée par une famille danoise et habitait au Danemark. Il n'en savait pas davantage. Ils n'ont même pas voulu lui donner la date de naissance. Alors il a commencé à appeler la famille Stender.

— Tu veux dire Julie ?

— Pas seulement, dit Anette avant de compter sur ses doigts. Il a commencé à bombarder à la fois Julie, Christian, et même Ulla Stender de demandes par lesquelles il exigeait que soit reconnu son droit de père. Il voulait que Julie vienne avec lui au département des Affaires familiales pour qu'ils apprennent où était leur fille. Il voulait faire annuler l'adoption. Il était déterminé.

Jeppe secoua la tête :

— Ça ne ressemble pas du tout à l'homme dont on a entendu parler jusqu'ici.

— Sa mère dit qu'il en était presque devenu obsédé. Il restait debout la nuit pour fouiller les archives de la convention de Genève sur Internet, il a écrit des lettres à des avocats spécialisés en droit de la famille. Elle était inquiète pour lui, m'a-t-elle dit, mais pas aussi inquiète que lorsqu'il était dépressif. Au moins, il agissait, désormais.

Anette se souvint du doux visage ridé de Singhild Patursson, qui rayonnait tandis qu'elle racontait le combat de son fils. Comme si elle était fière de son entêtement.

— C'était une bataille perdue d'avance, protesta Saidani. La petite devait avoir quatre ans, à ce moment-là ? Difficile de dire que ce serait dans l'intérêt supérieur de l'enfant d'être retirée des parents chez qui elle se trouvait depuis sa naissance.

Anette haussa les épaules.

— Je suis d'accord. Mais Hjalti Patursson était manifestement convaincu que c'était faisable. Jusqu'à ce qu'il tombe de la falaise de Sumba et meure.

— C'était à la même période ?

Jeppe se frottait le menton, les yeux étrécis et concentrés.

Anette hocha la tête.

— D'après sa mère, il est totalement hors de question qu'il se soit suicidé. Elle dit que la police locale a jeté un coup d'œil aux antidépresseurs dans le placard de la salle de bains et que l'affaire a été réglée. Elle est convaincue qu'il a été poussé.

— Ne dis rien, laisse-moi deviner !

Elle et Jeppe se regardèrent un long moment.

— Tu as bien deviné. Christian Stender.

CHAPITRE 28

Durant les deux jours qui s'étaient écoulés depuis la dernière fois où Jeppe l'avait vu, Christian Stender avait clairement fondu. Sa veste de costume bleu foncé pendait sur ses épaules et il avait même l'air plus petit. Son tee-shirt blanc aux plis bien marqués indiquait que lui et sa femme avaient dû s'acheter des vêtements neufs, leur séjour ayant été involontairement prolongé. Sa poignée de main était toujours ferme, mais sans contact visuel. Il ne voulait rien boire. Anette s'adossa au mur, derrière lui, et lança à Jeppe un regard éloquent.

Jeppe prit son ton le plus aimable.

— Comment allez-vous ? Ça devrait vous faire du bien de bientôt rentrer chez vous ?

Les coins de la bouche de Stender se levèrent en un minuscule sourire et ses yeux s'embuèrent. Quand il finit par parler, sa voix était étrangement détachée.

— Je n'avais aucune idée qu'il en serait ainsi. On sait dès la première seconde qu'on donnerait sa vie pour son enfant, qu'on tuerait pour elle s'il le fallait. Même quand elle devient adulte, que des conflits surgissent, qu'elle vous déteste et qu'on se dispute. Le sentiment est toujours le même. Intact… (Sa voix se brisa.) Je ne supporte pas d'être où que ce soit.

Il se tut. Quelqu'un passa dans le couloir et lança une remarque joyeuse à quelqu'un d'autre. Une porte claqua.

— La raison pour laquelle nous vous avons demandé de venir, c'est qu'il y a de nouvelles informations sur l'affaire, dit Jeppe avec précaution.

Aucune réaction.

— Nous savons que Julie a mis au monde un enfant et l'a confié à l'adoption il y a environ cinq ans. Une petite fille.

Christian Stender sourit à nouveau de son petit sourire trempé de larmes, mais ne répliqua rien.

— Pourquoi ne pas nous l'avoir dit ?

Toujours aucune réaction.

Jeppe se pencha en avant.

— Nous savons aussi que le père de l'enfant, Hjalti Patursson, vous a contacté quand il a appris l'existence du bébé, mais que vous l'avez empêché de retrouver sa trace. Pourquoi n'avait-il pas le droit de voir sa fille ?

Christian Stender secoua la tête puis, à la grande horreur de Jeppe, il se mit à rire. Un rire résigné, qui se termina par des sanglots si déchirants que Jeppe faillit lui caresser la main. Il marmonnait dans ses larmes.

— Ça n'a pas d'importance, vous ne comprenez pas ? C'est complètement sans importance, ce que je dis ou ne dis pas. Fini ! Terminé ! Ma fille est morte. Que voulez-vous que je vous dise ? Que j'ai poussé cette merde en bas de la falaise ? Qu'il a eu ce qu'il méritait ? Qu'en réalité, c'est ma faute si Julie est morte ? Elle ne reviendra jamais, nom de Dieu ! Ma petite fille est morte !

— Nous comprenons tout à fait votre situation, mais si vous avez la moindre information qui pourrait conduire à…

Jeppe sentit son cul osseux atterrir sur le sol avant même de comprendre ce qui se passait. La table bascula sur lui et Stender se dressa en hurlant d'une voix rauque et incohérente. Le coccyx de Jeppe envoya des vagues de douleur à son cerveau, et pendant un moment, il eut le souffle coupé. Son pistolet de service se trouvait dans le placard, dans le coin. Trop loin.

Anette s'était précipitée vers la porte pour aller chercher du secours et Jeppe entendit aux cris dans le couloir que des collègues arrivaient déjà. Stender se tenait près du mur que l'État avait choisi de décorer d'une reproduction encadrée de Monet. Le verre se brisa et le sang éclaboussa les nénuphars alors qu'il se jetait tête la première contre l'image, encore et encore.

La porte s'ouvrit à la volée et deux agents en uniforme se précipitèrent, matraque en main. D'où arrivaient-ils si vite ? Ils devaient déjà se trouver dans le service. Stender balançait ses poings ensanglantés autour de lui de façon erratique, aveuglé par le sang qui coulait de son front. Un des agents le fit tomber à terre, lui appliqua durement un genou dans le dos et lui passa les menottes. Il était allongé, la joue pressée contre le verre brisé, et gémissait.

Quelqu'un aida Jeppe à se relever. À part le choc provoqué par sa chute, il allait apparemment bien.

Ce n'était pas le cas de Stender.

Les agents le conduisirent titubant dans le couloir, accompagné par le bruit des éclats de verre qui tombaient de ses vêtements. Tout en avançant, ils l'informèrent de l'heure et de la raison de son arrestation. Toute envie de se battre s'était volatilisée chez Stender, un de ses yeux était complètement fermé par un œdème et ses pieds traînaient sur le sol. Ils étaient presque arrivés à l'escalier quand la procession s'arrêta et que quelques mots furent échangés. Un des agents appela Jeppe par-dessus son épaule :

— Kørner, il veut te parler. Il dit que c'est important…

Jeppe longea le couloir dans un bruit de verre pilé. Il avait à nouveau mal au dos et son cœur battait la chamade.

— Que voulez-vous ?

Il résista à l'envie de flanquer un coup de tête à Stender. Il y avait quelque chose d'infiniment misérable chez ce père ensanglanté.

— Dernière chance ; vous allez être placé en garde à vue, et ensuite les avocats prendront le relais.

Stender souleva son visage meurtri. Un peu de salive ensanglantée coulait sur son menton, qu'il était incapable d'essuyer. Il hocha la tête pour faire approcher Jeppe et lui chuchota à l'oreille :

— C'était ma faute !

— Votre faute ? Que voulez-vous dire ?

— La mort de Julie. J'aurais pu...

Ses genoux lâchèrent et les agents eurent besoin de toutes leurs forces pour le remettre sur pied. Stender secoua très légèrement la tête pour signaler qu'il avait fini, et le cortège reprit la direction de la porte, trébuchant comme des habitués sortant d'un bar de nuit.

*

Il ne fut pas simple de trouver un endroit approprié pour voir Clausen. Comme leur conversation porterait sur leurs collègues, un bureau n'était pas assez discret. Pour les mêmes raisons, une conversation téléphonique n'était pas envisageable, et un café aux tables rapprochées ou une promenade dans un parc les exposaient à des regards curieux qu'ils préféraient éviter. Ce fut Clausen qui suggéra la Tour Ronde, d'abord comme une blague ; mais en fin de compte, c'était un lieu de rencontre aussi valable qu'un autre.

— Comme ça, je pourrai me garer au parking du grand magasin Illum et rapporter quelque chose de bon à la maison, ce sera très apprécié, expliqua Clausen comme si c'était la véritable raison de leur singulier rendez-vous.

Jeppe accepta et raccrocha. Il n'avait personne à qui rapporter quelque chose de bon, mais il avait de meilleures chances de faire l'amour ce soir que s'il avait toujours été marié. La Tour Ronde était accessible à pied en vingt minutes, donc il pourrait être de retour à l'hôtel de police avant d'avoir à expliquer à qui que ce soit où il était.

Il descendit l'escalier au galop et longea les grilles de fer de Tivoli. À quel point devait-il prendre au sérieux la déclaration de Stender ?

Les gens étaient incroyablement avides de revendiquer la responsabilité de la mort de Julie. D'abord Esther de Laurenti, maintenant Stender, c'était le monde à l'envers. D'ordinaire, on ne se bat pas vraiment pour endosser la responsabilité d'un meurtre. Jeppe enfonça ses mains dans ses poches et rasa les façades des immeubles pour éviter les hordes d'acheteurs de la rue piétonne de Strøget. Le soleil de l'après-midi chauffait encore, même s'il ne descendait pas entre les murs épais et les toits de cuivre vert-de-grisés. Jeppe inspira l'odeur de grillades et de gaufres.

Les épaules vêtues de tweed de Clausen tranchaient dans la foule de touristes massée devant la tour. Il agita deux billets en l'air.

— Te voilà ! Es-tu prêt pour un peu d'exercice de fin de journée ?

Clausen se mit aussitôt à gravir le large couloir en colimaçon de la tour, apparemment plus préoccupé de faire passer leur rencontre pour une séance d'activité physique que d'aborder une conversation désagréable. Jeppe monta en zigzaguant entre les groupes de touristes qui descendaient, main dans la main, les yeux sur leurs téléphones portables. Il le laissa partir devant puis le rattrapa.

— Est-ce qu'on pourrait ralentir, Clausen, ou dois-tu arriver au sommet avant une heure précise ?

Clausen s'arrêta.

— Ah, tu as raison, oui, excuse-moi, on n'est pas pressés. Pas pour ça, en tout cas.

Clausen allait se remettre à arpenter le sol de briques jaunes quand Jeppe lui attrapa le bras.

— On ne peut pas dire que je me réjouisse non plus d'avoir cette conversation. Mais nous y sommes obligés ! Alors ralentis et venons-en au fait.

Clausen acquiesça à contrecœur et poursuivit sa montée à un rythme plus tranquille. Jeppe expira et lui emboîta le pas.

— J'ai consulté les archives du personnel. Bien sûr, il y a des limites à ce que je peux voir sans rien demander à personne. Mais j'ai quand même trouvé certaines choses. (Clausen agita la main devant lui pour marquer son mécontentement.) Toutefois, je dois souligner que je ne suis pas d'accord avec ta théorie selon laquelle l'empreinte de main aurait été déposée. Cela me semble un peu exagéré, pour te dire le fond de ma pensée, et...

— Dis-moi seulement ce que tu as trouvé, Clausen !

Ils atteignirent une fenêtre qui donnait sur le parc et s'arrêtèrent presque automatiquement dans la lumière dorée.

— Est-ce que c'est Bovin ? Qu'est-ce que tu as sur lui ?

— Ça a l'air important quand on le place dans ton contexte, mais garde les yeux sur la balle, s'il te plaît... (Clausen soupira avant de poursuivre.) Comme je te l'ai dit, David Bovin est à l'origine architecte paysagiste. Il a obtenu le droit d'effectuer cette formation, pour ainsi dire, durant son service en Afghanistan. Équipe 7 de la FIAS. Base de patrouille à Barakzai dans le Helmand, patrouille à pied et démineur. Il a travaillé comme soldat pendant cinq ans.

L'estomac de Jeppe se serra. *Shime-waza*. Kristoffer Gravgaard a été tué avec une technique utilisée par des soldats professionnels.

— Mais il y a aussi autre chose... Viens, montons jusqu'au sommet. C'est plus haut que dans mon souvenir.

Ils se concentrèrent sur la marche pendant une minute de plus, atteignirent la plate-forme et sortirent dans la lumière dorée qui baignait le soir. Ils s'avancèrent jusqu'à la balustrade en fer forgé et s'assurèrent que personne ne se tenait à proximité.

Clausen souffla, hors d'haleine.

— Il prend des photos. Ça n'a rien de particulier en soi, mais lui, c'est du sérieux. De l'artistique. Il a exposé plusieurs fois. Notamment à la galerie d'Erik Kingo dans Bredgade.

Un sifflement aux oreilles de Jeppe. Il les boucha de ses mains sans que le sifflement cesse.

Cela ne pouvait pas être une coïncidence. Le petit ami secret de Julie était photographe, l'assassin de Kristoffer, soldat, et David Bovin, les deux. Kingo était lié à Bovin et peut-être impliqué. Il devait demander à Saidani de s'occuper de ces deux-là et de les faire venir pour un interrogatoire. Sans perdre une minute.

Clausen l'interrompit dans ses pensées.

— Ne va pas remuer ciel et terre. Bovin était au travail hier, il a apporté les bretzels du vendredi (c'est chacun son tour) et il a bu une bière en fin de journée avec les autres. Complètement normal, tu entends ? Vas-y doucement avec ça.

Jeppe montra du pouce l'entrée du couloir en colimaçon.

— Tu devrais aller faire les courses pour ta femme, rentrer et passer un bon week-end. Merci pour la balade.

Clausen resta planté là.

— Tiens-moi au courant, Kørner ! Je suis sérieux, je veux savoir ce qu'il se passe à partir de maintenant.

Jeppe hocha la tête d'un air absent, porta son téléphone à l'oreille et se mit à descendre le couloir en colimaçon au pas de course.

*

La perspective de faire l'amour le soir même dans les Kartoffelrækker s'amoindrissait à vue d'œil. Jeppe avait envoyé un SMS à Anna pour la prévenir qu'il ne pourrait pas venir à 21 heures et elle avait répondu qu'il passe quand il aurait terminé. Si jamais il parvenait à terminer. Le samedi 11 août semblait être un jour sans fin.

Larsen avait regardé les vidéos de surveillance des restaurants de Nyhavn. Comme ils connaissaient l'horaire assez précisément, il avait vite trouvé ce qu'ils cherchaient. Une Julie Stender souriante, avec une queue-de-cheval blonde et un bras passé autour d'un homme qui était sans doute possible David Bovin. Elle sortait de chez le tatoueur où elle avait fait immortaliser le symbole de leur amour sur son poignet. Larsen imprima des captures d'écran du couple : elle, amoureuse et optimiste ; lui, calculateur et trompeur. C'était presque insupportable à regarder.

Ils envoyèrent un véhicule avec six agents armés successivement à l'appartement de David Bovin dans Knud Lavardsgade, à l'appartement d'Erik Kingo à Christianshavn et aux jardins associatifs, mais aucun d'eux ne s'y trouvait ni ne répondait au téléphone. Falck se mit à creuser tous les contacts possibles : famille, collègues, voisins. Anette commanda des pizzas. Si près d'une percée, personne ne rentre chez soi. Ni ne va à un rendez-vous amoureux.

Jeppe prit un morceau de pizza et le dévora, l'huile rougeâtre coulant sur ses doigts. Il sortit une lingette d'un tiroir et s'essuya les mains, au grand amusement d'Anette.

— Qu'est-ce qu'il y a de si drôle ?

Elle s'étira sur sa chaise.

— Toi, mon petit Jeppe ! Tu es marrant. Ou alors je suis juste fatiguée.

Jeppe lui lança la lingette froissée.

— Eh bien, quand tu auras fini de t'amuser, appelle l'ex-femme de Kingo, Helen. Falck a noté son numéro sur un papier qui se trouve sur cette table, quelque part. Ça fait vingt ans qu'ils sont divorcés. Ils ont un fils, maintenant adulte. Pendant ce temps-là, je vais voir Saidani.

Cela déclencha un nouveau fou rire chez Anette. Jeppe quitta leur bureau commun en secouant la tête pour rejoindre Sara Saidani.

Elle était penchée sur son ordinateur, en uniforme pour une raison inconnue, ses boucles tirées en arrière. On aurait dit une petite fille. Sa veste était posée sur sa chaise et ses bras brun clair dépassaient de la chemise bleue à manches courtes.

— Pourquoi l'uniforme ?

Elle leva les yeux au ciel et pointa du doigt le couloir de la direction, au-dessus, sans donner davantage d'explications.

— Est-ce que tu as trouvé quelque chose sur David Bovin ? N'importe quoi qui puisse nous aider à le localiser. Est-il marié ?

— *Niet*, il vit seul à son adresse dans Vesterbro.

— Des enfants ?

Jeppe se frotta les yeux et réprima un bâillement.

— Non. Mais il est à l'aise avec les enfants. Tu te rappelles la fête d'été de l'an dernier ? Il a joué au foot avec tous les jeunes. C'est en tout cas un footballeur assidu, il joue dans l'équipe première de la police qui s'entraîne tous les dimanches à Valbyparken. Si nous ne le trouvons pas avant, ils ont un entraînement demain. Il est *possible* qu'il y soit.

Jeppe hocha la tête.

— Autre chose ?

— Rien de nouveau. Mais je continue à chercher.

Il lui sourit et retourna dans son bureau, où Anette parlait au téléphone, les pieds sur la table.

— Tu as des réglisses ? demanda-t-elle, pleine d'espoir, en reposant le téléphone.

Jeppe sortit un sachet et la regarda en prendre possession. Elle mit deux pastilles dans sa bouche et les suça bruyamment avec délice.

— L'ex-femme de Kingo ne sait pas où il se trouve en ce moment, mais elle le décrit en termes pittoresques. « Égoïste, macho, manipulateur, mauvais père ». Quelque chose me dit que leur divorce n'a pas été heureux !

— Les divorces ne sont pas heureux. D'où le divorce.

— Ce n'est peut-être pas faux, dit Anette avant d'enfourner deux autres réglisses. Elle m'a aussi donné son avis sur le « programme de mentorat » de Kingo, comme il l'appelle lui-même. Il prend des artistes prometteurs sous son aile et les laisse le suivre. Toujours des jeunes hommes. Helen Kingo n'était pas enthousiasmée par la formule, la qualifiant de « prise d'otage psychologique ». Elle dit qu'il trouve toujours « les plus malléables », à qui il peut faire faire n'importe quoi…

— Sexe ?

Anette le regarda, sceptique.

— Dis-moi, tu ne penses à rien d'autre ? Il construit une relation de confiance avec ses assistants, les emmène en voyage et les initie aux processus d'écriture et artistiques. Ils finissent assez rapidement soit par l'aduler, soit par être virés. Son ex-femme trouvait souvent les jeunes hommes extrêmement jaloux quand Kingo les amenait à la maison. Elle a qualifié tout ce dispositif de « malsain » et a dit qu'Erik le faisait principalement pour flatter son ego.

Jeppe se frotta pensivement le front.

— David Bovin, un protégé d'Erik Kingo ?

— Son ex-femme n'a pas eu de contact régulier avec Kingo depuis que leur fils est adulte, alors elle ne connaît plus ses assistants. Mais si tu veux mon avis, quelque chose permet de le penser. Même si, dans ce cas, il était bien plus âgé que ses prédécesseurs.

La porte du bureau s'ouvrit tout à coup à la volée sur un Thomas Larsen hors d'haleine.

— Stender vient de faire une déclaration officielle...

Larsen haleta, essoufflé d'avoir monté l'escalier au pas de charge.

— Il vient d'avouer les deux meurtres. Nous avons des aveux !

CHAPITRE 29

Les roues du fauteuil roulant patinaient dans le gravier et Esther regrettait déjà de ne pas avoir insisté pour que Gregers marche un peu tout seul. Les médecins l'avaient autorisé à faire une petite promenade en soirée et confirmé que l'air frais lui ferait du bien tant qu'il ne forçait pas. Gregers avait pris cela au pied de la lettre et tenu au fauteuil roulant. *Merde*, elle y arriverait bien, tant qu'ils resteraient sur les chemins les plus larges. C'était aussi sans doute bon pour elle de bouger un peu et de penser à autre chose qu'aux meurtres et aux assassins. Juste quelques minutes.

— Fais attention ! Ça secoue ! Tu ne peux pas pousser plus doucement ?

— J'essaye, Gregers ! Pour un vieil homme maigre, tu es étonnamment lourd.

— Qui traites-tu de vieux ? Juste parce qu'on a atterri à l'hôpital et qu'on est dépendant de l'aide des autres pendant cinq minutes, on doit tout accepter, c'est ça ?

Esther se mordit la lèvre et continua à pousser. Ils étaient passés devant le parc de jeux et se déplaçaient à présent lentement sous les grands arbres vers le pavillon. De temps en temps, au détour d'un buisson, le lac et la fontaine leur apparaissaient. Un groupe de jeunes hommes avaient tendu une sangle entre deux arbres, sur laquelle ils marchaient à tour de rôle, pieds nus. L'un d'eux les salua quand ils passèrent. Gregers tourna la tête avec une toux dédaigneuse.

Une fois au lac, Esther gara le fauteuil roulant, mit les freins et s'affala sur un banc à côté de Gregers. Ils regardèrent l'eau, assis parmi les buissons. Les insectes bourdonnaient autour des emballages de glace, dans la poubelle, et un héron se tenait immobile au bord du lac, un œil fixé sur l'eau. Esther se pencha en arrière, savourant l'odeur de l'herbe et de l'été. C'était une belle soirée.

— Est-ce que je peux rentrer à la maison, maintenant ?

Gregers regardait les cygnes, la lèvre inférieure tremblante.

— Je ne le supporte plus. Je n'étais jamais allé à l'hôpital de ma vie. Ce matin, un autre patient est arrivé dans ma chambre, et nous sommes allongés là, séparés par un rideau ridicule, à essayer de ne pas tousser. Ce sont des conditions inhumaines ! Mon Dieu, mais pourquoi est-ce que j'ai payé des impôts toute ma vie ?

— Ce n'est pas particulièrement amusant à la maison ces temps-ci non plus, répondit-elle sèchement. J'en arrive presque à penser que ce serait mieux à l'hôpital. Il y a moins de morts que chez nous.

Cela le fit rire un peu. Par précaution, il transforma son rire en toux. Il ne devait tout de même pas trop s'amuser. Esther prit sa main et ils restèrent assis en silence à contempler les joggeurs et les mouettes tourner en rond.

— Mes enfants n'ont pas appelé, j'imagine ?

— Tes enfants ? Comment ça, tu as des enfants ?

Esther était vraiment étonnée. Elle n'avait jamais entendu parler d'enfants.

— Trois !

Stupéfaite, elle se tourna vers lui.

— Trois enfants ?! Gregers, vieux filou, tu ne me l'as jamais dit !

— Je ne suis quand même pas vieux.

— Mais… trois enfants ? Comment est-il possible que je ne les aie jamais vus à la maison ?

Gregers déglutit plusieurs fois.

— Le divorce d'avec Inger, ma femme, n'a pas été plaisant. C'est le moins qu'on puisse dire. Les enfants ont choisi leur camp. C'est tout.

— Mais il y a plus de vingt ans de ça, protesta-t-elle. Ils doivent être adultes depuis longtemps, pour ne pas dire… enfin, adultes en tout cas. Pourquoi n'avez-vous pas réglé ce différend depuis longtemps ?

Il haussa les épaules.

— Ils ont choisi leur camp. Et puis j'ai rencontré quelqu'un d'autre avec qui j'ai vécu un moment. Elle pensait que ce serait le bazar, avec les enfants. C'est comme ça.

Esther ne savait pas quoi dire.

Gregers se racla la gorge, mal à l'aise.

— Maintenant, ils n'appellent même pas quand je suis à l'hôpital. Ils ont pourtant été prévenus. Ils ne veulent pas risquer d'avoir à s'occuper de moi. Comme si…

— Tu dois bien avoir des petits-enfants, peut-être des arrière-petits-enfants. Tu ne les vois vraiment pas du tout ?

Gregers secoua la tête et se sécha les yeux de la manche, agacé. Esther chercha comment le réconforter, mais ne trouva rien d'approprié à dire.

— Ça alors, Gregers, c'est un sacré secret à porter pendant de si nombreuses années.

Il leva les mains et sembla regretter d'avoir abordé ce sujet.

— Alors, ils l'ont trouvé cet assassin ou quoi ?

— Non. Ils ont plusieurs suspects, mais personne n'a encore été arrêté. Nous deux sommes probablement aussi suspects. Ou du moins *moi*.

Esther sentit une pointe de malaise à le dire à voix haute, puis une tristesse si envahissante qu'elle faillit la renverser du banc.

— Parce que maintenant, je suis aussi trop vieux pour être un assassin ?

Il avait l'air vraiment offensé.

— Non, Gregers, seulement tu n'as pas écrit un manuel pour commettre un assassinat, comme je l'ai fait, à ce qu'il paraît. Cet assassinat n'a pas été commis dans *ta* propriété, et ce n'est pas *ton* professeur de chant qui a été jeté dans le lustre du Théâtre royal.

Esther s'effondra en avant et s'abandonna à son désespoir. Gregers lui tapota maladroitement le dos en émettant de petits « cht cht » destinés à la calmer. Elle laissa ses larmes couler librement, puis se tarir. Quand elle se redressa, Gregers la contemplait avec inquiétude.

— As-tu bu ?

La question était si inattendue qu'elle fut d'abord trop choquée pour y répondre.

— Bu ! De quoi tu parles, putain ?

— D'alcool. As-tu bu de l'alcool aujourd'hui ? C'est du vin rouge que tu as l'habitude de boire, non ?

Esther se leva, desserra les freins du fauteuil roulant et se mit à le pousser vers l'hôpital à toute vitesse. Il devait s'estimer heureux qu'elle soit assez consciencieuse pour ne pas le laisser planté là au milieu de Fælledparken. Vieil imbécile ! Il protesta contre sa brusquerie, mais elle l'ignora et continua à pousser.

— Hé ! ho ! pousse correctement ! Tu me secoues encore. Dis-moi, tu n'es quand même pas en colère ?

Gregers se tourna vers elle, mais elle regardait par-dessus lui et poussait à s'en faire trembler les bras.

— C'est juste parce que… oui, enfin, chère Esther, je ne te dis pas ça de gaieté de cœur, mais c'est la vérité, tu bois trop ! Je suis peut-être vieux, mais toi, tu es une buveuse de pinard invétérée, voilà, c'est dit. Et tu devrais arrêter, parce que cette merde n'est franchement pas bonne pour toi. Et maintenant, on n'en parle plus.

Gregers croisa ses mains sur ses genoux et regarda droit devant lui.

Esther était furieuse. Voilà tous les remerciements qu'elle obtenait pour avoir été une bonne voisine ! Elle lui avait rendu visite tous les jours, s'était occupée de lui alors que personne d'autre ne s'en souciait, et voilà qu'elle devait l'écouter critiquer sa consommation d'alcool ! Une fois qu'elle l'aurait déposé à l'hôpital, il n'aurait plus qu'à se débrouiller tout seul. Elle avait déjà bien assez de soucis comme cela.

Elle le poussa jusque dans sa chambre, marmonna un bref au revoir puis se dirigea à grands pas vers l'ascenseur. Son sang bouillonnait de rage comme pendant une désagréable montée d'adrénaline. Ce ne fut qu'une fois près des châtaigniers, au bord des Lacs, qu'elle se souvint qu'elle n'était pas censée se promener seule en ville. Pour l'instant, elle n'apercevait personne. Or, elle était en plein centre de Copenhague et pas très loin de chez elle.

Elle sortit son téléphone et envoya un SMS à Jeppe Kørner comme ils en étaient convenus. En route pour la maison, serai là dans une demi-heure. Esther. Elle remit son portable dans sa poche et soupira. Les agents qu'il avait promis de lui envoyer pour surveiller l'entrée de son immeuble étaient une sécurité dont elle avait hâte de se débarrasser.

L'obscurité tombait sur l'eau, brouillant la ligne entre le bleu profond du ciel et le noir des toits. Elle frissonna dans sa veste de soie couleur pêche. Toujours aussi sacrément froid, le soir, au Danemark, même en été.

Elle comprit à l'instant même où elle le vit approcher. La lumière en cône des lampadaires effleurait le sommet de sa tête chaque fois qu'il passait en dessous, si bien qu'il était tantôt éclairé comme un présage, tantôt perdu dans l'obscurité. *Clic, clic, clic.*

Les lignes sur la joue morte de Julie n'étaient pas une carte des étoiles, mais une empreinte digitale.

Elle le reconnut aussitôt.

Le technicien en dactyloscopie !

Un bord de lac entouré d'immeubles et une voix, la sienne, qui n'avait pas la force d'appeler à l'aide.

*

Il était plus de 23 heures quand Jeppe frappa enfin à la porte laquée noire de la maison mitoyenne d'Anna Harlov. Il avait toutes les raisons de ne pas venir, mais il était là quand même, si impatient que sa fatigue s'évaporait. Pendant qu'il attendait devant la porte, il n'entendit que le bruit de son propre cœur qui essayait de s'échapper de sa poitrine.

Il avait eu le temps de prendre une douche rapide à l'hôtel de police après l'interrogatoire de Christian Stender, qui avait carrément refusé de parler avant l'arrivée de son avocat. Celui-ci habitant à Herning, il ne pourrait pas être là avant le lendemain de bonne heure. La seule chose que Stender s'était contenté de dire pour l'instant, c'était qu'il était coupable des deux meurtres, et rien de ce qu'ils avaient essayé – contrainte, menaces ou camaraderie – n'avait ébranlé son mutisme.

En règle générale, quand une affaire de meurtre semblait élucidée, l'ambiance était bonne à l'hôtel de police, on buvait une bière et on se congratulait. Mais là, ils étaient juste rentrés chez eux. Jeppe ressentait un découragement accablant face à toute la situation. Pourquoi David Bovin ne leur avait-il pas dit qu'il était le petit ami de la victime ? Si Stender couvrait quelqu'un, Bovin, par exemple, pourquoi ? La victime était la propre fille de Stender, pourquoi protègerait-il son assassin ? En même temps, l'idée que Stender ait lui-même tué Julie ou Kristoffer était proche de l'absurde.

Ces aveux laissaient un mauvais goût dans la bouche de Jeppe, et en montant dans sa voiture garée dans

Otto Mønsteds Gade, il avait décidé d'annuler son rendez-vous avec Anna et de rentrer. Il était trop fatigué, mal disposé, peut-être même « hors service ».

Mais il ne pouvait pas rentrer à la maison.

Elle ouvrit la porte, lui sourit de son sourire si particulier et l'attira dans sa douceur, l'enveloppant de sa peau chaude au parfum d'abricot au point qu'il en oublia presque de respirer. Dans la petite entrée sombre, avec sa langue sur son cou et le sang battant dans tout son corps, il sentit à travers son trouble que ses craintes étaient infondées. Une basse profonde et un gros tambour étouffé jouaient quelque part, soit dans la cuisine, soit dans sa tête.

Il souleva son corps ferme et doux et pressa son érection contre elle, sentant avec délice à travers son jean la chaleur et la lourde respiration qui émanaient d'elle ou de lui-même. Des manteaux leur tombèrent dessus quand ils se retrouvèrent à genoux. Il les repoussa et se griffa sur le tapis en coco, souleva son chemisier et la saisit trop brutalement quand il vit qu'elle ne portait pas de soutien-gorge. Il marmonna un « désolé », chercha le bouton de son pantalon, tout le temps sa bouche à elle quelque part sur son corps à lui, dans sa bouche, sur ses doigts.

Il eut presque le vertige quand il lui retira sa jupe et vit son sexe nu, hyperventila au point d'être obligé de s'appuyer au mur. Elle gémit, le mordit, le lécha les yeux fermés. Il réussit enfin à défaire les boutons de sa braguette et s'allongea sur elle, toujours dans son coupe-vent. Elle tressa ses doigts derrière son cou et le serra fort.

*

La taie d'oreiller grise était douce contre la joue de Jeppe, rassurante, sentant l'air frais et la lavande. Ses vêtements étaient éparpillés sur le sol de tout le rez-de-chaussée et dans l'escalier. Il était nu sous la couette, vidé, fatigué et heureux. *Je suis heureux.* Trois petits mots, qui lui avaient paru inaccessibles pendant longtemps, lui emplissaient tout à coup la poitrine d'une douce euphorie.

Anna se promenait nue, rassemblant les vêtements. La peau de son ventre se plissait un peu quand elle se penchait, ses fesses rondes pointaient vers le haut. Un corps de femme adulte, ferme et doux à la fois, prêt à être mordu. Il se mit à rire et elle rit avec lui, desserrant sa queue-de-cheval ébouriffée et laissant ses boucles tomber sur ses épaules. Jeppe tendit la main vers elle et elle jeta les vêtements par terre, d'où ils venaient, rampa sur la couette et l'embrassa.

Il attrapa son visage à deux mains. Si mignonne ! Jeppe avait envie de lui dire tant de choses, tout. Il l'embrassa à nouveau.

— Tu sais bien que tu ne peux pas dormir ici, n'est-ce pas ?

Elle sortit du lit et recommença à rassembler les vêtements.

— John rentre tôt demain matin et je dois avoir le temps de laver les draps et tout ça.

Jeppe se leva en hésitant et prit les habits qu'elle lui tendait. Le rejet piquait, cela l'agaçait. Il savait pourtant ce qu'il en était. Qu'est-ce qu'il avait lui-même à offrir, en fin de compte ? Un flic solitaire avec du sperme engourdi, un boulot à temps plus que plein et une croyance en l'amour réinitialisée à zéro. Il lui rendit son sourire et s'habilla rapidement pendant qu'elle retirait les draps. À la porte, il l'embrassa légèrement et avança d'un pas lourd vers la grille en fer forgé.

Elle demanda la première :

— On se revoit ?

Dieu soit loué ! Il regarda la silhouette à la porte ouverte et sut à ce moment-là qu'il était amoureux.

— Oui ! Bientôt, très bientôt.

La voiture glissa dans les rues trempées par la pluie, le long des Lacs où les gouttes tombaient depuis les feuilles vert foncé des châtaigniers et où se reflétaient les lumières de la ville. Au niveau du Dronning Louises Bro, la poule gigantesque de la vieille enseigne lumineuse des supermarchés Irma le fit rire spontanément. Elle était vraiment encore là ?

Que disait la chanson, déjà... ? *La poule Irma clignote dans l'obscurité, et pond simplement ses œufs. Je te compare à elle, juste pour rire. Nous laissons tous les deux les traces de nos pas sur le Dronning Louises Bro, au milieu de milliers d'autres. Dans peu de temps, elles disparaîtront, mais toi et moi resterons toujours main dans la main*[1].

Jeppe chantait à en embuer le pare-brise. Un homme traversa le passage piétons de Vesterbrogade en robe blanche, bottes disco, ombre à paupières turquoise et cheveux de fée flottant autour de sa calvitie luisante. Jeppe croisa son regard quand il passa devant la voiture et ils se sourirent. Chacun sur son chemin, mais partageant un beau moment.

Au pied de la colline de Valby, son téléphone sonna. Jeppe s'arrêta près du cimetière de Søndermark plongé dans le noir et vérifia le numéro. C'était le Central.

— Salut, Kørner. C'est Wichmann du Central.

Un nuage sombre glissa dans le ciel dégagé de Jeppe. C'était au Central qu'il avait demandé de surveiller Esther de Laurenti.

— Salut, qu'est-ce qu'il y a ?

— Elle n'est toujours pas rentrée. Nos hommes y sont depuis deux heures. Ils ont sonné, mais personne ne répond, et toute la maison est plongée dans le noir. Tu es sûr qu'elle était en route ?

— Je vais l'appeler et vérifier tout de suite. Demande-leur de rester où ils sont jusqu'à ce que vous ayez de mes nouvelles !

1. Texte de la chanson *Hjerter dame*, « Dame de cœur ».

— Bien reçu.

Le téléphone d'Esther passa directement sur répondeur, éteint. Il vérifia à nouveau son SMS. Il y avait plus de deux heures qu'elle avait écrit qu'elle serait rentrée dans une demi-heure. Jeppe appuya son front sur le volant tout en sentant le bien-être le quitter. Ce n'était pas bon signe.

Dans Klosterstræde, des filles et des garçons jambes nues couraient de porche en porche pour se protéger de la pluie, en route vers le prochain bar, la prochaine fête. Devant le numéro 12, deux agents en civil essayaient de se fondre dans le décor. Ils y parvenaient assez mal. Jeppe les salua et regarda l'immeuble sombre. Que faire, putain ? Il ne savait pas où Esther de Laurenti se trouvait quand elle avait écrit le message, et n'avait personne à appeler pour poser la question.

Techniquement, une personne absente pendant deux heures n'était pas considérée comme disparue. Mais la coïncidence entre un Erik Kingo manquant, un David Bovin évaporé et maintenant une Esther de Laurenti disparue était pour le moins inquiétante.

La pluie augmenta, coula dans son col, répandit de petites gouttes froides dans son cou. À l'abri de l'auvent dégoulinant du café-bar, Jeppe composa le numéro de CP. Elle répondit d'une voix endormie au bout de cinq sonneries.

— Vous l'avez trouvé ?

— Non. Par contre, Esther de Laurenti a disparu aussi. Pas depuis longtemps, mais je crois que quelque chose cloche.

— Est-ce que ça peut attendre demain matin ?

— Non. Nous devons la faire rechercher.

— OK. J'en informe le directeur. On se retrouve à l'hôtel de police dans une demi-heure.

Jeppe mit fin à l'appel. À chaque goutte qui glissait dans son cou et son dos, il se rendait de plus en plus compte que quelque chose clochait *vraiment*.

DIMANCHE 12 AOÛT

CHAPITRE 30

Le dimanche matin à 8 heures précises, un jeune homme barbu portant un bonnet tricoté tourna la clé dans la serrure et ouvrit le café-bar Java Junkie de l'immeuble ocre du 12 Klosterstræde. Deux minutes plus tard, les premiers clients de la journée se présentèrent. Ils descendirent les marches jusqu'à la porte située sous le niveau de la rue, s'installèrent sur les tabourets de bar rustiques en bois près de la fenêtre et passèrent leur commande. Le jeune homme se gratta la tête sans gêne sous son bonnet tricoté et se mit à préparer les cafés ; un avec du lait et un avec du sucre.

Jeppe et Anette étaient affalés côte à côte en silence. Ils avaient surtout besoin d'une bonne nuit de sommeil, mais faute de mieux, une tasse de café devrait faire l'affaire.

Esther de Laurenti était toujours portée disparue. À 1 heure du matin, ils avaient réquisitionné un serrurier, ouvert les portes des trois appartements du 12 Klosterstræde et constaté que les seuls habitants du bâtiment étaient une paire de carlins très malheureux et affamés qui avaient fait leurs besoins sur le sol de l'entrée de l'appartement et s'étaient couchés à côté des déjections pour dormir. Les recherches battaient leur plein, ils ne pouvaient rien faire de plus. Mais ils ne pouvaient pas non plus ne rien faire du tout. Anette avait suggéré de se rendre à l'entraînement de football de la police à Valby pour voir si Bovin s'y présenterait. Jeppe se demandait maintenant si cela valait le déplacement.

Le barista barbu leur servit le café sur le morceau *Kind of Blue*, mais ne leur fut pas d'une grande aide à part cela. Il connaissait bien sûr Esther et les autres habitants de l'immeuble – « tragique pour cette fille, comment s'appelait-elle, déjà ? » – mais n'avait vu aucun d'eux de toute la semaine, ce qu'il avait d'ailleurs dit à plusieurs reprises à leurs collègues. Il prit gentiment des nouvelles du « vieux » et eut l'air sincèrement content d'apprendre que Gregers se remettait.

Le soleil était revenu et lançait ses rayons obliques entre les immeubles. À l'instigation de la police, le visage d'Esther de Laurenti venait d'apparaître à la une d'un journal du matin, agrémenté d'un titre à sensation : RETRAITÉE KIDNAPPÉE – LE MONSTRE AU COUTEAU A-T-IL À NOUVEAU FRAPPÉ ? avec pour sous-titre LA POLICE IMPUISSANTE – COPENHAGUE SOUS LE CHOC.

Difficile de rester optimiste.

Tard la nuit précédente, Saidani avait réussi à mettre la main sur l'éditeur d'Erik Kingo, qui se trouvait à une réception à l'ambassade d'Islande et fut donc un peu contrarié d'être dérangé. Kingo passait le week-end à Budapest pour une opération de promotion. L'éditeur avait accepté d'appeler la maison d'édition hongroise qui avait organisé le voyage, et avait pu, après plusieurs coups de téléphone et encore davantage de mécontents, confirmer qu'Erik Kingo était bien à Budapest, seul, et qu'à cet instant précis il assistait à un dîner chez le lauréat du prix Nobel Imre Kertész en personne. D'après son programme, il devait prendre un vol de retour le dimanche en fin d'après-midi, et l'éditeur avait promis de lui faire savoir qu'il serait accueilli par la police et interpellé.

Jeppe trempa le biscuit accompagnant son café dans la mousse de lait brune. Il n'était pas rentré chez lui pour se doucher et savait qu'il sentait le sexe. En temps normal, porter sa conquête sur lui et s'en vanter ne l'aurait pas dérangé, mais en cet instant, cela contribuait à sa mauvaise conscience d'être toujours ramené au souvenir d'Anna.

« Merci de prendre soin de moi, Jeppe ! »

La pensée des yeux effrayés d'Esther, de sa gratitude pour son aide, des horreurs qu'elle traversait peut-être en ce moment même – tout cela lui donnait la nausée. Il aurait dû être encore plus rapide, plus déterminé, il avait trahi sa confiance, son travail, il avait plus pensé à Anna qu'à la sécurité d'une personne qu'il savait en danger. Une personne qu'il avait poussée dans les bras de l'assassin au lieu de la protéger. La culpabilité lui tordait les intestins et lui donnait le vertige, mais en plus de ce sentiment, les images du corps d'Anna s'imposaient, éveillant de nouveau son désir. Il était honteux et excité à la fois, complètement épuisé et plein d'inquiétude. Jeppe avait connu des jours meilleurs.

La clochette du café-bar tinta et il se pencha vers Anette pour laisser passer un groupe de clients matinaux : trois jeunes gens en tee-shirts colorés traînant leurs étuis à instruments. L'un d'eux avait de longs cheveux rassemblés en chignon au sommet de la tête et une guitare accrochée dans le dos. Jeppe regarda Anette puis observa à nouveau le guitariste. Il l'avait déjà vu, pas en vrai, mais sur la photo accrochée au tableau de son bureau. Daniel Fussing, le désormais ex-petit ami de Caroline, commandait un café avec ses amis en riant, heureux et ivre. Chez cette engeance, la période de deuil pour deux amis assassinés n'avait pas l'air bien longue.

Jeppe croisa à nouveau le regard d'Anette, qui plissa les yeux et continua à boire son café. Daniel avait un alibi pour le meurtre de Julie, mardi soir, et avait donc un peu échappé à leur attention. En fait, Jeppe ne lui avait jamais parlé en personne. Il observa les trois jeunes qui s'amusaient au comptoir, faisant un check au barista, qu'ils connaissaient visiblement. L'étui de la guitare de Daniel était recouvert d'autocollants de festivals et de brefs slogans écrits à l'aide de ruban adhésif de diverses couleurs.

Woodbines, lut Jeppe, *Cph girls* et *Roskilde love*. Juste à côté d'un autocollant Alis était écrit *Satori* en ruban jaune et vert. Pour autant qu'il le sache, c'était japonais et signifiait quelque chose comme « illumination ».

Christian Stender continuait à affirmer sa culpabilité, sans autre commentaire. Il avait l'air coupable et infiniment triste, mais la seule qui semblait se réjouir de son arrestation, c'était une CP soulagée de pouvoir transmettre la bonne nouvelle au directeur de la police. Le fait qu'Esther de Laurenti soit toujours portée disparue était minimisé, son état d'esprit dépressif mentionné plus d'une fois. L'assassin avait avoué et était derrière les barreaux. Soi-disant.

Jeppe ne miserait pas un kopeck sur ces aveux.

Satori.

Il ne s'aperçut de ce qu'il était en train de faire qu'une fois sa main lourdement posée sur l'épaule de Daniel Fussing.

*

Les pelouses vertes de Valbyparken étaient encore mouillées après la pluie nocturne. Sur l'herbe autour du stade, les équipes de football de l'association sportive de la police s'entraînaient comme elles le faisaient toute l'année chaque dimanche matin. Des groupes d'hommes et de femmes en short, arborant des bandes réfléchissantes aux couleurs vives, faisaient des levers de genoux et échangeaient des passes en différents groupes de sept ou onze. La plupart d'entre eux avaient les jambes maculées de boue.

Anette Werner s'arrêta un moment pour observer une équipe d'hommes musclés en train de s'étirer. Elle était venue directement du café-bar et appréciait les vastes étendues et l'air frais de la banlieue. Ici, cela sentait l'herbe, et des cerfs-volants colorés volaient à l'horizon. Pas le pire endroit pour travailler un jour pareil. Le dimanche matin était en principe sacré chez les Werner, aussi sacré que possible quand une moitié du couple travaille dans la police. Le pain maison levé à froid de Svend et la longue lecture des journaux, à qui serait le premier à mettre les pieds sur les genoux de l'autre. Mais pas aujourd'hui.

Elle demanda à l'un des joueurs où se trouvait l'équipe première et on lui indiqua le stade. Elle prit la direction du bâtiment en lançant un dernier regard discret aux fesses des hommes pointées vers le ciel.

Dans le stade, l'ambiance était plus sérieuse. Au milieu du terrain, entre les tribunes désertes, une poignée d'hommes bien entraînés discutaient bruyamment. L'un d'eux se prit la tête entre les mains, un autre leva les bras en l'air, un troisième porta son téléphone à son oreille et s'éloigna du groupe. Anette passa avec hésitation devant la grande pancarte CHAUSSURES À CRAMPONS OBLIGATOIRES SUR LE TERRAIN ! et alla les rejoindre.

— Excusez-moi, salut.

Un grand type aux boucles noires leva la tête.

— Je cherche David Bovin du CNCC, vous l'avez vu ?

Tout le groupe la dévisagea d'un coup. Le bouclé échangea un regard avec un de ses coéquipiers et répondit :

— Non, justement. Il n'a même pas prévenu. Ça ne lui ressemble pas.

— Hé, tu n'es pas inspectrice à la Crim' ? cria un type aux jambes courtes, ses lunettes fixées autour de sa tête par un élastique. Pourquoi as-tu besoin de Bovin un dimanche ?

Anette passa une main dans ses cheveux et détourna le regard.

— Avez-vous un entraîneur ?

— Sous le tableau des scores, en jogging bleu avec le logo de l'association sportive de la police, celui qui parle au téléphone.

Les hommes suivirent Anette des yeux tandis qu'elle s'éloignait à travers l'herbe boueuse.

L'entraîneur mit fin à sa conversation, lui serra la main et annonça qu'on allait le rappeler dans un instant. Anette l'arrêta avant qu'il n'ait le temps d'expliquer qu'il manquait un joueur pour le match.

— Je cherche justement David Bovin. J'ai cru comprendre qu'il jouait ici, dans l'équipe première.

Anette regarda le terrain en essayant d'ignorer quelques dents jaunes bizarres dans la bouche de l'entraîneur.

— Il a des informations sur une affaire de meurtre en cours et on n'a pas été en mesure de mettre la main sur lui depuis vendredi soir.

— Alors vous en savez plus que moi.

L'entraîneur envoya un beau jet de salive sur le gazon.

— Nous nous sommes aperçus de son absence au début de l'échauffement, il y a une heure.

— Avez-vous une idée de l'endroit où il pourrait être ?

— Si je le savais, ces dix hommes là-bas ne seraient pas en train de gueuler.

— Il est fiable, en principe ?

L'entraîneur regarda Anette d'un air perplexe.

— Euh, oui. Il vient toujours, c'est l'un de nos meilleurs joueurs. Sinon, on ne l'aurait jamais pris dans l'équipe. Il est à la fois civil et trop vieux. En fait, il devrait jouer dans l'équipe des vétérans. Mais quand je l'ai vu lors d'un match, je l'ai tout de suite recruté.

L'entraîneur secoua son paquet pour faire sortir une cigarette sans filtre et l'alluma. Il le tendit à Anette qui refusa en secouant poliment la tête.

— Un type sympa ?

— Absolument ! Il passe beaucoup de temps au club, à faire du bénévolat et tout ça. Il entraîne un groupe d'enfants placés en Sjælland du Nord une fois par semaine. Il ne reçoit pas un sou pour ça et paye lui-même le transport… Je ne comprends tout simplement pas où il est passé.

— Des enfants placés ?

— De l'orphelinat. En fait, il y en a beaucoup au Danemark, même si personne n'en parle. Et ils ont aussi besoin d'exercice et de bonnes expériences. C'est une cause qui tient à cœur à Bovin. Il est lui-même passé par là, si je puis dire.

Le téléphone de l'entraîneur sonna et il leva un doigt vers Anette pour lui signaler que leur conversation était terminée. Elle l'attrapa par la manche avant qu'il ait le temps de se détourner.

— Que voulez-vous dire par « il est passé par là » ?

L'entraîneur posa une main sur le micro de son téléphone.

— Je suis désolé, je dois répondre…

— Est-ce que Bovin a été lui-même en orphelinat ou quoi ?

— Je ne connais pas les détails et je ne sais pas combien de temps, mais oui, il a raconté qu'il avait lui-même grandi dans un orphelinat.

Il s'éloigna d'elle tout en continuant de parler dans son téléphone.

— Oui, Michael, je suis là. Qu'en dis-tu, tu peux venir ?

Anette s'accrocha à son bras et dut courir derrière lui.

— Où ? Savez-vous où ?

Il boucha son oreille libre et parla plus fort. Anette dut crier pour couvrir la conversation téléphonique.

— A-t-il dit où il entraîne les enfants au foot une fois par semaine ? Savez-vous où c'est ?

L'entraîneur abaissa son téléphone au milieu d'une phrase et la regarda d'un air courroucé.

— En Sjælland du Nord, bon sang. Je ne sais pas comment ça s'appelle, mais c'est à Kokkedal, je crois. Et si vous restez une minute de plus, c'est vous que je mettrai sur le terrain pour jouer le match !

Anette partit en toute hâte.

*

Pendant qu'Anette cherchait David Bovin, Jeppe installa un Daniel Fussing fatigué et démotivé dans la salle d'interrogatoire n° 6, alla chercher une carafe d'eau et deux verres, et passa voir Thomas Larsen, qui conduisait les recherches d'Esther de Laurenti. Juste pour obtenir la nouvelle décourageante qu'il n'y en avait toujours aucune. Rien de neuf de la part des plongeurs, rien des hélicoptères et aucun témoin. Comme si le sol s'était ouvert et l'avait engloutie.

De retour dans la salle d'interrogatoire, il dut réveiller Daniel, qui s'était endormi sur la table, la tête dans les bras. Quand celui-ci ouvrit ses yeux bordés de rouge, sa première impulsion fut de demander où était sa guitare. Jeppe désigna l'étui et croisa les bras sur sa poitrine. Daniel Fussing lui donnait envie de crier. Le faisait se sentir vieux.

— Eh bien, Daniel, ça a été une semaine riche en événements. Deux de tes amis ont été assassinés, et puis une difficile soirée en ville de plus, hein ?

Jeppe vérifia que le Dictaphone fonctionnait.

— C'était une question ? demanda Daniel, l'air désorienté.

— Aux yeux de n'importe qui, ça pourrait paraître, comment dire, insensible.

— Ce n'est pas vos oignons, mais on a joué pour bosser hier soir. J'aurais bien pu annuler, et j'ai failli, mais c'est mon boulot, en fait, vous comprenez. Comme vous, vous êtes flic. Exactement pareil. Mais contrairement à votre boulot, je suis pas payé si j'annule. Et pour être tout à fait honnête, j'avais besoin d'oublier tout ça pour quelques heures. Juste de me sentir normal à nouveau, vous pigez ?

Jeppe regarda la page vide de son carnet devant lui. Comment l'artiste aux grands rêves qu'il avait été autrefois était-il devenu l'homme qui avait opté pour le bon boulot ?

— Cela peut paraître *insensible*, poursuivit Daniel en mimant des guillemets avec ses doigts, mais tout le monde me traite comme un putain de paria, m'évite autant que possible. Et s'ils sont forcés d'être avec moi, ils me regardent avec des yeux bizarres et parlent de moi derrière mon dos dès que je me barre. C'est comme d'avoir Ebola, putain.

Jeppe versa à Daniel un verre d'eau qu'il but d'un trait.

— J'ai cru comprendre que vous aviez rompu avec Caroline. Puis-je savoir pourquoi ?

— Vous me demandez pourquoi. Vous l'avez rencontrée ?

Daniel jouait avec son verre tout en parlant.

— Oui, gentille fille.

— Très gentille. Super canon. Ça n'a tout simplement pas fonctionné. Je suis complètement à la rue, en ce moment. La dernière chose dont j'ai besoin, c'est d'une petite copine aussi barrée, et jalouse, en plus.

— Est-ce que Caroline avait des raisons d'être jalouse ?

Jeppe voyait Daniel se demander si la police avait le droit d'exiger cette information, alors il se fit plus explicite.

— Je pense en particulier à Julie Stender. Est-ce que Caroline avait des raisons d'être jalouse d'elle ?

Daniel tira un peu sur son chignon. Maintenant, c'était à son tour de regarder la table.

— Bon, je préférerais que ça sorte pas d'ici, pas pour moi, mais y a aucune raison de rendre Caro encore plus triste. Mais oui, Julie et moi étions ensemble de temps en temps, quand Caro était pas là. J'habitais plus ou moins chez elles, et vous savez ce qui se passe quand on a bu un peu de vin, fumé un joint. C'est arrivé que quelques fois, et c'était bien sûr pas un truc qu'on a crié sur tous les toits. Elle était mignonne, et côté sexe c'était bon. Putain de merde, c'est tragique.

Daniel posa sa tête sur ses mains et resta un moment dans cette position. Puis il se frotta vigoureusement le visage et releva la tête.

— En réalité, on parlait beaucoup plus qu'on baisait. De nos familles barges.

« *Familles barges ?!* » Jeppe feuilleta son carnet.

— Caroline a mentionné que vous et Julie aviez de longues conversations sur vos antécédents familiaux…

Daniel afficha un sourire qui sembla douloureux.

— Nous avons tous les deux perdu notre mère dans notre enfance, et si on peut parler de clubs dont soit on fait partie, soit dont on est complètement exclu, celui-là en est bien un. Rien te prépare à être abandonné par ta mère. J'avais huit ans quand la mienne est morte, et je pense toujours à elle chaque jour. Ça passe jamais, ça va même pas mieux. Julie et moi, on se comprenait.

— Quelle impression te faisait le père de Julie ?

Ce père qui, à cet instant, se trouvait en salle d'interrogatoire dans le même bâtiment et avait avoué le meurtre de sa propre fille. Jeppe garda la voix légère, la question ouverte.

— Hmm. Christian est un peu un macho de la vieille école. Vous savez, une poignée de main ferme avec un regard tiens-toi-à-cinq-pas-de-ma-fille. Julie m'a raconté des choses vraiment dingues sur lui. (Daniel secoua la tête en riant.) Pendant longtemps, j'ai cru à ses histoires…

— Comme quoi ? Quelles choses dingues ?

— Qu'il battait sa mère, par exemple. Quand elle était petite. Même pendant que sa mère était malade. Julie avait l'habitude de se cacher dans un placard de sa chambre et d'y chanter tout bas quand elle entendait le support du goutte-à-goutte être jeté sur le carrelage. Plus tard, elle a admis qu'elle avait vu ça dans un film. Julie était pleine d'histoires pas toujours en phase avec la réalité. C'est ce qui se passe quand on grandit sans sa maman. On n'a jamais cette boussole morale dont se servent les autres.

Jeppe écrivit *boussole morale* sur la page blanche devant lui.

— Alors, son père n'était finalement pas si terrible ?

— Christian Stender se soucie que d'avoir les bons amis – politiques, gens des médias, artistes – et que sa vie ait l'air hyper-réussie, mais en réalité, c'est un péquenot. Du style qui se sent mieux en sabots, mais qui achète des costumes coûteux pour s'intégrer dans un monde qui l'acceptera de toute façon jamais. Ce genre de type.

— Mais il aimait sa fille ?

Daniel acquiesça.

— D'après Julie, il n'aimait qu'elle, et sur ce point, je crois qu'elle disait la vérité.

Julie morte. Kristoffer mort. Esther de Laurenti disparue. Une nausée soudaine monta en Jeppe, si bien qu'il dut déglutir plusieurs fois avant de continuer à parler.

— J'ai entendu dire qu'il s'est mis dans une belle colère quand il a découvert la liaison de Julie avec son prof. Vous savez quelque chose à ce sujet ?

— Ce Féringien, oui, c'était nul. Et c'était AUSSI du grand n'importe quoi. Stender l'a fait virer et l'a menacé de mort. Mais c'était un rideau de fumée.

Daniel regarda par la fenêtre le soleil briller dans la cour ronde. Il avait l'air de vouloir être n'importe où plutôt qu'ici.

— C'est-à-dire ?

— Il fallait que la bourgeoisie de la ville pense qu'elle était vierge, pure comme la neige. Le Féringien aussi, sûrement. Mais Julie avait commencé tôt, elle a été dépucelée à treize ans derrière le garage à vélos de l'école. C'est ça d'être jeune à la campagne. On couche parce qu'il y a que dalle à faire.

Il eut un rire creux.

Jeppe rit un peu avec lui, puis il se racla la gorge.

— Est-ce qu'elle vous a aussi raconté qu'elle était tombée enceinte ?

— Oui, mais beaucoup plus tard... Ça avait l'air d'avoir été une sacrée merde. Elle n'avait que quinze ans.

— C'est ça. Avec le Féringien...

Daniel le regarda avec étonnement. Puis il éclata de rire.

— Putain, c'était vraiment quelque chose, Julie. Qu'est-ce qu'elle me manque, bon sang !

Il se versa lui-même de l'eau et but. Soupira.

— De toute façon, ça fait plus rien, maintenant qu'elle est morte. Plus de raison de garder son secret... Le Féringien était carrément fou d'elle, alors elle a couché avec lui quand elle s'est rendu compte qu'elle était enceinte. Une seule fois. Elle était déjà enceinte de plusieurs mois quand ça s'est passé, mais il n'a jamais rien soupçonné.

— Mais pourquoi ?

Daniel leva une épaule jusqu'à son oreille et la laissa retomber.

— Pour avoir un bouc émissaire, une manœuvre de diversion. Pour que papa puisse diriger sa colère sur quelqu'un d'autre qu'elle. Julie pouvait être sacrément cynique, quand y fallait.

Manifestement assez cynique pour dépeindre à Esther de Laurenti la version de l'histoire qui lui convenait. Esther avait été garante de l'histoire de l'avortement de Julie, comme une amie loyale peut l'être quand elle se sent investie de quelque chose de précieux. Julie lui avait menti, même si elle avait trouvé en Esther une rare compagne d'infortune. Jeppe ressentit une profonde tristesse à la pensée de cette jeune fille solitaire qui n'avait fait confiance à personne, sauf à celui qui avait fini par la tuer.

— J'ai d'ailleurs un aveu à vous faire, marmonna Daniel.

— Oui ?

Jeppe leva brusquement la tête et regarda le jeune homme. Davantage d'aveux ! Combien de culpabilité et de honte une seule affaire de meurtre pouvait-elle contenir ?

— J'ai envoyé une lettre au Féringien pour lui parler de l'enfant.

La lettre anonyme à Hjalti Patursson venait donc de Daniel.

Jeppe leva une main.

— Mais il n'était pas le père du bébé, vous l'avez dit vous-même !

— Mais il ne le savait pas. Et peu importe, il aurait tout aussi bien pu l'être.

— Pourquoi avez-vous fait ça, alors ?

Daniel sourit tristement.

— Aussi étrange que ça puisse paraître : pour aider Julie. Elle était perdue à cause de l'adoption, elle l'avait jamais souhaitée. Son père l'avait forcée. C'était un chagrin pour elle de ne pas connaître son enfant, mais elle n'osait pas vraiment y remédier. Ne savait pas comment s'y prendre. J'ai pensé que le Féringien l'aiderait s'il croyait qu'il était devenu père. De toute évidence, j'avais tort.

Un geste a priori serviable. Un acte d'amour envers une bonne amie. Le récit de ce mensonge à peine innocent avait finalement coûté la vie à Hjalti Patursson.

Jeppe fronça les sourcils.

— Je ne comprends pas. Quelle était donc l'utilité d'une telle manœuvre de diversion au départ ? Qui l'avait mise enceinte ?

— C'est complètement délirant. Julie m'a fait jurer de jamais le dire à personne et j'ai obéi…

— Était-ce son père ?

Jeppe se rendit compte qu'il serrait son stylo-bille de façon compulsive et le posa sur la table.

Daniel le regarda, choqué.

— Beurk ! Non, personne est aussi malade que ça !

Jeppe remercia sans bruit les puissances supérieures.

— Mais c'était bien dégueu quand même.

Une expression de dégoût déforma le visage de Daniel.

— Julie couchait parfois avec un des amis de son père. Ou frère de loge, je sais pas ce qu'ils étaient l'un pour l'autre. En tout cas, il venait à Sørvad deux ou trois fois par an, allait à la chasse et partageait un bon dîner avec le père. Il baisait sa fille adolescente et rentrait à Copenhague. Un grand homme, enfin, c'est ce que pense le père de Julie. Bon, il est possible que ce soit qu'une des histoires de Julie. Je ne sais pas. Peut-être que c'était une chose sur laquelle elle fantasmait.

Jeppe baissa les yeux sur l'étui de la guitare.

Satori. L'illumination.

— Il n'aurait pas été artiste, par hasard, l'ami du père ?

Daniel eut l'air un peu impressionné.

— Si, c'est ça. Le père de Julie a ses tableaux accrochés dans toute la maison. C'est ce vieux-là. Kingo ! J'ai bien dit que c'était dégueu.

Tu n'as pas idée, pensa Jeppe en éteignant le Dictaphone.

CHAPITRE 31

Soleil sur les paupières, le monde brille en rouge. La plage est chaude et le sable gratte dans le dos. Les vagues déferlent. La bouche est sèche à faire mal et elle ne peut pas bouger. Ont-ils pensé à apporter de l'eau ?

Esther de Laurenti entrouvrit les yeux. La lumière du soleil l'éblouit, elle avait la nausée. D'où venait la lumière, n'était-ce pas le soir ? Elle referma les yeux, mais la nausée persista. Elle effleura la surface sur laquelle elle se trouvait ; la paralysie s'était évaporée avec le rêve.

Du bois brut, du gravier, quelle était cette odeur ? Des pommes ? La mer ? Esther leva la main pour se protéger les yeux, les ouvrit doucement. De l'herbe, des troncs d'arbres en contre-jour, elle était allongée dans un jardin ou un parc, sur une table de jardin. Elle entendit un oiseau chanter juste au-dessus d'elle et leva la tête. Un merle entre des feuilles vert foncé et des fruits pas encore mûrs. Elle essaya de s'asseoir, mais le vertige la força à s'allonger de nouveau. Elle sentit la surface en bois contre sa joue. Puis le monde s'éteignit.

Quand elle s'éveilla à nouveau, le soleil s'était déplacé et elle était à l'ombre. Le vertige s'était calmé, mais n'avait pas disparu. Elle s'assit avec précaution et regarda autour d'elle en bougeant les pieds et en essayant de retrouver des sensations dans ses jambes. Son pantalon en laine blanc était taché et abîmé. Elle n'avait jamais eu aussi soif. Si elle ne buvait pas, elle allait mourir.

Esther regarda autour d'elle. Elle était assise sur une table en bois dans un grand jardin au bord de la mer. Entre elle-même et l'eau, une terrasse en pierre avec un bac à sable fermé par un couvercle, et plus loin, vers la haie, un gigantesque trampoline avec des filets de sécurité. Il y avait des arbres sur toute la parcelle, mais pas de fleurs. Derrière elle, la façade d'une maison couverte d'échafaudages. Désert. Un sentiment d'irréalité la submergea, peut-être rêvait-elle encore. Comment avait-elle atterri ici ?

— Tu dois avoir soif.

Esther sursauta. La voix grave d'un homme venait de derrière elle. Elle se retourna avec difficulté, son cou lui faisait mal. Le soleil toujours dans les yeux, elle souleva son bras douloureux pour mettre sa main en visière. À côté du banc se tenait un homme qui lui souriait. Esther se sentit aussitôt rassurée, la présence d'une autre personne était réconfortante.

Il lui tendit un verre d'eau et elle but avec précaution.

— C'était bon ?

Il lui reprit le verre des mains. Elle hocha la tête et son cerveau cogna d'avant en arrière dans son crâne. Elle plissa les yeux et l'observa. Il avait l'air gentil. Jeune, adulte. Des cheveux courts, un début de calvitie, des yeux clairs, un sourire amical. Des lunettes.

— Où suis-je ?

Son sourire s'élargit, découvrant les rangées blanches de ses dents.

— Tu ne me reconnais même pas maintenant, n'est-ce pas ?

Esther avait toujours le vertige. Elle essaya de se redresser tout en réfléchissant. Si, elle l'avait déjà vu. Elle avait juste la tête trop lourde, si étourdie. Où était-ce donc ?

— Je crois que j'aimerais rentrer à la maison, maintenant. Peux-tu m'aider ?

Elle tendit la main vers lui, trop peu sûre d'elle pour se lever sans aide.

Il prit sa main dans la sienne, chaude et ferme, la caressa. Il était un peu trop près et serrait fort, ça devenait désagréable. Elle essaya de retirer sa main discrètement, mais il pressa encore plus fort et continua à la caresser. Il se pencha sur elle, sa bouche à quelques centimètres de son oreille, cligna fort des deux yeux. Sa voix était toujours affectueuse et rassurante.

— Mais, maman, nous sommes déjà à la maison.

CHAPITRE 32

— CP refuse de discuter. Officiellement, l'enquête sur les meurtres de Julie Stender et Kristoffer Gravgaard est en suspens et l'équipe est renvoyée à la maison pour se reposer.

Jeppe rangea son téléphone dans sa poche pendant que Anette mettait le clignotant pour descendre du trottoir. Toujours aucune nouvelle d'Esther, toujours aucun SMS d'Anna, mais sa mère avait appelé deux fois. Ils étaient en route vers l'aéroport pour accueillir Erik Kingo, qui atterrissait dans une demi-heure de Hongrie.

— Mais…

La protestation d'Anette s'éteignit d'elle-même et Jeppe poursuivit :

— Elle est d'accord pour que toi et moi continuions à travailler pour découvrir la façon dont ça s'est passé. Mais, avec des aveux en main, elle ne peut pas justifier l'utilisation de ressources supplémentaires. Nous avons tout au plus deux ou trois jours.

— Mais ça n'a aucun sens.

— Non, les aveux ne tiennent pas. Elle doit subir une pression énorme d'en haut pour agir ainsi. Mais comme elle dit, ce n'est pas vraiment le genre d'affaire où l'on avoue quand on n'a rien fait. Christian Stender va prendre la perpétuité. Pourquoi se dénoncerait-il de son plein gré si ce n'était pas lui ?

— Mais qu'en est-il de la fausse empreinte et de l'amitié secrète de Bovin avec Kingo ? De sa liaison avec Julie Stender ? Et le manuscrit, nom de Dieu !

Anette criait presque.

— Ce n'est pas moi que tu dois convaincre, tu le sais bien.

— Et qu'est-ce qu'on fait pour retrouver Esther de Laurenti ?

Jeppe regarda par la vitre.

— Il y a encore une alerte dessus.

— Et son téléphone ? demanda Anette impatiemment.

— Il n'apparaît pas quand nous essayons de le suivre par satellite, alors soit il est éteint…

— Soit il est au fond d'un lac au milieu d'une forêt, termina Anette avant de frapper le volant avec colère. Mais quelle est l'explication ? Pourquoi a-t-elle tout à coup disparu si l'assassin est détenu à l'hôtel de police ?

Jeppe soupira.

— Je ne sais pas. Mais elle n'aurait jamais abandonné ses chiens, n'est-ce pas ?

— Bien vu ! Si on devait essayer de la retrouver, où chercherions-nous ?

— Tu veux dire toi et moi ?

Elle pointa un doigt vers lui, hargneuse.

— CP nous a bien donné deux-trois jours, non ? Est-ce qu'on n'est pas d'accord que les meurtres, sans qu'on sache pour quelle raison, ont été commis par David Bovin ? Peu importe ce que Stender prétend par ailleurs et pourquoi ?

— Si. Sois gentille de garder les yeux sur la route pendant que tu conduis.

— Et tu ne penses pas aussi qu'il y a une probabilité très forte pour que ce soit ce même Bovin qui retienne en ce moment même Esther de Laurenti prisonnière ? S'il ne l'a pas déjà tuée ?

— Si, nous sommes d'accord.

Jeppe se colla les mains sur les oreilles. Elles sifflaient.

Ils entraient dans le long tunnel avec les ventilateurs au plafond et Anette repoussa ses lunettes de soleil sur son front.

— Alors il ne nous reste plus qu'à les retrouver !

Jeppe rit malgré lui.

— Ce n'est pas que je n'apprécie pas ton enthousiasme, mais comment comptes-tu t'y prendre alors que les recherches officielles n'ont rien donné ?

Anette accéléra et se rabattit devant un camion, dangereusement près de son pare-chocs.

— Bon, écoute ! Notre cher psy Mosbæk avait raison de dire que notre assassin était un enfant d'orphelinat. Il se trouve que David Bovin passe un après-midi par semaine à entraîner au foot justement des enfants d'orphelinat, ou des enfants placés, comme on dit maintenant. Dans un orphelinat de Kokkedal. Nous pourrions demander à Larsen et Saidani d'essayer de le localiser et aller faire un tour là-haut.

— Hmm, ça vaut la peine d'essayer. Je les appelle.

Ils n'avaient sûrement rien de mieux à faire de leur dimanche soir que de suivre une autre fausse piste dans le nord de la Sjælland.

Jeppe ressortit son téléphone. Pas de message. Il avait été au moins cent fois sur le point d'écrire à Anna, mais s'était réfréné chaque fois. Comme un enfant ballotté dans un manège à sensations fortes, pris dans la chute libre du nouvel amour et en même temps perturbé par la disparition d'Esther. Pendant que ses doigts tapaient le numéro de Saidani, il regarda par la vitre le béton qui défilait, en se maudissant. Il n'aurait jamais dû encourager la correspondance d'Esther avec l'assassin.

Avec Bovin.

*

Le hall d'arrivée de l'aéroport de Copenhague était rempli de mères impatientes, de fils et de petites amies qui tendaient le cou pour apercevoir leurs voyageurs arriver. Erik Kingo apparut au milieu d'un groupe de gymnastes, tous en joggings bleu et jaune, qui furent accueillis par une ovation et des drapeaux. Bronzé dans sa veste en lin blanc, il avait l'air détendu ; on n'aurait pas dit qu'il venait de passer deux heures dans un avion, et encore moins qu'il s'inquiétait de ce qui l'attendait à l'arrivée. D'un bras musclé, il tenait son sac de week-end en cuir souple loin de son corps pour qu'il ne touche pas la toile claire. Il serrait une gigantesque licorne en peluche mauve sous l'autre bras. Kingo ne regarda pas autour de lui et se contenta de bifurquer brusquement pour se diriger droit vers la station de taxis, exactement comme ils s'y étaient attendus. Ils le rejoignirent au niveau de la porte à tambour.

Anette attrapa son sac avant que Kingo ait le temps de protester et Jeppe lui saisit fermement le coude et le guida vers le parking courte durée.

— Bienvenue à vous ! J'espère que ce n'est pas une surprise de nous voir ?

Kingo dégagea son bras.

— Mon éditeur hongrois a mentionné la possibilité que vous soyez là. Pas particulièrement discret de votre part de passer par lui.

Anette balança le sac de voyage de Kingo par-dessus son épaule, sur son sweat rayé.

— La discrétion est un luxe que nous ne pouvons plus nous permettre. Vous pourriez aussi choisir de répondre au téléphone, de temps en temps.

Kingo la regarda avec mépris et se tourna vers Jeppe.

— Je n'ai pas beaucoup de temps, je dois aller directement dîner chez mon fils. C'est l'anniversaire de ma petite-fille.

Jeppe lui adressa un sourire narquois.

— Où ça ? Nous vous y emmenons, comme ça, nous pourrons parler en route.

— Tuborg Havn, Philip Heymans Allé. Vous pouvez me déposer près de la bouteille de Tuborg et je ferai le reste tout seul. C'est la bleu foncé, là ?

Il ouvrit la portière arrière, s'assit et plaça la licorne sur le siège à côté de lui. Jeppe et Anette échangèrent un regard par-dessus le toit avant de monter ; Anette au volant, comme toujours, et Jeppe sur le siège passager, d'où il pouvait se retourner et parler librement avec Kingo.

— Vous avez fait bon voyage ?

Kingo renifla dédaigneusement.

— Si c'est pour échanger des banalités, je peux aussi bien prendre un taxi. Que voulez-vous ?

OK, droit au but. Cela convenait parfaitement à Jeppe.

— Savez-vous où se trouve Esther de Laurenti ?

— Elle a disparu ?

Kingo eut l'air vraiment surpris. Le soupçon d'un sourire souleva un coin de sa bouche, juste un instant, avant de disparaître. Son visage austère se reflétait dans la vitre.

— Non, je n'ai pas la moindre idée d'où se trouve Esther. Vous êtes sûrs qu'elle n'est pas juste en train de promener ses chiens ?

Jeppe serra les dents.

— C'est sérieux. Elle a disparu depuis presque vingt-quatre heures...

Il jeta un coup d'œil à sa montre. Ils avaient vingt petites minutes de trajet pour décider s'ils emmenaient Erik Kingo à l'hôtel de police ou non.

— Quelle est votre relation avec David Bovin ?

Si Kingo fut surpris par la question, il le cacha bien.

— David est mon ancien assistant. Il a travaillé pour moi jusqu'à il y a un an ou un an et demi, puis il a obtenu un emploi à plein temps et a dû arrêter. Ah oui, et il a exposé dans ma galerie.

— Il a un poste à la police scientifique. Savez-vous ce qu'il y fait ?

Kingo haussa les épaules.

— Un boulot en rapport avec les empreintes digitales, non ? Un truc de flic. Vous devriez quand même le savoir mieux que moi ?

— Il faut dire que c'est quelque chose d'assez différent de... Que faisait-il pour vous, en fait ?

Jeppe sentit son mal des transports monter et s'ajouter à son mépris de lui-même, mais il n'osa pas regarder dans le sens de la route de peur de manquer les réactions de Kingo. Du coin de l'œil, il voyait Amager Strandvej défiler à l'envers.

— La même chose que tous mes assistants. Ils assurent le suivi du planning, paient mes factures, portent mes moules, vont chercher le café et les rouleaux de PQ. Ils m'accompagnent aux biennales et aux expositions auxquelles ils n'auraient jamais accès sans moi. Le salaire n'est pas mirobolant, c'est l'expérience qui compte.

— Il me semble être un peu âgé pour être assistant. N'a-t-il pas au moins trente-cinq ans ? Comment l'avez-vous rencontré ?

Kingo resta de marbre.

— Il m'a envoyé sa candidature. Des pages et des pages sur le fait qu'il avait vu mes œuvres, lu et relu mes livres, et combien ça l'avait impressionné. J'en reçois pas mal de ce genre. Mais il se trouvait que je devais remplacer mon ancien assistant à ce moment-là, alors je l'ai fait venir pour un entretien. Il était qualifié, donc je l'ai engagé.

— Qualifié, comment ?

Kingo sourit d'un air qui sembla méprisant à Jeppe, mais peut-être était-il juste aimable.

— Il est arrivé à l'heure, savait épeler et faire le café. Modeste. Quiconque travaille comme assistant pour moi veut bien sûr devenir artiste. David ne faisait pas exception. Mais pour moi, le plus important est qu'ils soient ouverts et à l'écoute de ce que j'ai à dire. Il n'y a rien de pire qu'un assistant trop ambitieux qui oublie sa place et croit que je suis son billet gratuit pour Venise.

— Était-il doué ?

— Vous voulez dire comme assistant ou comme artiste ? Franchement, son talent était limité. Il avait un bon instinct, mais ne l'avait jamais pris au sérieux, et donc pas développé. On ne devient pas un bon artiste en taillant des haies.

— Pourtant, il a exposé dans votre galerie récemment ?

Kingo rit. Cette fois avec un mépris évident.

— Cinq œuvres dans une exposition de groupe au printemps. C'était une ancienne promesse, de l'époque où il travaillait pour moi.

— Vous avez donc gardé le contact depuis qu'il a arrêté de travailler pour vous ?

— Sporadiquement.

— Comment était-il comme assistant ?

Jeppe gardait son ton léger, comme si la question n'était pas importante.

— Le meilleur que j'ai eu.

Kingo souriait à son reflet dans la vitre.

— J'ai été désolé de le voir partir. D'habitude, c'est toujours moi qui me fatigue d'eux. Mais David ne m'a pas déçu.

— Pourquoi a-t-il arrêté si ça fonctionnait si bien ?

Kingo soupira avec lassitude.

— Dites-moi, pourquoi vous ne demandez pas simplement tout ceci à David ? Est-il suspecté de quelque chose ?

Jeppe ne répondit pas.

— Il travaille pour vous, merde, pourquoi est-ce que je dois passer ma soirée à répondre pour lui ?

Kingo regarda Jeppe d'un air accusateur. Il ne semblait pas avoir l'habitude d'être contraint à quoi que ce soit.

— Ça ne pouvait pas continuer. Il ne deviendra jamais artiste. Il était bien obligé de se trouver un vrai travail tôt ou tard.

Il frappa des mains avec colère contre le plafond de la voiture.

Anette s'éclaircit la gorge et jeta un coup d'œil au carrefour devant eux. C'était maintenant qu'ils devaient choisir s'ils allaient jusqu'au pont basculant de Langebro et à la salle d'interrogatoire de l'hôtel de police. Jeppe fit un signe vers l'autre route, celle du Knippelsbro, et Anette resta sur la droite. Toujours en route vers le quartier de Tuborg Havn. Ils n'avaient pas assez d'éléments pour le placer en garde à vue.

— Comment est-il, David Bovin, sinon ?

— Que voulez-vous dire ? Est-ce que je ne l'ai pas décrit ?

— Si, mais comment est-il en tant que personne ?

Kingo se tourna vers la vitre et répondit d'un ton maussade :

— Nous n'avons jamais été amis, vous comprenez, alors je ne peux rien vous donner d'autre qu'une impression générale…

Anette l'interrompit :

— Combien de temps a-t-il travaillé pour vous ?

— Un an, à un ou deux mois près.

— Où vous avez voyagé ensemble, travaillé et visité des expositions. Vous devez bien avoir plus qu'une impression générale ?!

Elle ne cachait pas son scepticisme.

— Est-ce que vous vous connaissiez bien, tous les deux ?

Le silence se fit dans la voiture. Jeppe se força à garder le contact visuel avec Kingo. Il reconnaissait un manipulateur quand il en croisait un.

— Répondez à la question !

Kingo expira bruyamment.

— David est un homme gentil, calme et concentré, avec une vie intérieure riche. C'est aussi une âme blessée. Effilochée, désillusionnée, solitaire. Quelqu'un qui a du mal à avancer dans la vie après avoir été à la guerre. Une mauvaise enfance, un manque d'éducation, sacrément doué pour être soldat, mais pas pour grand-chose d'autre.

Jeppe vit passer Kongens Nytorv par la vitre et disparaître derrière eux.

— Que savez-vous de son enfance ?

Encore cette lueur d'amusement dans les yeux qui disparut si rapidement que Jeppe n'était pas sûr de l'avoir bien vue.

— David a vécu dans une myriade de foyers et de familles d'accueil. Ce n'était pas une éducation stable.

Il frappa légèrement sur l'épaule d'Anette.

— Merci d'accélérer un peu, je vais être en retard.

Elle resserra sa prise sur le volant au point que ses phalanges blanchirent.

Kingo poursuivit.

— David n'a pas eu de chance. Je ne sais pas exactement ce qui s'est passé, mais il n'a jamais eu de famille stable. Et, comme tous les enfants orphelins, il se promène avec un vide intérieur. C'est en réalité son moteur en tant qu'artiste et en tant que personne : la solitude, l'incertitude brumeuse de son passé. Et puis une énorme colère d'avoir été abandonné. Il souhaitait désespérément retrouver sa mère biologique. Je l'ai aidé autant que j'ai pu. Ça a formé un petit… projet.

— Vous avez réussi ?

— Non, dit Kingo en regardant Jeppe droit dans les yeux et en souriant. Malheureusement, ça n'a jamais réussi.

CHAPITRE 33

— Tu es confortablement installée ?

Esther de Laurenti luttait contre les larmes. Elle avait les chevilles et les poignets bloqués par des colliers de serrage en plastique qui lui cisaillaient la peau. Les vagues clapotaient sur ses cuisses et la plante de ses pieds était tailladée par les pierres coupantes dans l'eau peu profonde. Elle avait du mal à garder l'équilibre, accroupie au bord de l'eau, mais si elle se relâchait et laissait les vagues la pousser en avant, elle toucherait le couteau pointé droit sur elle. Le soleil était bas à l'horizon, à présent, et colorait tout de tons chauds et dorés, mais elle claquait des dents dans ses vêtements trempés.

— C'est bien que tu te sois enfin réveillée. Je me suis ennuyé. Tu as dormi quatorze heures, au moins. Mais il fallait aussi attendre que les hélicoptères s'en aillent.

Il cligna durement des yeux comme s'ils le démangeaient derrière ses lunettes.

— Je t'ai emmenée ici pour te montrer la maison de mon enfance. J'ai pensé qu'il fallait que tu viennes là avant que tout finisse. J'ai vu la tienne, alors maintenant je trouve que c'est normal que tu vois la mienne. Ou plutôt une des miennes. Le foyer La Voie Lactée, qu'en dis-tu ?

David Bovin se redressa sur la chaise qu'il avait apportée au bord de l'eau, sans déplacer le couteau dont la pointe flottait dans l'air à dix centimètres du visage d'Esther.

— Ils dépensent des millions à le retaper : nouvelles chambres, nouvelle cuisine, salle de gymnastique et beau jardin avec trampoline. À l'époque où j'habitais ici, c'était une autre paire de manches, si je puis dire. Ici, on dormait dans des dortoirs. À la merci des garçons plus âgés et de l'éducateur, qui ne pouvait pas garder ses doigts pour lui.

— Laissez-moi partir, supplia Esther. Je ne sais pas qui vous êtes, mais je vous promets que je n'ai rien à voir avec votre enfance.

— Non ? C'est un peu facile, je trouve. Mais tout est facile pour toi. Fille unique, pas vrai, la prunelle des yeux de tes parents. Je me demande ce qu'un bel immeuble comme ça peut valoir aujourd'hui à Copenhague ?

— Vous pouvez l'avoir, laissez-moi simplement partir. Je vous en supplie.

Esther fut heurtée par une vague et renversée sur le côté. La tête entièrement sous l'eau, elle était incapable de remonter à la surface avec ses mains attachées derrière son dos et ses jambes engourdies. Pendant un long moment, elle se débattit pour retrouver l'air libre avant que ses poumons ne se remplissent d'eau. Puis elle sentit une main l'agripper durement par la nuque et la tirer pour la remettre en position accroupie.

— Crois-moi, ceci n'est pas facile pour moi non plus. Toute ma vie, j'ai souhaité autre chose, mais je ne pouvais rien y faire.

Esther toussa et essaya de se redresser. Ses cuisses la brûlaient. Une inclinaison du couteau la fit s'accroupir aussitôt.

— Je ne peux pas rester comme ça. Ça fait si mal.

— Tu crois que ça m'intéresse de t'entendre parler de ta douleur ? Tu crois que *moi*, je suis désolé pour *toi* ?

Tu m'as abandonné ! Tu jouissais de ta vie de privilégiée et tu n'as tout simplement pas pu faire face à l'arrivée d'un enfant, dit-il en grimaçant. Que crois-tu que ça fait à un enfant de n'avoir personne qui veuille de lui ? Comprends-tu ce que tu as fait ? Ce que c'est d'être envoyé de famille d'accueil en famille d'accueil, jusqu'à ce qu'ils te laissent tomber et t'entassent dans un foyer avec tous les autres dont personne ne veut ?

— Mais arrêtez, ce n'était pas moi...

— Regarde mon bras. Quand j'avais neuf ans, mon soi-disant père d'accueil a essayé de me couper la main avec un couteau de cuisine. Il a fallu six mois pour qu'on me retire de là. Personne ne me croyait jamais. Qui d'après toi s'intéressait à mes dessins ? Vas-y, pleure, *maman*, tu as de quoi pleurer.

Il tordit la bouche en prononçant le mot.

— Je ne... ne suis... je ne suis pas... votre mère.

Les crampes dans les jambes d'Esther étaient si violentes qu'elle hoquetait et pleurait de douleur. La morve coulait dans sa bouche et l'eau salée lui piquait les yeux.

Alors c'était ainsi qu'elle allait mourir. Maintenant.

— Ce n'est plus à toi de choisir ! cria-t-il avant de lui cracher dessus. Regarde-moi ! Je n'ai jamais eu de mère parce que tu ne voulais pas de moi. Mais je m'en suis sorti quand même !

Une vague renversa de nouveau Esther. Cette fois, elle ne se débattit pas. Peut-être pouvait-elle se faire si lourde qu'elle coulerait à pic. Alors elle pourrait glisser sur le fond jusqu'en pleine mer et se dissoudre. Puis ses particules flotter et voguer pour toujours. Ne plus jamais avoir mal.

— Tout ceci est ton œuvre, après tout. Tu as écrit le scénario, composé la mort de Julie, le motif découpé au couteau, tout. Tu m'as donné naissance ! Contre ton gré peut-être, mais j'en suis issu.

Sa voix était tout contre son oreille. Elle planait, soulevée bien haut dans ses bras musclés. Les nuages entraient et sortaient de son champ de vision et l'étourdissaient. Elle acceptait, à présent. Elle ferma les yeux.

La voix se fit douce, presque affectueuse.

— Quand Julie a ouvert la porte, elle était si contente de me voir. Mais quand j'ai sorti le couteau, je n'ai jamais vu quelqu'un d'aussi surpris. Sauf peut-être juste après, quand j'ai commencé à couper sa peau de pêche. J'ai pris la liberté de personnaliser les découpages ; mon empreinte digitale sur sa joue.

Esther gémit bruyamment. Il la lâcha et elle tomba sur les pierres pointues qui s'enfoncèrent dans sa peau et sa chair. Aucune douleur n'est plus grande que la douleur physique, n'était-ce pas ce qu'Orwell avait écrit ? Mais c'était un mensonge ! Même avec un corps hurlant de douleur, c'était la pensée de Julie qui lui faisait le plus mal.

— Et ton ami Kristoffer. Le fils que tu n'as jamais eu. Veux-tu savoir à quel point il a eu mal ? Combien il a eu peur, juste avant de mourir ?

— NON !

Esther hurla avec une force qu'elle ignorait encore posséder.

— Non, non, non, non, non !

Il se tenait au-dessus d'elle, lui masquant le ciel.

— Cet idiot voulait me voir parce qu'il m'avait reconnu et me soupçonnait. Il avait l'œil. Par contre, il était peut-être un peu trop naïf. Tu ne me reconnais toujours pas ? J'ai pris tes empreintes il y a quelques jours, ma petite maman !

Il l'attrapa par les cheveux et la souleva de terre pour qu'ils se regardent dans les yeux.

— Ça ne te dit toujours rien ? Dis-moi, suis-je invisible pour toi, PUTAIN ?

Il la lâcha et elle retomba durement sur les pierres. Quelque chose dans sa mâchoire se brisa.

— Hé, tu veux entendre quelque chose de drôle ?

Il se redressa, prit son élan et lui donna un coup de pied dans les côtes.

— Ils viennent de dire à la radio que l'assassin a été arrêté. N'est-ce pas vachement marrant ?

Il lui lança un nouveau coup de pied.

— Et pratique. Cela veut dire que je peux travailler l'esprit tranquille. Tu vas être mon œuvre finale. Ma *Ronde de nuit*, mon *Jardin des délices*. Qu'en dis-tu ? N'y a-t-il pas une poésie ironique là-dedans ?

Il lui donna un coup de pied dans le dos et se pencha sur elle. Le bas de son visage était paralysé par la douleur et un mélange de salive et de sang coulait du coin de sa bouche sur son cou. Cela lui fit mal jusqu'aux orbites de bouger les lèvres pour projeter son crachat, qui atteignit David Bovin au menton.

Esther ferma les yeux face à son rugissement de colère.

CHAPITRE 34

— Et voilà la bouteille Tuborg, déclara Kingo en pointant du doigt la tour en forme de bouteille géante. Je vous remercie pour la balade.

Kingo attrapa la peluche et chercha la poignée. Il n'avait plus de temps pour leurs absurdités.

— Un instant, nous avons encore quelques questions. Parlez-nous un peu de votre liaison avec Julie Stender ! Nous avons un témoignage qui affirme que vous avez eu une relation d'ordre sexuel.

Cela l'arrêta dans son élan.

— Elle avait dépassé l'âge légal du consentement sexuel. Et épargnez-moi vos leçons de morale ! Je suis bien conscient que ce genre de relation fait l'effet d'un chiffon rouge dans la tête des femmes de plus de quarante ans.

Erik Kingo désigna Anette sans gêne.

— Vous ne pensez pas que ça aurait pu être une information utile à nous communiquer plus tôt ? Une relation d'ordre sexuel avec la victime ?

Jeppe ne pouvait empêcher le mépris de transparaître dans sa voix.

— Oh, arrêtez, c'était il y a de nombreuses années et ça ne signifiait rien. C'était du pur plaisir. Si je devais tenir les gens au courant de toutes les femmes avec qui je couche…

Ce fut la goutte de trop pour Anette.

— Femmes ?! La fille de quinze ans de votre frère de loge ! Quel âge avez-vous vous-même ? Soixante ?

Kingo leva les sourcils dans un regard à la « je-te-l'avais-bien-dit » à Jeppe.

— C'est loin d'être la seule adolescente avec qui j'ai couché. J'ai aussi baisé des putes et des domestiques, des noires, des jaunes et des rouges. Et si vous me demandez pourquoi, la réponse sera : parce que je le peux !

Il ajouta en montrant à nouveau Anette du doigt :

— Vous mangez visiblement trop de gâteaux à la crème, mais c'est votre problème.

Jeppe posa une main amicale sur le bras de sa partenaire.

— Que pensait Christian Stender du fait que vous couchiez avec sa fille ?

Kingo leva les yeux au ciel.

— Ce n'est pas quelque chose dont on parlait au petit déjeuner. Elle se faufilait juste dans ma chambre quand je passais la nuit chez eux, et on peut compter sur une main le nombre de fois où c'est arrivé. Il ne l'a jamais découvert. Et il ne doit pas le savoir ! Je n'étais d'ailleurs pas le seul, croyez-moi !

Kingo eut un rire scabreux à la pensée de la précocité sexuelle de Julie Stender.

— Êtes-vous conscient qu'elle est tombée enceinte à cette période ?

— Non, répondit-il en donnant l'impression de s'en moquer complètement.

— Elle était elle-même convaincue que vous étiez le père de l'enfant, poursuivit Jeppe, même s'il n'avait à proprement parler reçu cette information que de Daniel.

Kingo secoua la tête, leva la main.

— C'est ridicule. J'en aurais entendu parler.

Jeppe brûlait d'envie d'emmener Kingo à l'hôtel de police, mais il savait que lui et Anette se feraient hacher menu par la direction.

— Quelle est votre relation avec Christian Stender ?

— C'est un de mes pluvians fluviatiles. Tous les artistes en ont quelques-uns. Du moins ceux qui réussissent.

— Vous pourriez développer ?

Kingo avait l'air de s'ennuyer.

— Il achète mon art. Il m'aide à établir des relations dans le monde privé des affaires. En retour, je jette un scintillement d'étoiles sur sa vie en venant à ses fêtes et en allant à la chasse avec lui. C'est un troc courant. Profitable pour les deux parties.

— Alors vous ne le qualifieriez pas d'ami proche ?

— Qu'est-ce que l'amitié ? Nous nous enrichissons mutuellement. On ne peut pas en demander beaucoup plus.

Jeppe le regarda d'un air sérieux.

— Est-ce que ça vous choquerait si Christian Stender avait quelque chose à voir dans la mort de sa fille ?

Le visage de Kingo était difficile à voir dans la pénombre de la voiture. Il était immobile.

— Oui, bien sûr que ça me choquerait. Pourquoi me posez-vous cette question ?

Jeppe leva une main.

— Je ne peux malheureusement pas détailler pour le moment. Mais considéreriez-vous comme peu probable que Christian Stender ait lui-même tué sa fille ?

— Oui, absolument.

Il rassembla ses affaires et ouvrit la portière.

— Et maintenant, si vous voulez bien m'excuser. Je suis en retard et ma petite-fille va bientôt dormir. Il va de soi que je m'attends à ce que les détails entourant ma relation avec Julie Stender restent confidentiels. Si ça devait ressortir, je peux vous assurer que, d'une part, je nierais tout, d'autre part, je me servirais de tous mes contacts possibles pour vous faire virer tous les deux. Bonne soirée.

Kingo sortit et claqua la portière derrière lui. Ils l'observèrent s'éloigner vers le luxueux quartier désert. Sa démarche n'était plus aussi assurée qu'une demi-heure plus tôt.

— Tu sais ce que c'est, toi, un pluvian fluviatile ?

Anette baissa sa vitre et aspira profondément l'air estival.

— Un oiseau qui vit des restes de nourriture qu'il trouve dans la gueule d'un crocodile. L'oiseau a de quoi se nourrir, le crocodile se fait nettoyer les dents et évite donc de manger l'oiseau. Tant que celui-ci fait son boulot correctement, tout le monde est content.

— Et s'il ne le fait pas ?

Jeppe frappa fort dans ses mains.

— Alors il est mangé.

*

L'obscurité était sur le point de tomber sur l'Øresund. Thomas Larsen et Sara Saidani se garèrent devant le bungalow de briques jaunes et vérifièrent encore une fois le numéro. 14 Bukkeballevej, c'était bien cela. Les fenêtres sans croisillons des années soixante-dix du foyer La Voie Lactée étincelaient comme de l'or. Une discrète pancarte communale, qui n'apparaissait qu'à la porte d'entrée, leur confirma qu'ils étaient arrivés. Sara regarda autour d'elle. Tout respirait la paix et semblait idyllique. Elle sonna et, au bout d'un moment, on lui demanda de montrer son badge devant la caméra vidéo de l'interphone. Il fallait apparemment à tout prix garder certaines personnes à l'extérieur. Ou à l'intérieur.

Un jeune éducateur ouvrit la porte. Dans ses bras, il tenait un bébé en larmes à qui il essayait de faire attraper une tétine bleue. Il berçait mécaniquement le bébé qui hurlait, serré contre sa poitrine.

— Nous avons ici un petit bonhomme qui a une otite, expliqua-t-il. Que puis-je faire pour vous ?

— Bonsoir. Nous sommes ici à propos d'un enlèvement.

Sara essaya de parler normalement, mais finit presque par devoir crier pour couvrir les pleurs.

— Je vais chercher la responsable, elle regarde un film avec les plus grands. Attendez ici !

L'éducateur disparut, la tête penchée sur le bébé. Ce fut un soulagement de ne plus avoir à supporter les pleurs de l'enfant. Un instant après, une femme apparut à la porte.

— Bonjour, je suis Jeanette.

La responsable, une femme solide avec un carré court et un regard vigilant, leur tendit la main à tous les deux.

— Nous sommes ici à la recherche d'une personne disparue, commença Saidani. Cela n'a pas nécessairement de rapport avec vous, mais nous soupçonnons qu'un suspect a des liens avec le foyer. Quelqu'un aurait-il pu se faufiler ici sans être vu et s'y cacher ?

Le regard sceptique s'intensifia.

— Ici ? C'est impossible. Nous sommes allés dans tous les coins et recoins de la maison et du jardin juste avant qu'il ne fasse sombre. Il y avait danse dans la salle de gymnastique et thèque et cache-cache dans le jardin. En outre, nous avons des clôtures de barbelé autour du terrain, et il n'y a pas d'endroit secret. Pourquoi quelqu'un se cacherait-il ici ?

Saidani évita la question.

— Vous avez un entraîneur de foot qui s'appelle David Bovin ?

La responsable hésita.

— Oui, c'est un des bénévoles du Fonds d'aide à l'enfance. Ils organisent différentes activités pour nos jeunes, en particulier la danse et le foot. Les activités physiques sont utiles, surtout pour le genre d'enfants qui vivent ici.

— A-t-il une clé des lieux ?

Jeanette rit brièvement.

— Même les éducateurs titulaires n'ont pas la clé. Comme vous l'avez peut-être constaté, nous sommes obligés de prendre des mesures de sécurité strictes. Les placements sont rarement bien admis par les personnes concernées. David vient tous les jeudis après-midi et entraîne les enfants dans la salle de gymnastique ou dans le jardin. Mais non, pas de clé.

— Il est doué avec les enfants ?

— Oui, je trouve. Assez strict, mais les jeunes aiment bien ça. Il les prend au sérieux. Y a-t-il des raisons de s'inquiéter de quelque chose ?

La responsable se tenait le menton, l'air soucieux.

— Non, pas précisément. Nous devons juste poser quelques questions.

— Nous ne pouvons pas prendre de risques avec nos enfants…

— Nous vous préviendrons s'il y a matière à s'inquiéter.

Saidani regarda derrière elle.

— Et vous êtes tout à fait sûre que personne ne peut se cacher dans la propriété ?

— À mille pour cent.

— Alors nous nous excusons pour le dérangement et vous souhaitons une bonne soirée.

Ils remontèrent en voiture. Saidani avait déjà démarré et passé une vitesse quand on frappa à la vitre. Elle espéra que Larsen ne s'était pas aperçu du choc qu'elle ressentit. La responsable était à l'extérieur.

Saidani baissa la vitre.

— Je viens de penser à une chose. Ici, ce n'est pas notre adresse normale, en fait. Nous avons reçu une subvention importante et sommes en train de rénover et de reconstruire, donc nous sommes relogés ici pour l'année pendant les travaux. Notre véritable maison se trouve un peu plus haut, au 332 Strandvejen, à cinq minutes à peine d'ici.

Elle hésita avant d'ajouter :

— C'était tout ce que je voulais vous dire. Je ne sais pas si ça peut aider. Au revoir !

Elle regagna la porte d'entrée en courant, en chaussettes.

Le 332 Strandvejen était un bâtiment complètement différent de la maison moderne qu'ils venaient de voir. Un grand manoir peint en blanc avec des tuiles vernies, situé en retrait de la route et donnant sur la mer. Pour quiconque ignorait son utilisation, c'était une des nombreuses riches propriétés privées des environs. Ils se garèrent et entrèrent par la grille du jardin qui, curieusement, était ouverte. La bâtisse et le terrain étaient plongés dans l'obscurité, même les lampes le long de l'allée, qui semblaient fonctionner avec un détecteur de mouvements, ne réagirent pas quand ils passèrent devant. Ils marchaient doucement sur le gravier, à l'écoute. Quand ils s'approchèrent du bâtiment, ils virent l'échafaudage qui enveloppait la maison et lui donnait un aspect hostile. Hibernation en plein mois d'août. Ils vérifièrent les portes pour voir si les serrures avaient été fracturées. Il était difficile d'avoir une vue d'ensemble à la lampe de poche, mais tout paraissait normal.

Un grand claquement retentit juste derrière eux. Ils sursautèrent tous les deux et retinrent leur souffle, puis virent un pan de la bâche de l'échafaudage flotter au vent. Ils se sourirent un peu bêtement. Saidani sortit son arme de service de son étui et ôta la sécurité. Ils éteignirent leur lampe de poche pour éviter que le cône de lumière ne les trahisse avant de révéler quelqu'un d'autre.

L'obscurité les forçait à avancer avec précaution. La réverbération de la mer leur permettait heureusement de se diriger en toute sécurité autour des bancs et des arbres. Saidani buta contre un bac à sable muni d'un couvercle. Elle hésita et fit signe à Larsen de l'ouvrir pendant qu'elle le couvrait. Il suivit le bord du couvercle en tâtonnant et le souleva avec difficulté. Le bac était vide, même de sable. Le couvercle fit un petit bruit sec en retombant. Ils restèrent aux aguets sans rien percevoir d'autre que le bruit de la mer et les claquements occasionnels de la bâche. Ils continuèrent doucement à travers la végétation.

Alors qu'ils avaient zigzagué dans tout le terrain, Saidani s'arrêta net.

— Il y a quelque chose sur la plage, chuchota-t-elle.

— Tu es sûre ? Ce ne sont pas juste des algues ?

Elle se mit à courir, Larsen sur les talons.

— Qu'est-ce que c'est ? Attends-moi ! Éclaire !

Saidani stoppa et alluma la lampe de poche. Ils regardaient ce qui était incontestablement un corps humain. Il était difficile de distinguer le visage à cause du sang, mais les cheveux courts teints au henné et la petite silhouette trempée vêtue de couleurs pastel ne laissaient aucun doute.

— C'est elle ! s'exclama Sara en entendant la panique dans sa propre voix. Appelle une ambulance, je vérifie si elle est encore en vie. Et ouvre l'œil ! Nous ne savons pas s'il se cache toujours dans l'obscurité.

*

Une demi-heure plus tard, une ambulance descendait la rampe d'accès aux urgences en sous-sol de l'hôpital national sur Juliane Maries Vej. Elle s'arrêta devant les portes coulissantes. La voiture de patrouille qui l'escortait se gara à côté pendant que les ambulanciers dépliaient les roues du brancard et le poussaient à l'intérieur. Sara Saidani avait suivi dans la voiture de patrouille. Elle fut accueillie par Echo Lima, le responsable des investigations de garde. Les médecins urgentistes, en pantalon vert et tee-shirt blanc, enfilèrent tablier en plastique et charlotte pendant que Saidani racontait à toute allure ce qu'elle savait, puis ils la laissèrent dans le couloir. Les médecins découpèrent aussitôt les vêtements de la victime et les glissèrent dans de grandes enveloppes en plastique qu'ils apportèrent à Saidani afin de pouvoir servir pour la suite de l'enquête. Alors qu'ils enfilaient leurs tabliers plombés rouges et s'apprêtaient pour la radio, Anette Werner et Jeppe Kørner arrivèrent en courant par les portes vitrées.

— Est-elle vivante ? demanda Jeppe, le premier à reprendre son souffle.

Saidani haussa les épaules.

— On n'en sait pas encore assez. Ils viennent juste de la prendre en charge.

— Et l'assassin ?

Il s'entendait lui-même crier sans pouvoir rien y faire.

— Aucune trace pour l'instant. Larsen et l'équipe de l'Unité spéciale d'intervention sont en train de fouiller la zone.

Tout le sang quitta le cerveau de Jeppe et il dut se baisser, la tête entre les jambes. La ligne où les murs jaunes rencontraient le sol en linoléum oscillait, comme sur un bateau. Il avait échoué. Quelque part au-dessus de sa tête, Anette continuait de discuter de la situation avec Saidani. Quelqu'un arriva et parla fort, cria. Jeppe essaya de suivre, mais les paroles se diluèrent. Il avait promis de prendre soin d'elle, et maintenant elle était là et lui ici. Et l'assassin était toujours en liberté.

Le malaise envahit son estomac, son cerveau et ses poumons comme une mauvaise ivresse. Il ferma les yeux. Un raté, voilà ce qu'il était. Un raté indécrottable, impardonnable !

Il sentit une main douce sur son épaule et leva les yeux. Saidani se tenait tout près et le regardait avec inquiétude. Mais il y avait quelque chose en plus dans ses yeux que de l'inquiétude. Un message ? De la compréhension ?

Son cerveau embrouillé ne parvenait pas à interpréter son regard sombre. Anette poussa Saidani de côté et l'attrapa.

— Mon petit Jeppe, nom de Dieu, qu'est-ce que tu fous ? Tu es encore vaseux ? Il te faut un médecin !

— Je vais bien, juste un peu, d'hypoglycémie et... (Il se redressa.) Est-elle morte ?

Son cœur s'emballa à nouveau.

Anette le regarda bizarrement.

— Tu n'as rien écouté ? Son état est stable. Quelques côtes cassées et une mâchoire déboîtée, beaucoup de plaies – elle a perdu plusieurs litres de sang – et une probable commotion cérébrale. On lui a donné des calmants et elle aura le droit de dormir jusqu'à demain, mais ça se présente bien. C'est une sacrée petite bonne femme. Jeppe, elle va s'en sortir.

— On peut la voir ce soir ?

— Pour l'instant, tu n'es pas capable de voir autre chose que tes propres genoux ! dit Anette en riant. Elle n'est pas encore consciente, les médecins disent qu'elle doit se reposer jusqu'à demain. Et franchement, tu m'as l'air d'avoir davantage besoin de manger et de dormir que de mener un autre interrogatoire !

Jeppe se tint au mur jusqu'à ce que la pièce arrête de tourner. Sa gorge se serra et il dut déglutir plusieurs fois. Le monde tanguait encore, mais le soulagement le remplit d'une énergie nouvelle.

— Je nous paie une bière au Burger Palace.

Esther vivait. Tout allait bien se passer !

*

— Pourquoi crois-tu qu'il l'a épargnée ?

Jeppe jeta un os de poulet dans sa barquette en plastique, essuya la sauce barbecue de ses doigts et avala une gorgée de sa Budweiser. Avec la bière américaine, il se sentait toujours comme un figurant dans une publicité pour Levi's, une sensation pas désagréable. Anette en était déjà à la moitié de son burger au bacon et avait de la mayo au piment sur le menton. Ensemble au Burger Palace, ils essayaient de se remettre des événements cauchemardesques des derniers jours.

L'avis de recherche d'Esther de Laurenti avait été annulé et un nouvel avis avait été lancé au nom du technicien en dactyloscopie David Bovin. Ce soir, six véhicules de police tournaient à Kokkedal, allaient au domicile de Bovin, au CNCC, à la galerie et à l'appartement de Kingo, traversaient Klosterstræde et patrouillaient dans le centre-ville. Tous les districts de la police du Grand Copenhague ainsi que les services de la milice civile de toute la Sjælland avaient été invités à participer aux recherches, et la presse avait affiché l'avis de recherche à la une des publications en ligne. Demain matin, ils devaient interroger Christian Stender et son avocat. Il aurait du mal à endosser la responsabilité de l'agression d'Esther de Laurenti de ce soir, mais sait-on jamais.

— Hmm, peut-être a-t-il été interrompu par Larsen et Saidani ?

— Ils l'auraient vu.

Jeppe osa prendre une aile de poulet supplémentaire, même s'il était encore nauséeux.

— Ses plaies avaient commencé à coaguler depuis longtemps et elle était en hypothermie, alors elle devait être allongée là depuis un moment. Mais pourquoi partir sans en finir ?

Anette regarda ses doigts enduits de mayonnaise comme s'ils appartenaient à quelqu'un d'autre puis se mit à les lécher.

— Tu veux une lingette ?

Jeppe l'observait avec un dégoût mal dissimulé.

— Putain, mon petit Jeppe, tu es vraiment unique. Tu n'as pas à t'inquiéter de choses plus importantes que mon hygiène ?

— Mais tu en veux une, ou pas ?

Elle soupira et tendit la main.

— OK.

Anette s'essuya les doigts.

— Peut-être que ce n'était pas tout à fait pareil d'être avec une vieille dame à la peau ridée. Peut-être que ça ne correspondait pas à son niveau d'ambition.

Jeppe réfléchit.

— Hmm, peut-être. Mais elle l'a vu. C'est assez risqué de sa part de la laisser en vie. Ça ne correspond pas vraiment à toutes les précautions qu'il a prises avec les deux premières victimes. Pourquoi est-il si insouciant, maintenant ?

— Parce qu'il sait que nous savons qui il est. Et parce qu'il se fiche d'être arrêté.

— Alors il est dangereux. Encore plus dangereux, je veux dire.

Anette hocha la tête et ils burent en gardant le silence un moment. Jeppe se demanda si Bovin pouvait aussi représenter un danger pour eux-mêmes. Peut-être qu'il devrait appeler Therese et lui conseiller d'être vigilante les prochains jours, même si cela semblait un peu tiré par les cheveux. Demander à Niels de prendre particulièrement soin de sa femme. Tant que les papiers n'étaient pas signés, elle était toujours *sa* femme.

À part eux, le Burger Palace était vide. Le dimanche soir, seul le comptoir pour les menus à emporter était fréquenté. Les gens regardaient la télé en famille et mangeaient à la maison, sur leur sofa, des bougies aux fenêtres. Jeppe émit un soupir de solitude et but une gorgée de bière. Le téléphone d'Anette sonna. Elle sourit à l'écran et répondit rapidement. Tout son visage rayonnait, sa voix était basse et affectueuse.

Mon chéri ceci et mon chéri cela. Svend, donc. Jeppe observa sa partenaire amoureuse et vida sa bière.

*

La limite est très mince entre saisir une occasion et faire une chose dont on sait par avance qu'elle est insensée. *The road less travelled* est parfois la route la moins fréquentée parce qu'elle mène directement à l'abîme. Jeppe savait bien sur quelle route il se trouvait quand il gara sa voiture en infraction sous un arbre sur Øster Farimagsgade. Il avait pourtant si bien commencé, prenant Vesterbrogade pour sortir de la ville après avoir salué Anette et lui avoir souhaité bonne nuit. En route vers la maison pour une douche et une bonne nuit de sommeil. Mais tout à coup, ses mains avaient tourné le volant vers la droite le long de Kingosgade et il était retourné en ville.

Dans l'obscurité estivale, les ruelles des Kartoffelrækker ressemblaient à des garnitures de gâteau. Des maisons de pain d'épice aux fenêtres en sucre glace, qui brillaient, chaudes et conviviales, de petites haies par-dessus lesquelles on pouvait parler librement, des cabanes de jeu pour tous les gentils enfants.

À chaque pas, Jeppe se frappait la tête, atterré par sa propre stupidité : *Esther est en sécurité, rentre donc à la maison et essaye de dormir ! Le mari d'Anna est chez lui, qu'est-ce que tu comptes faire ? Tu dormiras mieux si tu aperçois Anna ? Peut-être qu'elle te verra, qu'elle se faufilera dehors et que vous ferez follement l'amour dans le bac à sable pendant que John se brossera les dents. Peut-être que tu seras frappé par la foudre dans un ciel serein et qu'elle te retrouvera sous forme de statue calcinée devant sa fenêtre quand elle sortira détacher son vélo demain matin.*

La maison se trouvait au milieu d'un endroit réservé aux jeux des enfants. Là, il pouvait s'asseoir derrière une cabane de jeu, un peu caché de la route, pour regarder par les fenêtres du salon de la famille Harlov. Mais s'ils décidaient de regarder par ces mêmes fenêtres, il se retrouverait face à eux, pris comme un cerf dans les phares d'une voiture sur une route de campagne.

Il y avait des lumières douces à tous les étages, mais aucun mouvement. Au premier, la lumière bleutée d'une télévision clignotait derrière de légers rideaux blancs. Ils étaient sûrement là tous les deux, main dans la main peut-être, avec du vin rouge ou du thé. Jeppe trouva un peu de réconfort à la télé allumée : ils ne s'amusaient pas tant que cela. Sur la table, à l'intérieur, une bougie vacillait. Fenêtre ouverte ou mur mal isolé ? Quelqu'un devrait finir par descendre l'éteindre. Jeppe frissonna. Il était mal assis sur le petit rebord de la fenêtre de la cabane de jeu, mais il décida quand même de rester jusqu'à ce que la bougie soit éteinte. Il appuya la tête contre la charpente en bois fendu et attendit.

Une fois, il y a longtemps, Therese l'avait récupéré à Østerport un soir d'été. Ils venaient d'emménager à Valby, et Johannes et Rodrigo étaient venus dîner. Lui et Johannes, bourrés, avaient joué avec des pistolets à eau, pieds nus et manches de chemises relevées, tout heureux dans la douce chaleur du soir. Ils avaient poursuivi leur bataille sur un terrain aux herbes folles où poussaient ces arbres dont les fleurs blanches sentent si bon en juin. Des aubépines ? Ils avaient atteint les rails, trempés et hilares, invincibles sous les étoiles.

Un train de marchandises avait surgi, renforçant la magie de la soirée d'été. Et miracle : il s'était arrêté juste devant eux. Sans hésiter une seconde, ils avaient grimpé dans un wagon ouvert, exaltés par la pensée de ce qui risquait d'être leur destination finale. Berlin ! Rotterdam ! Sans une couronne en poche. Deux amis dans un train de marchandises fendant la nuit vers l'inconnu. Des maisons sombres et des buissons odorants défilaient. Ils avaient renoncé à parler à cause du grondement du train. Et celui-ci s'était arrêté dès Østerport pour être parqué sur une voie de garage pour la nuit. Déception et soulagement à parts égales.

Jeppe sourit à ce souvenir. Il ne se rappelait pas comment ils avaient réussi à contacter Therese, mais elle et Rodrigo étaient venus les chercher en voiture. Rodrigo était furieux, mais Therese avait ri et l'avait embrassé, l'aimant un peu plus pour son audace enfantine.

L'inconvénient de ne faire qu'un avec quelqu'un, c'est qu'il ne reste plus qu'une moitié de soi, au mieux, lorsque cette personne vous quitte.

La lumière vacilla et un plafonnier s'alluma. C'était elle. Miel et romarin, or chaud et bulles de bain moussant. Le corps de Jeppe s'enflamma à sa vue comme s'allume une machine par l'effet d'un simple interrupteur. Elle avait des vêtements douillets et les cheveux relevés. John la suivait, portant un plateau avec des verres et une bouteille. Ils parlèrent avec animation pendant qu'elle chargeait le lave-vaisselle. Il tenait toujours le plateau, détendu, le visage traversé d'expressions diverses. Tout à coup, Anna éclata de rire, sans doute à propos de quelque chose que John venait de dire : il rit aussi, mais avec la retenue de celui qui a provoqué l'hilarité. Elle s'essuya les yeux, l'air d'une petite fille. Il n'y avait aucune prétention dans ce rire.

John posa le plateau et lui caressa brièvement le cou avant d'éteindre la lumière et de disparaître. Elle le regarda partir. Jeppe connaissait ce regard. Quelqu'un aussi, une fois, l'avait regardé comme cela.

Anna traversa la cuisine pour se diriger vers la fenêtre, vers lui et la bougie. Il vit son visage, les lèvres arrondies, s'illuminer comme celui d'un ange pendant une brève seconde. Puis elle souffla la bougie et disparut.

Jeppe rentra à la maison. Il n'essaya même pas d'aller chercher la couette dans sa chambre, mais trouva des couvertures et un coussin et les jeta sur le sofa. *C'est juste quelqu'un avec qui tu as baisé deux fois !* Il alla se brosser les dents, ouvrit l'armoire de toilette et regarda sa collection d'analgésiques. Petits flacons de réconfort, comme c'était pathétique. Il était pathétique. Furieux, il avala quatre comprimés et s'affala sur le sofa. Therese lui souriait depuis la photo de Tivoli, sur l'étagère.

Il y eut un grondement sur les rails. Un train passa dans l'obscurité, faisant trembler toute la maison. Jeppe tourna le dos à tout cela et ferma les yeux très fort.

LUNDI 13 AOÛT

CHAPITRE 35

Les arbres le long de Tagensvej surplombaient la chaussée de leur feuillage vert foncé et poussiéreux de fin d'été. Devant l'entrée principale en béton gris de l'hôpital, des lavandes dans de grands pots en ciment brillaient d'un bleu-violet presque fluorescent dans la lumière matinale. Un emballage de bonbon jaune pétant avait été poussé par le vent dans le râtelier à vélos. Jeppe avait dû boire trois tasses de café pour se réveiller, et il lui semblait maintenant que le monde tournait deux fois plus vite. Il dut prendre garde à ne pas regarder vers le haut du bâtiment, sinon celui-ci commençait à s'incliner vers lui. Il avait déjà écrit deux messages à Anna et il n'était même pas 8 heures. Jeppe regarda son téléphone, elle n'avait pas répondu. Peut-être attendait-elle d'avoir quelques minutes à elle.

Dans le soleil sur Blegdamsvej, Anette apparut au pas de course, haletante.

— Ville de merde. J'ai presque dû me garer au niveau du carrefour Trianglen. Je suis crevée.

« *Crevée !* » Jeppe était lui-même si fatigué qu'il aurait pu dormir cent ans. Il tapota le haut du bras de sa partenaire.

— Bonjour. Allons vite la voir. Elle est en observation au service de neurochirurgie et doit subir un scanner dans une demi-heure.

— Ça va ? Tu as l'air tout bizarre, tu as les yeux explosés de sang !

« Explosés de sang » est le terme, pensa Jeppe.

— Je suis juste fatigué. Viens, c'est au neuvième étage.

Ils s'arrêtèrent pour saluer les deux agents en uniforme postés devant la chambre puis entrèrent, une infirmière sur les talons les admonestant. « Pas trop longtemps ! Pas trop brusques ! La patiente vient de se réveiller et est toujours très faible. » L'infirmière vérifia le goutte-à-goutte et quitta la pièce ostensiblement.

La chambre était maintenue dans l'obscurité par des stores métalliques électriques. Allongée dans son lit d'hôpital, Esther de Laurenti les regarda avec de grands yeux. Elle avait la tête et la poitrine bandées, un gros pansement sur le menton, sa joue et le côté gauche de sa mâchoire étaient violets. Elle ouvrit la bouche à l'instant où elle les aperçut.

— Savez-vous comment s'est déroulée l'opération de Gregers ? Vous seriez gentils de vérifier ?

Elle avait du mal à s'exprimer, un peu pâteuse après les somnifères.

— Je vais demander tout de suite, un instant.

Anette quitta la pièce d'un pas énergique.

Jeppe approcha une chaise du lit et s'assit près de la tête. Il prit une profonde inspiration et se força à regarder la femme battue, ses blessures, sa douleur et sa souffrance. Il se força à mettre des mots sur ce qu'il estimait être aussi de sa responsabilité.

— Je… désolé, que je…

Il sentit avec horreur sa gorge se serrer et sa voix s'étouffer. Esther posa doucement sa main sur la sienne et la serra. Jeppe se mordit la lèvre. Voilà qu'il se faisait réconforter par la victime dont il n'avait pas réussi à assurer la sécurité. Il était dans un état encore pire que ce qu'il croyait.

Peut-être devrait-il prendre un nouveau congé maladie quand tout serait fini. Reprendre le contrôle de lui-même.

Les pas lourds d'Anette résonnèrent dans le couloir. Esther redressa un peu la tête.

— On prépare Gregers pour l'anesthésie en ce moment même. Tout a l'air normal, vu les circonstances, et il se sent bien et confiant.

Anette s'assit dans un fauteuil bas avec un gémissement douloureux.

— Merci. Et mes chiens ?

Jeppe serra la main d'Esther.

— Dans une pension. Ils sont comme des coqs en pâte, avec une cour extérieure pour se défouler et des sandwichs au pâté de foie pour le dessert.

Esther émit un petit bruit et se rallongea doucement.

— C'est un soulagement. Merci !

Jeppe libéra sa main et sortit son carnet.

— Est-ce que je peux vous poser quelques questions ? Dites-moi si ça fait trop pour vous.

Esther hocha la tête et fit une grimace de douleur.

— Qui était-ce ? L'avez-vous reconnu ?

— Oui !

Sa mâchoire était serrée et sa voix vacillante. Pourtant, elle semblait calme et concentrée.

— C'était votre type des empreintes digitales, celui qui est rasé de près, avec les lunettes.

Jeppe et Anette échangèrent un regard de confirmation. Bovin.

— Où et quand vous a-t-il enlevée ? Nous avions deux agents devant votre porte d'entrée.

Jeppe ne réussit pas à effacer toute trace de défensive dans son intonation.

— Près des Lacs, juste avant le Fredens Bro. Il a dû me suivre depuis l'hôpital et attendre la bonne occasion.

(Elle déglutit avec difficulté.) Il est venu vers moi tout tranquillement. J'ai essayé de crier, mais je n'ai pas pu. Il a pressé quelque chose qui sentait fort sur ma bouche. Ce dont je me souviens après, c'est de m'être réveillée dans ce jardin au bord de l'eau. Le soleil brillait et ça m'a déroutée, car je croyais que c'était encore le soir. Je n'étais vraiment pas bien, et toute seule. Il y avait des échafaudages autour de la maison, mais pas d'ouvriers, c'était le week-end évidemment. Puis-je avoir un peu d'eau ?

Jeppe versa de l'eau dans un verre avec une paille. Esther but, se racla la gorge et but encore. Le niveau n'avait presque pas baissé dans le verre.

— Il était furieux. Fou. Il m'a attaché les mains dans le dos et m'a forcée à me tenir accroupie au bord de l'eau, il m'a crié dessus et m'a menacée avec un couteau. Puis il s'est mis à me frapper et à me donner des coups de pied.

— Il vous a crié dessus ? Mais pourquoi ?

— Il était persuadé que j'étais sa mère. Que je l'avais abandonné à la naissance et que j'étais donc responsable de son horrible enfance. Il m'a traitée des pires choses…

Elle fit une pause, se reprit et retrouva ses forces. Jeppe lui laissa tout son temps. Les joues d'Esther se mouillèrent sans un bruit.

— Il a parlé de Julie et de Kristoffer. De comment il les avait torturés et tués. Il s'en est vanté, les appelant « ses œuvres d'art ». Il méprisait leur peur, dit-elle en fermant les yeux. C'est difficile d'en parler.

Jeppe attendit qu'elle rouvrît les yeux.

— A-t-il expliqué plus ou moins pourquoi ? demanda-t-il avant d'ajouter, après s'être lui-même raclé la gorge : je veux dire, pourquoi il les a tués ?

— Non. Je devais mourir parce que j'étais sa mère et que je l'avais abandonné. Mais il n'a pas dit pourquoi Julie et Kristoffer…

Un gémissement lui échappa, comme un chiot qui supplie. Elle essaya de le transformer en toux.

— Mais il a mentionné Erik.

— Erik Kingo ?

— Oui, il a parlé de leur mission commune, ou quelque chose comme ça. Tout est un peu flou. Il avait été l'assistant d'Erik, mais ce projet, c'était en relation avec… avec les morts. Et avec moi. Il voulait m'éventrer, il disait que je serais sa dernière œuvre d'art. Son chef-d'œuvre.

La porte s'ouvrit et une nouvelle infirmière entra. Elle avait des joues rondes, une tresse de cheveux blonds dans le dos et l'air outrageusement sain à côté du trio.

— Esther, nous devons vous préparer pour le scanner dans quelques minutes, alors il faut dire au revoir à vos visiteurs.

Elle fit un clin d'œil joyeux à Jeppe et quitta la pièce. Dans les hôpitaux, le contraste entre la vie et la mort est aussi tranchant qu'un couteau, mais la transition est fluide. Il regarda Esther. Malgré les marques évidentes de sa rencontre avec la mort, elle avait l'air pleine de vie. Elle allait probablement s'en sortir.

Jeppe laissa la porte se refermer complètement sur l'infirmière avant de demander :

— Comment se fait-il qu'il ne vous ait pas tuée ? Comment en avez-vous réchappé ?

— Je lui ai dit que je n'étais pas sa mère.

— Mais comment… ?

Esther inspira profondément. Jeppe sentit qu'elle prenait son élan pour raconter une histoire qu'elle voulait faire sortir depuis longtemps, mais qui était encore douloureuse à partager.

— En 1966, j'ai donné naissance à un bébé qui a été adopté. J'avais dix-sept ans et mes parents pensaient que ça gâcherait ma vie… Mais cet homme a la trentaine, c'est-à-dire qu'il est né dans les années quatre-vingt. Je ne peux en aucun cas être sa mère.

Elle se tut et aplatit inconsciemment le duvet de ses mains tremblantes.

— D'abord, il ne m'a pas crue. Il m'a frappée, m'a traitée de pute et de menteuse. Je lui ai dit que je n'avais que dix-sept ans quand j'ai eu le bébé. Je lui ai demandé de calculer. Ça l'a rendu encore plus furieux, il m'a rouée de coups de pied et a menacé de m'arracher les yeux.

Elle toucha doucement un point sous son œil gauche.

— Comment l'avez-vous persuadé ?

— Je n'ai cessé de lui répéter la date, la date de la naissance. Le 18 mars 1966. Je l'ai sur un médaillon que je porte toujours autour de mon cou. (Elle leva la main vers sa clavicule pour le leur montrer, mais en fut empêchée par ses bandages.) Il l'a regardé, et il a enfin dû comprendre. Que je ne pouvais pas être sa mère. Que quelqu'un lui avait menti.

Elle déglutit deux ou trois fois puis continua, le visage déformé, comme si le souvenir qu'elle évoquait lui faisait plus mal que les blessures physiques.

— Je lui ai dit que le bébé auquel j'avais donné naissance était une fille. Une des infirmières me l'avait chuchoté en secret, à l'époque, alors qu'elle n'en avait pas le droit : une petite fille…

— Alors il a arrêté ?

— Non. Il m'a encore frappée. Quand je me suis réveillée, j'étais ici.

Jeppe leva les yeux et vit un cortège de brancardiers et d'infirmières entrer dans la pièce. Anette et lui se levèrent et se dirigèrent vers la porte en souhaitant un prompt rétablissement à Esther. Jeppe eut le temps de lui sourire avant qu'ils ne soient poussés dans le couloir. Ils se dirigèrent vers l'ascenseur.

Les oreilles de Jeppe se mirent à siffler pendant la descente. Il posa ses mains dessus, mais le sifflement continua.

*

— Vous pourrez rentrer chez vous quand nous aurons terminé cet entretien.

La juriste de la police posa ses coudes sur la table et se pencha en avant. Son corsage blanc était déboutonné dans la chaleur matinale du bureau, révélant une bordure en dentelle.

Anette observa Christian Stender de là où elle était, appuyée contre le mur. Il était assis, affaissé, le visage de marbre. Ulla Stender lui caressa le bras, mais il n'avait pas l'air conscient de sa présence. La peau de son visage brillait et semblait de la même texture qu'une mayonnaise qui aurait tourné. Il devait avoir un problème d'afflux sanguin.

L'avocat de Stender fit cliquer plusieurs fois un stylo-bille en plastique bleu.

— Que voulez-vous dire ? Rentrer chez lui ? demanda-t-il avec incertitude.

La juriste croisa les mains sur la table devant elle.

— La police abandonne les charges…

— Mais nous avons des aveux de M. Stender.

L'avocat posa le stylo et attrapa le nœud de sa cravate.

— … et il ne sera pas non plus poursuivi pour parjure. Nos deux enquêteurs du département de la Criminelle ont quelques questions, mais ensuite, M. et Mme Stender pourront repartir chez eux. À condition de nous assurer de la coopération de M. Stender.

L'avocat feuilleta nerveusement ses papiers.

— Mon client a bien sûr le droit d'être informé de…

— Rentre chez toi, Ditlev !

Stender ployait comme un légume trop mûr, mais réussissait toujours à rayonner d'autorité.

— Que dis-tu ?

— S'il n'y a pas de charges, je n'ai plus besoin de toi, n'est-ce pas ? Tu me coûtes huit cents couronnes de l'heure, rentre chez toi, espèce d'avocaillon !

L'avocat resta figé un instant, choqué, puis il emballa ses affaires, serra rapidement l'épaule d'Ulla Stender et quitta la pièce. Elle resta assise, honteuse, et regarda Anette avec l'air de s'excuser.

— Si vous retirez l'acte d'accusation, ça doit signifier que vous avez un autre assassin, poursuivit Stender calmement. Est-ce le cas ?

Anette quitta le mur pour se diriger vers lui. Elle s'appuya sur la table et le regarda droit dans ses yeux rougis.

— Oui. Nous avons un assassin. Il est toujours en liberté, mais nous savons qui il est et nous avons des témoignages à l'appui. Alors la question est maintenant : qu'est-ce qui vous a fait avouer un crime que vous n'avez pas commis ?

Il se redressa lentement et leva les bras au-dessus de sa tête comme un prédicateur apocalyptique.

— Celui qui lutte contre les monstres doit veiller à ne pas lui-même devenir un monstre…

— Nous ne pouvons pas continuer avec… (Anette frappa la table.)… avec ces conneries ! Combien de temps aviez-vous l'intention de nous balader ? Qu'est-ce que ça signifie, pour vous, de ne *pas* retrouver l'assassin de votre fille ? Ah, mais nom de Dieu, merde !

— Et si tu regardes longtemps dans l'abîme, l'abîme regarde aussi en toi.

Il baissa les bras et hocha la tête pour lui-même.

— Ulla, ma chérie, retourne à l'hôtel faire nos bagages, s'il te plaît, pour que nous puissions rentrer à la maison.

Ulla Stender avait l'air d'une femme ayant traversé sept sortes d'enfer au cours des dernières vingt-quatre heures, juste armée de sa veste à carreaux Chanel pour la protéger de l'effondrement ultime. La perspective de pouvoir rentrer à Sørvad sans la honte d'être mariée à un tueur en série fou lui apporta un semblant de lueur d'espoir. Elle se leva, soupira un petit « bon, eh bien, alors » et se précipita vers la porte et la liberté.

Stender pointa son doigt charnu sur Anette.

— Je veux simplement préciser que vous ne pouvez pas me menacer de quoi que ce soit. J'ai perdu ce qui m'était le plus cher. Une peine de prison n'y changera rien. Est-ce compris ?

Il parlait toujours d'une voix lente et pâteuse, mais Anette n'avait aucun doute qu'il pensait ce qu'il disait.

— Ma fille a été assassinée par un fou qui travaille pour vous, la police ; un homme qui a participé à l'enquête et a appliqué des empreintes juste sous votre nez sans que vous vous en rendiez compte. David Bovin. J'ai peur que ma fille n'ait été… fascinée par lui. Julie n'était pas fine psychologue, elle était trop gentille pour ça. Elle l'a elle-même fait entrer et il l'a tuée, l'a découpée, et s'en est vanté sur Internet. Et vous… (De petites gouttes blanches de salive perlaient sur sa bouche.)… vous l'avez aidé !

— Comment avez-vous eu connaissance de ces informations ?

— Avant vous, vous voulez dire ? Comment n'avez-vous pas réussi à obtenir cette information ? Voilà qui est peut-être une question plus pertinente !

Anette voyait que sa colère allait gagner sur son apathie.

— Alors vous ne voulez pas répondre ?

— Vous devriez vous occuper de choses plus importantes, comme d'attraper ce cinglé.

— Vous ne voulez pas nous dire pourquoi vous savez qui c'est ?

Stender la défia du regard sans rien dire.

— Ou nous éclairer sur la raison pour laquelle vous vous êtes désigné coupable, faisant donc obstruction à l'enquête ? Cela ne vous intéresse pas, que l'assassin soit puni ?

Stender claqua les paumes de ses deux mains sur la table, faisant trembler les tasses et les stylos.

— C'était exactement ce dont il s'agissait. Que l'assassin soit puni. Pas seulement avec quelques années de repas maison, de tennis de table et autres facilités. Il devait être puni !

Une folie rageuse brillait dans ses yeux.

— Et il l'aurait été si vous étiez allé en prison à sa place ?

Anette croisa les bras et essaya d'avoir l'air plus calme qu'elle ne se sentait.

— Je n'en dirai pas plus. Si ! Je vais ajouter une chose : il fallait que ce salaud soit puni, mais il s'agissait aussi de protéger quelqu'un qui est plus important que moi-même.

— De qui parlez-vous ? Kingo ? Était-ce lui qui devait être protégé ?

— Ha ! Erik est un grand garçon qui est tout à fait capable de prendre soin de lui-même. (Stender essuya la sueur de son front avec sa main.) Non, je devais protéger quelqu'un de plus important que nous tous réunis. Et maintenant, je n'en dis pas davantage. Alors, c'est à vous de décider si vous voulez me garder ou me laisser partir. Je m'en fiche.

Il posa ses mains sur son ventre et resta tranquillement assis, dans l'expectative. Anette fit signe à la juriste de l'accompagner à l'extérieur puis ferma la porte derrière elles.

— Pouvons-nous le garder ?

La juriste avait l'air secouée.

— Je n'ai jamais rien vécu d'aussi délirant de toutes mes années de juriste. Il est complètement… oui, mais, c'est complètement…

— Pouvons-nous le garder ?

Elle se ressaisit.

— Seulement si nous le poursuivons pour parjure et éventuellement aussi pour obstruction à l'enquête policière. Je croyais que c'était précisément ce que nous ne voulions pas.

Anette réfléchit.

— Il va nous falloir examiner ses communications téléphoniques et ses e-mails pour voir quelles réunions il a pu avoir, et avec qui.

— Alors nous sommes obligés de le poursuivre et de l'arrêter.

Anette hocha la tête.

— Bien, faisons-le. Nous pourrons toujours le relâcher quand nous aurons enquêté sur lui, qu'il puisse rentrer chez lui enterrer sa fille. S'il n'a rien fait de criminel.

— Pauvre Ulla Stender. (La juriste secoua la tête.) Et pauvre de nous tous.

*

Anette fit irruption dans leur bureau commun, sortit un sachet de gratons de son sac et les croqua méthodiquement dans un bruit de mastication infernal. Elle avait l'air bouleversée. Jeppe regarda le bourrelet qui s'échappait de sa ceinture serrée et se demanda un instant si sa partenaire ne mangeait pas pour se réconforter quand elle était stressée, contrairement à lui-même, qui perdait complètement l'appétit.

Il prit son téléphone et écrivit un nouveau message. Tu me manques ! Il le savait bien : on n'écrit pas cela à une personne qu'on connaît à peine, surtout quand on a déjà envoyé deux messages restés sans réponse. Cela semblait désespéré. Il reposa son portable et regarda sa partenaire.

— Eh bien, qui a persuadé Christian Stender d'endosser le meurtre de sa propre fille contre la promesse qu'il arrivera quelque chose d'horrible à David Bovin ?

Anette répondit en mastiquant, la bouche pleine.

— Le seul à avoir la proximité requise avec lui, ou du moins dont nous savons qu'il a été très proche de Bovin, c'est Kingo. Erik Kingo est le lien entre Bovin et Stender.

Jeppe tendit la main et prit quelques gratons dans le sachet.

— Mais pourquoi Kingo devrait-il faire du mal à Bovin ? Pourquoi ne pas nous laisser l'attraper et ensuite nier toute implication dans l'affaire, si tant est qu'il soit impliqué ?

— Parce que Bovin en sait trop. Il est dangereux.

Jeppe regarda les gratons entre ses doigts et regretta de les avoir pris. Ils ressemblaient à ce qu'ils étaient. De la peau morte.

— Est-ce qu'on peut faire arrêter Kingo ? Qu'est-ce qu'on a sur lui ?

Anette mâchonna en réfléchissant.

— Tant que Stender ne parle pas et que Bovin n'est pas pris, nous n'avons qu'un tas de présomptions. Nous savons qu'il est impliqué, mais pas comment. Parions sur les indiscrétions de Bovin quand nous l'aurons arrêté. D'ici peu.

On frappa à la porte et Sara Saidani se pencha sur le bureau, l'excitation se lisant sur son visage. Jeppe ne se souvenait pas de la dernière fois où il l'avait vue sourire. Cela lui allait bien.

— J'ai quelqu'un qu'il faut que vous rencontriez. Vous vous souvenez de l'ancien assistant de Kingo ? Il est dans la 4.

— Maintenant ?

— En ce moment même !

Anette se versa les dernières miettes de gratons directement dans la bouche tout en se dirigeant vers la porte. Jeppe la suivit en secouant la tête.

Saidani descendit au service de permanence judiciaire récupérer le téléphone saisi de Christian Stender. Pendant ce temps, Jeppe et Anette prirent le relais en salle d'interrogatoire n° 4, où un jeune homme maigre triturait nerveusement son collier. Il avait la peau la plus noire que Jeppe ait jamais vue et portait un vêtement d'un bleu brillant orné de triangles colorés. On aurait dit un bel oiseau exotique tout juste atterri dans leur monde terne. Anette referma la porte pour qu'il ne s'envole pas.

Jeppe se présenta en lui serrant la main et s'assit à la table, Anette se posta contre le mur et enfonça les mains dans ses poches. *Business as usual.*

— On vous a offert du café, bien. J'ai cru comprendre que l'inspectrice Saidani vous a dit de quoi il s'agissait ?

Jeppe sourit amicalement au jeune homme.

— Je savais que ce jour viendrait. Je l'ai toujours dit, mais personne ne voulait écouter. Ce type est complètement barge !

Son jargon rapide des rues de Copenhague était souligné par ses mains, qu'il agitait en tous sens.

— Qui ça ?

— Ce putain d'Erik Kingo ! Qui d'autre ? Le plus gros salopard qui ait jamais foulé la terre verte de Dieu.

Jeppe ouvrit les mains d'un air interrogateur.

— Pourquoi dites-vous ça ? Pourquoi serait-il un salopard ?

— Il manipule les gens pour leur faire faire ce qui traverse son cerveau malade. Il te raconte que tu es une étoile, que tu es beau, incompris, qu'il te conduira au sommet. Il te voit, te pousse à être le meilleur que tu puisses être, et te fait aimer comme tu n'as jamais aimé avant. Et puis… (Il joignit les mains en forme de bol et les ouvrit subitement.)… il te laisse tomber. Il l'a fait avec moi, il le fait avec tous ceux qui sont assez stupides pour lui faire confiance.

— Avez-vous entendu parler de David Bovin, l'assistant qu'il a eu après vous ?

Jake Shami posa ses mains autour de son cou et leva les yeux au plafond.

— Non seulement j'en ai entendu parler, mais je l'ai rencontré ! Quand j'ai été libéré, la première chose que j'ai faite, ça a été de le contacter. Je voulais prévenir le mec. Ce fut un peu une surprise, car il était… eh ben, oui, assez différent de moi. Mais Kingo n'est pas regardant tant qu'il obtient ce qu'il veut. En tout cas, Bovin avait déjà subi un lavage de cerveau complet, impossible de le sauver. Kingo l'avait submergé de mensonges à mon propos, alors il s'est contenté de me regarder avec pitié.

Il baissa les mains et forma un entonnoir devant sa bouche.

— Hé ! ho !, regarde-moi, putain ! J'ai peut-être la tronche de quelqu'un qui pourrait violer une vieille dame ? C'était pas mon idée, putain. J'étais juste allé trop loin dans le monde malade de Kingo.

— Alors David Bovin n'a pas compris le message ?

— Pas le moins du monde. C'est pour ça que j'ai été soulagé, pour ne pas dire enthousiaste, quand j'ai entendu dire qu'il avait trouvé un boulot normal. Je croyais… oui, peut-être que je croyais que Kingo était sur le point de perdre son emprise. Il vieillit aussi, après tout.

Jeppe pencha la tête.

— Pourrait-on imaginer qu'ils ont continué à collaborer d'une autre manière ?

— Avec Kingo, on peut rien exclure. Ce Bovin peut très bien travailler toujours pour lui, même s'il a officiellement un autre boulot.

Jake Shami soupira profondément.

— Car c'est ce qu'il fait, Kingo. Il crée un univers imaginaire où c'est toi et lui contre le reste du monde, et personne d'autre ne doit décider de ce qui est bien ou mal. Aujourd'hui, je ne me souviens plus de cet état d'esprit, mais à l'époque, on avait construit un monde ensemble où il était logique d'essayer de forcer une vieille dame à avoir des relations sexuelles. Où c'était l'art, la rédemption, la révolution ! J'ai toujours honte d'en parler.

Jake Shami ferma les yeux et resta assis le dos droit, puis il déglutit et hocha la tête.

— Je l'ai aimé si fort. Je n'aimerai jamais personne comme j'ai aimé Erik Kingo.

— Mais cet amour n'était pas réciproque ?

— Kingo n'aime que lui-même. À la rigueur peut-être aussi son fils et sa petite-fille, et lui-même prétendrait sûrement qu'il aime l'art, mais c'est un mensonge. Kingo n'aime que son propre ego surdimensionné.

Le téléphone bourdonna dans la poche de Jeppe. Il eut le temps de penser *Anna* avant de voir le numéro et de répondre.

— Kørner.

— Ici le Central. Nous avons un témoin qui prétend qu'elle a vu le suspect recherché. Il y a une demi-heure dans le train de banlieue en direction de Køge. J'ai envoyé un *Mike* pour l'interroger sur place. Elle dit que l'homme est descendu à la station Sjælør.

Un *Mike* était un policier à moto du service de la Circulation et des transports, à Valby. Jeppe se redressa sur son siège.

— En est-elle vraiment sûre ?

— Pas à cent pour cent, mais assez sûre. Elle l'a plutôt bien décrit. La taille et la corpulence correspondent, et elle semble être fiable. Nous avons envoyé deux fourgons.

— Attends un peu, tu as dit Sjælør ?

Jeppe regarda la carte de Copenhague accrochée au mur. Puis il cria, à moitié à Anette, à moitié dans le téléphone.

— C'est lui ! Il est en route pour le jardin associatif de Kingo. *H/F Frem* sur P. Knudsensgade. Envoie tout ce que tu as. On arrive !

— Attends ! entendit-il dans le téléphone. Il y a autre chose. Le suspect n'était pas seul. Il avait une petite fille avec lui.

Le choc frappa Jeppe comme un coup de poing dans les reins. Il se leva lentement et remit son téléphone dans sa poche, essayant de comprendre. Puis il se mit à courir.

CHAPITRE 36

La zone était déjà bouclée quand Jeppe et Anette tournèrent à droite sur Gustav Bangs Gade avant de se garer devant les jardins associatifs *H/F Frem*. Deux fourgons bloquaient la voie intérieure, deux ambulances et quatre véhicules de police derrière eux. Une poignée d'agents de police redirigeaient la circulation et éloignaient les curieux, d'autres escortaient les résidents hors de la zone. Lima Onze, le chef de l'opération, se tenait au milieu de tout ce dispositif et répartissait les tâches. Son gilet jaune fluo le rendait facile à repérer. Jeppe lui attrapa le bras.

— Que se passe-t-il ? Vite !

— L'homme recherché tient une petite fille en otage dans un bateau à rames au milieu du lac. Il menace de lui trancher la gorge s'il ne peut pas parler à Erik Kingo.

— Et où est Kingo ?

Le chef de l'opération lui montra un petit attroupement sur le trottoir. Erik Kingo se distinguait par ses cheveux blancs tombant sur le col de sa veste en lin et son visage inhabituellement pâle.

— Il vient juste d'arriver et on le briefe sur la sécurité. Bovin l'a appelé directement.

— Est-ce qu'on a prévenu l'Unité spéciale d'intervention ?

Cette unité disposait de tireurs d'élite armés de fusils de précision.

— Un groupe se positionne autour du lac. La zone a été évacuée.

Jeppe marcha en direction de Kingo tout en demandant par-dessus son épaule :

— Qui est l'enfant ?

— La petite-fille de Kingo, Sophia. Les parents ont été prévenus et sont en route.

Jeppe et Anette rejoignirent l'attroupement. Kingo leva la tête et leur cria avec désespoir :

— Il a pris ma petite-fille !

Il avait soudain l'air d'un vieillard.

Jeppe s'adressa aux policiers autour de lui.

— Il est prêt ? Bien, venez !

Il partit avec Kingo, suivi de policiers en uniforme. Aujourd'hui, aucun regard suspicieux par-dessus les haies et aucun enfant jouant dans les jardins. Sur le ponton de la maison de Kingo se tenaient trois agents du groupe d'intervention en tenue de combat, leurs armes impressionnantes accrochées à l'épaule, les yeux rivés sur le bateau au milieu du lac. Jeppe en aperçut plusieurs autres qui se répartissaient entre les buissons et les terrasses tout autour du plan d'eau.

Pourtant, tout était parfaitement calme. Même le vent était tombé, si bien que les cabanes environnantes se reflétaient à la surface brillante du lac. Le seul bruit qui brisait le silence était les pleurs déchirants de l'enfant.

Au milieu du lac, à la barre d'une yole en bois vert foncé, David Bovin était assis, un couteau à la main et une petite fille sur les genoux. Jeppe vit que la fillette était trop proche de lui pour qu'ils puissent prendre le risque de tirer. Un petit canot pneumatique était amarré à la yole.

— Sophia ! Grand-père est là, maintenant, ma petite chérie, cria Kingo d'une voix enrouée en direction de la yole.

Les pleurs s'intensifièrent. Il leva ses mains en entonnoir et cria encore.

— Que veux-tu, David ? Que veux-tu de moi, putain ? Laisse-la partir, ce n'est qu'une enfant !

N'obtenant aucune réponse, il se tourna vers les agents du groupe d'intervention sur le ponton.

— Que veut-il ? Vous a-t-il dit ce qu'il voulait ?

L'un d'eux répondit, le visage de marbre :

— Il veut l'échanger contre vous. Vous devez nager jusqu'à lui et il laissera la fillette revenir dans l'autre bateau.

La panique brilla dans les yeux de Kingo.

— Mais c'est démentiel. Il va me tuer. Que faisons-nous ?

L'agent répondit sobrement :

— La seule autre solution est d'attendre que nous l'ayons dans notre ligne de mire et d'espérer qu'il ne lui fasse pas de mal d'ici là.

Kingo se prit la tête entre les mains.

— Mais c'est de la folie. Nous ne pouvons pas courir ce risque !

Jeppe intervint :

— Un négociateur est en route. Avec un peu de chance, il arrivera à le calmer. Il sera ici dans quelques minutes.

— Un négociateur ?! On ne peut pas négocier avec un tueur en série fou. Vous devez bien pouvoir faire quelque chose ?

Kingo tituba le long du ponton et s'affaissa, à moitié assis, à moitié à genoux.

La radio de l'agent crachota.

— Les parents sont là.

Anette tourna les talons.

— Je vais les tenir à l'écart pour le moment.

La dernière chose dont ils avaient besoin, c'étaient des parents terrifiés.

Jeppe entendait son propre cœur battre la chamade. Les couleurs autour de lui étaient renforcées par l'adrénaline dans son sang, le bleu du ciel lui déchirait presque les yeux. Kingo était à genoux, silhouette blanche et brillante sur le ponton. Comme un ange déchu, le personnage d'un conte héroïque.

Jeppe revit le visage de Julie découpé en morceaux et défiguré, la peur, le chagrin dans les yeux de son père. Il revit le corps mince de Kristoffer dans le lustre et entendit Esther de Laurenti pleurer. Toute cette souffrance, il la ressentit pendant une seconde dans son propre corps ; cette douleur causée par le jeu mégalomane de Kingo.

Ignorant l'avertissement des agents, il s'avança vers Kingo, s'accroupit à côté de lui et se pencha vers son visage puissant. Il lui murmura à l'oreille :

— Est-ce vous qui lui avez fait croire qu'Esther de Laurenti était sa mère et qui l'avez persuadé de tuer Julie Stender dans le cadre d'un projet dément ? Est-ce votre faute si cette petite fille est là-bas maintenant ? *Votre* petite-fille.

Un signe de tête imperceptible, presque inexistant. Peut-être même qu'il ne l'avait pas fait. Le tissu de la veste blanche l'éblouissait, comme les éclairs de lumière du lac. Jeppe savait que ce n'était pas correct, mais il s'en moquait.

— Alors j'estime que vous devriez nager !

Jeppe se leva et s'éloigna de la silhouette affaissée sur le ponton avant de faire une chose qu'il regretterait. Il se posta près des agents et attendit.

Kingo resta immobile à contempler le lac. Partout, des hommes grouillaient : debout, visant, retenant leur souffle, rampant, attendant, détestant. Et au milieu de tout cela, des pleurs d'enfant qui s'amplifiaient et s'amplifiaient encore jusqu'à remplir le monde entier.

D'un mouvement brusque, Kingo se leva, retira sa veste, la jeta sur le ponton et plongea.

Il était bon nageur, ne respirant que tous les trois mouvements de crawl sans faire de pause. Une fois arrivé à quelques mètres de la yole, il s'arrêta, dit quelque chose à la fillette et continua jusqu'au bord. Jeppe le vit lever le bras droit vers Bovin, qui l'attacha à la dame de nage avec un cordage, Sophia toujours sur ses genoux. Une fois Kingo bien attaché, Bovin souleva doucement la petite fille, la posa dans le canot pneumatique auquel il donna une poussée, puis il sauta rapidement à l'eau.

Jeppe guettait.

— On l'a à portée de tir ?

— Nous devons d'abord ramener la fillette à terre en toute sécurité.

Le canot avec Sophia en larmes fit quelques mètres puis s'arrêta sur la surface brillante du lac. Deux agents du groupe d'intervention jetèrent leur gilet pare-balles et nagèrent vers lui, l'atteignirent et le remorquèrent en sécurité jusqu'au ponton. Jeppe se rendit compte qu'il s'était arrêté de respirer.

Un troisième agent se mit à plat ventre et attrapa la fillette, la souleva dans ses bras pour la mettre en sûreté. Il la porta contre lui, lui caressa le dos et lui dit des choses rassurantes. Il la posa doucement et laissa les ambulanciers prendre le relais.

Jeppe regarda la petite fille blonde et sentit quelque chose bouger en lui, une illumination qu'il ne comprenait pas encore. Il se passa les mains sur le visage et essuya la sueur sur sa chemise. Le monde tournait deux fois plus vite, tournait et tournait toujours. Il s'approcha du groupe entourant Sophia, tout près, en même temps que ses parents arrivaient en courant avec Anette.

Une seconde avant que la fillette ne soit soulevée et serrée dans les bras de sa mère en pleurs, elle croisa son regard. Et Jeppe reconnut, sans le moindre doute possible, les beaux yeux bleus de Julie Stender.

*

Pendant les trois minutes qui s'écoulèrent entre le moment où il poussa le bateau de Sophia et celui où elle se retrouva dans les bras de sa mère, Bovin réussit à faire basculer la yole pour la retourner sur lui. Jeppe avait bien enregistré le mouvement sur le lac, comme tout le monde, mais la sécurité de la fillette avait prévalu sur tout le reste. Désormais, Bovin et Kingo étaient hors de vue, probablement cachés sous le bateau. Les agents se regardèrent. Le chef de l'opération arriva au bord du lac et fixa Anette et Jeppe d'un œil interrogateur. Et maintenant ?

Ils entendirent Kingo crier, hurler des insultes pleines de colère, mais pas Bovin.

Un agent armé s'allongea dans le canot pneumatique si bien que seuls sa mire et son casque dépassaient du bord ; un autre le poussa dans l'eau en nageant avec force. Tout autour du lac, le long de la rive, des agents en tenue de combat levaient leurs armes dans la chaleur estivale. On aurait dit une chorégraphie de *Miss Saigon*. On aurait dit la fin du monde.

Lorsque l'agent dans le canot ne fut qu'à quelques mètres de la yole, un cri déchirant retentit, strident comme celui d'un cochon qu'on égorge. La yole se balança, les agents s'immobilisèrent et flottèrent avec la houle. Puis tout redevint silencieux. Tous étaient dans l'attente. L'agent qui nageait regarda sous l'eau, fit un signe à terre, plongea sous la yole et refit surface.

Il agita la main et secoua la tête. La yole était vide.

Au bout d'un moment, les plongeurs de la police arrivèrent en Zodiac avec des bouteilles d'oxygène, des projecteurs, des ceintures de plomb et des palmes, et se mirent à fouiller le lac autour de la yole. Jeppe emprunta une voiture de patrouille vide pour y interroger la petite Sophia et ses parents, choqués. Il s'avéra que David Bovin était entré dans la cour de récréation de l'école maternelle La Pommeraie, où il avait attiré Sophia avec des promesses de bonbons et d'une visite au parc d'attractions de Tivoli. Les parents confirmèrent discrètement que Sophia avait été adoptée de façon privée. Ils confirmèrent aussi à contrecœur l'autre soupçon de Jeppe.

Ce ne fut que lorsque la dernière pièce fut en place qu'il les laissa partir aux urgences pour qu'ils s'y fassent examiner, corps et âme.

Jeppe revint au lac et s'assit sur le ponton dans les rayons du soleil. La prise de conscience roula sur lui comme des vagues de chaleur, lui donnant la nausée et le vertige. Les agents et les plongeurs occupés à leur besogne allaient et venaient autour de lui, le bousculant au passage. Il ne les remarquait pas.

La petite-fille de Kingo était la fille que Julie Stender avait donnée à l'adoption. Il le savait. Il faudrait bien sûr enquêter pour le confirmer, mais il le savait. Il ne comprenait pas encore tout dans son ensemble, mais c'était l'élément qui faisait tout tenir. Six ans auparavant, dans son désespoir, Christian Stender s'était confié à son ami – à moins que Julie n'ait annoncé elle-même à Kingo qu'elle était enceinte – et Kingo était intervenu.

Pour aider son pluvian fluviatile.

Pour donner à son fils sans enfant la possibilité d'adopter un petit bébé. *Quel cadeau !* Au Danemark, l'adoption est un processus lent. Devenir parents adoptifs peut prendre quatre ou cinq ans et l'enfant qu'on accueille peut avoir jusqu'à trois ans, ce qui est parfois une source de déception. Kingo avait offert à son fils un nourrisson à la peau de pêche, tout frais sorti de l'utérus de sa mère, et en plus potentiellement porteur de la génétique familiale. Non pas qu'il leur ait rapporté ce détail. Être en même temps le père biologique de l'enfant et son grand-père aurait rapidement pu devenir compliqué.

Un cri vint du lac, un plongeur faisait signe.

Le Zodiac glissa vers lui, des cordages furent attachés et des poids envoyés au fond de l'eau. Plusieurs cris, des plongeurs tiraient et poussaient, un treuil s'enroula sur le bateau. Le cabestan se mit à bourdonner, se coinça, les plongeurs tirèrent, il redémarra. Un corps perça la surface.

Jeppe se mit une main en visière. Un paquet humide flottait sur l'eau, à première vue juste un paquet de matière organique entouré des têtes des plongeurs, qui évoquaient des lions de mer. Il fallut beaucoup de temps pour hisser ce paquet hors de l'eau en toute sécurité – une sonde en plomb, des filins et des cordages, beaucoup de cris.

On entrevit des cheveux noirs. Le paquet était David Bovin.

Il fut allongé dans le Zodiac et ramené à terre tandis que les plongeurs continuaient à chercher Kingo. Quand l'embarcation atteignit le rivage, Jeppe vit que le ventre de Bovin avait été ouvert d'un côté à l'autre et que les entrailles en débordaient.

Nyboe estima, même si bien sûr il faudrait attendre l'autopsie pour en avoir confirmation, que Bovin s'était suicidé en s'ouvrant le ventre de gauche à droite. Jeppe reconnut la méthode en pensant au film *Le Dernier Samouraï* : le rituel de suicide que les samouraïs pratiquaient pour éviter le déshonneur de tomber aux mains de l'ennemi, le *seppuku*. Encore un drame.

Les techniciens de la Scientifique vêtus de blanc entourèrent le corps, comme des fantômes qui chassent des fantômes. Ils évitèrent de trop regarder le visage qui leur avait souri par-dessus des tasses de café et des écrans d'ordinateur ces dix-huit derniers mois. On croit connaître les gens… Dans la poche du pantalon du cadavre, ils trouvèrent un morceau de papier à moitié dissous, soigneusement plié, sur lequel étaient écrits deux mots seulement : *Enfant Étoile*.

Alors que le soleil se couchait sur le lac, ils trouvèrent le corps d'Erik Kingo tout au fond, une chaîne d'ancre autour des jambes. Ses yeux arrachés flottaient devant son visage comme des tentacules.

Les anguilles avaient déjà commencé à le dévorer.

CHAPITRE 37

Avec beaucoup de persuasion, Esther de Laurenti réussit à convaincre le gentil brancardier de pousser son fauteuil roulant jusqu'à l'ascenseur puis au quatorzième étage où se trouvait Gregers. Son opération s'était déroulée comme prévu, on lui avait dit au moins cela, et à présent, il devrait être réveillé et de retour dans sa chambre. Dans l'ascenseur, elle sentit son cœur palpiter. Elle posa une main sur sa poitrine, surprise d'être inquiète à ce point pour son vieux locataire. Au moment où elle arriva dans sa chambre, deux infirmières l'installaient lui aussi dans un fauteuil roulant. Il ne devait pas aller si mal que ça.

— Salut, Gregers. Tu allais sortir ?

Le vieil homme leva la tête comme s'il avait entendu un fantôme. Quand il la vit, il tendit ses bras tremblants vers elle.

— Je croyais que tu étais... Oh, je me suis fait tant de souci. Nous étions sur le point de descendre te voir. Est-ce que ça va ?

Cette sensibilité inhabituelle de sa part brisa l'anxiété accumulée par Esther au cours des dernières vingt-quatre heures. Elle tendit la main vers lui et l'agrippa, et ils restèrent ainsi, deux êtres en souffrance dans un maelström, essayant de se soutenir. La sollicitude de Gregers fit tomber ses dernières défenses et il ne resta plus que le chagrin et le regret. Leurs sanglots se mêlèrent aux paroles de réconfort maladroites du personnel de l'hôpital, on alla leur chercher des verres d'eau et des mouchoirs en papier.

Quand le pire de la tempête émotionnelle fut passé, on les poussa jusqu'à la fenêtre où ils restèrent côte à côte à regarder Copenhague pendant que les soignants poursuivaient leur travail avec le sourire.

Oh, comme ces vieillards sont sensibles !

Et oui, Dieu sait qu'ils l'étaient, assis là main dans la main, les lumières nocturnes de la ville à leurs pieds. L'ordre de la nature avait été inversé, les jeunes avaient disparu et les vieux étaient restés, et rien d'autre n'avait de sens que la chaleur que leurs paumes se donnaient en ce moment.

Kristoffer devait être enterré jeudi, le même jour que Julie Stender. Elle avec des monceaux de fleurs et une pierre de granit de Bornholm, dans la concession familiale. Lui lors d'une cérémonie laïque dans la chapelle du service de médecine légale, suivie d'une incinération. Esther avait reçu l'autorisation de sa mère d'organiser les traditionnelles libations funéraires dans un café de Sankt Hans Torv, et elle espérait que beaucoup des collègues et amis de Kristoffer viendraient. Sa mère avait aussi accepté qu'Esther finance une tombe et une pierre afin que ses cendres ne se retrouvent pas anonymement dans une fosse commune. Elle avait besoin d'un endroit où lui rendre visite quand le manque serait trop fort. Quand la prise de conscience la frapperait. Elle serra la main de Gregers, il serra la sienne, il comprenait. Ils restèrent ainsi un moment à se serrer les mains à tour de rôle, les yeux rivés sur les tours et les flèches au loin. Puis Gregers prit une profonde inspiration.

— Je ne savais pas du tout que tu écrivais des livres.

— Je ne le fais plus. Pas le genre de livres que je croyais écrire, en tout cas.

L'idée d'écrire quoi que ce soit à nouveau lui paraissait absurde, pour l'instant.

— Ah bon ? Parce que j'ai travaillé à imprimer des livres, mais je n'ai jamais connu personne qui en ait écrit un.

— Tu n'en connais malheureusement toujours pas, Gregers.

— Non, mais peut-être un jour, n'est-ce pas ?

Nous sommes en train de devenir amis, pensa Esther. *Après toutes ces années.* Elle le regarda. De la vieille peau sur une ossature forte, des yeux mouillés, un regard gentil. Il était seulement rouillé parce qu'il avait habité seul pendant tant d'années, comme elle.

— Gregers, je vais devoir vendre l'immeuble.

Les mots quittèrent sa bouche avant même qu'elle n'en ait entièrement conscience, mais dès qu'ils furent sortis, elle sut qu'ils étaient vrais. Elle voyait sa chambre d'enfant aux murs penchés, sa mère près de la vieille cuisinière à gaz, à l'époque où la cuisine donnait sur la cour. Elle était assise sur les genoux de son père dans le fauteuil à oreillettes et se faisait lire le journal pendant que la fumée de sa pipe montait autour d'eux. Elle dessinait à la craie et jouait à la guerre avec les autres enfants dans la cour. Dans cet immeuble, elle avait vu le visage de sa mère pour la première et la dernière fois, elle avait reçu son premier baiser et porté son seul enfant, et elle n'avait jamais envisagé ne serait-ce qu'une seule seconde de le quitter. Ce n'était pas seulement une maison pour elle, c'était toute son histoire.

— Je ne peux plus y vivre. C'est impossible.

Il baissa la tête.

— Je comprends.

— Ah oui ? C'est aussi chez toi. Je ne voudrais surtout pas…

— J'y ai moi-même pensé. Ça ne sera plus jamais comme avant.

Elle avait une boule dans la gorge.

— Non, on ne s'y sentira plus jamais en sécurité. Pas moi, en tout cas. Alors, quand cette affaire se sera un peu calmée, je ferai rénover l'immeuble par une entreprise de nettoyage et je le vendrai. Ça ne devrait pas être difficile, malgré… le *meurtre*.

Elle se força à prononcer le mot.

Gregers poussa un profond soupir.

— Je dois sortir demain ou après-demain, s'il n'y a pas de complications.

Esther hocha doucement la tête. Sa poitrine lui faisait mal, sa tête également, et sa mâchoire était toujours enflée, mais on lui avait dit qu'elle aussi pourrait probablement rentrer chez elle dans les jours à venir.

— Mais… (Il eut l'air désespéré.) Maintenant, je ne sais pas où aller.

Esther lui tapota la main.

— Gregers, j'ai une idée. Peut-être que toi et moi devrions partir en vacances, quand nous serons sortis. Un endroit chaud avec de la bonne cuisine et du bon vin, et peut-être la mer à contempler. Comme ça, nous pourrions aussi réfléchir à l'endroit où nous voudrions emménager après.

— Nous ?! Mais…

Il la regarda puis détourna les yeux, essaya de parler, en vain. Quand il eut enfin repris le contrôle, sa voix tremblait.

— Je n'aime pas ces endroits avec de la musique forte et de la nourriture étrange au bord de la piscine ! Et puis je veux pouvoir prendre une bonne tasse de café quand je me réveille le matin.

Esther lui sourit.

— Je te le promets, Gregers, nous trouverons un endroit avec du bon café.

CHAPITRE 38

Jeppe inhala l'odeur de cette soirée d'été danoise et s'arrêta un instant devant l'hôpital dans la douceur du crépuscule. Il était mort de fatigue et avait mal à la fois au dos et à l'âme après avoir côtoyé la dépravation absolue au cours des derniers jours. Lui et Anette avaient mené un nouvel interrogatoire exténuant avec Christian Stender, qui avait d'abord refusé de croire que Kingo était mort, puis s'était effondré et avait menacé de se noyer dans les toilettes les plus proches. À ce moment-là, Anette était si en colère qu'elle avait proposé de lui maintenir la tête dans la cuvette.

Stender avait fini par admettre qu'il avait conclu un accord avec Kingo. Il devait se dénoncer pour empêcher la police d'arrêter David Bovin. Kingo avait promis en retour de s'assurer que Bovin serait tué dans d'horribles souffrances ; il avait des relations, il pouvait vérifier que ce serait fait. Un sacré service d'amis. Mais que ne ferait-on pas pour son pluvian fluviatile ?

Jeppe, le corps lourd comme jamais, avait interrompu l'interrogatoire et éteint le Dictaphone. Son quota de perversité était atteint pour la journée.

Anette, d'une pâleur inhabituelle, était aussi fatiguée et désillusionnée que lui. Ils avaient rassemblé leurs affaires en silence dans le bureau avant de quitter la Crim'. Une fois dans Otto Mønstedsgade, Jeppe s'était demandé s'il devait essayer de l'étreindre, mais elle lui avait fait un signe de la main et était partie vers sa voiture avant qu'il ne se décide. À la maison, Svend l'attendait les bras ouverts avec un rosbif à l'ancienne. Jeppe savait qu'elle était entre de bonnes mains.

Lui n'avait personne pour lui préparer à manger, et c'était mieux ainsi. Il devait avoir une conversation qu'il ne pouvait pas reporter au lendemain. Esther méritait de connaître la vérité. S'il n'avait pas pu la protéger des sévices de Bovin, il pouvait au moins lui offrir un peu de tranquillité d'esprit maintenant. Jeppe était donc retourné à l'hôpital dans la douce obscurité estivale de la ville.

Il la trouva dans un fauteuil roulant près d'une fenêtre avec vue sur la ville. Elle était enveloppée dans une couverture, tellement immobile qu'il crut d'abord qu'elle dormait. Mais alors qu'il tirait une chaise à côté d'elle, elle bougea.

— Bonsoir, Jeppe. Qu'est-ce que vous faites ici si tard ?

— Salut. Pourquoi êtes-vous assise ici dans le noir ?

— Si on reste assis suffisamment longtemps, la nuit tombe. Je n'ai pas envie d'aller me coucher.

Il s'assit.

— Moi non plus. Avez-vous appris pour Kingo ? Et Bovin ? Qu'ils sont…

— Je l'ai appris.

Jeppe regarda par la fenêtre le ciel, qui se fondait presque dans les toits.

— Souffrez-vous ?

— C'est sûr que je morfle, gémit-elle. Mais ils me donnent de bons comprimés de morphine, de l'OxyContin, je crois.

Il rit.

— Mes préférés !

Elle rit avec lui. Puis le silence s'installa.

Jeppe prit une profonde inspiration.

— J'ai parlé avec Carl et Penelope Kingo, le fils et la belle-fille d'Erik, et je pense qu'il faut que vous sachiez ce qu'ils avaient à révéler.

Elle ne dit rien. Jeppe se sentit tout à coup nerveux, comme s'il passait un examen. Aussi doucement que possible, il lui raconta la vérité sur l'adoption par le fils d'Erik de la fille nouveau-née de Julie. Les mots coulaient de sa bouche dans l'obscurité qui les entourait et, peut-être justement grâce à cette obscurité, ils semblaient innocents, comme s'ils appartenaient à une autre époque.

— Tout le monde était plutôt satisfait de l'arrangement. À part Julie. Je crois qu'elle regrettait l'adoption, mais bien sûr, c'est une supposition. En tout cas, elle a pris contact avec Carl et Penelope quand elle a emménagé à Copenhague et a exprimé le souhait de voir Sophia. Pour autant que j'ai pu comprendre, cela semblait assez innocent, mais le simple fait qu'elle veuille un contact était extrêmement inconfortable pour la famille. En particulier quand Hjalti Patursson s'en est mêlé et s'est mis à réclamer son droit. Cela a dû inciter Julie à insister, même si ce n'était pas lui qui l'avait poussée au début. La petite Sophia ne sait rien de son passé et les parents n'ont pas souhaité inclure ses parents biologiques dans leur idylle. Vous vous imaginez si tout à coup ils la réclamaient ?

— Ça a l'air horrible.

La voix d'Esther était limpide et distante.

— Ils ont fait comprendre à Julie qu'elle n'était pas la bienvenue, mais elle a continué à les contacter. La goutte d'eau qui a tout fait déborder, c'est apparemment que Julie ait envoyé un nounours à Sophia, au printemps, avec une carte disant *Pour mon Enfant Étoile*. Les parents ont perdu les pédales. Erik Kingo a promis de s'en occuper. Carl a expliqué qu'ils avaient juste cru qu'il en parlerait à Christian Stender.

— Mais il ne l'a pas fait ?

— Peut-être dans un premier temps. Mais la situation s'est probablement aggravée lorsque Julie et lui se sont croisés à votre dîner, en mars. Lui aurait-elle mis une pression supplémentaire à cette occasion ? Peut-être l'a-t-elle menacé de le dénoncer comme étant le père biologique de sa propre petite-fille s'il ne l'aidait pas à voir Sophia. Cette révélation n'aurait sûrement pas été bien prise par son fils et sa belle-fille. Ni par son vieil ami Christian Stender.

Il entendit Esther remuer sous sa couverture et déglutir bruyamment, comme si elle luttait avec ses émotions.

— C'est ce soir-là que j'ai raconté ma propre histoire, l'adoption de mon bébé. Une histoire parallèle à celle de Julie, et en même temps une carotte plausible pour David Bovin, qui cherchait sa mère biologique. J'ai fait le jeu de Kingo.

— Oui ; il a dû apprécier le symbolisme et le drame de cette coïncidence. Bovin représentait l'occasion unique de se débarrasser de Julie d'une façon spectaculaire.

— Et de m'atteindre en même temps.

Elle avait l'air calme, presque apathique. Sans doute les comprimés analgésiques l'empêchaient-ils de réagir.

— Mais si c'était de moi que Bovin voulait se venger, comment Kingo l'a-t-il persuadé de tuer Julie à la place ?

— Votre livre ! Le manuscrit était un cadeau du ciel. Vous décriviez le meurtre d'une jeune fille dans votre propre immeuble, alors s'il était vraiment commis, ce serait accablant pour vous. Esther de Laurenti soupçonnée et discréditée. C'est comme ça qu'il a dû le lui vendre.

— Mais ça semble insensé, protesta-t-elle.

— Pas moins que ce qui a dû se passer. Bovin a gagné la confiance de Julie, notamment grâce aux détails intimes que Kingo lui avait fournis. Le surnom d'« Enfant Étoile ». Julie vous a raconté être tombée amoureuse de l'homme qu'elle avait rencontré dans la rue, et vous avez ensuite composé le meurtre dans votre livre à partir de ces informations.

— Des éléments de fiction et de réalité qui alternent tout le temps. Je n'aurais pas pu mieux l'écrire moi-même.

Il y avait tant de regret dans sa voix que Jeppe hésita. C'était une vieille dame blessée, il y avait des limites à ce qu'elle pouvait supporter.

Comme si elle lisait dans ses pensées, elle déclara :

— Je veux savoir, Jeppe. Ça fait mal, mais je ne veux pas être protégée... J'ai réellement incorporé Bovin dans mon histoire, tant et si bien qu'il avait la recette du meurtre : c'était encore mieux que ce dont Kingo avait pu rêver. Alors qu'est-ce qui est allé de travers ?

Jeppe regarda la silhouette sombre dans le fauteuil roulant à côté de lui et sentit son inquiétude. Ils savaient tous les deux ce qui s'était passé.

— Kristoffer s'est mis en travers de son chemin. Nous ne pouvons que deviner ce qu'il savait et pourquoi il a contacté Bovin au lieu de nous appeler. Mais à mon avis, il l'a tout simplement reconnu quand il est venu prendre vos empreintes digitales, le jour où il a laissé le dévidoir de ruban adhésif chez vous. Il avait dû voir Bovin avec Julie. Kristoffer l'avait suivie la nuit du meurtre, alors pourquoi pas avant aussi ? Je crois qu'il voulait le confronter avec ce qu'il savait. Peut-être même qu'il voulait se venger. Il aimait beaucoup Julie, n'est-ce pas ?

Jeppe avait formulé sa dernière phrase comme une question, mais il n'obtint aucune réponse d'Esther. Il n'y avait rien à répondre. Dans l'obscurité, il lui fut plus facile de tendre la main pour prendre la sienne. Elle la serra avec gratitude, mais aussi avec un peu d'impatience, comme pour lui demander d'en finir.

— Kingo a dû comprendre que tout était sur le point de déraper quand Kristoffer a été retrouvé dans le lustre, poursuivit doucement Jeppe. En tout cas, il a proposé de punir Bovin lui-même si Stender lui faisait gagner du temps en s'accusant. Il ne pouvait pas risquer que Bovin subisse un interrogatoire… Nous ne pourrons jamais le prouver, bien sûr. De la même manière que nous ne pourrons pas prouver que Stender a poussé le petit ami féringien de Julie du haut d'une falaise, même si c'est probablement ce qui s'est passé.

— Un autre meurtre ? C'est aussi tiré d'un livre ou c'est arrivé en réalité ?

Il y avait un soupçon d'humour noir dans sa voix.

— C'est malheureusement bien réel. On se demande pourquoi ce pauvre Féringien a dû mourir. Toutes ces morts. Et toutes pour une seule petite enfant.

Elle laissa échapper un petit bruit, à mi-chemin entre un soupir et un rire.

— N'est-ce pas la seule chose pour laquelle il vaut la peine de mourir, Jeppe ? Un enfant ?

*

La nuit était claire. Après le départ de Jeppe, Esther de Laurenti n'arrivait pas à dormir. Il s'était montré prévenant, refusant de s'en aller avant d'être tout à fait sûr qu'elle allait bien. Ils avaient d'ailleurs tous été si gentils, les médecins, les policiers et les infirmières, gentils et compréhensifs. Une psychologue de crise était venue plus tôt dans la journée et avait passé du temps pour l'aider à mettre des mots sur ses émotions. Mais Esther n'avait pas de problème à le dire à haute voix : « J'ai peur, j'ai du chagrin, je regrette. » Cela ne rendait pas les sentiments plus faciles à porter.

Sa voisine de chambre dormait en râlant. Même la nuit, la chambre sentait le poulet frit et le chou-fleur. Elle pensa à la bouillabaisse de Kristoffer, qu'il passait la journée à préparer. Juste pour de grandes occasions. Quand elle avait pris sa retraite, il avait écrasé des carapaces de crabes, fileté de la lotte et préparé de la rouille dès le matin. L'odeur des fruits de mer frais avait rendu les chiens fous.

Esther se drapa dans son duvet d'hôpital délavé et avança à pas lents et instables vers les fauteuils de l'entrée du service, où un flot de patients et de visiteurs se regroupaient durant la journée. Maintenant, tout était vide. Une chaise était tirée devant la fenêtre. Elle s'assit et remonta ses pieds sous le duvet comme une petite fille, se redressa et posa doucement la tête en arrière.

Quand elle était petite, à la mort de sa grand-mère, sa mère lui avait raconté qu'on devenait une étoile quand on partait d'ici. Cette pensée l'avait terrorisée. Pensez donc, être accrochée là-haut toute seule et avoir froid la nuit ! Pourtant, elle avait parlé avec les étoiles lorsque sa grand-mère lui manquait, et elle s'était sentie un peu plus proche d'elle. *Quand je mourrai, ma famille mourra avec moi*, pensa Esther. *Même l'immeuble ne restera pas tel que je le connais. Mes affaires seront jetées et vendues, personne ne se souviendra et ne lèvera la tête vers moi.*

À cet instant, une météorite tomba, tirant sa longue queue à travers le ciel d'août.

— Oh ! s'exclama-t-elle.

Elle attrapa le médaillon à son cou. Comme pour donner la réplique, il y eut une autre étoile filante. Et encore une, et tout à coup le ciel explosa en une pluie d'étoiles filantes au-dessus de Copenhague. Esther se nourrit des éclairs de lumière avec l'euphorie que l'on ressent les rares fois où, dans la vie, l'on sait qu'on a été choisi. Elle voyait les jeunes gens s'illuminer, danser et scintiller. Julie, Kristoffer. La fille qu'elle n'avait jamais connue. Et d'un coup, la lumière du ciel étoilé l'aida inexplicablement à supporter la tragédie. La grandeur de l'univers.

Oui, nous mourrons tous, pensa-t-elle. *Mais je ne suis pas encore morte.*

*

La nuit d'été avait depuis longtemps enveloppé Copenhague quand Jeppe rentra chez lui, à Valby, en voiture. Il était si fatigué qu'il n'était même pas sûr de pouvoir conduire, si fatigué qu'il se sentait vaseux.

Le quartier résidentiel était sombre et calme comme seule peut l'être une banlieue après minuit. Jeppe verrouilla la voiture et remonta l'allée du jardin, les jambes lourdes et le pas hésitant, pas certain d'avoir la force de lever ses clés jusqu'à la serrure.

Quelque chose lui fit lever les yeux de la porte d'entrée et regarder en l'air. L'intuition, peut-être, un murmure d'en haut. Le ciel au-dessus de lui explosa en une pluie de météorites blanches, silencieuse et violente à la fois. Il ferma les yeux un instant et vit les étoiles filantes derrière ses paupières. Il entendit tout à coup la voix de son père.

— C'est beau, hein ?

Jeppe sourit et laissa les lumières s'introduire en lui et éclairer son esprit. Il sentit la main de son père dans la sienne et se souvint qu'ils avaient observé ensemble une pluie de météorites, un mois d'août. Les Perséides, ou Larmes de saint Laurent. Mais peut-être qu'il avait juste inventé ce souvenir. On imagine tellement de choses.

La première chose qu'il fit une fois la porte refermée derrière lui, ce fut de vérifier son téléphone. Comme prévu, Anna n'avait pas répondu. Bien sûr qu'elle ne l'avait pas fait. Encore une déception, mais une des plus petites. Toutes les relations contenaient une mesure de tendresse et une de souffrance. Tout bien considéré, il était sorti de celle-ci avec surtout la première.

Jeppe avala deux ibuprofènes avec du vin rouge tiède d'une bouteille ouverte depuis plusieurs semaines et sentit aussitôt un picotement agréable sur ses lèvres. Il emporta la bouteille dans le salon et s'allongea sur le sofa.

Therese et lui avaient eux-mêmes suivi une procédure d'approbation pour adoption durant la période où il était devenu évident que les traitements contre l'infertilité n'aboutiraient pas. Ils avaient assisté à d'innombrables réunions douloureuses et de conférences édifiantes les week-ends, et c'en était arrivé au point où il aurait lui-même versé n'importe quelle somme pour qu'un petit bébé sans nom soit déposé devant leur porte. Ne serait-ce que pour arrêter les larmes de Therese.

Jeppe cligna des yeux. L'affaire était close, il devrait en ressentir une certaine satisfaction.

Ses couvertures, toujours sur le sofa, sentaient le moisi. Il renifla et les rejeta avec dégoût. Il regarda la bouteille de vin rouge poussiéreuse, les yeux suintant de fatigue et de médicaments. Était-ce le summum du pathétique ou pouvait-il tomber encore plus bas avant que la situation ne s'inverse ?

Tout à coup, il se leva et se précipita dans la chambre, renversant la bouteille. Le vin souilla à jamais le tapis, qu'il détestait de toute façon. Sans trop réfléchir, il se dirigea droit vers l'ancienne table de chevet de Therese et l'attrapa à deux mains. Il pouvait vivre avec les cartons dans le garage, les disques laissés là par Therese, ses lettres et sa casquette de bachelière, qui faisaient figure de mauvaises reliques du passé. Mais il ne voulait plus de ce souvenir de merde ! Résolument, il porta la table de chevet avec le livre du *Kama-sutra* jusqu'à la porte de derrière et la jeta dans l'obscurité. Elle atterrit dans l'herbe en craquant. La photo de Tivoli de Therese suivit juste après.

Puis il verrouilla la porte, s'allongea sur son lit et s'endormit.

MARDI 14 AOÛT

CHAPITRE 39

Mardi matin, Jeppe se réveilla en proie à une tristesse si monumentale qu'il ne parvint pas à sortir du lit. Convaincu que ce sentiment prendrait complètement le dessus s'il essayait de se lever, il resta couché. Il devait être possible de prendre un jour de congé et de laisser le point de presse à CP. Il se tourna sur le côté et ferma les yeux au monde.

— Chéri ? Est-ce que ça va ?

La voix l'atteignit à travers des couches de laine et de bouillie chaude, lointaine et pourtant si rassurante.

— Jeppe, il est plus de midi, tu es malade ?

Il se retourna et leva les yeux. Penchée au-dessus de son lit, sa mère, le regard inquiet dans son visage ridé. La scène lui rappela tellement son enfance qu'il dut cligner des yeux plusieurs fois avant de comprendre pourquoi sa silhouette maigre était si tordue et si vieille.

— Maman, qu'est-ce que tu fais ici ?

Il se remit le cerveau en place et frotta ses yeux ensommeillés.

— Je ne suis pas malade, juste fatigué.

Elle n'eut pas l'air convaincue.

— J'ai appelé et appelé, mais tu n'as jamais répondu. Alors je me suis dit qu'il valait mieux venir voir si tu étais encore en vie.

Jeppe referma les yeux. Il ne souhaitait pas la présence de sa mère, elle l'agaçait, même, mais il savait que derrière cela, il y avait un amour qui, s'il l'acceptait, lui ferait du bien. Il se redressa, groggy et la tête chaude.

— Je vais prendre une douche, maman. Tu veux bien faire le café ?

Il resta longtemps sous l'eau ruisselante, essayant de s'éclaircir les idées. Quand il arriva dans la cuisine, les yeux cerclés de rouge, il vit que sa mère avait fait le ménage, éliminé la bouteille de vin et le tapis taché, mis les couvertures au sale. La table était dressée avec des petits pains et du café noir.

— Tu sais que ton frigo est complètement vide, n'est-ce pas ? Il n'y a ni beurre ni lait pour le café. Et il y a des moutons partout. Toi qui es si soigneux d'ordinaire. Allez, assieds-toi. Mange !

Jeppe se força à avaler une moitié de petit pain avec de la confiture ; le café était bon et fort. Ils mangèrent en silence. Sa mère lorgna vers la table de chevet en morceaux sur la pelouse, mais ne dit rien, se contentant de grignoter son petit pain.

Jeppe renonça à manger davantage. Tout son corps était tendu, comme aux prises avec un décalage horaire, et il n'avait pas d'appétit.

— Viens, allons faire un tour. J'ai besoin d'air.

Ils traversèrent le quartier résidentiel, passant devant des haies de hêtres et des serres, sous la voie ferrée, et de l'autre côté du carrefour. À travers le quartier de Carlsberg et le long de la passerelle au-dessus des rails de l'orangerie jusqu'à Vigerselv Allé et le cimetière ouest. *Tout en moi pointe vers le bas*, pensa Jeppe, *vers ma tombe*. Le ciel s'était couvert, il remonta la fermeture Éclair de son coupe-vent. De temps en temps, il croisait le regard inquiet de sa mère. Elle détournait les yeux, embarrassée, n'osait visiblement pas dire ce qu'elle avait en tête. Elle se contentait d'avancer à grands pas, comme tout le monde dans leur famille, le corps droit, mais l'esprit lourd. Il avait de qui tenir, l'âme aussi mélancolique et pensive que celle de son père.

— On peut s'asseoir sur ce banc ? J'ai eu une longue journée, hier, il faut juste que je me repose un peu les jambes.

Ils s'installèrent en haut d'une pente herbeuse qui descendait jusqu'à la limite des arbres. Jeppe aurait pu tuer pour un Ketogan ou tout autre opioïde, sur-le-champ. Un raccourci rapide vers une petite dose d'indifférence salutaire.

— J'ai regardé dans ton armoire à pharmacie pendant que tu dormais. Pourquoi prends-tu toujours tous ces comprimés ?

Sa mère n'était pas accusatrice, plutôt triste.

— Tu n'as pas du tout de hernie discale, tu ne devrais pas avoir besoin de tous ces analgésiques.

— Arrête de me donner l'impression d'être un drogué !

Il regretta aussitôt son explosion de colère. Sa mère ne sembla pas s'en soucier.

— Parfois, la vie fait mal, mais on est obligé de s'en sortir et de continuer.

Elle n'abandonna pas.

— Tu n'as pas d'effets secondaires ?

Jeppe se prit la tête entre les mains. L'angoisse, la musique grinçante dans son cerveau, le sentiment d'être dans un vide entre ici et là. Elle avait raison.

Il se leva et lui adressa un sourire tordu.

— Combien de personnes heureuses connais-tu ?

Le mantra était vieux, une plaisanterie familiale souvent répétée. Cette fois, sa mère ne rit pas.

— Jeppe, il faut que je te dise quelque chose.

Une main froide agrippa ses entrailles et serra.

— On ne peut pas marcher encore un peu ?

Elle se leva et ils poursuivirent leur promenade le long des sentiers de gravier ratissés du cimetière. Jeppe avait envie de courir, de se précipiter aussi vite qu'il le pouvait vers la ligne d'horizon.

— J'ai croisé Therese dans la rue, l'autre jour. Avec Niels.

Jeppe inspira, marcha, comme une machine dont la batterie ne voulait pas mourir.

— Ils étaient en train de regarder des landaus. Oh, mon petit chéri, je ne savais pas comment te le dire. Si je devais. Mais...

— Elle était heureuse ? Avait-elle l'air heureuse ?

Jeppe fut surpris du calme de sa voix.

Sa mère hocha la tête.

— C'est bien, elle le mérite.

Jeppe sentit qu'au milieu de tout son chagrin et ses regrets, il le pensait vraiment. Qu'il était content du bonheur de Therese, même s'il en était désormais exclu.

Il se laissa attirer à contrecœur dans une étreinte. Sa mère le serra fort et lui caressa le dos, comme quand il était enfant. Ils restèrent ainsi un moment. Puis vinrent les larmes.

MERCI !

Écrire un livre n'est pas une activité aussi solitaire quand un nombre impressionnant de personnes compétentes viennent proposer leur aide et leur inspiration. Toutes les erreurs factuelles de cette fiction sont uniquement dues à mon ignorance, et non aux indications des personnes concernées.

Mon plus grand merci va à deux des femmes les plus importantes de ma vie : ma mère, Sysse Engberg, et mon âme sœur, Anne Mette Hancock, pour les échanges, la relecture et la motivation cruciale tout au long du processus d'écriture.

Un grand merci à l'agent de police et ami, Jesper Arff Rimmen, pour m'en avoir appris un peu sur la police et m'avoir fourni des informations cruciales sur le travail d'enquête. Merci également à l'inspecteur Kim Juul Christensen de m'avoir emmenée sur le terrain, avec un gyrophare et un gilet pare-balles.

Merci au technicien en dactyloscopie Kim Høltermand pour son inspiration essentielle et sa compréhension des mystères des empreintes digitales, et à l'ancien directeur du Centre national de criminalistique et de criminologie NKC øst, Flemming Gabelgaard, pour d'importants points en lien avec le travail sur la criminalistique.

Merci au professeur de l'Institut de médecine légale, Hans Petter Hougen, pour ses précieuses connaissances en pathologie légale, et au médecin de l'Institut psychiatrique de Copenhague, Signe Düring, pour ses conseils sur les analgésiques et les psychotropes.

Merci au gentil Lars Halby, qui en sait plus sur le Théâtre royal que n'importe qui d'autre.

Merci à Lindhardt & Ringhof et à Salomonsson Agency.

Merci à l'éditrice Dorte Einarsson qui a été la sage-femme de ce livre et à Birgitte Franch et Karin Linge Nordh pour leur aide lors du deuxième tour.

Et le plus important de tout : Merci à Timm pour son appui et son soutien sans faille, et plus généralement pour être l'homme le plus merveilleux du monde.

RÉFÉRENCES

La chanson mentionnée page 64, *Smuk som et stjerneskud*, est interprétée par Olsen Brothers, texte et musique : Olsen Brothers, 2000.

La citation de la page 67 est extraite de la chanson *The Best*, dans la version de Tina Turner en 1989, texte et musique : Holly Knight et Mike Chapman, 1988.

La citation de la page 90 est extraite de la chanson *Love Will Save You*, interprétée par Swans, texte et musique : Michael Rolfe Gira, 1990.

La citation des pages 172 et 173 est extraite de la chanson *Everything old is new again*, interprétée par Peter Allen, texte et musique : Peter Allen et Carole Bayer Sager, 1974.

La citation des pages 257 et 258 est extraite de la chanson *Thank Heaven for Little Girls*, interprétée en anglais et en français par Maurice Chevalier, texte et musique : Alan Jay Lerner et Frederick Loewe, 1958, *C'est une chance qu'y ait des p'tites filles*, traduction française de Boris Vian, 1959.

Les vers de la page 260 sont extraits du poème *« Børn »* de Tove Ditlevsen du recueil *Det runde værelse*, « La pièce ronde », Gyldendal, 1973.

La citation de la page 313 est extraite de la chanson *Hjerter Dame*, « Dame de cœur », interprétée par Kim Larsen, texte et musique : Kim Larsen, 1986.

Composition : Facompo
Rouen

CET OUVRAGE
A ÉTÉ ACHEVÉ D'IMPRIMER
SUR ROTO-PAGE
PAR L'IMPRIMERIE FLOCH
À MAYENNE EN NOVEMBRE 2020

N° d'impression : 97214

Imprimé en France